CW00430908

2

# La Valkyrie sans cœur

*Du même auteur*
*aux Éditions J'ai lu*

LES OMBRES DE LA NUIT

1 – MORSURE SECRÈTE
*N°9215*

# KRESLEY
# COLE

### LES OMBRES DE LA NUIT - 2

# La Valkyrie
# sans cœur

ROMAN

*Traduit de l'américain
par Michelle Charrier*

*Titre original*
**NO REST FOR THE WICKED**

*Éditeur original*
Pocket Books, a division of Simon & Schuster, Inc., New York

© Kresley Cole, 2006

*Pour la traduction française*
© Éditions J'ai lu, 2010

*Pour Bretaigne E. Black, camarade d'études, instigatrice des enterrements de vie de jeune fille en toge, organisatrice des « dégusdicaces », dédicaces-dégustations œnologiques, et amie très chère.*

*Je ne sais pas ce que je ferais sans ma BB.*

# Remerciements

Mes plus grands remerciements à trois grandes dames et talentueuses romancières : Gena Showalter, pour son formidable soutien, Caro Carson, toujours là quand j'ai besoin d'elle, et Barbara Ankrum, à qui rien n'échappe lorsqu'il faut dispenser critiques et encouragements.

Merci aussi à Richard, mon merveilleux mari, qui a vérifié pour ce livre les heures du lever et du coucher du soleil de par le monde entier ainsi que la logistique des transports et des déplacements.

# Prologue

*Manoir de la Colline noire, Estonie, septembre 1709*

*Des morts… rien que des morts.* Les yeux rivés sur ses deux frères, Sebastian Wroth se retenait de se tordre de douleur sur le sol. *Des presque-morts…*

Le doute ne l'effleurait même pas : ils étaient revenus du champ de bataille… différents. Monstrueusement différents.

Les horreurs de la guerre transformaient ceux qui les vivaient – elles l'avaient changé, lui aussi –, mais ses frères en étaient ressortis *étrangers*.

Nikolaï, l'aîné, et Murdoch, le cadet, avaient fini par quitter la frontière pour rentrer chez eux. Sebastian avait peine à y croire, mais ils avaient échappé à l'emprise du conflit qui faisait toujours rage entre l'Estonie et la Russie.

La Baltique toute proche déchaînait sur les terres du manoir une violente tempête. Des torrents de pluie avaient dissimulé les deux hommes jusqu'à ce qu'ils s'avancent dans la vaste demeure. Là, nul ne les avait débarrassés de leurs chapeaux et de leurs manteaux trempés. Nul n'avait refermé la porte derrière eux.

Ils restaient figés, abasourdis.

Le grand vestibule abritait un véritable carnage. Leurs quatre sœurs et leur père se mouraient de la peste. Leurs deux frères, Sebastian et Conrad, gisaient, en sang, parmi les malades. Hormis Sebastian, la famille tout entière avait sombré dans l'inconscience – Dieu merci! –, y compris Conrad, qui pourtant geignait de douleur.

Nikolaï avait renvoyé ses deux plus jeunes frères chez eux quelques semaines plus tôt pour protéger leurs proches… avec qui ils agonisaient à présent.

La demeure ancestrale des Wroth s'était révélée trop tentante pour les bandes de soldats russes en maraude. Ils l'avaient attaquée la nuit précédente, à la recherche de richesses et de victuailles. Sebastian et Conrad avaient défendu le manoir de la Colline noire contre des dizaines de pillards, avant d'être vaincus puis passés au fil de l'épée – mais pas achevés. Les autres Wroth n'avaient même pas été blessés, car la résistance des deux frères avait été assez longue pour faire comprendre aux intrus que la peste s'était abattue sur la famille. Les Russes avaient aussitôt pris la fuite, laissant leurs armes où ils les avaient plantées…

Nikolaï se dressait de toute sa taille au milieu du vestibule, qu'il balayait d'un regard dur; l'eau tombant de son manteau se mêlait au sang qui se figeait lentement sur le sol. Sebastian se demanda un instant s'il n'était pas tout simplement dégoûté par l'échec qu'ils avaient subi, Conrad et lui – après tout, il l'était, lui.

Toutefois, le nouveau venu ne savait pas la moitié de ce qui s'était produit.

Et Sebastian le connaissait. Nikolaï porterait ce fardeau, comme il en avait porté bien d'autres… Ils avaient toujours été liés par une chaleureuse intimité, au point que le blessé croyait entendre résonner dans son esprit les pensées de son frère aîné: «Dire que je me suis cru capable de défendre mon pays, alors que j'ai été incapable de protéger mon propre sang!»

Hélas, leur patrie n'avait pas eu plus de chance que leur famille. Au printemps, les Russes avaient fait main basse sur les récoltes, avant de saler et de brûler les champs. La terre était restée stérile, dénudée ; la faim s'était installée. Quand la peste avait suivi, les villageois, maigres et affaiblis, y avaient succombé sans résistance.

Une fois remis de leur stupeur, Nikolaï et Murdoch se retirèrent à l'écart pour échanger d'âpres murmures, montrant parfois du doigt leurs sœurs et leur père agonisants.

Ils ne parlaient apparemment ni de Conrad, inconscient, ni de Sebastian. Le destin de leurs cadets était-il déjà scellé ?

Sebastian avait beau délirer, il savait que ses deux aînés avaient été transformés, d'une manière ou d'une autre… en quelque chose que son esprit enfiévré peinait à définir. Leurs dents avaient changé – il pouvait voir leurs longues canines, que ses frères dévoilaient en retroussant les lèvres quand la colère ou l'horreur s'emparaient d'eux. Leurs yeux, entièrement noirs, brillaient pourtant dans le vestibule obscur.

Enfant, Sebastian avait prêté l'oreille aux contes de sa grand-mère sur les démons aux crocs meurtriers qui vivaient dans les marais alentour.

Les *vampiirs*, des êtres capables de disparaître et de réapparaître à leur gré où bon leur semblait. D'ailleurs, on ne distinguait par la porte ouverte aucune monture suante, attachée à la hâte.

Ces monstres étaient des voleurs de bébés, des buveurs de sang qui se nourrissaient des hommes comme les hommes du bétail. Pire encore, ils transformaient leurs proies en créatures à leur image.

Sebastian était persuadé que ses frères avaient rejoint les rangs de ces démons impies… et il craignait qu'ils ne cherchent à y attirer le reste de la famille.

— Ne faites pas ça, murmura-t-il.

Nikolaï l'entendit, malgré la distance, et vint d'un pas décidé s'agenouiller près de lui.

— Tu sais ce que nous sommes devenus ?

Sebastian acquiesça d'une voix faible, fixant d'un regard incrédule les iris noirs de son aîné.

— Et je sais... je sais ce que vous voulez faire, ajouta-t-il entre deux halètements.

— Nous allons vous transformer, toi et les autres, comme nous avons été transformés.

— Je ne veux pas. Pas moi.

— Il le faut, chuchota Nikolaï, dont les étranges yeux noirs semblaient luire dans l'obscurité. C'est ça, ou mourir cette nuit.

— Très bien. Je suis las de vivre depuis longtemps. Maintenant que nos sœurs se meurent...

— Nous allons essayer avec elles aussi.

— Vous n'oseriez pas ! rugit Sebastian.

Murdoch jeta un coup d'œil en coin à Nikolaï, qui secoua la tête et ordonna :

— Assieds-le.

Sa voix dure était bien celle d'un général de l'armée estonienne, habitué à donner des ordres.

— Il boira.

Sebastian eut beau se débattre en crachant des injures, Murdoch le souleva pour l'asseoir. Un flot de sang jaillit brusquement de sa blessure au ventre. Nikolaï tressaillit à ce spectacle, mais ne s'en ouvrit pas moins le poignet d'un coup de dents.

— Respecte ma volonté, grinça Sebastian, au désespoir.

Ses dernières forces lui permirent tout juste d'attraper le bras de son frère afin de l'écarter.

— Ne nous oblige pas à devenir *ça*. *La vie n'est pas tout*.

Ils avaient souvent débattu la question. Nikolaï tenait la survie pour sacrée ; Sebastian estimait préférable de mourir plutôt que de vivre déshonoré.

L'aîné resta muet, pesant le pour et le contre, promenant ses yeux de jais sur le visage du blessé.

— Je ne peux pas... répondit-il enfin. Je ne *veux* pas te regarder mourir.

Sa voix était lente et dure. Il avait visiblement du mal à maîtriser ses émotions.

— Tu ne le fais que pour toi.

La voix de Sebastian faiblissait.

— Pas pour nous. Tu nous transformes en maudits pour soulager ta conscience.

Il ne voulait pas que le sang de Nikolaï atteigne ses lèvres.

— Non… non, te dis-je, *non* !

Mais les monstres lui ouvrirent la bouche de force, y firent couler un liquide brûlant, puis l'empêchèrent de cracher jusqu'à ce qu'il déglutisse.

Ils le maintenaient toujours lorsqu'il rendit son dernier souffle. L'obscurité l'engloutit.

*Nul n'entend frapper le facteur*
*Sans que son pouls s'affole.*
*Car qui supporte qu'on l'oublie ?*

W. H. AUDEN

# 1

*Château de Gornyi, Russie, de nos jours*

Pour la deuxième fois de sa vie, Kaderin la Sans-Cœur hésitait à tuer un vampire.

À la toute dernière seconde, juste avant de porter un coup aussi meurtrier que silencieux, son épée s'était figée à deux centimètres du cou de sa proie... une proie immobile, la tête entre les mains.

Le grand corps se raidit. C'était un vampire. Il lui aurait suffi de « glisser » pour disparaître, mais il n'en fit rien. Il se contenta de lever la tête et de considérer l'intruse de ses grands yeux gris – la couleur de l'orage sur le point de se déchaîner. Kaderin en fut déconcertée, car elle s'attendait aux prunelles rouges révélatrices de la frénésie sanguinaire des sangsues. Ce spécimen-ci n'avait jamais saigné personne à mort. Pas encore.

Devant son regard implorant, elle comprit qu'il aspirait à en terminer. Il *désirait* le coup mortel qu'elle était venue lui délivrer en son château décrépit.

Dire qu'elle l'avait traqué discrètement, prête à livrer bataille à un prédateur retors...

Quelques jours plus tôt, alors qu'elle se trouvait avec d'autres Valkyries en Écosse, elles avaient reçu un appel au sujet d'un vampire qui « hantait un château et terrorisait un village, en Russie ». Kaderin s'était empressée de se porter volontaire pour détruire le monstre en question. C'était la tueuse la plus active de sa maisonnée, car elle avait voué sa vie à l'éradication des sangsues.

En Écosse, avant l'appel en question, elle en avait tué trois.

Alors, pourquoi hésiter maintenant ? Pourquoi laisser retomber son épée ? Ce vampire-ci ne serait plus qu'un trophée parmi des milliers d'autres, lorsqu'elle lui aurait arraché les crocs pour les ajouter à ceux dont elle avait fait une longue guirlande.

Quand elle avait retenu son bras, la fois précédente, il en était résulté une telle tragédie qu'elle en avait eu le cœur brisé à jamais.

— Qu'attends-tu donc ? demanda enfin l'inconnu d'une voix rauque, profonde, dont le son sembla le surprendre lui-même.

*Je ne sais pas.* Des sensations physiques inhabituelles se bousculaient en elle. Son estomac s'était noué. Elle avait autant de mal à respirer que si on l'avait corsetée. *Je ne comprends pas ce qui se passe.*

Le vent qui soufflait dehors glissait sur les montagnes puis s'insinuait en gémissant dans la pièce obscure et haut perchée. Les trous invisibles pratiqués dans les murs laissaient entrer la brise matinale glacée. Le vampire se leva, se dressant de toute sa taille. La lumière vacillante des bougies reflétée par la lame de l'épée joua sur ses traits.

Il avait un visage grave et mince, aux arêtes dures. Toute autre femme que Kaderin l'aurait trouvé beau. La ceinture de son jean usé soulignait ses hanches étroites ; sa chemise noire élimée, déboutonnée, dévoilait l'essentiel de son torse sculptural. Le courant d'air jouait avec les pans du tissu et ébouriffait ses épais cheveux noirs. *Il est très beau, c'est vrai. Mais j'en ai tué de tout aussi magnifiques.*

Le regard du vampire se posa sur la pointe de l'épée qui le menaçait. Puis, indifférent au danger, il examina le visage de l'intruse en s'attardant sur chacun de ses traits. L'admiration évidente qu'elle lui inspirait la déconcerta. Sa main se crispa sur la poignée de son arme – ce qui ne lui arrivait jamais.

Maniée par un bras au poignet souple dont elle constituait presque une extension, la lame, aiguisée à la perfection, tranchait l'os et le muscle avec la même aisance. Jamais Kaderin n'avait besoin de serrer ainsi le poing.

*Coupe-lui la tête. Un vampire de moins. L'espèce réduite au minimum.*

— Comment t'appelles-tu ?

Il s'exprimait avec une netteté aristocratique et un accent qu'elle connaissait bien. Estonien. L'Estonie s'étendant juste à l'ouest de la Russie, les Estoniens étaient considérés comme des cousins nordiques des Russes, mais Kaderin était parfaitement consciente de la différence. Que faisait-il, loin de sa mère patrie ? Elle pencha la tête de côté.

— Quelle importance ?

— J'aimerais connaître le nom de celle qui va me délivrer.

Il voulait donc mourir. Mais après tout ce qu'elle avait souffert à cause des sangsues, elle n'avait aucune envie de lui être agréable.

— Tu penses que je vais te porter le coup fatal ?

— Tu ne veux pas ?

Il sourit, sans chercher à masquer sa tristesse.

La main de Kaderin se crispa de nouveau sur la poignée de son épée. Si, elle voulait. Bien sûr. Elle n'avait qu'un but dans la vie : tuer des vampires. Peu importait que les yeux de celui-là soient gris et pas rouges. Il finirait par changer et par vider une proie de son sang.

Comme les autres.

Il contourna une pile de volumes reliés – la pièce renfermait des centaines de livres, aux titres russes ou... oui, estoniens – puis appuya sa robuste silhouette au mur croulant. Non, il n'allait vraiment pas lever le petit doigt pour se défendre.

— Mais avant, parle-moi encore un peu. Tu as une si belle voix. Aussi belle que ton visage.

Kaderin déglutit, sidérée de sentir ses joues s'empourprer.

— Qui soutiens-tu ?

Elle s'interrompit une seconde quand il ferma les yeux, comme transporté de bonheur par une douce mélodie.

— Les Abstinents ?

La question lui fit rouvrir les yeux. Il semblait furieux.

— Je ne soutiens personne. Surtout pas eux.

— Mais tu as été humain, non ?

Les Abstinents étaient une armée – peut-être un ordre – d'humains transformés. Ils refusaient de boire le sang à même la chair, persuadés que c'était ce qui causait la frénésie sanguinaire. Ainsi espéraient-ils éviter la folie qui s'emparait des vampires de la Horde. Les Valkyries étaient pessimistes quant à leur devenir.

— Oui, mais les Abstinents ne m'intéressent pas. Et toi ? Tu n'es pas humaine non plus, me semble-t-il ?

— Pourquoi t'être installé dans ce château ? reprit-elle sans répondre. Les villageois vivent dans la terreur à cause de toi.

— J'ai gagné cette forteresse sur le champ de bataille, j'en suis le légitime propriétaire et j'ai donc parfaitement le droit d'y vivre. Quant aux villageois, je ne leur ai jamais fait le moindre mal.

Il se détourna, en ajoutant dans un murmure :

— Je suis désolé de leur inspirer autant de peur.

Il fallait en finir. Kaderin allait s'engager trois jours plus tard dans la Quête du Talisman – version mortelle pour immortels de *La Course autour du monde*. À part la chasse aux vampires, la Quête était sa seule raison de vivre, et elle devait encore réserver un véhicule et se procurer le matériel nécessaire.

— D'après eux, tu vis seul, dit-elle pourtant.

Il hocha la tête d'un petit geste sec, visiblement embarrassé. Peut-être estimait-il qu'il aurait dû être entouré d'une famille nombreuse.

— Depuis combien de temps ?

Il se redressa de toute sa taille, haussant ses larges épaules avec une feinte nonchalance.

— Quelques siècles.

Si seul, si longtemps ?

— Les habitants de la vallée m'ont envoyé chercher.

Pourquoi lui donnait-elle toutes ces explications ? Le village, très isolé, était peuplé de créatures du Mythos – immortels et êtres « mythiques » qui fuyaient les humains. La plupart révéraient toujours les Valkyries et leur payaient tribut, mais ce n'était pas ce qui avait convaincu Kaderin d'intervenir.

Elle était venue, attirée par la possibilité de tuer ce vampire, fût-il le seul de son espèce ici.

— Ils m'ont suppliée de te détruire.

— J'attends ton bon plaisir.

— Pourquoi ne pas te supprimer toi-même, si tu tiens tellement à mourir ?

— C'est… compliqué. Mais tu vas m'épargner cette peine. Tu es une guerrière chevronnée…

— Qu'en sais-tu ?

Il eut un petit coup de menton en direction de son épée.

— J'étais un guerrier, moi aussi. Ton arme est remarquable. Elle en dit long.

La seule chose dont elle était fière… la seule chose qu'il lui restait et qu'elle n'aurait pas supporté de perdre… il en avait remarqué la qualité.

Il s'approcha avant d'ajouter, plus bas :

— Frappe. Sache qu'il ne peut rien arriver de mal à qui tue une créature telle que moi. Pourquoi attendre ?

Comme si c'était une question de conscience ! Ça n'avait absolument rien à voir avec la morale. D'ailleurs, c'était impossible : Kaderin n'avait pas de conscience. Pas de sentiments, pas d'émotions, pas de *cœur*. Après la tragédie, elle avait appelé l'oubli de ses vœux, prié pour que s'émoussent chagrin et remords.

Une mystérieuse entité lui avait répondu en réduisant son âme en cendres. Elle ne connaissait plus ni chagrin, ni désir, ni colère, ni joie. Aucune émotion ne se mettait en travers de sa route meurtrière.

La Sans-Cœur était une tueuse parfaite, et ce, depuis un millier d'années, la moitié de son interminable existence.

— Tu as entendu ? demanda soudain le vampire.

Les yeux qui avaient imploré Kaderin se plissèrent.

— Tu es accompagnée ?

Elle haussa les sourcils.

— Je n'ai pas besoin d'aide. D'autant moins que tu es seul.

Sa voix avait perdu de sa détermination. Curieusement, son attention s'était focalisée sur le corps de son hôte – son regard descendait le long du torse mâle, franchissait le nombril, suivait la piste de poils sombres qui plongeait dans le jean. Elle s'imaginait la parcourir du dos d'une griffe aiguisée, pendant que le vampire se raidissait et frissonnait en réaction.

Ses pensées la mettaient mal à l'aise. Elle avait envie de relever ses cheveux en chignon pour laisser l'air glacé lui rafraîchir la nuque…

Son interlocuteur s'éclaircit la gorge. Lorsqu'elle releva brusquement les yeux, il plissa le front, interrogateur.

Surprise à promener sur sa proie un regard concupiscent ! Quelle indignité ! *Qu'est-ce qui ne va pas chez moi ?* Depuis mille ans, Kaderin n'avait pas plus de pulsions sexuelles que le mort-vivant qui lui faisait face. Elle se ressaisit, se forçant à se rappeler la première fois qu'elle avait hésité.

Sur le champ de bataille, bien longtemps auparavant, elle avait épargné et relâché un autre de ces monstres, un jeune soldat qui implorait sa pitié.

Une pitié qu'il avait récompensée en s'attaquant aux deux sœurs de Kaderin qui maniaient l'épée dans la plaine, en contrebas. Alertée par le cri d'une camarade, Kaderin s'était précipitée, avait dévalé en trébuchant la colline jonchée de corps, vivants ou morts. À l'instant même où elle rejoignait ses sœurs, il avait frappé.

Rika, la plus petite des triplées, surprise par l'arrivée paniquée de Kaderin, avait perdu la vie. Le vampire souriait quand elle était tombée à genoux.

Il s'était débarrassé des deux Valkyries avec une efficacité brutale que la Sans-Cœur imitait depuis lors. Elle aurait aimé dire qu'elle avait commencé par s'exercer sur lui, mais en réalité elle l'avait laissé vivre un certain temps.

Alors, pourquoi répéter la même erreur? Non, pas question. Elle n'oublierait pas une leçon payée aussi cher.

*Plus tôt j'en aurai fini avec lui, plus tôt je pourrai commencer les préparatifs de la Quête.*

Elle se raidit, le dos très droit, décidée à agir. *Tout est dans le mouvement.* Elle *voyait* le balancement de son bras, l'angle d'attaque qui permettrait à la tête de l'adversaire de ne pas tomber avant le basculement du corps. Ce serait plus propre, ce qui avait son importance.

Elle n'avait emporté qu'une petite valise.

# 2

Jeune, Sebastian Wroth attendait tout de la vie...
et, membre d'une grande famille, riche et aimante,
il estimait que tout lui était dû.

Il voulait fonder un foyer, s'installer dans sa
propre demeure et entendre rire le soir autour de la
cheminée, mais surtout, surtout, il voulait une
épouse, une femme qui n'appartienne qu'à lui.
Admettre devant cette... créature qu'il n'avait rien
obtenu de tel l'avait couvert de honte.

Au départ, il l'avait prise pour un ange chargé de
le libérer. Elle en avait tellement l'air ! Ses longs cheveux blonds paraissaient presque blancs à la lumière
des bougies. Ses yeux couleur café, ourlés d'épais
cils sombres, formaient un contraste saisissant avec
ses boucles claires et ses lèvres rouges. Sa peau parfaite, à peine dorée, mettait en valeur ses traits fins,
délicats.

Pourtant, si exquise qu'elle soit, elle maniait
d'une main sûre une arme meurtrière. Son épée à
double tranchant comprenait un *ricasso*, juste sous
la poignée – une zone non aiguisée qui permettait
à l'utilisateur expérimenté de passer le doigt par-
dessus la garde pour mieux contrôler le trajet de la
lame.

Ce n'était idéal ni pour se défendre ni pour combattre, mais il n'existait rien de mieux pour délivrer
une mort rapide et discrète.

Un ange de la mort. Fascinant.

Sebastian ne méritait pas d'emporter comme dernière image de ce monde un visage pareil.

Oui, il avait cru avoir affaire à une créature divine... jusqu'au moment où il avait vu son regard brûlant dériver vers le bas. Là, il avait compris que la visiteuse était de chair et de sang – ô combien ! – et il avait maudit son corps inerte, inutile. Humain transformé, il ne respirait pas, son cœur ne battait pas, le sexe n'existait pas pour lui. Il ne pouvait la posséder, même s'il lui semblait... même s'il lui semblait que cette beauté serait peut-être prête à l'accueillir.

Jamais encore il n'avait regretté de ne plus connaître les plaisirs charnels. Son expérience humaine en la matière avait été limitée – très limitée – par la guerre, la famine, et tout simplement la nécessité de survivre. Voilà pourquoi il ne s'était pas senti privé de grand-chose depuis sa transformation. Jusqu'à présent.

Jamais non plus il n'avait été attiré par les femmes graciles, car si d'aventure il avait réussi à en séduire une, il aurait eu peur de lui faire mal. Or, cette inconnue était la créature la plus frêle, la plus éthérée qu'il ait jamais vue... mais il se demandait malgré tout ce qu'il éprouverait en la portant jusqu'à son lit avant de la dévêtir avec douceur. Son esprit s'enflamma à la pensée de ses grandes mains explorant, caressant ce corps fragile.

Ses yeux se posèrent sur le cou mince puis sur les seins épanouis, haut perchés, qui tendaient le corsage sombre. Cette partie de l'anatomie de la visiteuse n'avait rien de fragile. Il aurait voulu embrasser la poitrine voluptueuse, y frotter son visage...

— Pourquoi me regardes-tu de cette manière ? demanda l'ange blond d'une voix hésitante, stupéfaite, en reculant d'un pas.

— M'est-il interdit de t'admirer ?

À sa propre surprise, il avança d'un pas. D'où lui venait cette impulsion ? Les femmes l'avaient toujours rendu malade de timidité et de maladresse. Si, par le passé, l'une d'elles l'avait surpris à la fixer de cette manière, il aurait détourné les yeux en balbutiant des excuses puis se serait empressé de s'esquiver. Peut-être la perspective de sa mort imminente le libérait-elle enfin.

Jamais encore il n'avait fixé de femme, jamais il n'en avait désiré comme il fixait et désirait cette miniature aux seins opulents.

— C'est le dernier vœu de celui qui va mourir...

— Je connais les hommes. (Elle avait une voix sensuelle, une voix de rêve qui donnait à Sebastian l'impression d'être caressé de l'intérieur.) Tu n'es pas seulement en train de m'*admirer*.

Elle avait entièrement raison. À cet instant précis, il mourait d'envie de déchirer son corsage, de la jeter à terre et de sucer ses mamelons érigés jusqu'à la faire jouir. De la plaquer au sol, puis de lécher...

— Comment oses-tu te moquer de moi, vampire ?

— Que veux-tu dire ?

Leurs yeux se croisèrent. La visiteuse scruta le visage de Sebastian comme pour y lire ses pensées. Se pouvait-il qu'elle devine vaguement la lutte qui se livrait en lui ? Il oscillait d'une seconde à l'autre entre deux besoins impérieux – l'envie de douceur et celle de s'accoupler avec elle, là, sur le dallage.

*Mais qu'est-ce qui m'arrive ?*

— Je sais que tu ne peux pas éprouver de... de...

Elle laissa échapper un petit grognement de frustration.

— Tu ne peux pas éprouver ce que tu fais mine d'éprouver. C'est impossible, à moins que...

Elle s'interrompit, haletante.

— Tes yeux... ils virent au noir.

Les yeux de Nikolaï devenaient noirs sous le coup de l'émotion, Sebastian s'en souvenait, mais il ignorait qu'il en allait de même des siens. Peut-être parce qu'il n'avait jamais rien ressenti d'aussi violent que son désir pour cette mystérieuse créature.

Il lui semblait qu'il allait mourir s'il ne satisfaisait pas ce désir impérieux...

Le bruit d'une explosion le fit tressaillir. Il regarda autour de lui, aux aguets.

— Qu'est-ce que c'était que ça ?

Elle l'imita, les yeux vifs.

— Mais de quoi veux-tu donc parler ?

— Tu n'entends pas ?

Une secousse de plus, et le château s'écroulerait. Sebastian devait en éloigner l'inconnue, quitte à sortir au soleil du matin. Il éprouvait brusquement un besoin aigu, irrépressible de la protéger.

— Non !

Les yeux de la belle s'écarquillèrent d'horreur.

— Ce n'est pas possible !

Elle s'éloigna de lui avec des mouvements maladroits, comme eux d'un serpent prêt à mordre.

Une autre explosion. Il glissa juste devant elle, et elle leva son épée si vite que la lame en devint floue. Il l'attrapa par le poignet, mais elle se débattit – avec quelle force, Seigneur ! Toutefois, il avait apparemment lui-même plus de force que d'habitude, plus qu'il n'aurait jamais imaginé en avoir un jour.

— Je ne veux pas te faire de mal. (Il lui ôta son arme des mains et la jeta sur le lit bas.) Ne bouge pas, je t'en prie. Le toit va s'écrouler...

— Non... mais non ! (Elle fixait avec horreur le torse de Sebastian au niveau du cœur.) Je ne suis pas... je ne suis pas ta fiancée !

La réplique le laissa bouche bée. Ses frères lui avaient expliqué que, quand il rencontrerait sa *fiancée*, son épouse de toute éternité, elle l'*animerait* : son corps reviendrait alors à la vie. Il avait toujours pensé qu'il s'agissait d'un mensonge destiné à adoucir l'amertume du méfait perpétré à son encontre.

Mais non, ils avaient dit vrai. Ce qu'il entendait, c'était son cœur, qui battait pour la première fois depuis qu'on l'avait transformé en vampire. Il vacilla en inspirant profondément, respirant enfin au bout de trois cents ans.

Son pouls gagnait en force, en rapidité; sa soudaine érection palpitait, tendue, au rythme des battements de son cœur. Le plaisir courait dans ses veines. Il avait trouvé en cette créature d'une obsédante perfection sa fiancée – la seule, l'unique, celle avec qui il était censé partager l'éternité.

Son corps s'était réveillé pour elle.

— Tu sais ce qui m'arrive? demanda-t-il.

Elle déglutit en continuant à reculer.

— Tu changes.

Ses sourcils blonds se froncèrent jusqu'à se rejoindre, puis elle ajouta dans un murmure quasi inaudible:

— Pour moi.

— Oui. Pour toi. (Il s'approcha d'elle, l'obligeant à lever les yeux vers lui.) Pardonne-moi. Si j'avais su que ces histoires étaient vraies, je serais parti à ta recherche. Je t'aurais trouvée, d'une manière ou d'une autre…

— Non.

Comme elle vacillait, il posa la main sur son épaule pour l'aider à garder l'équilibre. Elle tressaillit, mais ne se déroba pas.

À cet instant précis, il s'aperçut qu'elle changeait, elle aussi. Des reflets argentés scintillaient dans ses yeux brillants; une larme glissait sur sa joue.

— Pourquoi pleures-tu?

Avant qu'il ne soit transformé en vampire, les larmes des femmes avaient le don de le bouleverser; à présent, celles de sa fiancée le transperçaient tels des poignards. Il lui écarta les cheveux du visage en inspirant brusquement, un souffle hésitant, maladroit. Elle avait les oreilles pointues… et des crocs minuscules, qui ne se voyaient que de près.

Il ne savait pas à quelle sorte de créature il avait affaire, et il s'en fichait.

— Ne pleure pas, je t'en prie.

— Je ne pleure jamais, murmura-t-elle.

Le front plissé par la perplexité, elle se toucha la joue du dos de la main avant de regarder la larme qui lui avait humidifié la peau. Ses lèvres s'entrouvrirent tandis qu'elle fixait d'abord la gouttelette, puis ses ongles incurvés – de véritables griffes, malgré leur élégance. Enfin, ses yeux se posèrent sur Sebastian. Elle déglutit, comme sous le coup de la peur.

— Dis-moi ce qui te tracasse.

Il avait un but, maintenant : la protéger, veiller sur elle, détruire tout ce qui la menaçait.

— Mon aide t'est acquise… ma fiancée.

— Je ne serai jamais la fiancée d'un être de ton espèce. Jamais…

— Tu as fait battre mon cœur.

— Tu m'as fait *ressentir*, siffla-t-elle.

Il ne comprit pas ce qu'elle voulait dire, pas plus qu'il ne comprit à quoi rimaient ses réactions, au cours des quelques minutes suivantes. Il se contenta de la regarder avidement, enregistrant chaque détail – le battement de ses cils épais lorsqu'elle baissait les yeux, ses lèvres pleines et rouges. Des émotions visiblement douloureuses se succédaient par vagues dans ses yeux étincelants. Elle tremblait. Puis ses larmes se tarirent aussi brusquement qu'elles s'étaient mises à couler.

Elle lui sourit, un sourire bouleversant. Son regard malicieux, quoique sombre, prit une nuance provocante. Il n'avait jamais rien vu de plus excitant, mais alors qu'il se demandait s'il parviendrait à en supporter davantage, cette expression disparut subitement. Un violent frisson secoua la jeune femme, qui baissa la tête pour poser le front contre le torse de Sebastian.

Alors que sa douloureuse érection se rappelait impérieusement à lui, elle releva la tête. Une fois de plus, son expression avait changé. Ses hautes pommettes s'étaient rosies, ses lèvres entrouvertes. Elle se cramponna aux épaules de son compagnon. Il contemplait sa bouche quand elle se passa la langue sur la lèvre inférieure. Le message était clair.

Elle... elle le désirait. Lui. Il ne comprenait pas ce qui leur arrivait.

Les yeux de l'inconnue s'écarquillèrent puis se plissèrent, tandis qu'elle passait autour de son cou ses bras délicats. *Je pourrais la caresser... Elle me laisserait la caresser...* Jamais il n'avait été aussi dur. Il avait tellement envie de s'enfouir en elle qu'il aurait donné n'importe quoi pour le faire.

Sans quitter des yeux la bouche de Sebastian, elle renversa la tête en arrière.

— Ça, ça me manque... murmura-t-elle d'une voix rauque.

Il n'eut pas le temps de s'interroger sur ce qu'elle voulait dire au juste que, déjà, elle refermait les bras, plaquant leurs deux corps l'un contre l'autre. Ses seins se pressèrent contre la poitrine de Sebastian, qui laissa échapper un gémissement. Ils étaient si ronds, si opulents... Ses mains en épouseraient parfaitement la forme, il le savait.

Seigneur! Il avait enduré des siècles de solitude sans le moindre contact avec autrui, et voilà qu'il tenait dans ses bras sa fiancée, souple et douce. Pourvu que ce ne soit pas un rêve! Avant de perdre contenance, il posa les mains sur la taille fine de la jeune femme pour la serrer plus fort encore contre lui.

— Comment t'appelles-tu?

— Mmm? murmura-t-elle distraitement. Je... je m'appelle... Kaderin.

— Kaderin, répéta-t-il.

Ça n'allait pas. C'était un nom trop froid, trop formel pour la créature qu'il étreignait et dont il scrutait les yeux brillants.

— *Katia...* murmura-t-il.

Il s'aperçut avec stupeur qu'il lui passait lentement le pouce sur la lèvre inférieure.

— Katia, je...

Sa voix rauque se brisa, l'obligeant à déglutir avant de reprendre :

— Je vais... t'embrasser.

À ces mots, les yeux bruns qu'il contemplait virèrent à l'argenté, tandis que la visiteuse semblait plonger dans une sorte de transe. Quant à lui, il restait assez lucide pour remarquer cette stupéfiante réaction, mais la bouche sensuelle, rouge et luisante, l'attirait irrésistiblement.

— J'aimais être embrassée, chuchota-t-elle d'un ton lointain.

Sa respiration se faisait haletante.

Parviendrait-il à en rester là ? Il glissa derrière la tête de la jeune femme une main tremblante, prêt à l'attirer contre lui. Sans doute avait-elle assez de force pour l'accueillir... Et puis, c'était une guerrière, après tout : elle le tiendrait en respect, si jamais il lui faisait mal.

Il devinait en tout cas qu'elle ne lui jetterait pas le regard larmoyant, bouleversé, que les femmes lui lançaient par le passé, quand d'aventure il leur marchait sur le pied ou les heurtait au coin d'une rue – ce regard qui le déprimait tellement.

— Encore, vampire, murmura-t-elle. Débrouille-toi pour que ça en vaille la peine, que ce soit...

Quand leurs lèvres se touchèrent, Sebastian gémit. Il lui semblait que l'électricité lui chatouillait la peau.

— Seigneur, balbutia-t-il en s'écartant d'elle.

Rien ne lui avait jamais paru aussi puissant, aussi parfait que ce baiser. L'avidité inscrite sur les traits de sa fiancée ne fit que croître.

S'il avait su que sa transformation en vampire lui vaudrait un tel instant de perfection, aurait-il enduré le processus avec joie ?

Lorsqu'il embrassa de nouveau Katia – avec douceur, pour commencer –, elle gémit contre sa bouche :

— Encore…

Il la serra violemment dans ses bras, avant de se ressaisir – *Non, idiot…* – et de relâcher son étreinte.

Les griffes de la jeune femme s'enfoncèrent aussitôt dans ses biceps. Un frisson le traversa.

— Non, ne te retiens pas. Je veux plus…

Elle voulait plus… et il voulait lui donner tout ce qu'elle pouvait désirer. Parce que… parce qu'elle était *sienne*. Quand, enfin, l'évidence s'imposa à lui, sa retenue s'évapora. En un clin d'œil – un battement de cœur –, il avait trouvé sa compagne. Un rugissement de triomphe monta en lui. Les griffes qui plongeaient dans sa chair achevaient de l'enivrer. On aurait dit qu'elle craignait qu'il ne cherche à s'écarter d'elle. Lui.

— Embrasse-moi, vampire, ou je te tue.

Il ne put se retenir de sourire contre les lèvres rouges. Une femme le menaçait de ses foudres, au cas où il *arrêterait* de l'embrasser ?

Il obéit, goûta la langue de la visiteuse, la titilla, avant de s'emparer avec ardeur de la bouche offerte, tandis que les lentes ondulations des hanches plaquées contre les siennes rythmaient la danse de sa propre langue.

Sebastian mettait dans ce baiser toute la passion qui lui avait si longtemps été refusée, tout l'espoir dont il avait été dépouillé et qu'on lui rendait enfin. Lui qui était las de vivre retrouvait l'envie en lieu et place du dégoût – grâce à elle. Il lui exprima donc sa reconnaissance… en l'embrassant jusqu'à ce qu'elle s'effondre contre lui, haletante.

Sa maîtrise de lui-même l'abandonnait aussi. L'envie le prenait de faire subir au corps adorable de sa fiancée de véritables perversions… et il ne tarderait pas à succomber à la tentation.

— Je te donnerai tout ce que tu veux. Toute ma vie…

Pour la première fois en trois cents années d'enfer, Sebastian avait désespérément envie de vivre.

# 3

Kaderin avait l'impression qu'elle était tombée d'une falaise et venait de s'écraser contre ses émotions disparues, enfuies depuis un millénaire. Peur, joie, chagrin et – indéniablement – désir se disputaient son attention... jusqu'à ce que la concupiscence, alimentée par le vampire, finisse par noyer tout le reste.

Dans l'égarement tourbillonnant où elle était plongée ne subsistait qu'une certitude : elle avait besoin de plaisir à en avoir mal, à en gémir. Chaque baiser passionné, possessif, la torturait un peu plus.

Les doigts plongés dans l'épaisse chevelure noire ébouriffée du vampire, incapable de réfléchir, elle n'arrivait même plus à se demander pourquoi une chose pareille lui arrivait. Des envies inexplicables la tourmentaient : lécher la peau pâle, sentir le corps mâle écraser le sien.

Ses lèvres entrouvertes se posèrent dans le cou de son compagnon puis remontèrent jusqu'au menton en partant du col. Le vampire réagit en pressant impulsivement son érection contre elle, mais s'efforça ensuite de se retenir de recommencer – alors que le contact de son sexe énorme, rigide, insistant, électrisait Kaderin. Elle en devenait moite, avide.

Incapable de résister, elle joua de la langue contre la peau qu'elle brûlait de goûter. Ses sensations s'aiguisèrent, lui arrachant un gémissement. Jamais un homme ne lui avait paru aussi exquis. Son propre corps réagissait à ces délices par une ardeur animale, si violente qu'elle se tortillait pour ne pas y succomber. Elle mourait d'envie de dépouiller le vampire de son jean, d'empoigner à deux mains son sexe massif pour le lécher frénétiquement sur toute sa longueur.

Cette image la fit onduler des hanches contre lui. Il n'hésita que le temps d'un frisson, avant de l'imiter en prenant une inspiration sifflante et en lui chuchotant à l'oreille des mots étrangers. Le château tout entier tremblait... à cause de la foudre qu'elle déchaînait, par ses émotions de Valkyrie.

La foudre – le plaisir, quel qu'il soit – lui avait été refusée si longtemps !

Elle n'aurait pas dû, elle le savait, et elle savait aussi qu'elle regretterait, mais, ici et maintenant, elle s'en moquait. Pour quelque raison inexplicable, il lui avait été accordé de connaître la passion une fois encore, avec ce mâle. Juste une fois. Elle n'en demandait pas davantage, avant que le froid et le néant ne s'emparent de nouveau d'elle...

Voilà pourquoi elle acceptait ses baisers, pourquoi elle y répondait. Emportée par l'ardeur, elle n'en cherchait pas moins à se justifier. Ils en resteraient là. C'était excusable. Ils ne s'étaient même pas déshabillés.

Il l'empoigna fermement par les fesses, les doigts écartés, et joua des hanches contre elle. *Viril... immortel...*

Doté d'un corps divin.

— Plus fort, murmura-t-elle.

Sans savoir comment, elle se retrouva collée au mur, les mains derrière la tête pour se protéger des chocs tandis que le vampire se plaquait contre elle de tout son corps rigide. Il devenait plus impérieux. *Non ! S'il prend les rênes, je suis perdue... à lui...*

Cela faisait si longtemps…

Un ressort comprimé, douloureux, se déployait en elle avec ravissement à chaque poussée décidée.

— Continue, supplia-t-elle entre deux halètements.

Elle allait jouir, pour la première fois depuis un millénaire.

— Est-ce que tu peux… jouir… comme ça ? demanda-t-il d'une voix rauque – à croire qu'il lisait en elle.

— Oui ! s'écria-t-elle tout contre ses lèvres. Ne t'arrête pas, j'en ai besoin !

— Besoin ? gronda-t-il, visiblement excité par le mot. Le problème, c'est que… je vais jouir aussi.

Il ajouta, la voix brisée par la concupiscence :

— Il faut que je te possède.

À ces mots, l'inconnue se raidit et détourna la tête, comme si elle se réveillait en sursaut.

— Non, attends ! Je ne veux pas… Ce n'est pas possible !

— Je peux te donner ce dont tu as besoin, je te le jure.

En son for intérieur, Sebastian maudissait son manque d'expérience.

— Laisse-moi juste te prendre.

Elle secoua follement la tête en se débattant entre ses bras.

— Nooon !

Humain, il l'aurait aussitôt lâchée, mais à présent, son instinct le lui interdisait. Même s'il ne comprenait rien à ce qui arrivait, il sentait qu'il fallait absolument qu'il partage quelque chose avec elle, ne fût-ce qu'une courte matinée de plaisir.

Cela ne pouvait pas s'arrêter maintenant – pas avant qu'il n'ait donné du plaisir à sa fiancée et qu'elle ne lui en ait donné.

— Alors, on va juste rester comme ça.

Si elle ne lui en accordait pas davantage, il s'en contenterait.

— Tu ne comprends pas…

À sa propre stupeur, il l'interrompit d'un baiser brutal, en lui tenant le visage à deux mains. Elle se raidit, sans doute furieuse de ses attentions, mais poussa quelques secondes après un gémissement qui le fit frémir de soulagement, d'autant plus qu'elle lui replongea les griffes dans les épaules. Il ne put se retenir de donner un coup de reins; ses pensées perdirent de leur netteté, chassées par un désir impérieux.

Plus il se montrait rude, plus les cris qu'elle poussait, et qu'il étouffait de ses lèvres, amplifiaient sa passion, l'encourageaient dans cette voie. Son agressivité faisait manifestement le plaisir de Katia… malgré le mur qui s'éboulait derrière elle.

Soudain, elle bondit sur lui et noua les jambes autour de sa taille.

— Ô Seigneur, oui.

Il empoigna à deux mains les fesses rondes, généreuses, dont le contact lui arracha un gémissement. Là non plus, elle n'avait rien de frêle… et il adorait.

Il pressa, pétrit les courbes opulentes.

— Oh oui, oui, haleta-t-elle à son oreille. Tu es tellement fort!

*Fort?* Il frissonna. Et elle aimait?

— Je n'ai jamais rien touché qui me fasse un effet aussi formidable que ton corps…

Les mots moururent dans la gorge de Sebastian quand Katia se laissa glisser un peu plus bas, cramponnée à ses épaules, les bras tendus, se frottant à lui, ses yeux argentés rivés aux siens. Un croc minuscule mordillait la lèvre inférieure de la jeune femme, qu'il contemplait, incrédule. Elle faisait preuve d'une telle ardeur qu'il sentait sa verge palpiter, tressaillir.

«Retiens-toi, s'ordonna-t-il, au bord de l'orgasme. Elle a besoin de jouir, elle aussi.»

Quand elle se hissa de nouveau un peu plus haut pour lui embrasser et lui mordiller l'oreille, il se retrouva le nez dans son cou soyeux. *Mords-la*. Il lui lécha la gorge, en proie à une envie désespérée de la prendre sans plus attendre... Mais non. Il ne pouvait pas lui faire ça.

Pourquoi pas ? Elle le considérait sans doute déjà comme un monstre...

Soudain, elle plaqua une main brutale contre le mur, derrière elle, puis poussa assez fort pour le faire trébucher en arrière sur les livres. Des feuilles volèrent tandis qu'ils tombaient sur le dallage, lui dessous, elle dessus.

Toute inhibition oubliée, frénétique, elle se frotta violemment contre le sexe dressé de Sebastian en lui glissant la langue dans la bouche. Ses fesses bougeaient sensuellement sous les mains de son hôte pendant qu'elle se plaquait contre lui... Jamais il n'avait imaginé une situation pareille, même dans ses fantasmes les plus fous.

Peu importait à présent qu'il répande sa semence dans son pantalon. Il allait jouir avec une force inouïe. *Quelle honte. C'est dégradant.* Mais il s'en fichait.

Cédant à la pulsion la plus primaire, il la fit rouler sur le dos d'un coup de reins, lui plaqua les bras au-dessus de la tête. Il avait envie de plonger en elle à en avoir mal, il avait besoin de la chevaucher... et les réactions de la jeune femme, ses paupières qui se fermaient en papillonnant, ses gémissements, lui prouvaient qu'elle en avait besoin aussi.

— Je n'y croyais pas, balbutia-t-il.

Elle secoua violemment la tête, la soie dorée de ses cheveux emplissant de son parfum les narines de Sebastian.

— Katia...

Il donna un coup de reins plus rude, et elle se tordit sauvagement sous lui.

— Tu m'appartiens.

— Oui, oh oui... C'est bon... oui...

Elle se cambra avec un cri. Il la serra dans ses bras de toutes ses forces, pour la coller contre lui, en donnant de furieux coups de reins.

Lorsque sa semence jaillit, il poussa un râle, la tête levée, le cou tendu. Chaque spasme lui arracha un rugissement, pendant que Katia jouissait toujours, les griffes plantées dans son dos.

Enfin, après un dernier frisson violent, il s'effondra sur elle, réduit par le plaisir à un silence stupéfait. Son souffle tout neuf, tellement surprenant, était haché, irrégulier.

Quand il prit conscience de ce qu'il venait de faire, il rougit, humilié, et s'écarta légèrement de sa compagne en détournant les yeux.

Fiancée ou pas, c'était une inconnue… avec laquelle il s'était conduit, à sa grande honte, comme un adolescent boutonneux. Pire encore, il avait mobilisé toutes ses forces pour la plaquer à terre sous son propre corps. Comment aurait-il pu ne *pas* lui faire mal ? Ne pas meurtrir sa peau parfaite ? Il n'osait croiser son regard. Affronter son air affligé…

Mais voilà qu'elle l'obligeait à se rallonger et tournait légèrement la tête, prête semblait-il à l'embrasser dans le cou. Lorsqu'elle se mit à frotter le visage contre le sien, un peu à la manière d'un chat, il comprit – malgré l'étrangeté de cette attitude – qu'elle lui témoignait son affection.

De l'affection. Ça aussi, en ce qui le concernait, c'était l'extase. Personne ne l'avait touché depuis tellement longtemps…

Il s'appuya sur les coudes, tandis qu'elle levait vers lui des yeux tendres, qui passaient sans arrêt de l'argent au marron. Elle avait l'air satisfaite. Il prit son visage entre ses mains tremblantes et effleura des lèvres ses paupières, son nez. C'était la créature la plus adorable qu'il ait jamais rencontrée – la plus passionnée aussi. Et elle était sienne.

— Je ne t'ai même pas dit mon nom. Je m'appelle Sebastian Wroth, déclara-t-il d'une voix rauque.

— *Bastian*, murmura-t-elle, toujours plongée, apparemment, dans un état second.

Il maîtrisa son envie de la serrer dans ses bras.

— Il n'y avait que ma famille pour m'appeler Bastian. Je suis content que tu en fasses autant.

— Mmm…

Elle promenait les ongles dans son cou en cercles languides.

L'excitation palpitait encore en lui. Il avait tout à apprendre d'elle, perspective qui l'emplissait d'impatience, mais d'abord, il fallait qu'il sache…

— Je… je ne t'ai pas fait mal ?

— Oh, je serai toute meurtrie…

Les lèvres de la jeune femme s'incurvèrent en un léger sourire, puis elle frotta une fois de plus le visage contre le sien, avec gratitude, cette fois.

— Mais seulement aux endroits les plus délicieux.

Sebastian était resté à moitié en érection dans la moiteur de son jean ; la manière dont la visiteuse ronronna le mot « délicieux » suffit à lui rendre son plein volume. Comment pouvait-elle traiter avec autant d'indifférence la souffrance qu'il lui avait infligée ? Peu importait : il était hors de question qu'il succombe au désir qui enflait de nouveau en lui. Aussi fit-il de son mieux pour oublier combien il aimait sentir son corps mince sous le sien.

Lorsqu'il repoussa les cheveux de Katia, ses oreilles pointues apparurent. Les crocs minuscules, les griffes, les yeux…

— Dis-moi, Katia, que…

Il s'éclaircit la gorge.

— Quel genre de créature es-tu donc ?

Les sourcils blonds se rejoignirent dans un froncement.

— Je suis une…

Aussitôt, elle se raidit tout entière. Son regard reprit sa netteté, comme si elle venait de se réveiller. Ses muscles, souples et décontractés après l'orgasme, se tendirent.

Elle inspira brusquement, se débarrassa de Sebastian d'un coup de pied brutal, le projetant contre le mur, puis se releva d'un bond.

— Dieux du ciel, qu'ai-je fait? chuchota-t-elle en portant à son front une main tremblante.

Le visage figé mais les yeux flamboyants, elle recula.

Il se remit sur ses pieds, les mains tendues vers elle pour la calmer.

Mais, lorsqu'elle se passa rudement le bras sur la bouche, la colère s'empara de lui. Il la dégoûtait, il le voyait bien. Il savait ce que c'était.

Il se dégoûtait lui-même depuis sa transformation.

— On va oublier ce qui vient de se produire, vampire.

Kaderin n'arrivait pas à croire qu'elle ait éprouvé de la reconnaissance pour ce monstre – sans doute parce qu'il lui avait permis d'assouvir son désir. Qu'est-ce qui s'était passé, bon sang? La réalité reprenait lentement ses droits, et avec elle l'envahissait une honte si brûlante que le rouge lui montait au front.

— Comment pourrais-je oublier une chose pareille?

Peut-être une puissance capricieuse se jouait-elle d'elle, l'obligeant à faire ce que jamais elle n'aurait fait à moins d'avoir été ensorcelée. Il fallait qu'elle parte. Tout de suite.

— Jure-moi de n'en parler à personne, et je te laisse en vie... pour l'instant.

— Me laisser en vie?

Il n'en dit pas davantage, car ces quatre mots avaient suffi à Kaderin pour ramasser son épée puis filer se poster derrière lui en lui plaçant la lame entre les jambes. Elle s'était déplacée avec une rapidité telle qu'il avait à peine distingué son mouvement.

— Oui, te laisser en vie, lui siffla-t-elle à l'oreille.

— Tu as été prise au dépourvu...

Il glissa de l'autre côté de la pièce pour aller se poster sur le seuil, les bras tendus en travers de la porte.

— ... moi aussi. Nous apprendrons ensemble à nous en accommoder. Mais tu es mienne.

Elle ferma les yeux, s'ordonnant de garder son calme.

— Tu n'es pas mon mari. Tu ne le seras jamais.

— Ce qui s'est produit ne doit rien au hasard, Katia.

Là, ça suffisait. Elle s'approcha de la porte... et sentit l'appréhension croître en lui. Le soleil la protégerait, ils le savaient tous les deux. Il suffisait qu'elle quitte le château.

Soudain, elle se plia en deux, déchirée par le chagrin au souvenir de Dasha et de Rika, comme si on lui avait tiré du barbelé dans les veines.

— Katia ?

Il s'avança.

— Katia, que se passe-t-il ? Tu es blessée ?

Haletante, elle tendit les mains devant elle pour l'empêcher de la rejoindre, puis se força à se redresser. Les Valkyries étaient toutes liées les unes aux autres, mais ses sœurs défuntes et elle étaient des triplées. Elles avaient été inséparables pendant mille ans, jusqu'à ce que deux d'entre elles trouvent la mort sur le champ de bataille. À cause de Kaderin...

— Katia...

Elle se précipita vers la porte, mais le vampire glissa de nouveau jusqu'au seuil, décidé à la retenir. Alors, elle feinta à gauche puis se jeta à droite, assez rapidement pour en devenir indistincte, elle le savait. Au moment où il cligna des yeux, elle le contourna d'un bond en lui abattant la poignée de son épée sur le torse... mais en se retenant au dernier moment de lui casser le sternum.

Quand elle le dépassa à toute allure, il poussa un rugissement de fureur. Une fois sur le palier pourrissant, elle se rua vers l'escalier en colimaçon, à travers des toiles d'araignées si épaisses que nul ne les avait sans doute traversées depuis des siècles. Les vampires se déplaçaient en glissant, bien sûr...

Moitié trébuchant, moitié glissant, en effet, il la suivit de près tandis qu'elle dégringolait jusqu'au deuxième étage, mais elle prit ensuite appui d'une main sur la rampe pour franchir d'un bond la volée de marches suivante, un exploit qu'elle répéta avant d'atterrir au rez-de-chaussée.

Il l'imita en poussant un cri rauque, prêt à se jeter sur elle. Heureusement, à la toute dernière seconde, elle réussit à atteindre la lourde double porte de chêne et se précipita dehors si vite qu'elle arracha les battants de leurs gonds rouillés. Des morceaux de bois volèrent autour d'elle.

Malgré le soleil matinal protecteur, elle continua de courir comme une folle à travers la vallée, en direction du village, les feuilles mortes craquant sous ses bottes. Dans la lumière chaude qui l'enveloppait, elle haletait. *Ne te retourne pas.*

Les larmes lui brouillaient la vue, et elle ne refoulait ses sanglots qu'à grand-peine. Le chagrin était aussi insupportable, aussi douloureux que le jour où elle avait rassemblé puis enterré les... morceaux de ses sœurs. Elle courait comme pour oublier ce qu'elle venait de vivre, comme pour laisser les souvenirs derrière elle dans le vieux château désolé. *Ne te retourne pas...*

Après l'enterrement, elle s'était arraché les cheveux et griffé le visage, tour à tour hurlant de fureur et appelant de ses vœux le néant de la mort. L'épuisement avait fini par lui faire perdre conscience. Dans son lourd sommeil, une puissance inconnue lui avait promis d'apaiser ses souffrances en la dépouillant de ses émotions.

À l'époque comme maintenant, la souffrance était insupportable. Maintenant comme à l'époque, Kaderin demandait grâce.

Mais la grâce ne venait pas. Kaderin avait-elle été abandonnée ? La mystérieuse puissance était-elle en colère contre elle ? *Ne te retourne pas.* Mais elle ne put s'en empêcher.

Le vampire l'avait suivie.

# 4

*Manoir de Val-Hall, La Nouvelle-Orléans, demeure
de la dixième des douze maisonnées de Valkyries*

Par moments, Nikolaï Wroth détestait vraiment sa belle-famille.

Un soupir las lui échappa tandis qu'il s'avançait avec son épouse, Myst la Convoitée, jusqu'au porche luxueux de la demeure où elle avait longtemps vécu. Ils arrivaient au perron lorsque retentit le premier hurlement.

Nikolaï ne s'en étonna pas: il était un vampire, et sa simple présence était une véritable provocation pour les Valkyries de la maisonnée.

Bien qu'il fît partie des Abstinents, la plupart d'entre elles le détestaient autant que s'il avait appartenu à la Horde – dont les membres, vampires de naissance, eux, étaient en guerre contre les Valkyries depuis l'aube du Mythos. Outre qu'ils massacraient si possible les semblables de son épouse, les membres de la Horde aimaient aussi les emprisonner pour se nourrir la nuit de leur sang exquis.

La haine qu'elles leur vouaient était donc compréhensible – il la partageait d'ailleurs, en tant qu'Abstinent, lui qui luttait contre la Horde depuis sa transformation en immortel. Mais peu importait.

Un autre cri s'éleva, suivi d'autres encore. Il n'arrivait pas à s'habituer aux hurlements des Valkyries.

Elles adoraient brailler, mais quand bien même elles seraient restées muettes, il aurait eu conscience de la fureur suscitée par sa présence : les Valkyries produisaient des éclairs en cas de vive émotion, et la cour ressemblait à un véritable champ de mines, à cause des explosions qui s'y déchaînaient.

Les innombrables baguettes de cuivre plantées çà et là dans la propriété ne pouvaient évidemment contenir pareils débordements. Fouettés par des rubans de foudre, les chênes centenaires qui entouraient le manoir dégageaient une fumée digne du *fog* londonien.

Existait-il odeur plus bizarre que celle de la mousse en combustion ?

Nikolaï secoua la tête en levant les yeux au ciel, où ne brillait pas une étoile, car les spectres payés par les Valkyries pour veiller sur leur demeure en dissimulaient l'éclat. Les monstres fantomatiques piaillèrent leur amusement.

Il n'avait pas la patience de traiter avec eux. Un mois plus tôt, quand il avait essayé de glisser jusqu'à Val-Hall, dans l'espoir de reconquérir Myst, ils s'étaient emparés de lui et l'avaient jeté en l'air si loin qu'il était retombé dans un autre comté. Rien ne pouvait passer leur garde.

Entre les spectres, la foudre, les hurlements et la fumée, il n'était pas surprenant que les autres créatures du Mythos aient presque aussi peur du manoir que des Valkyries en personne. Quand il y pensait, Nikolaï s'étonnait toujours que sa belle épouse ait vécu en ces lieux.

Cette nuit, elle l'avait persuadé de glisser jusque-là pour demander à Nïx – la plus âgée des occupantes, devineresse de son état – de les aider à retrouver ses deux frères cadets. En son for intérieur, il pensait perdre son temps. D'une part, Nïx – Siphonnïx, comme l'appelaient les autres membres de la maisonnée – n'était que rarement lucide ; d'autre part, elle possédait un sens de l'humour diabolique. En outre, les autres avaient prévenu Myst que leur aînée était « de mauvais poil » ce soir-là.

Il fallait bien reconnaître que toutes les Valkyries étaient… disons, excentriques. La bien-aimée de Nikolaï elle-même avait un mode de pensée qu'il trouvait parfaitement incompréhensible. Quant à Nïx, elle les surpassait toutes en folie…

Mais il fallait essayer. Il ne pouvait pas passer le reste de sa vie à se demander si Sebastian et Conrad étaient morts. La dernière fois qu'il avait vu ses deux frères, ils se préparaient à quitter le manoir de la Colline noire, alors qu'ils venaient d'être métamorphosés en vampires. La transformation les avait rendus à moitié fous, et ils étaient dans un état d'extrême faiblesse. Trois cents ans avaient passé depuis, mais Nikolaï ne se berçait pas d'illusions : il doutait que ses frères lui aient pardonné ses offenses.

Myst et lui se virent accorder par les spectres le droit d'entrer de la seule manière possible : Myst dut leur offrir une de ses mèches rousses, dont l'un d'eux s'empara au terme d'un piqué. Ainsi faisaient-ils payer aux Valkyries leur surveillance sans faille du manoir. Ils confectionnaient une tresse qui, une fois qu'elle aurait atteint la longueur voulue, leur permettrait de soumettre momentanément à leur volonté toutes celles qui leur auraient remis un échantillon de leur chevelure.

Les deux visiteurs pénétrèrent dans la demeure obscure, où ils traversèrent d'abord la salle télé dernier cri. Les Valkyries étaient fascinées par les films – mais aussi par tout ce qui se révélait moderne et changeant : technologie, argot, mode ou jeux vidéo.

Certaines avaient accepté, bien qu'à contrecœur, Nikolaï comme parent par alliance, d'une part parce que Myst et lui étaient maintenant mariés, d'autre part parce qu'il les avait aidées à sauver la vie de leur nièce, Emmaline. Il avait même obtenu la permission – par le chantage – d'aller et venir à sa guise à Val-Hall, ce qui faisait de lui le seul vampire vivant à avoir jamais vu de l'intérieur le légendaire manoir.

De la salle télé, ils gagnèrent l'escalier pour monter au premier. Myst avait expliqué à Nikolaï que Val-Hall constituait en quelque sorte une version *hard*, violente, d'une confrérie d'étudiantes, crêpages de chignons et vols de fringues compris. La vaste demeure abritait toujours au moins une vingtaine de Valkyries.

Myst s'arrêta devant une porte ornée d'une pancarte indiquant : « Antre de Nïx – Attention, Nïx méchante », tendit l'oreille puis frappa.

— Qui est là ? demanda une voix étouffée.

— Tu n'es pas censée le savoir ? répondit Myst en ouvrant la porte, car la clé venait de tourner dans la serrure.

La chambre où pénétrèrent les visiteurs était aussi obscure que le reste du manoir, uniquement éclairée par un écran d'ordinateur. Debout, impassible, Nïx tressait à toute allure sa longue chevelure noire. Elle portait un jean et un tee-shirt court sur lequel s'étalait cet avertissement : « J'aime jouer avec ma proie. »

Une énorme télé, des centaines de flacons de vernis à ongles de toutes les couleurs et un poster de charme d'un certain « Jeff Probst, le sex-symbol de la femme intelligente » composaient le décor. Le sol disparaissait sous des tas de livres en lambeaux, des avions en papier froissés et ce qui ressemblait aux restes d'une vénérable horloge, réduite en pièces avec frénésie.

— On est à la recherche des frères de Nikolaï, annonça Myst sans perdre de temps, et on a besoin de ton aide.

Pour toute réponse, Nïx s'assit sur son lit après avoir ramassé un des rares livres intacts, dont Nikolaï réussit à déchiffrer le titre : *Kit de bureau vaudou : prenez votre carrière en main... grâce au vaudou !*

— Donne-moi une raison, une seule, d'aider cette sangsue, dit enfin la devineresse.

Les yeux verts de Myst étincelèrent de colère. Elle traitait toujours de sangsues les autres vampires, et ça ne la dérangeait pas que ses semblables en fassent autant, mais en ce qui concernait Nikolaï…

— C'est doublement insultant de parler comme ça de toi, lui avait-elle dit un jour. Car, en admettant que tu sois une sangsue et que tu aimes boire à mes veines, qu'est-ce que je suis, moi, alors ? Un berlingot ? Une tétine ? Tu trouves que j'ai l'air d'une *proie* ?

Elle s'adossa à Jeff Probst, un pied posé à plat contre le mur, le genou levé.

— Tu vas nous aider parce que je te le demande et que tu es ma débitrice, du fait que j'ai gardé un super secret sans le communiquer à la maisonnée.

Nïx renifla en enfonçant ses griffes aiguisées dans le manuel vaudou.

— Un secret ? Lequel ?

Elle s'empara d'un autre volume – *La Béquille du mysticisme moderne* –, fit jouer ses griffes sur la couverture puis se ravisa et, au lieu de le lacérer de part en part, se contenta d'en arracher plusieurs pages, y compris celle portant le titre du chapitre : « Pourquoi il est plus facile de croire ».

— Tu te rappelles 1197 ? s'enquit Myst.

— Avant ou après Jésus-Christ ? répondit Nïx d'un ton ennuyé, en pliant et repliant une page de manière complexe.

Peut-être s'intéressait-elle à l'origami ? En tout cas, une silhouette se dessinait.

— Tu sais très bien que je suis née après Jésus-Christ.

— 1197 après J.-C. ? murmura Nïx, les sourcils froncés.

Elle rougit brusquement, l'air buté, tandis que ses doigts volaient sur le papier, pliant et repliant toujours avec adresse.

— Ce n'est pas très sympa de ta part de remettre ça sur le tapis. Et puis, je te l'ai déjà dit, je les croyais en âge, sa meute et lui !

Lorsque ses mains s'immobilisèrent, elle posa sa création sur la table de nuit. Un dragon parfait, sur le point d'attaquer.

— Est-ce que je déterre tes petites incartades à toi ? Est-ce que je t'appelle Mysty l'Allumeuse de Vampires, comme le reste du Mythos ? Comme les *nymphes* ?

Myst joignit les mains sur sa poitrine.

— Bouh, les nymphes me snobent. Je verse des larmes amères.

Ses traits se durcirent brièvement avant qu'elle reprenne :

— Quelles informations faut-il te donner pour t'aider à voir quelque chose ?

Nïx se tourna vers Nikolaï en rejetant d'un geste furieux sa lourde tresse par-dessus son épaule.

— Pourquoi veux-tu les retrouver ?

Elle commença un nouveau pliage sans y accorder un regard, utilisant cette fois quatre pages de *La Béquille du mysticisme moderne*.

— J'aimerais savoir s'ils sont toujours de ce monde. Si je peux les aider et les faire rentrer à la maison.

— Pourquoi en sont-ils partis ?

Elle l'examinait d'une manière indiscrète, ses doigts si rapides qu'ils en devenaient presque invisibles. On aurait pu croire que le papier se pliait et se repliait de lui-même.

Nikolaï se redressa de toute sa taille ; il détestait devoir se livrer à ce point.

— Sebastian m'en voulait de l'avoir transformé contre son gré. Et ils étaient tous les deux furieux que j'aie essayé de transformer nos quatre sœurs et notre père à l'agonie.

Myst le regardait en se mordillant la lèvre. Elle savait ce qu'il lui en coûtait de parler de ça.

— Je ne doute pas une seconde qu'ils soient partis dans l'espoir de gagner en force pour arriver à me tuer un jour.

*Parce qu'ils ont essayé avant de s'en aller. Tous les deux.*

Sebastian s'était réveillé en proie à la faim terrible dont Nikolaï se souvenait si bien. Lorsque ses frères vampires avaient posé devant lui une chope de sang, il s'était jeté dessus, mais quand il avait pris conscience de ce qu'il venait de faire, il avait sauté à la gorge du coupable...

Nikolaï avait attendu des mois le retour de ses deux jeunes frères au manoir, car peu lui importait qu'ils cherchent une fois encore à le tuer. Leur absence lui apportait chaque jour son lot de doutes et d'interrogations : étaient-ils capables de se débrouiller seuls, de trouver du sang, nuit après nuit... mais de se retenir de boire aux veines des humains ? De tuer ?

Nïx termina un requin de papier, qu'elle posa près du dragon sans quitter son visiteur des yeux. Quant à lui, fasciné, il ne pouvait s'empêcher de regarder les pliages.

— Tu savais qu'ils t'en voudraient ? demanda-t-elle.

— Oui, admit-il à contrecœur. Mais ça ne m'a pas empêché de les transformer.

Lorsqu'il poussa un soupir las, Myst prit le relais pour raconter à Nïx tout ce qu'il lui avait dit de ses frères. Ce répit permit à Nikolaï de se justifier une fois de plus en son for intérieur. Cette nuit-là, en voyant sa famille agoniser, il avait pensé à tout ce qui avait été refusé à Sebastian. Lui qui rêvait juste de fonder une famille, de vivre heureux dans son foyer n'avait jamais eu la possibilité d'atteindre son idéal. Il n'avait pas encore *vécu* – voilà ce que Nikolaï ne pouvait accepter.

Enfant, Sebastian avait atteint très tôt les deux mètres vingt, sans la masse musculaire qui allait s'ajouter un ou deux ans plus tard à sa haute taille.

Malgré sa maigreur et sa maladresse, pourtant, il se débrouillait presque mieux avant de s'étoffer.

Par la suite, il ne savait jamais que faire de son corps imposant ni de sa force inouïe, plus grande de jour en jour. Ses coups de coude involontaires infligeaient parfois à quelque demoiselle malchanceuse un œil au beurre noir – l'une d'elles avait même eu de cette manière le nez cassé –, et il écrasait tellement d'orteils que, d'après les villageoises, on ne pouvait le côtoyer sans « patience et longueur de brodequins ».

Le pire s'était cependant produit un jour qu'il traversait le bourg en courant avec Murdoch – lequel l'avait sans doute entraîné dans une de ses bêtises habituelles – et qu'il avait heurté de plein fouet une femme et sa fille. Elles étaient tombées à la renverse, le souffle coupé. Incident saisissant… d'autant plus que, sitôt remises sur pied, mère et fille s'étaient mises à hurler à l'assassin.

Sebastian en avait été consterné. Ce genre d'incident n'avait fait que renforcer sa timidité, le privant en présence du beau sexe de la moindre once d'assurance, alors qu'il ne possédait par ailleurs ni le charme suave de Murdoch ni l'indifférence de Conrad.

Depuis ses treize ans, Murdoch était en effet doté d'un sourire malicieux qui lui permettait de se glisser sous les jupes d'un certain nombre de villageoises… tandis que Sebastian, au même âge, serrait dans sa main moite de muet quelques fleurs des champs qui ne parvenaient jamais à leur destinataire.

Il s'était donc tourné vers les études. Car, étonnamment, son esprit restait plus puissant que son corps, malgré l'entraînement guerrier auquel il s'astreignait depuis qu'il était en âge de manier l'épée de bois. Il avait écrit des traités et des articles scientifiques qui avaient attiré l'attention des plus grands savants de l'époque.

— Tu as vu quelque chose, affirma Myst, tirant Nikolaï de ses pensées.

— Je peux vous dire où est Murdoch, acquiesça Nïx.

— Je l'ai vu hier, grinça-t-il.

Murdoch vivait au château d'Oblak, une ancienne place forte de la Horde dont les Abstinents avaient fait leur quartier général. Nikolaï y glissait presque chaque jour.

— Ah oui, bien sûr, répondit Nïx, sarcastique. Il est exactement où tu l'as laissé.

— Qu'est-ce que c'est censé signifier ?

Devant le regard inexpressif de la devineresse, il ajouta :

— Au sujet de Murdoch… qu'est-ce que tu voulais dire au juste ?

— J'ai dit quelque chose ? Quoi donc ? Comment suis-je censée me rappeler ce que je dis ?

Il perdait patience.

— Nom de Dieu, Nïx, je *sais* que tu pourrais me dire où ils sont !

Les yeux de son hôtesse s'écarquillèrent.

— Tu es devin, toi aussi ?

Par moments, il détestait sa belle-famille de toute son âme.

— J'ai besoin de ton aide.

Il crachait littéralement les mots. Ancien officier de l'armée estonienne, général des Abstinents, il avait l'habitude de commander… et d'être obéi avec empressement. Devoir quémander l'épuisait.

Nïx se concentrait à présent sur ses mains, créant par pliages une sorte de grand feu aux flammes intriquées qu'elle posa avec précaution près de ses deux premières créations. Elle déchira ensuite quelques pages supplémentaires, qu'elle plia encore plus vite. Nikolaï ne pouvait empêcher son regard de revenir encore et encore aux silhouettes de papier qu'elle réalisait de manière compulsive.

Un instant plus tard, un loup hurla à la lune. Les quatre formes disposées côte à côte évoquaient un story-board. Myst ne leur accorda qu'un coup d'œil, mais son époux était fasciné.

— Tu pourrais te donner un peu plus de mal, Nïx ! lança-t-elle, agacée, tandis qu'il se secouait et se forçait à détourner les yeux.

— Je ne vois pas Conrad ! riposta la devineresse sur le même ton.

La foudre frappa, tout près de là.

— Et Sebastian ? insista Myst. Dis-nous quelque chose, n'importe quoi.

— N'importe quoi ? Mais qu'est-ce que j'en sais, moi ?

Nïx fronça les sourcils.

— Ah si, je sais quelque chose !

Nikolaï se mit à arpenter la pièce, impatient, en lui faisant signe de poursuivre.

Elle haussa les épaules.

— En cet instant précis, ton frère Sebastian sort d'un château en courant et en criant à quelqu'un de revenir. Car il souhaite vraiment de tout son cœur, de toute son âme, que ce quelqu'un revienne.

Elle sourit, visiblement fière d'en voir autant, puis tapa des mains.

— Oh ! Il vient de prendre feu !

# 5

*Pourquoi me fuit-elle ?*

Sebastian se posait encore et encore la même question douloureuse, en pataugeant dans les flaques qui avaient envahi la grand-rue du village désert.

Il s'était mis à pleuvoir au crépuscule, au moment où il se lançait à la recherche de sa fiancée. Il pleuvait toujours des heures plus tard, violemment, assez pour ronger à vue d'œil les joints des pavés. Les gouttes martelaient le visage et les mains brûlés de Sebastian, qui pourtant les sentait à peine.

Que s'était-il passé, nom de Dieu ? À l'arrivée de Katia, il avait senti s'alléger puis s'évanouir la lassitude qui pesait sur lui depuis des siècles. Elle avait hélas repris ses droits, plus puissante encore.

— Ne t'en va pas ! avait-il rugi, avant que le soleil ne l'oblige à faire demi-tour.

Sa fiancée avait regardé en arrière, les yeux écarquillés, les lèvres entrouvertes, frémissantes. Elle avait été témoin de sa souffrance, au moment où sa peau avait pris feu.

La scène avait causé un choc à la jeune femme, il s'en était aperçu, car il avait déjà vu l'expression qui s'était inscrite sur ses traits à ce moment-là. C'était celle qu'arboraient les soldats quand un boulet de canon avait atterri trop près d'eux une fraction de seconde plus tôt : ils n'arrivaient pas à assimiler ce qui venait de se passer.

*Pourquoi s'est-elle enfuie ? Quelle erreur ai-je commise ?*

Il l'avait cherchée toute la nuit, passant au peigne fin les rues désertes et la vallée tout entière, avant de glisser jusqu'à l'aéroport, malgré sa certitude qu'elle était partie depuis longtemps.

Les villageois aussi, d'ailleurs. Un unique chien hurlait à la lune, au loin. Sebastian évitait les humains depuis sa transformation, mais là, il était tout disposé à les interroger. Il mourait même d'envie de le faire. S'ils disposaient de la moindre information sur sa mystérieuse fiancée, il était décidé, pour la leur arracher, à devenir le monstre qu'ils redoutaient tant.

Hélas, ils avaient disparu. La demeure du boucher, qui vendait en secret du sang et, parfois, des vêtements et des livres au vampire, était aussi obscure et déserte que les autres. De toute évidence, Katia avait averti les gens qu'il se lancerait à sa poursuite, prêt à tout.

Il ne cessait de ressasser en son for intérieur ce qu'il savait de son étrange Kaderin, mais il lui arrivait aussi de se dire qu'elle était trop belle, trop parfaite pour exister vraiment, pour être autre chose qu'un fantasme. Il avait vécu si longtemps en solitaire...

Et il avait déjà connu la folie, par le passé.

Alors, chaque fois qu'il se demandait s'il n'avait pas imaginé toute la scène, il regardait la meurtrissure qui s'étalait sur son torse puis palpait les déchirures de sa chemise. Katia les lui avait faites en lui enfonçant ses griffes dans le dos et les bras... Seigneur, quelle fiancée passionnée ! Maintenant encore, le sexe de Sebastian se dressait dès qu'il pensait à elle.

Jamais il n'avait éprouvé une telle concupiscence. Jamais une femme ne l'avait excité à ce point. Sans doute son désir était-il d'autant plus fort qu'il avait vécu une interminable période de chasteté. Oui, bien sûr. Il n'avait même pas possédé la visiteuse.

Dieu du ciel… Il ne l'avait même pas vue nue ni n'avait caressé sa peau.

Il secoua la tête tandis que le rouge lui montait aux joues, une fois de plus, à l'évocation de leur rencontre. Il n'avait rien d'un séducteur, mais il se rendait parfaitement compte de la… bizarrerie de ce qu'il avait fait.

De toute sa vie, il n'avait eu qu'une demi-douzaine de relations sexuelles, avec deux femmes différentes, pas davantage. Quoique… Pouvait-on vraiment parler de relations sexuelles en ce qui concernait la seconde ? Sebastian n'avait jamais cherché à conquérir les cœurs. Il était trop silencieux, trop renfermé sur lui-même pour cela. Et même s'il en avait été autrement, le temps, les occasions, mais aussi – surtout – les partenaires disponibles auraient manqué.

La demeure ancestrale des Wroth se dressait à l'écart des villes et des marchés. Les jeunes paysannes attirantes, à cent lieues à la ronde, étaient désespérément amoureuses de Murdoch le libertin… et jouissaient pour la plupart de ses attentions, ce qui leur évitait à jamais l'intérêt de Sebastian. Il n'aurait pu rivaliser avec l'expérience de Murdoch, et il craignait, s'il prenait une de ces femmes, de s'apercevoir en la regardant qu'elle pensait exactement la même chose.

Outre Murdoch, il avait aussi comme concurrents deux autres frères.

Puis la guerre était arrivée.

Les expériences sans importance – ou désastreuses – de Sebastian ne l'avaient en rien préparé à la passion de Kaderin. Elle s'était montrée aussi frénétique que lui. Qu'en serait-il lorsqu'il la tiendrait nue sous lui ? Son érection palpita douloureusement à cette pensée, lui arrachant un juron.

Elle l'avait poussé à s'affirmer puis avait joui de sa force en créature sauvage, mais elle ne lui avait donné ni son nom complet ni son adresse. Il ne savait même pas à quelle espèce elle appartenait.

Si seulement il avait mieux connu le monde dans lequel il évoluait à présent – celui du Mythos ! Il était aussi ignorant en la matière qu'en ce qui concernait la culture humaine moderne.

Lorsqu'il s'était réveillé d'entre les morts, si long-temps auparavant, Nikolaï et Murdoch avaient cherché à lui communiquer ce qu'ils savaient sur le Mythos – des informations bien maigres, compte tenu de leur récente transformation. Peu importait, d'ailleurs, car il ne les avait pas écoutés. À quoi lui serviraient ces renseignements, puisqu'il allait partir dans le soleil ?

Par la suite, il avait évité la Colline noire et hanté le seul pays où nul ne penserait jamais à le cher-cher. Que se passerait-il, s'il regagnait à présent le manoir familial ? Comment réagirait-il, confronté à Nikolaï ?

Soudain, il perçut un mouvement à la périphérie de son champ de vision. Il pivota brusquement. Son reflet s'était arrêté dans une vitrine. Sa main se leva d'elle-même vers son menton.

Seigneur ! Pourquoi ne se serait-elle *pas* enfuie ?

Sous la pluie torrentielle, il avait l'air d'un monstre, avec son visage brûlé d'un côté par le soleil et émacié – il se nourrissait mal, incapable de se contraindre à boire assez pour entretenir sa masse musculaire –, ses cheveux coupés à la diable, ses vêtements usés, élimés.

Kaderin avait dû le voir comme l'archétype du miséreux vivotant dans un taudis, sans amis ni rela-tions. Certainement pas comme un partenaire digne d'elle. Trois siècles plus tôt, une femme s'as-surait par nécessité que l'homme dont elle allait partager le sort était capable de subvenir à ses besoins. Un désir aussi élémentaire n'avait certainement pas disparu.

Pire que tout, Sebastian était un vampire. Or elle détestait les vampires.

Jamais il ne pourrait passer la journée dehors en sa compagnie. Seigneur, le soleil lui manquait tant… et maintenant plus encore, parce qu'il ne pouvait se promener à la lumière du jour avec elle.

*Vampiir.* Il passa la main dans ses cheveux mouillés. *Quel genre d'enfants lui donnerais-je ? Des buveurs de sang ?*

Lui aussi, il se serait enfui à sa propre vue.

Comment pouvait-il espérer ne pas la dégoûter, alors qu'il se dégoûtait lui-même ? Il vivait de sang. Relégué dans l'ombre.

*Tu n'es pas mon mari. Tu ne le seras jamais.* Voilà ce qu'elle lui avait dit.

*Je me détruirai.* Voilà ce qu'il avait dit, lui, à Nikolaï, la dernière fois qu'ils s'étaient vus.

Comment parviendrait-il à convaincre Katia de vivre avec lui, alors qu'en trois siècles, il n'avait pas réussi à se persuader qu'il avait le droit de vivre ?

Pourtant, elle l'avait embrassé, si brièvement que ce fût. Elle avait accepté ses avances maladroites. Avec le temps, elle surmonterait certainement l'aversion des débuts.

Peut-être les autres vampires étaient-ils cruels (il n'en avait jamais vu, à part ses frères), mais il prouverait à sa fiancée que ce n'était pas son cas à lui. Il la protégerait et lui donnerait tout ce dont elle pouvait avoir envie.

Il fallait qu'il retourne au manoir de la Colline noire, il n'avait pas le choix. Son argent s'y trouvait, enterré dans la propriété. Avant de quitter les champs de bataille en compagnie de Conrad, il avait amassé grâce aux officiers russes une véritable fortune, y compris le château qu'il occupait à présent.

Une demi-douzaine de ses coffres regorgeaient de pièces d'or à l'effigie d'un antique dieu ailé, tandis que d'autres étaient emplis de joyaux rapportés d'Orient par les militaires ennemis avant que leurs yeux avides ne se fixent sur l'Estonie voisine.

Sebastian se forcerait à boire. Il s'achèterait des vêtements neufs. Il ferait l'acquisition d'une demeure adaptée à un couple – et il serait ravi de ne jamais revoir ce misérable château.

Lorsqu'il retrouverait Katia, ce serait en homme digne de devenir son époux. Mais il n'obtiendrait ce dont il avait besoin qu'en s'aventurant dans le vaste monde nouveau qui l'entourait. Or, s'il avait vu des publicités pour des films, il n'avait jamais vu de film. S'il savait que des avions passaient au-dessus de sa tête, c'était parce qu'il avait découvert dans des livres à quoi ressemblaient leurs moteurs, mais il n'avait jamais emprunté un moyen de transport pareil.

Il devrait aussi côtoyer les humains, même s'il avait l'impression qu'ils le perceraient à jour d'un regard, qu'ils démasqueraient d'un coup d'œil le monstre qui essayait de passer pour un des leurs.

Pire, il redoutait l'envie terrible de boire à leurs veines, même s'il n'avait jamais rien ressenti de tel avant d'avoir la peau dorée de Kaderin juste sous le nez. Parviendrait-il à se maîtriser avec elle ? Se montrait-il égoïste en se lançant à sa recherche ? Non, il saurait se contrôler. Il *s'abstiendrait*, comme disait l'ordre auquel appartenaient ses frères.

Il voulait retrouver sa fiancée, et il la retrouverait, quitte à y laisser la vie.

Lorsqu'il se détourna de la vitrine, son regard se perdit sous la pluie. Il secoua tristement la tête.

Il comprenait maintenant qu'il avait attendu Kaderin toute sa vie. Avant même qu'elle ne devienne ce qu'il avait de plus précieux au monde.

*Tout va bien.*

Kaderin se sentait de nouveau elle-même, quoiqu'elle fût un peu désorientée... en apparence.

Cette région servait déjà de terrain de chasse aux vampires à l'époque où Londres n'était qu'un campement marécageux au bord d'un banal cours d'eau. Elle servait aussi de terrain de chasse à Kaderin, qui y traquait lesdits vampires à chacune de ses visites.

Après sa débâcle russe, elle avait décidé de passer quelque temps dans la capitale anglaise, riche en créatures du Mythos, à la fois parce qu'elle y possédait un appartement dont les autres Valkyries ignoraient l'existence et parce que c'était un bon camp de base pour la Quête.

Sa première nuit dans la métropole, elle comptait la passer à King's Cross en remplissant un objectif : tuer des sangsues. Épée et fouet dissimulés sous son imperméable, elle suivit une ruelle pavée qu'elle connaissait bien car, un siècle auparavant, deux frères vampires avaient failli lui couper la tête contre les briques de ses murs.

Sa haine de l'ennemi ne s'expliquait pas seulement par ce qui était arrivé à ses sœurs...

Pour l'heure, elle faisait mine de s'être perdue sous le voile fuligineux qui enveloppait la ville. Elle boitait même discrètement, dans l'espoir de montrer à d'éventuels prédateurs que le dîner n'attendait qu'eux.

Mais elle cherchait aussi à se persuader que cette petite excursion n'était pas censée prouver quoi que ce soit. Qu'il ne s'agissait pas d'un exercice destiné à s'assurer qu'elle avait toujours le courage de chasser le vampire. Ç'aurait été trop cliché, trop série B, de faire sauter les têtes et de nettoyer les rues de Londres à cause de *ça*.

Tuer cette nuit, c'était tout simplement vivre sa vie comme d'habitude.

Une bande de cinq sangsues se matérialisa juste devant elle, surgie de nulle part.

— Mais c'est fête ce soir, ma parole, lança Kaderin, nonchalante.

Ils étaient habillés en voyous ; des points noirs flottaient dans leurs yeux rouges luisants. Des yeux sales. Quand ils tuaient une proie en buvant à ses veines, ils s'abreuvaient aux abysses de son âme, ils en absorbaient la lie – démence et péchés.

Lorsqu'ils l'encerclèrent, elle tira son épée et frappa sans attendre.

Une souple torsion du poignet fit tomber la première tête. *Regardez-moi ça. Un ballon un peu spécial roule dans le caniveau londonien. C'est d'un banal. Tout va bien.*

Les quatre autres sangsues se mirent à glisser autour d'elle, en donnant des coups de griffes ou de couteau, aussi décrocha-t-elle son fouet de sa ceinture. Il s'agissait d'une lanière en titane enroulée avec soin, qui empêchait les vampires pris au piège de se téléporter. L'un d'eux identifia le danger au premier claquement métallique et s'enfuit sans demander son reste.

*Ah ah... mais les trois autres vont tenter leur chance.*

Le fouet en toucha un et s'enroula autour de son cou en claquant.

*Ce sont toujours les mêmes qui gagnent.*

Kaderin tira d'un coup sec pour rapprocher le vampire titubant juste à portée de sa lame. À l'instant précis où elle lui coupait la tête, elle éloigna d'un coup de pied en arrière les deux derniers, avant de feinter pour échapper au couteau du plus grand... qui s'enfonça dans la tempe du plus petit.

Le sang jaillit. La Sans-Cœur se sentait parfaitement dans son élément. Aucune passion. Le meurtre froid. Son épée dansait, son fouet claquait – elle était redevenue elle-même.

Quelle idée de s'enfuir de Russie comme une hystérique, tremblante, en larmes... Combien de fois pendant le voyage n'avait-elle pas dit et répété d'une voix plaintive : « Mais qu'est-ce que j'ai fait ?... Qu'est-ce que j'ai fait, par Freyja ? » Combien de fois n'avait-elle pas revu en esprit l'expression du vampire, quand il avait compris qu'il ne réussirait pas à l'empêcher de partir ?

Elle avait commis une erreur. Ça pouvait arriver à tout le monde.

Myst la Convoitée, par exemple... se dit Kaderin en portant le coup de grâce au vampire cornu – le manche de couteau qui dépassait de son crâne ressemblait vraiment à une corne. Myst se morfondait dans une prison de la Horde quand les Abstinents avaient conquis le château où elle était enfermée. Un de leurs officiers l'avait libérée pour lui faire la cour, après quoi les choses avaient un peu dérapé dans les cachots humides. Les Valkyries étaient arrivées à la rescousse trop tard.

Le statut de Myst dans le Mythos ne s'en était toujours pas remis, alors qu'elle avait bataillé des siècles pour l'obtenir. On la traitait à présent en paria. Même les nymphes se moquaient d'elle. Il n'existait pas pire ignominie...

Le dernier de ses adversaires donna à Kaderin un coup de poing à la mâchoire qui lui fit voir trente-six chandelles, mais elle riposta brutalement, bien qu'à l'aveuglette. Déjà, elle se redressait de toute sa taille, sur la pointe des pieds, l'épée dansante, les pensées bouillonnantes. La disgrâce suprême, voilà ce qui la préoccupait pendant qu'ils tournaient l'un autour de l'autre, l'ennemi et elle. Quelques décennies plus tôt, une autre Valkyrie, Hélène, avait eu un enfant du vampire dont elle partageait le lit. La petite Emmaline. Hélène était morte de chagrin peu de temps après... trahie par son compagnon.

Elle frappa. La sangsue évita le coup de justesse et jura.

— Seigneur ! Personne ne m'avait encore jamais traitée de salope, ironisa Kaderin en s'essuyant le visage sur sa manche.

Ses yeux croisèrent ceux de l'adversaire.

Les vampires changeaient. Telle était leur nature. Elle avait bien remarqué que Sebastian hésitait, la bouche dans son cou. Il l'avait même léchée à cet endroit-là, lentement. Il avait pensé à la mordre.

Oui, il finirait lui aussi par boire aux veines d'une victime jusqu'à la tuer, volontairement ou non. Ses yeux gris au regard franc vireraient au rouge sale de la frénésie de sang, et la Horde gagnerait un membre de plus. Comme celui qu'elle affrontait.

Cette pensée donna un coup de fouet à Kaderin, qui se jeta en avant avec un hurlement, roula à terre puis se redressa en brandissant son épée, qu'elle planta dans la poitrine du monstre. Se relevant d'un bond, elle arracha aussitôt sa lame de la blessure avant de trancher net la tête de sa proie.

Son geste ample ne produisit même pas un sifflement, tant il était rapide.

*Trop facile, ça ne vaut pas le coup.* Elle s'accroupit pour prélever les crocs des morts. *Quatre. Choubi-dou, ouah ouah ouah, bordel de merde.* S'il s'était agi de poissons, elle aurait relâché ses prises.

Mais elle s'était ressaisie. Son esprit s'était éclairci en ce qui concernait Sebastian Wroth. La solitude du vampire ne s'accrochait plus à elle comme le brouillard rampant à la ville. Sa lucidité retrouvée, elle était redevenue elle-même – une chance, vu que la Quête débutait dans deux jours. Elle ne délirerait pas, contrairement à ce qu'elle craignait en arrivant à Londres. Elle ne se mettrait pas dans tous ses états, *snif, beuh, heu, heu.*

Non. Elle serait d'un froid de glace. Voilà.

De King's Cross, elle regagna à petites foulées son appartement de Knightsbridge, ses vêtements imbibés de sang dissimulés par la brume nocturne. Son pied-à-terre londonien se trouvait exactement dans le bon quartier. Pas trop loin des magasins, pour pouvoir faire du shopping au cas où, mais dans les étroites ruelles desservant les écuries d'autrefois, un labyrinthe où elle pouvait circuler en toute discrétion. Kaderin n'eut plus ensuite qu'à sauter par-dessus le mur de la cour, pénétrer dans l'immeuble puis monter l'escalier à toute allure.

Elle ôta les vêtements « empruntés » à Myst, les jaugea d'un coup d'œil et les jeta dans le tas de linge sale « définitivement fichu », avant de se précipiter sous la douche pour se débarrasser du sang.

Le shampoing ne tarda pas à mousser dans ses cheveux. Elle ne pensait pas au vampire de Russie. Non. Pas du tout. Elle ne se demandait pas ce qu'il faisait dans son château désolé ni pourquoi il voulait mettre fin à ses tristes nuits. Ni où il avait guerroyé. Tout ça n'avait aucune importance.

Après avoir remporté la Quête, une fois prête, elle retournerait l'éliminer.

En attendant, il la chercherait. Un vampire qui avait trouvé sa... sa fiancée ne pouvait se résoudre à la perdre. Il ne la reverrait pourtant pas, car il ne connaissait que son prénom. Les villageois s'enfuiraient chaque jour de chez eux en fin d'après-midi et n'y reviendraient pas de la nuit avant son retour à elle... faute de quoi ils affronteraient sa colère, elle les avait prévenus.

Quant aux autres créatures du Mythos susceptibles de dévoiler l'identité de la visiteuse, elles prendraient la fuite à la seule vue de Sebastian Wroth, du fait de sa nature vampirique. Ce serait un étranger en tout lieu, pour tout le monde, humain ou immortel. D'ailleurs, tant que Kaderin se consacrerait à la Quête, elle serait impossible à localiser. Dans les semaines à venir, elle ne dormirait pas deux nuits de suite au même endroit et passerait son temps à parcourir le monde, afin de mettre la main sur les joyaux et amulettes qui lui vaudraient de remporter la compétition.

Elle affronterait le vampire quand et où elle voudrait. Oui, tout allait bien.

# 6

Sebastian venait de vivre trois jours d'enfer à côtoyer d'innombrables humains – lui, le buveur de sang, le prédateur, errant parmi eux comme s'il était encore des leurs. Le pire, c'était que les femmes le regardaient maintenant avec concupiscence, allant parfois jusqu'à le suivre, à sa grande consternation.

Mais il lui suffisait d'évoquer l'enjeu de sa quête pour les oublier et se concentrer sur les tâches qui lui permettraient d'être réuni à sa fiancée... même s'il ignorait totalement comment la retrouver. Les villageois, seuls capables de lui donner des indications, avaient disparu, du moins la nuit. Elle les avait prévenus, bien sûr.

Il avait enfin regagné la Colline noire, au bout de trois cents ans. Le vieux manoir était aussi impressionnant qu'autrefois, bien qu'il fût dans un état de décrépitude avancée – de ce point de vue-là, il n'avait rien à envier au château russe. Sebastian avait déterré une partie de son or, l'avait vendu à Saint-Pétersbourg puis s'était acheté des vêtements. À sa connaissance, les hommes riches s'habillaient à Savile Row, à Londres ; c'était donc là qu'il s'était rendu. À l'époque où il était mortel, il avait visité le port londonien. Il n'en conservait qu'un vague souvenir, mais il lui avait suffi de se le représenter mentalement pour y être transporté.

L'argent lui avait permis de prendre rendez-vous chez des couturiers une fois la nuit tombée. Ensuite, avant de quitter Londres, il s'était contraint chaque nuit à acheter du sang à un boucher et à le boire.

S'il avait fait tout cela, c'était dans le seul but de devenir un compagnon potentiel pour Kaderin, mais ces activités lui avaient aussi permis de s'occuper l'esprit, ce dont il avait désespérément besoin : il passait son temps à se demander où elle se trouvait et si elle était en sécurité. Le matin de leur rencontre, elle avait pleuré ; elle s'était pliée en deux de souffrance.

Et il ignorait totalement où la chercher.

Elle avait un accent un peu traînant... ce qui n'aidait guère Sebastian à déterminer d'où elle venait. Il ne risquait pas de glisser jusqu'à la mère patrie de sa fiancée pour y commencer son enquête, car il ne savait même pas sur quel continent elle vivait. D'ailleurs, d'après ses frères, les vampires ne pouvaient se transporter de cette manière qu'en des endroits où ils étaient déjà allés. Ses déplacements étaient donc limités à l'Europe et à la Russie.

*Si seulement je pouvais me téléporter directement auprès d'elle...* Cette pensée tournait sans fin dans sa tête.

Pour lui, l'idée qu'un vampire n'avait pas besoin de savoir *comment* atteindre sa destination, qu'il lui suffisait de la *visualiser*, n'avait aucun sens. Il avait glissé de la Russie à Londres pour s'acheter des vêtements, alors qu'il était incapable d'imaginer le trajet à suivre. Mais s'il suffisait de *voir* le but à atteindre, pourquoi ce but n'aurait-il pas pu être une *créature* ?

Peut-être l'art de glisser n'était-il pas si simple et ses frères ne savaient-ils pas tout ? Trois cents ans plus tôt, c'étaient des vampires inexpérimentés. Ils avaient d'ailleurs admis leur ignorance en ce qui concernait le Mythos.

Peut-être des vampires glissaient-ils chaque nuit jusqu'à des *gens*...

Sebastian était un phénomène dans sa famille puisque, sur quatre garçons, c'était le seul à s'être voué à l'érudition et à l'introspection. Au combat même, la ruse lui semblait aussi utile que la force, les possibilités à venir aussi importantes que l'entraînement passé. En tant que penseur, il aimait à résoudre les problèmes, d'autant que son père avait instillé en lui la conviction que l'esprit était capable de prouesses inimaginables lorsqu'on avait le courage de les croire possibles.

À présent, il avait besoin de croire à la possibilité de glisser jusqu'à Kaderin. Le seul autre choix qui s'offrait à lui consistait à attendre dehors le retour matinal des villageois, ce qui n'était tout simplement pas envisageable.

Des ordres militaires, mais aussi religieux, avaient cherché à l'attirer dans leurs rangs ; des sectes secrètes, détentrices de connaissances ésotériques, avaient tenté de le recruter. Il en avait informé ses proches. Il ne leur avait pas dit, en revanche, qu'il avait accepté la proposition des frères de l'Épée, ce qui lui avait permis d'apprendre bien des choses sur le monde en son manoir isolé de la Colline noire, grâce à sa correspondance avec des maîtres de la physique, de l'astronomie – bref, de toutes les sciences. Il avait même fini par traverser la Baltique et la mer du Nord pour aller se faire ordonner chevalier à Londres.

Pendant que ses frères se bagarraient ou couraient le jupon, Sebastian se consacrait aux études et apprenait à se fier à ses capacités de réflexion.

Peut-être les sacrifices d'alors allaient-ils payer aujourd'hui, en l'aidant à courir le seul jupon qui l'ait jamais intéressé.

Animé par une détermination brûlante, il glissa ici et là, en des lieux de son enfance dont il ne gardait qu'un vague souvenir, afin de déterminer l'effort et la clarté mentale requis.

Il en arriva à se persuader qu'il lui suffisait de visualiser Kaderin aussi nettement qu'un site quelconque pour l'atteindre.

Il existait cependant un danger inhérent au fait de se transporter de cette manière jusqu'à un endroit inconnu : si la jeune femme se trouvait au soleil de midi, à l'équateur, Sebastian risquait d'être trop sonné par le choc pour repartir. Si elle se trouvait dans un avion et qu'il se matérialisait un peu trop loin d'elle, il risquait d'être aspiré par un moteur.

Mais, ma foi, ça valait la peine d'essayer.

Peut-être Kaderin avait-elle décidé un peu vite que tout allait bien.

Depuis sa nuit en Russie, la mystérieuse bénédiction qui lui avait été accordée se comportait un peu comme une vieille décapotable Karmann Ghia : il lui arrivait de caler. Kaderin se baladait tranquillement, rien à signaler, quand il se produisait soudain, sans avertissement, une sorte de… glissement.

Là, par exemple, juste là, maintenant, elle ressentait une… douleur… une étrange meurtrissure de l'âme, comme un vide. Peut-être aussi une vague inquiétude. Et elle éprouvait simultanément le besoin pressant de savoir si sa nièce, la petite Emmaline de soixante-dix ans, la fille d'Hélène, allait mieux. La dernière fois que Kaderin avait appelé La Nouvelle-Orléans, ses sœurs de la maisonnée lui avaient appris qu'Emma avait été très grièvement blessée par un vampire.

Elle composa le numéro de Val-Hall en croisant les doigts pour ne pas tomber sur Regina la Radieuse, à qui elle n'avait aucune envie de parler. Pas encore. Pas si tôt après sa matinée d'enfer avec Sebastian.

Les Radieux avaient tous été exterminés par la Horde, hormis Regina. Kaderin avait fait d'elle une tueuse à son image, en l'entraînant et en alimentant sa haine des vampires.

— En garde ! Souviens-toi de ta mère !

Voilà ce qu'elle disait et répétait à la fillette… en se disant et en se répétant à elle-même : « Souviens-toi de tes sœurs ! »

*Pas Regina, s'il vous plaît… pas Regina…*

— Passerelle. Ici Uhura, lança la voix de la Radieuse.

Kaderin secoua la tête en soupirant. Une référence à *Star Trek*… Elle détestait ce genre de choses.

Mais bon, Regina était comme ça. Si on oubliait sa haine bouillonnante des vampires, c'était quelqu'un d'agréable à vivre, qui avait le rire et la plaisanterie faciles.

— Salut Regina, ici Kaderin.

Ladite Kaderin déglutit.

— J'appelle pour prendre des nouvelles d'Emma. Elle va mieux ?

— Salut, Kaddie-Kadeau ! Elle va formidablement mieux. Elle est même carrément guérie.

— Guérie ? répéta-t-elle, surprise. C'est génial, mais comment ça se fait ? Les sorcières vous ont donné un coup de main ?

— En fait, elle a épousé son Lycae – tu sais, cet horrible monstre qu'on voulait châtrer – il y a deux jours.

Regina avait-elle volontairement esquivé la question ? Kaderin avait grande envie d'en apprendre davantage, mais, à son avis, chercher à percer les secrets d'autrui revenait souvent à livrer les siens à la Destinée. Or elle avait un nouveau secret… alors autant laisser son interlocutrice se défiler, pour l'instant.

— Je n'arrive pas à y croire, soupira-t-elle.

Le garou avait enlevé Emma avant de la mettre sous clé chez lui, dans son château écossais.

— Moi non plus, renchérit Regina. Un taré de Lycae ! Enfin, ç'aurait pu être pire. Elle aurait pu se faire une sangsue.

Emma se nourrissait de sang, car elle était elle-même à moitié vampire, mais la maisonnée ne pensait jamais à elle de cette manière.

— Quoique… Elle n'est pas folle à ce point-là.

Un muscle se crispa dans la joue de Kaderin, qui tressaillit presque. Les Valkyries étaient en guerre contre les vampires, et l'Accession approchait à pas de géant – une lutte à mort entre immortels telle qu'il s'en produisait tous les cinq cents ans. En cette période-là plus qu'en toute autre, elle était censée *détruire* le plus de vampires possible, pas les *séduire*. N'était-elle pas en train de rougir, par hasard ?

— On a essayé de t'appeler, reprit Regina.

Kaderin perçut l'explosion d'une bulle de chewing-gum. La plupart des Valkyries, y compris la Radieuse, s'en tenaient à une marque et un parfum spécifiques – Triste Menthe Poivrée de Francfort, en l'occurrence, un truc parfaitement immonde. Kaderin, elle, avait un faible secret pour l'Heureux Écureuil aux Agrumes.

— Je crains que tu n'aies oublié ton portable chez le Lycae, vu le bordel qu'il y a eu à ce moment-là…

— Oui, je me rappelle.

Rien ne prouvait cependant que la maisonnée ait réellement cherché à la joindre. Elle était si énigmatique, dans son absence d'émotions, que ses compagnes se sentaient souvent mal à l'aise avec elle – surtout quand elles fêtaient quelque chose.

Kaderin avait parfaitement conscience du comique de certaines situations, mais n'avait jamais envie de rire. Elle avait la certitude d'aimer ses sœurs de la maisonnée, mais n'éprouvait jamais le besoin de le leur montrer. Un mariage ne lui aurait pas arraché l'esquisse d'un sourire.

Elle se mordit la lèvre, les yeux fixés sur ses pieds. Heureusement, elle était aussi immunisée contre la souffrance des exclus. Oui, totalement immunisée.

— Il se trouve que ça ne me dérangeait pas de perdre mon portable, ma chère Regina… vu que tu l'avais infecté avec la sonnerie Crazy Frog.

— Moi ? Tu es sûre ? Waouh…

— Transmets mes félicitations à Emma. Bon, Myst est là ?

Peut-être Kaderin parviendrait-elle à apprendre pourquoi une autre Valkyrie avait été tentée par un vampire au point de succomber à la tentation… sans révéler, quant à elle, qu'elle avait également pris du plaisir avec un vampire.

— Elle est occupée.

— Qu'est-ce qu'elle fait ? Elle en a pour longtemps ?

— Sais pas. (Nouvelle explosion de chewing-gum.) La Quête démarre dans deux jours, c'est ça ? Tu es prête ?

Encore un changement de sujet ?

— Ça ne va pas tarder.

Kaderin avait déjà emballé ses affaires et mis au point ses déplacements. Ça ne lui avait posé aucun problème. L'Accord – une fédération des douze maisonnées – estimait nécessaire que les Valkyries puissent voyager de par le monde sans perdre de temps, surtout Kaderin, lors de la Quête. Il avait donc monté une flotte d'hélicoptères et de jets privés répartis sur la plupart des continents.

Des pilotes seraient disponibles dans les métropoles les plus importantes. Des démons qui ne poseraient pas de questions, comme l'avait demandé Kaderin.

Les Valkyries avaient des goûts de luxe qui les poussaient à choisir toujours ce qui se faisait de mieux. Les autres concurrents engagés dans la Quête profiteraient des moyens de transport modernes, certes, mais ils ne jouiraient pas forcément du must – hélicoptères et Learjet.

— Alors, tu commences où ? s'enquit Regina.

— On se retrouve tous au temple de Riora pour s'inscrire.

La Quête, organisée par la déesse Riora, lui appartenait en quelque sorte, puisqu'elle en édictait les règles et décidait du prix remporté par le vainqueur.

— C'est de là que vous partez ?

— Je suppose.

Kaderin entamerait son premier trajet à l'aéroport de London City, aussi sélect que moderne, spécialisé dans les avions à décollage et atterrissage courts. Elle l'achèverait près de l'antique temple de Riora, blotti dans une forêt enchantée, construit avant que les humains ne commencent à écrire leurs multiples histoires, et introuvable si l'on ne disposait pas de ses coordonnées secrètes.

Elle aurait aussi bien pu remonter le temps, même si elle se rendait là-bas en Augusta 109, l'hélicoptère civil le plus rapide et le plus luxueux du monde.

À en juger par le bruit, Regina pianotait sur un clavier.

— Tu sais que les résultats de cette Quête-ci sont censés être postés en temps réel sur le Net ? C'est bien pratique, vu que tu ne nous donnes jamais de nouvelles… alors qu'on t'envoie toujours plein de pigeons voyageurs. Moi, je les adore, ces bestioles. Je les baptise toutes, mais toi, tu… tu t'en *débarrasses* et puis voilà.

— Ce sera intéressant d'avoir les résultats sur le Net, oui. Quant aux oiseaux, si aimés soient-ils, ils aspirent à la liberté.

Un drame pigeonnesque… Les scènes de ce genre rappelaient à Kaderin pourquoi elle préférait travailler seule.

# 7

Au crépuscule, Sebastian se doucha de la seule manière possible au château : avec la neige fondue collectée dans une citerne puis pompée et amenée, glacée, jusqu'à une petite pièce carrelée dotée d'une évacuation. Après quoi, il s'habilla de neuf et polit son épée, avant de la remettre dans le fourreau accroché à sa ceinture. Assis au bord de son lit, il se prépara à mettre si possible sa théorie en pratique.

Tout dépendrait du résultat qu'il allait obtenir maintenant. *Il faut que je la trouve.* Sa main était moite, sur la poignée de son arme.

Il fronça les sourcils. S'il voulait avoir une chance de réussir, mieux valait éviter tout signe d'agressivité. Il se voyait bien se matérialiser pendant le repas de famille, immense vampire à l'épée démesurée... L'image le persuada de déboucler sa ceinture et de la poser de côté.

Tout était dans les détails. *Concentre-toi.* Il évoqua Kaderin un long moment. *Vide-toi l'esprit pour que seul y subsiste son souvenir...*

Rien. Il s'allongea.

*Visualise son ravissant visage...* Les traits d'elfe, le menton délicat et les hautes pommettes, le regard des yeux marron brûlants...

Il ralentit son souffle. *Souviens-toi d'elle sous toi.* Un corps souple, moelleux, parfaitement adapté au sien.

Le souvenir du parfum qui lui était monté aux narines, celui des cheveux et de la peau de sa fiancée représentaient pour lui un appel impérieux. Sa réaction n'aurait pas été plus vive si elle l'avait appelé à voix haute. Il glissa, se sentit quitter le château glacial pour progresser vers la chaleur, totalement ignorant de ce qu'il allait trouver en arrivant.

*Temple de la déesse Riora, forêt de Codru, Moldavie*
*Premier jour de la douzième Quête du Talisman*

Toujours les mêmes têtes, songea Kaderin, qui s'ennuyait déjà. Perchée sur la balustrade d'un balcon, elle examinait la petite foule réunie en contrebas, dans la galerie.

Comme la plupart des lieux de culte, le temple de Riora était évidemment en marbre, de facture classique, quoique ornementé, éclairé par des braseros et des bougies. Toutefois, la similitude avec les autres temples s'arrêtait là. L'édifice était en effet dissimulé au cœur de la forêt enchantée de Codru. Des chênes moussus en crevaient les murs, allant parfois jusqu'à tomber à l'intérieur. Des racines en soulevaient le lourd dallage. Sa coupole ouvrante était constituée d'un grand vitrail au dessin complexe, bien que non figuratif.

*L'ordre vaincu, l'impossibilité incarnée.*

Telle était la devise de Riora, déesse de l'impossible qui aimait à prouver que *tout* était possible. Peu d'immortels le savaient, cependant, car c'était une entité discrète, malicieuse, capable de lancer les rumeurs les plus étonnantes. Ces cinquante dernières années, elle s'était fait connaître comme la déesse de la mode sportive.

Quelques centaines de concurrents faisaient le pied de grue dans son temple, pour la bonne raison qu'elle était en retard. Une fois de plus. Lors de la Quête précédente, la Sans-Cœur s'était retenue d'affirmer qu'il était impossible à une déesse d'être ponctuelle, ce qui aurait obligé Riora à l'être… mais l'aurait sans doute incitée à riposter qu'il était impossible à une Valkyrie de prendre un bain d'une décennie dans une cuve d'acide bouillonnant.

Autant se distraire un peu en attendant… Kaderin commença par toiser les nymphes d'un air méprisant, en veillant à ce qu'elles s'en rendent compte, puis salua d'un coup de menton Lucindeya la sirène, sa rivale la plus acharnée durant les Quêtes précédentes. Lucindeya – Cindey, pour les intimes – était capable d'une violence et d'une dureté qui lui valaient le respect de Kaderin. Elles avaient pris l'habitude de s'entraider au fil de la compétition, jusqu'à ce qu'il ne reste qu'elles dans les dernières étapes.

À ce moment-là, tous les coups étaient permis.

La dernière fois, Cindey avait cassé quelques dizaines d'os à son adversaire. Laquelle lui en avait brisé deux fois plus, minimum, lui avait fendu le casque et, s'il fallait en croire la rumeur, fait exploser la rate.

Quand le regard de Kaderin se posa sur les kobolds, des sortes de gnomes fouisseurs extrêmement mignons, elle tendit la main vers son épée, accrochée dans son dos. Il lui suffit d'en attraper la poignée, sans la tirer, face au mâle kobold le plus imposant – qui dépassait à peine le mètre trente. Il déglutit en s'empressant de baisser les yeux. Les kobolds avaient *l'air* adorables… jusqu'à ce qu'ils deviennent voraces.

Kaderin faisait partie des rares êtres vivants à les avoir jamais vus sous leur vrai jour : des prédateurs reptiliens, chassant en meutes par bonds prodigieux. L'expression « gnome tueur » ne lui arrachait toujours pas d'éclat de rire hystérique, contrairement à ses sœurs.

La foule rassemblait un peu de tout ce qu'on trouvait dans le Mythos : trolls, sorcières, nobles elfes, plus quelques démons de diverses dynasties.

Les vétérans espéraient bien remporter le grand prix – quel que soit le fabuleux trésor proposé cette fois-ci –, tandis que les charognards chercheraient juste à s'emparer des talismans alloués à chaque étape.

Il y avait aussi les petits nouveaux. Kaderin n'avait aucun mal à les reconnaître, parce qu'ils osaient la regarder dans les yeux.

En tant que concurrente – et championne en titre depuis un bon millénaire –, elle était plus célèbre dans le Mythos que les autres Valkyries. Sa réputation valait à sa maisonnée – et à sa propre personne – une puissance et un respect dont elle aurait tiré une légitime fierté, si elle avait été capable de sentiments. Elle n'arrivait pas à croire qu'elle l'avait mise en péril tout récemment par son inconséquence. Non seulement elle avait risqué la disgrâce, mais aussi celle de ses sœurs…

Soudain, ses oreilles tressaillirent. Elle pivota, consciente d'une présence dans l'ombre, au fond du balcon. Un mâle massif, aux yeux brillants. Un Lycae ? Étonnant. Loups-garous et vampires ne participaient jamais à la Quête.

Les membres de la Horde avaient une trop haute opinion d'eux-mêmes pour s'y inscrire, tandis que les mystérieux Abstinents en ignoraient l'existence. Les autres créatures du Mythos trouvaient à la fois plus drôle et plus intelligent de ne pas trop renseigner sur leur monde ces humains transformés.

Quant aux Lycae, ils s'en fichaient.

Il en allait ainsi depuis toujours sans que personne y soit pour rien. Malgré leur beauté saisissante, les garous étaient des brutes têtues. Quant aux vampires, leur aptitude à glisser les aurait rendus quasi invincibles.

Le Lycae s'approcha de Kaderin, qui reconnut Bowen MacRieve, le cousin et meilleur ami du mari d'Emmaline. Il avait maigri depuis un millénaire, mais n'avait guère changé par ailleurs – ce qui signifiait qu'il était toujours aussi séduisant.

— Kaderin.

Ses yeux dorés étincelaient sous ses épais cheveux sombres. Il négligeait le « *Dame* Kaderin » des autres créatures du Mythos, parce qu'il n'avait pas peur d'elle.

— Bowen.

Elle le salua d'un signe de tête.

— Je ne t'ai pas vue au mariage. C'était bien.

Il avait donc assisté à la cérémonie.

— Je suis curieuse de connaître les raisons de ta présence ici.

— J'ai décidé de m'inscrire.

Sa voix à l'accent écossais évoquait un roulement de tonnerre profond. Les voix de basse étaient tellement séduisantes… Un souvenir se déploya dans l'esprit de Kaderin : le murmure rauque de Sebastian, entre deux baisers. Elle se secoua.

— Tu vas être le premier Lycae à participer à la Quête. Le tout premier.

Bowen appuya son grand corps contre le mur avec une nonchalance non feinte. Il était aussi grand que le vampire, mais plus élancé. Aussi rude, quoique sans doute d'une beauté plus classique.

*Tu le compares à* Sebastian *? Comme c'est mignon ! À croire que le ministère de l'Agriculture a décerné un label rouge à M. Wroth.*

— Ça t'inquiète, Valkyrie ?

— J'ai l'air inquiète ?

Elle adorait poser la question, parce qu'elle savait que la réponse était invariablement négative.

— Non, je me demande juste pourquoi maintenant…

Elle avait vu Bowen sur le champ de bataille, face à la Horde, une éternité plus tôt. À l'époque, il se montrait impitoyable, et elle était prête à parier qu'il n'avait pas changé en cela non plus.

— On m'a dit que le vainqueur remporterait un prix qui risquait de m'intéresser.

Oui, Bowen était – si possible – encore plus beau que le vampire, mais Sebastian avait les yeux tellement gris, tellement tourmentés et attirants. Il suffisait sans doute de se perdre dans ces nuages d'orage pour avoir envie de lui donner tout ce qu'il voulait. Alors que le regard de Bowen... Un coup d'œil, et on hésitait entre lui sauter dessus et s'enfuir en courant.

Mais la bénédiction s'attachait toujours à Kaderin, car le Lycae ne lui inspirait pas le moindre soupçon de désir.

— Tu sais ce qu'il y a à gagner?

Elle parlait dans le vide. Deux sorcières venaient d'arriver, Mariketa l'Attendue et une inconnue. Bowen les examinait, les sourcils froncés.

— Si tu te laisses distraire aussi facilement, je n'aurai aucun problème, ajouta Kaderin.

— Qu'est-ce qu'elles font ici? cracha-t-il.

Elle haussa les sourcils.

— Elles viennent s'inscrire. Comme à toutes les Quêtes.

Seuls les Lycae n'achetaient jamais rien à la Maison des Sorciers, les mercenaires de la magie du Mythos. Les autres factions avançaient à cette particularité des dizaines d'explications farfelues, et Kaderin elle-même s'interrogeait parfois, car elle n'imaginait pas davantage la vie sans sortilèges – pour empêcher les vampires de se libérer de leurs chaînes ou de glisser hors de leur cage, par exemple – que sans douches. Ç'aurait été également barbare.

Devant l'expression de Bowen, cependant, elle en venait à se demander si les Lycae ne se passaient pas de ce genre de choses pour la seule raison que les sorciers leur faisaient peur.

— Tu sais ce qu'il y a à gagner? répéta-t-elle.

— Pas exactement, répondit-il, sans quitter du regard les deux arrivantes. Je n'en ai qu'une vague idée, mais je te préviens que je suis prêt à tout pour l'emporter.

Enfin, les yeux ambrés se reposèrent sur elle.

— Malheureusement, si je te tue, la trêve fragile établie entre Lycae et Valkyries risque d'en pâtir.

— Je vois. Tu estimes donc que je devrais me retirer, *moi*, à cause du mariage d'Emma et de Lachlain ? Même si c'était déjà *ma* compétition quand tu n'étais encore qu'un jeune chiot ?

Il haussa ses larges épaules.

— Tout bien considéré, je préférerais ne pas te faire de mal. Je n'ai jamais frappé une femelle, encore moins de manière à lui infliger le genre de blessures qu'on récolte dans cette Quête, à ce qu'on m'a dit. Des blessures telles que toi, tu en as causé.

— Ne t'en prends pas au joueur, mais au jeu.

Elle lui tourna le dos pour mettre un terme à la conversation. Il suffirait de lui casser une jambe assez vite.

Au moins, ce n'était pas un vamp...

Le vampire apparut en contrebas.

Les griffes de Kaderin dérapèrent sur la balustrade tandis qu'elle perdait l'équilibre.

# 8

*Comment a-t-il bien pu me retrouver, nom de Dieu ?*
Elle avait évité la chute de justesse, mais elle avait
du marbre sous quatre ongles.

Sebastian était d'abord apparu au fond de la galerie, mais il glissa presque aussitôt jusqu'à un recoin
obscur. De toute évidence, personne d'autre ne l'avait
encore remarqué, car la foule ne se dispersait pas
comme si quelqu'un avait crié au feu. Peut-être parce
qu'il réussissait à ne se matérialiser qu'en partie, de
manière à rester quasi invisible et inodore, du moins
aux yeux des créatures peu évoluées. Kaderin avait
déjà vu des vampires capables d'un exploit pareil,
mais ils étaient beaucoup plus vieux.

En ce qui la concernait, toutefois, elle le voyait
parfaitement. Et, si beau qu'elle l'ait trouvé lors de
leur première rencontre, il était maintenant irrésistible.

Totalement métamorphosé. Une semaine lui avait
suffi pour se muscler ; ses épaules s'étaient élargies,
ses bras et ses jambes étoffés. La coupe de sa tenue,
à la fois décontractée et luxueuse, mettait en valeur
son corps puissant. Son épaisse chevelure noire,
toujours aussi longue, avait été domptée.

*Mais comment a-t-il bien pu trouver le temple de
Riora ?*

La première pensée de Kaderin fut qu'une autre
Valkyrie avait servi d'indic à Sebastian, en le rensei-

gnant sur ses faits et gestes à elle. Mais ce n'était pas possible : même les plus perverses de ses sœurs, celles avec lesquelles elle entretenait les pires relations, ne l'auraient pas trahie – surtout en faveur d'un vampire.

La trahison ne pouvait donc venir que des villageois. Ces minables ! Les yeux de Kaderin se plissèrent. Ces minables *condamnés*.

Un jeune démon ailé passa en gambadant près du nouveau venu sans avoir conscience de sa présence, mais la réaction de Sebastian prouva à son observatrice qu'il n'avait jamais vu une créature pareille. Pourtant, il dissimulait bien sa surprise – heureusement pour lui, car tout le monde ici n'allait pas tarder à guetter ses réactions, à la recherche de ses faiblesses.

S'il boitait, les griffes seraient attirées par sa jambe. S'il tombait à genoux, les crocs viseraient sa jugulaire. Tel était le monde du Mythos.

— J'ai quelque chose pour toi, Valkyrie, lança Bowen, dans le dos de Kaderin.

Comment osait-il interrompre le cours de ses réflexions ? Elle se retourna et se retrouva face à… une rivière de diamants. Un magnifique collier étincelant, posé dans une grande main.

Il était possible d'hypnotiser les Valkyries grâce au scintillement des joyaux. C'était une de leurs rares faiblesses, due à l'instinct de propriété qu'elles tenaient de leur mère divine, Freyja. Les pierres précieuses exerçaient sur elles un funeste attrait. Bien sûr, ce n'était pas le cas des babioles sans valeur : les zircons les laissaient froides, tandis que les beaux diamants aux profondeurs vibrantes…

La plupart des Valkyries s'entraînaient sans relâche à y résister, mais Kaderin ne se donnait plus cette peine depuis des siècles. Il n'était pas évident de s'essayer à la répugnance quand on n'était pas capable d'attirance.

Si elle avait été un être d'émotions, les gemmes éblouissantes l'auraient fascinée, comme Bowen l'espérait visiblement. Les lumières qu'y allumaient les bougies du temple, les scintillements prisonniers de leur eau, les minuscules aiguilles suscitées par les flammèches rouges, tout cela l'aurait hypnotisée. *Brille, brille, brille…*

Elle détourna très vite le regard. Curieusement, pour elle qui n'avait pas d'émotions, quelque chose d'assez proche de la fureur rampait dans ses veines.

— Bravo, Bowen, bien joué, mais ce genre de petit tour ne marche pas avec moi.

Ça avait pourtant failli, noms des dieux ! *Reprends-toi. Ne montre pas ta faiblesse.*

Devant le sourire satisfait du Lycae, elle résista à l'envie de lui jeter un coup d'œil menaçant et se retourna, l'air indifférent, à la recherche du vampire. Deux nymphes le suivaient maintenant de tout près.

— N'empêche que ces petits tours marchent avec les autres Valkyries, hein ? demanda Bowen.

— Adresse-toi à Myst ou à Regina, répondit-elle sans quitter Sebastian du regard. Tu me raconteras ce que ça aura donné.

Ces garces de nymphes collaient littéralement aux basques de l'intrus. Kaderin n'avait jamais compris pourquoi Myst les détestait, mais maintenant, elle révisait son opinion. Sa compagne de maisonnée avait raison, c'étaient de sales petites allumeuses.

— Je lui tiens compagnie dans une orgie quand il veut, lança la plus grande, en examinant langoureusement l'objet de sa convoitise.

Il pivota et tomba nez à nez avec les nymphes dans leurs robes transparentes. Elles ne cherchèrent nullement à dissimuler leur concupiscence, mais il ne resta pas bouche bée, comme un humain.

De l'avis de Kaderin, les nymphes n'avaient pas plus de charme que les Valkyries. Seulement, c'étaient des filles faciles, ce dont on se rendait compte au premier coup d'œil : avec elles, il suffisait d'être un mâle pour arriver à ses fins. Et, curieusement, elles attiraient davantage les hommes que les Valkyries, plus du genre *Vas-y, grand singe, la mort est au bout du chemin*.

— Mmm mmm… intervint la plus petite. Le côté face est aussi séduisant que…

— Non !

L'autre avait pâli. Sa voix se réduisait à présent à un chuchotement.

— Ce n'est pas un démon, c'est un *vampire* !

Sa compagne secoua la tête.

— Il a les yeux gris. Et il n'a pas une odeur de vampire.

Les sourcils de Sebastian se froncèrent. Sans doute se demandait-il ce que sentaient les vampires.

— Un vampire ! hurla la grande.

Elles se fondirent toutes deux dans les chênes du temple, tandis qu'il se retenait manifestement de reculer. Les créatures alentour, enfin conscientes de sa présence, s'empressèrent de se disperser, ce qui aurait fait jubiler la plupart des humains transformés. Mais Sebastian se contenta de se redresser un peu plus, l'air encore plus arrogant qu'à l'instant de son apparition. Les yeux plissés, il parcourut les lieux du regard.

Kaderin imaginait très bien ce qu'il pensait. La situation était certes stupéfiante, mais sa venue avait une raison précise.

Il était à la recherche de sa fiancée. Parce qu'un vampire qui avait trouvé sa fiancée ne se résignait jamais à la perdre.

Sebastian leva les yeux. *Elle* était là, perchée sur la balustrade d'un balcon, au-dessus de lui.

Oui, elle était là. Il avait réussi !

Il avait glissé jusqu'à elle.

Un soupir de soulagement monta en lui, mais il le réprima, parfaitement conscient d'être entouré d'une véritable foule – créatures de rêve et de cauchemar mêlées –, dont l'attention se concentrait tout entière sur lui. Lorsque le soulagement se transforma en autosatisfaction à la pensée de son exploit, il dissimula de même un sourire.

Ensuite seulement il remarqua la tenue de Kaderin : une jupe scandaleusement courte, une veste de cuir, des bottes souples. Assise sur la balustrade, elle tendait une jambe nue devant elle et balançait l'autre dans le vide. Furieux de cette exhibition, il parcourut d'un regard menaçant les mâles de l'assemblée disparate.

Jamais encore il n'avait été jaloux. Jamais encore il n'avait rien voulu pour lui seul. Mais voilà qu'une jalousie dévorante lui aiguisait les crocs, qu'il devait se retenir de dévoiler. Kaderin était *sienne*. Il était hors de question qu'il partage avec d'autres la vision de son corps.

Elle se détourna sans lui prêter attention pour s'adresser à un homme de haute taille, aux yeux ardents… posté beaucoup trop près d'elle.

Sebastian savait que, dans leur relation, il allait être le demandeur, parce qu'il avait plus à y gagner qu'elle, mais après ce qui s'était passé le matin de leur rencontre, il s'attendait au moins qu'elle le salue. Qu'elle réagisse un minimum… Peut-être ses lèvres s'étaient-elles entrouvertes ; peut-être un nuage rose se répandait-il sur ses hautes pommettes.

Que faisait-elle là, avec toutes ces créatures ? Si jamais il commençait à réfléchir à ce qu'il voyait, il risquait de devenir fou. Encore une fois. Il s'efforça donc de n'y prêter aucune attention, pas plus qu'aux éventuels accessoires additionnels dont étaient dotés les êtres qui l'entouraient – cornes, ailes, multiples bras.

Son manque d'assurance le tourmentait encore plus qu'à l'ordinaire, car il oscillait entre le rôle d'humain sidéré et celui de monstre. De toute évidence, les jeunes personnes qui venaient de disparaître dans les arbres avaient moins peur des démons que des vampires… Il faillit maudire Nikolaï, une fois de plus, pour l'avoir contraint à devenir quelque chose d'aussi détesté, y compris de pareilles créatures, mais se rappela juste à temps que, sans son frère, il serait mort bien avant de rencontrer sa fiancée.

Aussi, rassemblant toute l'arrogance aristocratique instillée en lui depuis sa naissance, monta-t-il l'escalier.

— Katia…

Il se demandait si elle n'allait pas l'ignorer complètement quand elle se retourna enfin, au moment où il dépassait un rondin pourri posé sur le palier. Un murmure s'éleva de l'énorme bûche :

— Non ? Il l'a vraiment appelée Katia ? Ne laissez pas les petits regarder, ça ne va pas être beau.

Sebastian jeta un coup d'œil en arrière. Le rondin était couvert de petites créatures à l'allure de trolls.

Quand il s'approcha de sa fiancée, le grand mâle aux yeux ardents avec qui elle discutait un peu plus tôt recula dans l'ombre.

— Il faut que je te parle, c'est important, déclara Sebastian.

— Il veut lui parler, chuchota la petite voix sur la bûche.

— Quelqu'un t'a invité ? demanda Kaderin.

— Non.

Elle pencha la tête de côté.

— Alors, comment as-tu réussi à glisser jusqu'à un endroit qui ne figure sur aucune carte du monde connu ? Je sais pertinemment que tu n'étais jamais venu ici.

— Ce n'était pas bien difficile.

Sans savoir pourquoi, il hésitait à dévoiler son exploit.

— Il faut que je te parle de ce qui s'est produit, reprit-il.

— Que s'est-il passé entre Dame Kaderin et ce vampire ? reprit la voix sur le rondin. Qu'a-t-il bien pu se produire ?

— Tu n'aurais pas dû te déplacer pour ça. Je n'ai rien à te dire.

L'homme de l'ombre jeta un regard meurtrier à Sebastian, qui lui montra les crocs en réponse – et se sentit aussitôt mieux. Dire que ce type s'était tenu tout près de sa fiancée… Il serra les poings, mais dut admettre en son for intérieur qu'il ne pouvait rien reprocher à l'inconnu, vu la tenue de Kaderin.

— Qu'est-ce que c'est que ces vêtements ?

— Oh… non, ce n'est pas possible.

— Si, si !

Elle haussa les sourcils à son intention, avant d'entrouvrir ses lèvres rouges pour pousser un sifflement quasi distrait en direction du rondin. Les petites voix se turent immédiatement.

En contrebas, dans la galerie, les coquettes à l'allure de nymphes chuchotaient entre elles que Kaderin avait « fricoté » avec un vampire, « comme sa sœur ». Elle écarquilla les yeux, visiblement surprise par leur témérité, puis fit mine de bondir au pied des marches. Les deux femmes s'empressèrent de regagner les chênes.

Sebastian ne voyait qu'elle.

Il n'eut même pas le temps de se raidir en prévision du choc.

# 9

Bowen jaillit de la pénombre comme un boulet de canon. Kaderin le regarda charger en se demandant pourquoi il avait mis aussi longtemps à se décider : après tout, vampires et Lycae étaient en guerre. Peut-être les yeux gris de l'intrus avaient-ils induit le garou en erreur, à moins qu'il n'ait hésité parce que le nouveau venu ne sentait ni le sang ni la mort.

Ils s'écrasèrent contre le mur dans un enchevêtrement de poings et de griffes. Le grand temple de marbre en frissonna tout entier. Une fissure se dessina dans le verre de la coupole.

Sebastian repoussa Bowen puis chercha sa gorge d'une main, pendant que l'autre filait vers le visage du garou, fermée en poing. Le Lycae frappa exactement au même instant.

La bagarre risquait de durer, mais ma foi... deux colosses séduisants en train de s'entre-tuer... il y avait spectacle plus désagréable. Kaderin s'installa confortablement, prête à regarder le combat avec son indifférence habituelle.

Les coups pleuvaient, violents. Sebastian ne perdait pas de terrain, malgré là force de Bowen. La galerie bourdonnait de murmures surpris. Certes, le Lycae avait visiblement maigri depuis la dernière fois qu'on l'avait vu, mais quand même...

Qu'il suffise de s'ébrouer après un bon direct de garou en pleine mâchoire, c'était nouveau.

Les deux hommes passèrent par-dessus la balustrade juste devant Kaderin et s'écrasèrent au rez-de-chaussée, Sebastian préférant subir le choc plutôt que de glisser. Il se battait contre un spécimen de l'espèce la plus résistante du Mythos, physiquement : s'il ne cherchait pas à se protéger, Bowen n'aurait aucun mal à le massacrer.

De nouveau sur leurs pieds, ils se mirent à tourner l'un autour de l'autre en échangeant parfois quelques coups, aux aguets, en quête des faiblesses de l'adversaire. Sebastian se faisait frapper, oui, mais il était manifestement ambidextre, ce qui lui permettait d'utiliser le poing gauche aussi bien que le droit, de manière aussi précise, à intervalles choisis.

Le Lycae avait pour lui ses griffes meurtrières et sa rapidité, le vampire ses compétences. De *grandes* compétences, se dit Kaderin, alors qu'il n'utilisait même pas son principal avantage.

Les lèvres retroussées sur les crocs par la fureur, les iris noircis, les muscles contractés, il avait l'air encore plus imposant qu'à l'ordinaire. *Mâle… immortel… puissant…* Elle s'aperçut qu'elle se penchait, fascinée.

Il était plus fort qu'elle ne l'avait cru. Donc plus attirant qu'elle ne l'avait craint.

Une image s'imposa brusquement à elle : le robuste corps allongé sur le sien, ce matin-là. Les bras musclés refermés autour d'elle en un véritable étau. Les coups de reins contre son…

Se sentant frissonner, elle baissa des yeux surpris. Ses bras se hérissaient de chair de poule. *Ça, c'est nouveau.*

Bowen frappa, toutes griffes dehors, mais Sebastian bondit en arrière, et les griffes du Lycae s'enfoncèrent dans le marbre d'une colonne comme dans du talc. Le poing du vampire s'écrasa sur le nez du garou à l'instant précis où celui-ci frappait aussi, de l'autre main.

Bowen avait le nez cassé, Sebastian le torse traversé par quatre plaies profondes. Ils saignaient tous les deux abondamment.

Des murmures s'élevèrent dans la galerie.

— Ils profanent le temple de Riora ! Elle va être furieuse.

— Dieux du ciel, regardez la colonne. Nous sommes tous condamnés.

— Vite, mettez une plante devant !

Kaderin soupira. Dire qu'elle appartenait à ce monde-là…

Les protestations gagnaient en énergie. Riora jouait les divas au point que, par comparaison, Mariah Carey elle-même paraissait douce comme un agneau. Sans doute était-elle capable d'annuler la Quête, si elle se sentait assez contrariée.

— Malheureusement, je ne vois pas qui pourrait séparer un Lycae et un vampire, déclara un des concurrents.

Tout le monde se tourna vers Kaderin.

— La sorcière ? proposa-t-elle d'un ton ennuyé, avec un geste négligent en direction de Mariketa l'Attendue.

Cette dernière était censée être une des créatures les plus puissantes nées depuis des générations dans la Maison des Sorciers. D'ailleurs, elle était apparemment venue s'inscrire, alors qu'elle n'avait guère qu'une vingtaine d'années.

Son aspect ne donnait cependant aucune indication sur son âge, car elle était coiffée d'un capuchon et soumise à un sortilège de brouillage si épais qu'il en paraissait badigeonné sur elle. Quant à savoir quelle tête se cachait derrière tout ça…

— Il m'est impossible de pratiquer mon art dans le temple d'autrui, déclara la jeune fille.

La Quête représentait la moitié des raisons de vivre de Kaderin. Elle poussa un soupir las, tira son épée du fourreau accroché dans son dos puis se laissa tomber au rez-de-chaussée, où elle s'approcha tranquillement des combattants. Un plongeon, et elle se redressa entre eux, les bras tendus, l'épée collée contre la poitrine de Bowen, les griffes sur la gorge de Sebastian.

— Écarte-toi, Valkyrie, gronda le Lycae en repoussant de tout son corps la pointe de la lame. Je me fiche de la couleur de ses yeux, tu ne sais donc pas que c'est un vampire ?

Sebastian glissa pour échapper à Kaderin, mais réapparut juste à côté d'elle, s'empressa de la faire passer derrière lui puis resta planté là, le bras dans le dos, visiblement décidé à ne pas la lâcher. Une attitude qui le livrait, sans défense, à son adversaire, et qui la surprit tellement qu'elle resta décontenancée, les sourcils froncés, dissimulée par le dos puissant du vampire.

Bowen, lui, en profita pour attraper Sebastian par le cou afin de lui arracher la tête. Celui-ci riposta de même, d'une main, sans lâcher Kaderin.

Elle retint un sourire.

Un mâle décidé à la protéger, *elle*. C'était... nouveau.

Mais malvenu. Empoignant le bras protecteur, elle se pencha par-dessus pour lancer :

— On est dans le temple de Riora, Bowen. Si tu continues comme ça, elle risque d'annuler la Quête.

Les muscles qui jouaient sous ses doigts restaient contractés, du fait du combat ; le grand corps de Sebastian vibrait littéralement d'énergie et de chaleur. Incapable de se maîtriser, elle s'en rapprocha encore. Il sentait tellement bon... Et voilà qu'il pliait le bras pour l'attirer tout contre lui.

Pourquoi ne résistait-elle pas ?

— Je ne te comprends pas, Kaderin, rugit Bowen.

Elle se pencha de nouveau de côté.

— Pas de Quête. Elle va l'annuler.

— Elle ne ferait pas une chose pareille. Pas parce que j'aurais supprimé un vampire.

— Si.

À la grande surprise de Kaderin, les yeux du Lycae s'écarquillèrent, devinrent encore plus sauvages, virèrent au bleu glacé de sa forme bestiale… mais il lâcha son adversaire en levant brusquement les mains. Et en jurant en gaélique – contre lui-même, semblait-il.

Un garou, accepter sans hésiter d'interrompre le combat avant la mort de l'ennemi ? Alors qu'un *vampire* le tenait toujours à la gorge ? Décidément, c'était la semaine des grandes premières.

— Lâche-le, Sebastian, reprit Kaderin. Il le faut.

Son protecteur autoproclamé ne prêta aucune attention à son intervention.

— Finissons-en, cracha-t-il au Lycae, lequel s'essuya le visage avec sa manche.

— Non. Pas maintenant.

Lorsque Sebastian le lâcha, il recula, sans baisser les mains.

C'était certainement la première fois de sa vie qu'il refusait le combat, lui, le mâle alpha, entraîné depuis l'enfance à tuer des vampires. « Le prix doit vraiment lui faire envie », en conclut Kaderin.

Il replongea dans l'ombre, les yeux luisants.

Sebastian lui emboîta le pas.

— Non, lança-t-elle. Tu ne peux pas.

Lorsqu'il se retourna, elle le trouva tellement sexy, après la bagarre, qu'elle faillit sursauter. Essoufflé par l'effort, blessé, la poitrine se soulevant et retombant…

« Les cicatrices disparaîtront, dommage », songea-t-elle en rengainant son épée.

— Tu veux que je le laisse partir ? demanda-t-il, avant d'ajouter avec calme, en jetant un rapide coup d'œil à ses plaies sanglantes : D'habitude, je punis ce genre d'affront.

Quelle litote, proférée par cette voix grondante.

Il n'avait pas plié devant Bowen. Il aspirait même à continuer le combat.

*Un guerrier. Immortel. Je n'ai jamais fait l'amour avec un immortel.*

Sebastian la contemplait toujours, comme s'il ne pouvait se rassasier de sa vue. Sans avertissement, il l'attrapa par le bras et glissa avec elle jusque sur le balcon obscur.

— Ne refais jamais une chose pareille, murmura-t-il. Ne cherche pas le danger.

Elle le regarda dans les yeux ; le sol se dérobait sous ses pieds.

— Tu… tu as *glissé* avec moi ?

La tête lui tournait. C'était la première fois qu'elle glissait. Sacré trip.

— Ce n'était pas très galant, ajouta-t-elle.

— J'aurais dû te prévenir, Katia, c'est vrai.

Une seconde plus tard, le monde entier avait basculé – les images, les bruits, jusqu'aux battements de son cœur, tout semblait différent à Kaderin.

Dieux du ciel, elle avait retrouvé les émotions… Elle ne pouvait plus le nier.

Elle vacilla, mais il la tenait toujours par le bras. *Refaite. Je suis refaite.*

À croire qu'elle avait été décapée à l'eau glacée : la bénédiction avait… disparu. Totalement.

Elle exhala enfin le souffle qu'elle retenait depuis un moment, acceptant ce que, d'instinct, elle savait déjà : c'était bel et bien Sebastian qui réveillait ses sentiments. Nulle puissance capricieuse ne se jouait d'elle, nul sortilège ne l'affectait. C'était… lui, tout simplement.

Elle aurait pu en hurler de rage, les poings tendus vers le ciel, car elle ne comprenait pas pourquoi.

Les Valkyries ne croyaient pas au hasard, aux coïncidences. Alors, quand l'attirance exercée par un vampire allumait des émotions si parfaitement éteintes, et depuis si longtemps, que fallait-il en déduire ?

À cause de Sebastian, Kaderin faisait même l'expérience d'une émotion totalement inconnue : l'angoisse.

# 10

Katia semblait de nouveau en état de choc. Était-ce le fait d'avoir glissé ? Sebastian se botta mentalement le derrière pour ne pas l'avoir prévenue.

Du coin de l'œil, il voyait diverses créatures se faufiler dans l'escalier, l'oreille tendue, prêtes à épier sa conversation avec sa fiancée. Lorsqu'il se plaça devant Katia en montrant les crocs, les curieux se dispersèrent à toute allure.

Après ce petit intermède, elle lui parut vaguement rassérénée.

— N'interviens plus jamais dans un combat de cette manière, Katia. Tout allait bien.

— Vraiment ? demanda-t-elle, impassible. C'est un Lycae, il n'avait pas encore libéré la bête…

Devant le froncement de sourcils de Sebastian, elle ajouta :

— Un Lycae… un loup-garou, tu sais ?

— Que se serait-il passé ? Il se serait transformé en loup ?

Elle regarda la main posée sur son bras jusqu'à ce qu'il la lâche, avant de répondre :

— Tu n'aurais pas eu cette chance.

Puis elle enchaîna distraitement, comme plongée dans ses souvenirs :

— Il aurait grandi d'une trentaine de centimètres, ses griffes et ses crocs se seraient allongés en s'aiguisant comme des rasoirs… L'image d'un animal

brutal et dominateur se serait vaguement super-
posée à la sienne, un peu façon fantôme, tu vois ?

Enfin, elle releva les yeux.

— Si tu t'étais obstiné à ne pas glisser, ç'aurait été
ta dernière vision avant qu'il ne t'arrache la tête.

— Ce n'est pas prouvé, répliqua Sebastian.

Il plissa les yeux.

— Qu'est-ce que c'est que cette histoire de Quête ?

— Tu n'es pas au courant ?

Il haussa les épaules, aussi Kaderin ajouta-t-elle :

— Bon, tu ne vas pas tarder à le savoir.

Elle se rapprocha de la balustrade.

— Tu es vraiment une *Valkyrie* ? reprit-il aussitôt.

Elle pivota en se coinçant une mèche blonde derrière l'oreille.

— Oui, et alors ?

— Les Valkyries ne sont-elles pas... plus grandes ?

— Oh, le *vampire* tord le nez ?

Elle avait l'air écœurée.

— Non, ce n'est pas ce que je voulais dire... C'est
juste que j'ai peine à croire... Tu es tellement petite...

— *Petite* ? Je fais presque un mètre quatre-vingts,
ce qui est immense pour une Valkyrie.

Puis, comme si elle prenait conscience de ce qui
se passait, elle ajouta :

— Je déteste qu'on me traite de petite.

Pourquoi, mais pourquoi n'avait-il pas ne fût-ce
qu'un centième du charme de Murdoch ?

— Accorde-moi cinq minutes...

— Nous savons l'un et l'autre que tu ne t'en contenteras pas. Si je pensais une seule seconde me débarrasser de toi en t'accordant cinq minutes, ce serait
déjà fait.

— Alors, dis-moi au moins pourquoi tu t'es enfuie.
Pourquoi tu as changé aussi radicalement d'attitude...

— Je me suis aperçue sans le moindre doute
possible que je ne voulais rien avoir à faire avec toi.

Il baissa la voix.

— Je refuse de croire une chose pareille, après ce qui s'est passé entre nous.

Elle faisait visiblement d'énormes efforts pour ne pas perdre patience.

— Écoute, puisque tu as apparemment réussi à apprendre qui je suis afin de pouvoir me suivre jusqu'ici, tu sais sans doute aussi que les vampires, je les tue. Point final. C'est mon boulot... ma vie. Or tu es un vampire. Donc...

— Mais tu n'as pas réussi à me tuer, ce matin-là. Ni cette nuit, quand tu m'as vu arriver. Tu n'as pas fait ton boulot.

Les lèvres de la Valkyrie s'entrouvrirent.

— Je t'ai épargné *volontairement*.

— Pourquoi?

Maintenant, elle serrait les dents... en cherchant une réponse.

— Parce que ç'aurait été minable de t'abattre, lâcha-t-elle enfin.

— C'est-à-dire?

— En principe, les sangsues auxquelles je m'attaque n'ont pas les mêmes buts que moi. (Elle reprit place sur la balustrade.) Elles se défendent. (Tirant son épée, elle la posa sur ses genoux.) Alors, tu vois, vampire, cette nulle de Valkyrie qui ne sait pas faire son boulot te propose d'aller voir ailleurs si elle y est... et refuse de continuer à discuter avec toi.

— Aller voir ailleurs si tu y es?

Une seconde plus tard, Sebastian pinça les lèvres.

— Ah, d'accord.

Elle sortit de la poche de sa veste un affûteur en diamant, à l'aide duquel elle entreprit d'aiguiser son épée.

— Katia...

Concentrée sur sa tâche, elle promenait à présent la pierre dans les deux sens avec des gestes mesurés.

— Kaderin...

Pas de réponse. Le corps gracile s'était figé, à l'exception des mouvements réguliers du bras dans lequel semblait s'être réfugiée toute sa vie.

Sebastian comprit simultanément deux choses : sa fiancée trouvait la tâche apaisante et, à cet instant précis, avait besoin d'apaisement. La discussion était close – momentanément. Kaderin l'avait chassé de ses pensées.

Alors seulement, il prit conscience des murmures qui emplissaient la galerie, murmures où revenait le nom de sa compagne. Or, la perte de sang n'aiguisait pas seulement son ouïe, mais aussi son aptitude à glisser sans se matérialiser pleinement. Les créatures parlaient de Kaderin... autant qu'il en profite pour en apprendre davantage. Après une dernière tentative de discussion, il s'éloigna à contrecœur, glissant jusque derrière les bavards, à la recherche d'informations.

Les anciens des différentes factions donnaient aux jeunes des explications qui lui révélèrent que tout ce beau monde s'était rassemblé pour une sorte de traque intéressée, un concours doté d'un prix dont les futurs concurrents ne connaissaient pas encore la nature.

Dépassant un trio aux voix gutturales, il s'approcha de deux autres créatures – un père d'allure très banale et un fils d'allure très démoniaque –, qui parlaient de Kaderin.

— Personne ne l'a jamais vue sourire, dit le père à voix basse en jetant un coup d'œil furtif à l'intéressée.

Ils avaient donc tous peur d'elle ?

Sebastian, lui, l'avait vue sourire... Ça lui avait même fait l'effet d'un grand coup de pied bien placé auquel il ne s'attendait pas.

— C'est un mystère incarné, continua le père. Elle rend les mâles fous.

*En effet.*

— Pourquoi l'appelle-t-on Kaderin la Sans-Cœur ? demanda le fils.

*Vraiment ?*

— Parce qu'elle n'a pas de cœur. Elle est froide. Impitoyable. Les nôtres ont décidé de ne jamais chercher à s'emparer des mêmes talismans que les Valkyries…

— C'est donc bien une Valkyrie, murmura Sebastian pour lui-même, fasciné.

Lorsque père et fils se mirent à discuter d'une certaine Riora, il glissa jusqu'à deux femmes – l'une coiffée d'un capuchon, l'autre, âgée, une pomme rouge à la main.

— Si tu vois arriver Kaderin, il vaut mieux t'en aller, Mariketa, disait la vieille. Ne l'oublie surtout pas. Il paraît qu'elle prévient toujours avant de frapper, mais je ne parierais pas là-dessus.

— Elle n'est pas un peu petite pour une Valkyrie ?

Le visage de ladite Mariketa disparaissait sous sa capuche, mais à en juger par sa voix, c'était une toute jeune femme.

Kaderin se raidit, ce qui apprit à Sebastian qu'elle épiait la conversation et l'entendait parfaitement. Il sentit un sourire se dessiner sur ses lèvres malgré lui. Elle était tellement petite, tellement délicate… Il adorait ça, mais il n'avait pas réussi à l'exprimer correctement. Elle possédait une élégance naturelle extraordinaire… mais aussi une force qu'il n'aurait jamais cru trouver chez une femme.

— Elles sont toutes comme ça : petites, avec une allure d'elfe, expliqua la vieille. C'est un avantage biologique. On n'arrive pas à croire qu'elles soient des guerrières redoutables. Pas avant qu'il soit trop tard.

Aiguiser son épée était depuis toujours un rituel qui aidait Kaderin à réfléchir, raison pour laquelle elle venait de s'y atteler : ses pensées n'avaient jamais été plus embrouillées.

Pourquoi les émotions lui étaient-elles revenues ? Pourquoi à cause de lui ? Pourquoi maintenant ?

Enfin bon, pas la peine de paniquer, se répétait-elle. La bénédiction reprendrait effet. Forcément. Si le vampire agissait sur la bénédiction comme la kryptonite sur les pouvoirs de Superman, il suffisait qu'elle le sème.

Il glissait d'un groupe à l'autre – ceux qu'elle entendait parler d'elle tout bas, dans la galerie. Il les espionnait sans qu'ils en aient conscience, car il lui était facile de ne se matérialiser qu'à moitié. Trop facile. On ne pouvait pas éliminer les vampires dans cet état-là, ils n'étaient pas assez denses.

Bon, il se renseignait sur elle, mais personne ici ne la connaissait assez pour dévoiler ses faiblesses. Son histoire restait mystérieuse – elle y veillait. Sebastian plissa les yeux en surprenant l'expression « Dame Kaderin », qui trahissait la prudence avec laquelle les créatures du Mythos la traitaient – avec raison.

Puis une démone produisit cette perle :

— Kaderin a perdu l'essentiel de son humanité, personne ne sait pourquoi. Elle n'est plus mue que par ses instincts animaux depuis maintenant fort longtemps.

À l'entendre, suivre ses instincts animaux était une mauvaise chose… Kaderin allait se laisser tomber au rez-de-chaussée et entamer une petite séance de torture quand un elfe en robe – Scribe – s'approcha de l'autel qui occupait le fond de la galerie.

Il se gratta le crâne.

— Ohé, où sont passés les concurrents ? La déesse ne va pas tarder.

Un silence attentif s'installa. On n'avait pas tous les jours l'occasion de voir une divinité. La démone trop bavarde se lécha la main pour lisser les cheveux de son fils autour de ses petites cornes veloutées.

— La déesse Riora, annonça enfin Scribe.

Les petits nouveaux et les moins blasés des immortels en restèrent bouche bée. L'elfe recula, visiblement très fier d'être au service d'une maîtresse pareille.

La nouvelle venue resplendissait – normal, après tout, c'était une divinité –, vêtue d'une robe dorée diaphane, ceinturée sous une poitrine si ample qu'on prenait souvent sa propriétaire pour une déesse de la fertilité. Ses cheveux aile de corbeau ondulaient, à croire que le vent soufflait en permanence autour d'elle. Kaderin se surprit soudain à regretter que Sebastian voie ce spectacle.

Avec une nonchalance feinte, elle inclina son épée de manière à y capturer le reflet du vampire. Qu'importait s'il restait planté là, fasciné, les yeux ronds, comme la plupart des autres mâles. Oui, qu'importait…

Mais la présence rayonnante d'une des femmes les plus ravissantes de cet univers n'empêchait pas Sebastian de garder les yeux rivés sur Kaderin. Elle se coinça les cheveux derrière l'oreille, étonnamment flattée, puis se renfrogna. Se coincer les cheveux derrière l'oreille ? C'était un geste qu'elle faisait autrefois – dans l'Antiquité – quand elle était agitée. *Qui es-tu à présent, Kaderin ?*

— Je vous salue, enfants du Mythos, lança Riora de sa voix rauque. Ce soir commence la Quête du Talisman, qui n'a pas changé depuis sa création. Les règles en sont toujours les mêmes. Quel ennui de les répéter…

Elle agita une main méprisante en levant les yeux au ciel.

— … tous les… deux cent cinquante ans. Enfin… je vais vous expliquer d'abord de quoi il retourne.

« Vous allez parcourir le monde afin de collecter à mon bénéfice les talismans, charmes, amulettes, joyaux et autres babioles magiques de mon choix. Certaines des missions que je vais vous donner mèneront à plusieurs objets, d'autres non. Toutes seront conçues pour vous forcer à vous battre. Parce que c'est *marrant*. Pour moi. Pas pour vous, paraît-il.

Elle fronça les sourcils, haussa les épaules puis reprit :

— Ces joujoux vaudront plus ou moins de points, parce qu'ils seront plus ou moins difficiles à récupérer et disponibles en nombre plus ou moins important. Lorsque vous vous emparerez d'un talisman, il vous suffira de le tenir contre votre cœur pour qu'il trouve son chemin jusqu'à moi.

Riora leva un bras pâle, comme si elle allait claquer des doigts puis poser la main sur sa hanche.

— Quelqu'un m'a fait remarquer un jour que ce mode de téléportation était franchement étonnant.

Elle se tapota le menton d'un air pensif.

— Je ne trouve pas. Ce que je trouve étonnant, c'est que vous puissiez tous vous vanter de posséder un cœur, quoi qu'on en dise. (Coup d'œil rapide à Kaderin, qui haussa les sourcils.) Les deux premiers concurrents à obtenir quatre-vingt-sept points s'affronteront lors de la finale. Pourquoi quatre-vingt-sept ? Eh bien, pourquoi pas ? Quoi qu'il en soit, en ce qui concerne le dernier objet, il y aura duel.

Riora parcourut la foule d'un regard scrutateur, non sans s'attarder sur le vampire, puis poursuivit :

— Les règles ne sont pas légion, mais je vais vous donner les trois principales. Premièrement : il est interdit de tuer les autres concurrents avant la dernière étape. En revanche, il est bien sûr permis de les mutiler, les affaiblir ou les emprisonner, par des moyens physiques ou magiques. (La déesse hocha la tête avec ardeur.) C'est même conseillé. (Elle leva deux doigts.) Deuxièmement : chacun de vous ne peut gagner qu'un objet par mission. En d'autres termes, vous n'avez pas le droit de vider les coffres sans rien laisser aux suivants. Troisième et dernier point : ne vous avisez pas d'attirer l'attention des humains sur le Mythos. Cette règle-ci est plus importante que jamais, à notre époque. L'enfreindre vous vaudra la disqualification immédiate… et mon mécontentement.

Les flammèches des braseros allumés derrière l'autel crûrent brusquement, illuminant l'expression menaçante de Riora. Kaderin faisait partie des rares concurrents à savoir que ce « masque de comédienne », tout de sauvagerie et de cruauté, était en réalité le véritable visage de la déesse.

Les flammes vacillèrent, comme sous l'effet d'un vent léger, tandis que ses traits se radoucissaient.

— Chacun de vous va prendre sur l'autel un parchemin où figure ma liste de courses. Tous les jours ou tous les deux jours environ, la liste se réactualisera d'elle-même à 7 h 43, heure de Riora... ce qui signifie que les réactualisations risquent d'être un *brin* irrégulières. De nouvelles missions vous seront proposées, à accomplir dans un laps de temps donné. Les précédentes deviendront de ce fait caduques, mais sachez que certaines réapparaîtront peut-être, si vos premières tentatives de les mener à bien m'ont amusée ou si je tiens vraiment à me procurer les objets correspondants.

— Nereus, par exemple, murmura une nymphe au fond de la galerie.

Il fallait toujours payer de sa personne pour obtenir de Nereus, dieu marin aux attributs obscènes, les talismans sur lesquels il veillait... et il figurait souvent dans la Quête.

Scribe fronça les sourcils, menaçant, mais Riora ne prêta aucune attention à l'intervention.

— Bon. Maintenant, vous aimeriez peut-être savoir pour quel trophée vous allez concourir ?

L'assistance retint son souffle. Le silence tomba.

— Comme d'habitude, le grand prix n'a pas de prix, car il s'agit d'un objet extrêmement puissant.

La déesse s'interrompit afin de ménager ses effets. Kaderin pencha la tête de côté, curieuse, se demandant ce qu'elle allait rapporter chez elle cette fois-ci.

Elle avait déjà gagné une armure impossible à transpercer et une hache capable de tuer les créatures du Mythos sans les décapiter – alors que la plupart d'entre elles mouraient en perdant la tête –, mais les Valkyries avaient offert ces deux trophées aux Furies, leurs puissantes alliées. Elle avait aussi conquis de haute lutte un collier conférant à qui l'arborait un chant de sirène – la maisonnée de Nouvelle-Zélande en avait la garde – ainsi qu'un brassard affligeant celui qui le portait d'une excitation sexuelle incontrôlable. Nul ne savait où il se trouvait, au grand dam d'un certain nombre de Valkyries.

Le regard de Riora se posa une fois de plus sur Kaderin, qui en ressentit tout le poids.

— Je remettrai au vainqueur de cette Quête… la Clé de Thrane.

Le cœur inexistant de la Valkyrie cessa de battre.

# 11

Des exclamations étouffées s'élevèrent autour de Sebastian. Il allait demander à l'un de ses voisins ce qu'était la fameuse clé quand il se rappela que personne ne répondrait à ses questions.

— Thrane le magicien s'intéressait au voyage dans le temps, finit par expliquer Riora. Sa clé ouvre donc une porte à travers le temps et permet à qui la manie de retourner dans le passé. Il s'agit en théorie de l'arme la plus puissante existant sur cette terre.

Sebastian était resté pour l'essentiel l'humain qu'il avait été, ignorant des choses du Mythos, mais il était fermement persuadé que les caractéristiques élémentaires de l'univers gardaient leur stabilité, quels que soient ses habitants. La physique ne changeait pas. Or, d'après ses lois, il était possible de glisser, par exemple, mais pas de voyager dans le temps.

— Combien de fois la clé fonctionnera-t-elle ? demanda ce salaud d'Écossais.

— Deux.

Tout le monde se mit une fois de plus à parler en même temps. Cette quête était-elle en réalité une arnaque ? Sebastian se posait sérieusement la question. Pourquoi les autres semblaient-ils disposés à croire quelqu'un qui parlait allègrement de voyage dans le temps ? Cette Riora était-elle vraiment une déesse ? Elle avait l'air d'appartenir à un autre monde, certes, mais après tout, Kaderin aussi.

Il glissa jusqu'à la vieille à la pomme et à la jeune Mariketa, qui ne le remarquèrent visiblement pas. L'Écossais ne le quittait pas des yeux, mais Kaderin ne lui prêtait plus aucune attention.

— La Valkyrie veut la clé, murmura la vieille. Elle la veut de toutes ses forces.

Sebastian ne voyait pas ce qui lui permettait d'affirmer une chose pareille. Les traits de sa fiancée restaient détendus, ses coups d'affûteur parfaitement réguliers.

— Qu'en sais-tu ? s'étonna Mariketa.

— Elle déchaîne la foudre. C'est le signe d'une vive émotion chez celles de son espèce.

Déchaîner la foudre ? Il leva les yeux vers le dôme de verre. Des éclairs s'entrecroisaient dans le ciel. Le matin où elle lui avait rendu visite, il n'avait vu qu'elle, n'avait pensé qu'à la retenir, il n'avait donc pas remarqué grand-chose d'autre… mais, maintenant qu'il y repensait, le tonnerre grondait ce jour-là par une aube d'une parfaite clarté. Les yeux de Sebastian s'écarquillèrent de stupeur. La foudre lui semblait-elle d'autant plus fascinante que c'était Kaderin qui la provoquait ?

— Elle va être encore plus cruelle que d'habitude, ajouta la vieille. Pas question de se frotter à elle.

Une fois de plus, Sebastian se tourna vers sa fiancée. Elle pouvait se montrer violente, il le savait déjà, mais cruelle ? Elle n'en avait certainement pas l'air, avec les boucles blondes répandues sur ses frêles épaules, ses doigts fins bien qu'agiles, sa pâleur et sa délicatesse.

Pâleur et délicatesse, oui. Les yeux de Sebastian se plissèrent : l'affûteur passait et repassait sur la lame aux arêtes scintillantes, aiguisées comme des rasoirs.

Une clé. Pour remonter le temps.

La pierre à aiguiser tremblait violemment. *Maîtrise-toi !* La nouvelle que venait d'apprendre Kaderin pouvait changer sa vie, d'accord, mais il ne fallait surtout pas laisser quiconque deviner qu'elle voulait absolument remporter le trophée. Elle devait garder son sang-froid.

Ses mains se crispèrent en poings. Derrière la coupole de verre, des éclairs quadrillaient le ciel. Les autres concurrents lui jetaient des coups d'œil en coin.

*La foudre ? De nouveau ?*

Il y avait tellement de choses en jeu. *Tout*, littéralement. Son passé et son avenir.

L'avenir de ses sœurs.

Elle pouvait les ramener. Il lui suffisait de remporter la compétition.

Comme les cinq dernières fois. La plupart des créatures du Mythos n'étaient pas assez âgées pour se rappeler une époque où Kaderin n'avait pas remporté la Quête.

À la pensée de retrouver Dasha et Rika, de les voir au manoir de La Nouvelle-Orléans, elle sentit ses lèvres se tordre. Peut-être son visage réapprenait-il à sourire, comme quand elle avait rencontré Sebastian.

Elle ferait découvrir le monde moderne aux rescapées, elle leur en montrerait les merveilles, elle leur donnerait sa chambre à Val-Hall – une de celles qui offraient les plus belles vues sur le bayou ténébreux. Elle leur donnerait tout, y compris les rares vêtements et bijoux qu'elle possédait – car elle avait pris l'habitude de chiper ce qui lui plaisait aux autres Valkyries, parce qu'elle ne faisait jamais les boutiques. Elle dépenserait enfin l'argent qu'elle économisait depuis si longtemps. Elle choierait les miraculées.

Elle expierait… elle qui était responsable de leur mort.

*Arrête de trembler !*

Il lui suffirait de se servir de la clé une fois, une seule. Après, elle la remettrait à l'Accord – qui déciderait de son autre utilisation.

La dernière vision que Kaderin avait eue de ses sœurs de sang était celle de leurs cadavres, qu'elle avait enterrés. Elle était prête à tout pour la remplacer par une autre image, y compris à éliminer quiconque se mettrait en travers de sa route.

Par le passé, elle s'était montrée brutale avec les autres concurrents.

*Ils n'ont encore rien vu.*

Elle baissa les yeux vers eux. Ce n'étaient plus des êtres vivants, mais des obstacles à détruire. Le vampire aussi, du fait qu'il la déconcertait et minait la peur qu'elle inspirait et dont elle avait toujours fait une arme. Elle frapperait, sans colère. Elle déchaînerait son effrayant potentiel.

Pour ses sœurs… elle était prête à tout.

Kaderin se regarda dans la lame de son épée. Si jamais Sebastian s'avisait de semer le trouble, cette lame même lui trancherait le cou. Elle tournerait les talons et oublierait le gêneur avant que son cadavre ne tombe à terre.

*Et si je m'inscrivais ?*

Sebastian n'aurait plus ensuite qu'à offrir à Kaderin ce dont elle avait tellement envie. Il gagnerait la compétition, s'attirant de ce fait l'amour de la belle.

Mortel, il avait été chevalier, sans dame au service de qui mettre son épée. Il en avait enfin trouvé une.

— Bien. Maintenant, voyons voir qui veut participer, lança l'homme à la peau cireuse posté près de Riora.

Tout le monde attendait visiblement que Kaderin se décide. Elle se leva en rengainant son épée d'un mouvement fluide, parfait.

— Kaderin la Sans-Cœur, de l'Accord, lança-t-elle d'une voix sonore, dressée de toute sa taille. Je concours pour les Valkyries et les Furies.

*Les Furies existent donc aussi ? Katia est-elle donc une métisse ?*

Lorsqu'elle se rassit, une femme aux longs cheveux noirs s'avança.

— Je représente l'ensemble des Sirenae. Lucindeya, des sirènes d'Océanie.

*Ah, les sirènes non plus ne sont pas seulement un mythe.* Sebastian se frotta la nuque. *Étonnant.*

— Mariketa l'Attendue, de la Maison des Sorciers, lança la fille au capuchon, juste sur sa droite.

*Voilà les sorciers, maintenant.*

Il s'habituait assez vite à côtoyer des créatures évidemment « mythiques », mais entendre des êtres apparemment humains annoncer sans hésiter qu'ils ne l'étaient pas lui paraissait toujours déconcertant.

Lorsqu'il errait parmi les hommes, avec l'impression d'être un prédateur, peut-être se trompait-il complètement…

Le loup-garou émergea de l'obscurité.

— Bowen MacRieve, du clan des Lycae.

Malgré son accent, il ne précisa pas qu'il venait d'Écosse. « Tous les garous seraient-ils écossais ? se demanda Sebastian dans une sorte de délire. C'est possible après tout, hein ? »

— Bowen ? souffla la vieille qui accompagnait Mariketa. J'ai failli ne pas le reconnaître, tellement il a maigri.

*Il a vraiment été plus costaud que ça ?*

— Eh bien, voilà donc un nouveau concurrent. Et pas des moindres. Étonnant. Les blogs vont se déchaîner.

*Qui peuvent bien être les blogs ?*

— Pourquoi me regarde-t-il de cette manière ? chuchota Mariketa – presque sans remuer les lèvres, à en juger par son élocution.

Le Lycae la fixait, en effet, les sourcils froncés.

La vieille haussa les épaules, visiblement aussi perplexe que la jeune.

Des démons de toutes formes et tailles, issus des monarchies démoniaques de la Démonarchie, annoncèrent qu'ils comptaient eux aussi participer à la Quête. Une femme qui présentait à peu près les mêmes caractéristiques que Kaderin – grands yeux lumineux et oreilles pointues – représentait quant à elle « les nobles fey et tous les peuples elfiques ». Elle adressa une petite révérence très digne à la Valkyrie, qui la salua en retour d'un gracieux signe de tête.

*Tiens, elle a du respect pour celle-là ?*

— Terminé ? demanda Riora.

Silence. Coups d'œil circulaires. Sebastian se dressa de toute sa taille. Kaderin ouvrit des yeux ronds, puis secoua lentement la tête à son intention.

— Je suis Sebastian Wroth, et je veux participer, moi aussi.

Elle leva brièvement le regard vers le plafond de verre.

Des sifflements étouffés suivirent la déclaration, mais s'éteignirent devant l'air menaçant du candidat. De toute évidence, sa qualité de vampire lui valait à la fois la haine de ces créatures et un certain respect.

— Quelle faction représentes-tu ? s'enquit Riora, amusée.

— Aucune, répondit-il, attentif aux réactions de sa fiancée.

— Il faut nouer des alliances pour participer. Avoir un parrain, en quelque sorte. (Lorsque ses yeux se reposèrent sur la déesse, elle hocha la tête, triomphante.) Comme pour être présenté à la Cour. Ou pour entrer chez les Alcooliques Anonymes.

Elle soutint un long moment le regard de Sebastian, qui se demanda si elle ne lisait pas dans son esprit.

— C'est un Abstinent, intervint enfin Kaderin. Un humain transformé. Nos lois nous interdisent de le renseigner sur notre monde, mais s'il participe à la Quête, il risque d'apprendre pas mal de choses.

— Est-ce vrai ? demanda Riora à Sebastian.

— Je ne suis pas des leurs, répondit-il.

Seulement… à qui servir de champion, maintenant qu'il avait renié les Abstinents ? Il ne restait que la Horde, mais c'était également impensable.

Une idée lui vint alors. Quitte ou double. Il considéra la déesse.

— Je te représente, toi.

Elle pressa ses doigts écartés contre sa poitrine.

— *Moi ?*

Les murmures reprirent de plus belle. Les nymphes pouffèrent.

Kaderin bondit sur ses pieds.

— C'est impossible, Riora, tu n'es pas une faction.

— Ce serait donc *impossible,* ma chère Sans-Cœur ?

L'interpellée tressaillit. Ses lèvres s'entrouvrirent sur une réplique, mais la maîtresse des lieux continua :

— C'était un chevalier…

« Comment peut-elle bien le savoir, nom de Dieu ? » se demanda Sebastian, avant d'admettre qu'il n'existait qu'une seule explication. *Parce que c'est une déesse.*

— Il me propose de mettre son épée à mon service… et j'accepte.

Les murmures enflèrent. À en juger par l'expression de Kaderin, on aurait pu croire qu'elle venait de se faire gifler. Elle jeta à Sebastian un regard menaçant.

— Merveilleux, ajouta Riora en tapant des mains. Deux puissants nouveaux venus entrent dans la danse.

Elle considéra la Valkyrie d'un air éloquent.

— Nous allons peut-être enfin avoir du sport.

# 12

Le vampire venait de s'inscrire, ce qui interdisait aux autres concurrents, y compris Kaderin, de chercher à le tuer... du moins jusqu'à la finale.

Il venait aussi de prêter allégeance à Riora – brillante tactique ! –, ce qui le mettait à l'abri des tricheries les plus flagrantes.

Ce casse-pieds se révélait difficile à virer.

Kaderin redécouvrait l'exaspération. Et la frustration.

Elle les ravala en se laissant tomber de la balustrade pour aller chercher son parchemin sur l'autel, d'où la séparaient des groupes de courtisans qui l'assurèrent de leur respect pour l'Accord, la grande Freyja et le puissant Wotan – comme si elle pouvait envoyer un texto à des dieux endormis.

— Katia... appela le vampire en fendant la foule, qui de toute manière s'écartait sur son passage.

— Je ne connais pas de Katia, riposta-t-elle sans ralentir.

Il n'eut cependant aucun mal à rester à sa hauteur. « C'est bizarre qu'il fasse si chaud, tout à coup... » se dit-elle, avant de s'apercevoir qu'elle était en train de relever ses cheveux.

— Dites-moi, monsieur la Sangsue, vous vous êtes inscrit pour empêcher Bowen de vous tuer, ou c'est de moi que vous avez peur ?

— Monsieur la Sangsue ?

Il fronça les sourcils, puis écarta visiblement l'insulte de ses pensées.

— Nous savons tous les deux que tu ne peux pas me tuer.

Elle lui jeta un regard furieux.

— S'il ne tenait qu'à moi, ce seraient là tes derniers mots.

— Oui, je commence à le comprendre.

Il se montrait parfaitement calme, voire galant, mais sa façade dissimulait une férocité étonnante – Kaderin le savait, elle venait de le voir.

— Laisse-moi t'aider, si cette Quête est tellement importante pour toi. Je pourrais te téléporter là où tu veux aller, tu battrais facilement tout le monde.

Il tendit vers l'épaule de son interlocutrice une main hésitante, qu'il retira cependant en voyant qu'elle allait montrer les dents.

— Je battrai tout le monde, quoi qu'il arrive.

— Mais pourquoi ne pas te faciliter les choses ?

— D'accord, on va jouer à ça.

Quand elle croisa les bras, le regard du vampire plongea dans son décolleté. Elle lui claqua des doigts sous le nez.

Il releva les yeux vers les siens et se passa la main sur les lèvres.

— Toutes mes excuses.

Son expression disait cependant clairement qu'il ne regrettait rien.

— Tu voulais… jouer ? reprit-il.

— Tu es déjà allé à La Nouvelle-Orléans ?

— Aux États-Unis ?

Elle acquiesça.

— Pas encore.

— Et en Amérique du Sud ? Ou en Afrique ?

Il hésita puis secoua la tête.

— Un vampire ne peut glisser que dans des endroits où il est déjà allé. Alors, où glisserais-tu avec moi ? Dans ton jardin ?

L'expression suave de Kaderin disparut en un clin d'œil.

— C'est une compétition pour adultes, figure-toi.

Elle jeta un coup d'œil à la coupole fissurée, qui s'éclaircissait. L'aube serait là dans moins d'une heure.

— Et toi, tu ne vas pas tarder à aller au dodo, ajouta-t-elle.

— Je pourrais t'accompagner pour veiller sur toi.

— M'accompagner ? Tu crois vraiment que je m'arrêterais tous les jours en attendant ton réveil ? Que je perdrais la moitié de mon temps parce que toi, tu ne supportes pas le soleil ?

À le voir, on aurait cru qu'il avait brièvement oublié la cruelle réalité et qu'elle venait de la lui rappeler.

— Non, bien sûr que non, dit-il tout bas. Je voulais juste…

— Tu me casses les pieds. Personne ne t'a jamais dit que les femmes n'aiment pas qu'on leur colle aux basques ? C'est une des trois meilleures manières de leur déplaire. Ça craint.

Étonnamment, il recula aussitôt, les sourcils froncés.

— Et quelles sont les deux autres ? demanda-t-il d'un ton bourru.

— Tu es en train d'utiliser celle-là en long, en large et en travers. Autant y travailler en premier, non ?

Elle fit volte-face et s'approcha de l'autel. À sa grande surprise, il ne la suivit pas.

Scribe avait commencé à faire le ménage – quoique sans vraiment remettre de l'ordre. Après avoir écarté une des branches qui dissimulaient la colonne endommagée par les griffes du Lycae, il considéra d'un œil sévère les créatures alentour, qui regardèrent leurs sabots.

Kaderin le dépassa en le saluant gentiment – elle l'appelait « Scribe sacré », ce qui le plongeait toujours dans un véritable ravissement. Il trébucha sur une branche en bégayant une réponse maladroite.

Devant l'autel, Riora discutait avec deux elfes de la « couverture en temps réel sur le Net » et leur ordonnait de « guider les visiteurs jusqu'au site ».

Toujours consciente du regard du vampire rivé sur elle, Kaderin bondit sur l'estrade – personne d'autre n'aurait osé faire une chose pareille – et s'empara d'un des parchemins de la pile, qu'elle déroula aussitôt. La liste des talismans et autres objets à se procurer s'accompagnait de leur description succincte et des coordonnées géographiques du lieu où ils se trouvaient. Comme d'habitude, les concurrents avaient le choix entre une dizaine de missions.

— Tu as des nouvelles de tes parents, Valkyrie ? demanda Riora après en avoir terminé avec les relations publiques.

Elle voulait bien sûr parler de deux des trois ascendants de Kaderin, dont la mère biologique n'était qu'une simple mortelle.

— Ils dorment, déesse, répondit machinalement la visiteuse en parcourant le parchemin.

Les dieux tiraient leur puissance des prières et des offrandes de leurs fidèles – voilà pourquoi Riora tentait d'attirer l'attention par l'intermédiaire d'internet –, mais il restait si peu d'adorateurs à Freyja et Wotan qu'ils passaient leur temps à dormir pour conserver leur énergie.

— Je trouve les talismans intéressants, cette fois-ci, ajouta Kaderin.

Lors des Quêtes précédentes, elle s'était toujours intéressée d'abord aux objets les plus proches et les plus accessibles, mais aujourd'hui, vu la concurrence, une nouvelle stratégie s'imposait pour déconcerter l'adversaire : s'attaquer dès le début aux missions les plus difficiles, dans les contrées les plus lointaines.

— Je suis bien d'accord, acquiesça Riora. Dommage que je n'en récupère que la moitié… à cause des accidents mortels, tu sais.

Kaderin hocha la tête, compatissante. C'est alors que son regard tomba sur l'option la plus intéressante de la première étape: une amulette mineure – il y en avait trois – valant douze points. Or, l'objet le plus précieux qu'elle ait jamais réussi à se procurer lui avait rapporté quinze points. Cette fois, la mission nécessitait une bonne logistique, mais ne semblait pas particulièrement dangereuse. Quiconque arriverait sur place avant les autres y gagnerait douze points.

La destination ne faisait pas partie du réseau de l'Accord, mais Kaderin avait plus d'un atout dans sa manche. Pour la première fois lors d'une Quête, elle allait demander de l'aide à sa maisonnée. *S'il vous plaît, dieux du ciel, faites que ce ne soit pas Regina qui décroche…*

Quelques hélicoptères bourdonnaient dehors, plus bruyants quand ils se penchaient vers l'avant, prêts à partir à toute allure. *Il faut frapper vite et fort. Oui, ça, ce sera parfait.* Elle roula le parchemin et sauta à terre.

— Tu désapprouves le choix de mon chevalier vampire? demanda Riora sans lui laisser le temps de s'éclipser.

Kaderin se tourna vers elle.

— Je suis parfaitement consciente que tu te fiches pas mal de mon approbation. Ou de mon extrême et absolue désapprobation.

Pourquoi la déesse l'examinait-elle avec une attention aussi aiguë? Elle se sentait rougir sous ce regard. Riora lui avait toujours témoigné un intérêt inexplicable, mais jamais aussi intense.

— Tu m'as l'air différente.

*Parce que je ressens de nouveau des émotions, noms des dieux!*

— C'est ma nouvelle coiffure.

Riora percevait-elle les émotions retrouvées de Kaderin – et, surtout, la honte cuisante de la Valkyrie séduite par un *vampire*? Vampire qu'elle ne put s'empêcher de chercher du regard.

— L'intérêt est donc partagé, *Dame* Kaderin. Quelle plaie, hein?

— Pardon?

La déesse inclina la tête de côté pour examiner Sebastian, appuyé au mur, les bras croisés sur sa poitrine musclée, ce qui dissimulait ses blessures. Il ne quittait pas sa fiancée des yeux.

— Il faut reconnaître qu'on comprendrait presque l'intérêt suscité par un vampire pareil, commenta Riora, amusée.

— Je n'ai jamais dit que…

— J'entends par là que certains dieux ont apparemment fait don à mon chevalier de la beauté.

Kaderin sentit ses traits se figer.

— Lui ont-ils également fait don d'une soif de sang insatiable? riposta-t-elle, stupéfaite par sa propre sortie.

— Surveille tes paroles, Valkyrie.

Les flammes des braseros sifflèrent, dansèrent.

— Nous ne sommes pas entre amies, ajouta Riora.

Au fond de la salle, Scribe bondit en arrière en tapant sur sa manche, qui avait pris feu.

Kaderin serra les dents.

— Bien, Riora.

La déesse soupira.

— Va.

Puis son ton s'adoucit.

— Si tu mènes la Quête à son terme, tu retrouveras tes sœurs.

Kaderin se raidit.

— Tu es au courant? Je ne t'ai jamais parlé de ça.

— Je savais déjà qui tu étais quand elles ont été tuées.

— Puisque tu as conscience de l'importance de l'enjeu pour moi, peut-être pourrais-tu me donner quelques indices, incandescente Riora?

La divinité, calmée, poussa une petite exclamation rieuse.

— Tu me traites comme si j'étais un service d'assistance téléphonique, c'est humiliant. (Elle contempla ses ongles.) J'ai rendu des gens aveugles pour moins que ça.

Scribe avait recommencé à s'activer derrière elle, éteignant les braseros restants avec prudence. À ces mots, il s'interrompit le temps de hocher la tête, comme s'il avait été témoin de ce genre de scènes.

— Désolée. J'aurais dû m'en douter. Tout le monde dit toujours qu'il est impossible de t'arracher la moindre information.

— Tu ferais mieux de ne pas trop insister, Valkyrie.

La déesse semblait pourtant amusée. Lorsqu'elle s'approcha pour prendre Kaderin par l'épaule, celle-ci sursauta. Le contact de Riora était à la fois brûlant et doux.

— Je vais te donner un indice, dit-elle tout bas, en entraînant son interlocutrice à l'écart. Si jamais tu croises la lame du mystique aveugle Honorius, sache qu'il l'a enchantée de manière qu'elle ne manque jamais sa cible.

Sans attendre de réaction à cette affirmation sibylline, elle fit volte-face et reprit :

— Tiens, voilà ton vampire. Il n'en peut plus, le pauvre.

Kaderin eut beau protester qu'il ne s'agissait pas de *son* vampire, Riora continua sans l'écouter :

— Quel regard avide ! Quelle attitude arrogante ! Quel orgueil excitant… et quelles larges épaules !

Un petit grondement rauque lui échappa.

— Tu veux que je l'occupe pendant que tu t'en vas ? Ça ne me dérange pas.

Kaderin pinça les lèvres, agacée, puis se sentit aussitôt ridicule. Elle ne pouvait quand même pas être jalouse d'un vampire.

— Je t'en serais reconnaissante, mais je ne crois pas que tu puisses *l'occuper* plus de quelques heures.

— Prétentieuse !

Le regard de la déesse restait rivé sur Sebastian.

— Tu as une journée.


— Très cher… murmura Riora quand Sebastian la dépassa d'un pas rapide. J'ai deux mots à te dire.

Il se retourna à contrecœur, sans cependant quitter des yeux Kaderin, qui traversait le temple. Près de la sortie, elle croisa le Lycae, avec qui elle échangea quelques mots abrupts.

— Détends-toi. Elle s'en va, oui… mais les choses n'ont pas changé depuis cinq minutes, quand elle avait décidé de ne jamais te revoir. Alors, qui t'a fait ces superbes plaies ? Le vilain garou aux griffes rouges qui menace la belle Valkyrie en cet instant même ?

Sebastian allait le tuer.

— Nous nous sommes disputés, oui, dit-il distraitement en repartant, décidé à rejoindre Kaderin. Il faut que j'y aille…

Riora apparut juste devant lui.

— Comment es-tu arrivé ici ? (La voix suave s'était durcie.) Je ne me rappelle pas t'avoir envoyé d'invitation, Scribe non plus…

Quand la déesse claqua des doigts, son acolyte laissa tomber l'éteignoir à bougie et s'empressa de la rejoindre.

— … et je ne suis pas sûre d'apprécier la manière dont tu t'es imposé à ma petite fête.

— Je suis venu en glissant.

Sebastian se força à se rappeler qu'il rejoindrait Kaderin quand il voudrait… et qu'il valait mieux éviter de contrarier la divinité qui lui avait accordé la faveur de participer à la Quête.

— Je suis sûre que tu n'avais jamais mis les pieds ici.

Le Lycae finit par s'éloigner. Kaderin fit dans son dos un geste obscène, avant de contempler son propre doigt avec une stupeur non feinte.

— C'était Kaderin mon but.

Lorsque celle-ci tira un téléphone de sa poche puis se glissa sous l'arche, Sebastian pinça les lèvres en se tournant vers Riora.

— C'est vers elle que j'ai glissé.

Les lèvres de la déesse s'incurvèrent en un sourire ravi. Ses yeux flamboyèrent.

— Oh, voyons, c'est *impossible*.

— Peut-être le pensait-on jusqu'ici, répondit-il distraitement, mais…

— Comment t'y es-tu pris ?

Elle posa l'index sur l'autel et y prit appui pour s'asseoir au bord du plateau.

Il lui expliqua en résumé qu'on ne pouvait séparer les contraintes variables concernées : dans le cas de choses aussi semblables, si l'une était possible, il s'ensuivait que l'autre l'était aussi. En admettant qu'il s'agisse d'un exploit à base de dextérité mentale et de mémoire du détail, la téléportation ne demandait qu'à être poussée jusqu'à des extrêmes encore inconnus.

— Fas-ci-nant !

Riora se tourna en s'éventant vers son serviteur.

— Je crois que je suis amoureuse, Scribe. On dirait un bon petit soldat fait tout exprès pour moi ! Que puis-je lui donner en récompense ?

— À voir ses dents serrées et ses lèvres crispées, il me semble qu'il n'a qu'une envie, répondit l'elfe, visiblement mécontent de l'intérêt que portait Sebastian à Kaderin.

— Ah, oui, la Valkyrie.

La déesse renifla.

— Je suis jalouse, vampire, et déprimée. Je crois que je vais pleurer… plus tard.

Sebastian avait conscience de la puissance de Riora – une puissance capricieuse. Tant qu'il connaissait mal ce monde étrange, mieux valait se montrer prudent…

— Je… je ne voulais pas t'insulter.

Scribe s'éclaircit la gorge avant de lancer, comme si les mots constituaient pour lui une véritable torture :

— Grande Riora, il est de mon devoir de te signaler que l'attirance exercée sur toi par ce mâle pourrait bien se concrétiser. J'ose en effet affirmer, compte tenu de l'histoire de Dame Kaderin, qu'il ne réussira jamais à la séduire. C'est tout simplement impossible.

Les yeux de la déesse s'écarquillèrent, tandis qu'elle opinait sagement.

— C'est vrai, tu as raison. Voilà pourquoi je te protège...

— Qu'en est-il de l'histoire de Kaderin ? coupa Sebastian.

Elle l'examina, les sourcils froncés, comme si elle découvrait un insecte inconnu, allant jusqu'à tendre le cou vers lui.

— Tu m'as interrompue... Je suis partagée entre l'envie de t'embrasser et celle de t'écrabouiller.

— Je te présente mes excuses, mais tu parlais de son histoire... insista-t-il, sans se laisser impressionner.

— Les vampires se sont très, très mal conduits avec Kaderin, chuchota-t-elle d'un ton de conspiratrice, à croire qu'elle avait déjà oublié les offenses dont il s'était rendu coupable envers elle. Et... ma foi, tu es un vampire.

Les crocs de Sebastian s'aiguisèrent à la pensée des souffrances de sa fiancée.

— Que lui ont-ils fait ?

Riora répondit à la question par une autre question :

— Es-tu conscient des sommets que tu cherches à atteindre en sa personne ?

À vrai dire, il en avait une assez bonne idée. Kaderin détestait sa nature de vampire, alors qu'il n'aurait pu rêver plus parfaite fiancée. Quand elle avait bondi sur l'autel, il s'était parfaitement rendu compte qu'elle n'avait rien à envier à la déesse qui se tenait près d'elle.

Il n'en redressa pas moins le menton.

— Je suis assez riche pour la choyer et assez fort pour la protéger. Elle pourrait prendre pire mari.

— Quelle arrogance !

Riora pouffa.

— C'est la fille des dieux, figure-toi.

Il déglutit. *Voilà sans doute pourquoi elle éclipse même une déesse.*

— Tu te sens toujours aussi sûr de toi ?

Il ne se sentait déjà pas sûr de lui *avant*, mais à présent, il se demandait s'il n'avait pas surestimé les chances minuscules qu'il pensait avoir.

— Tu souhaites gagner la Clé de Thrane pour elle ? reprit Riora.

— Oui.

— Tu n'en veux donc pas personnellement ? Imagine ce que tu pourrais en faire…

— Je doute de son efficacité, admit-il. En existe-t-il une preuve quelconque ?

— Non, aucune. (Elle soupira.) Je n'ai que la parole du grand Thrane.

Sebastian se passa la main sur la nuque, mouvement qui fit protester vigoureusement les muscles de sa poitrine.

— Alors, puis-je te demander pourquoi tu es convaincue qu'elle fonctionne ?

— Parce que c'est impossible !

Il se demandait sérieusement s'il était possible d'avoir avec elle une discussion sensée quand elle ajouta :

— Tu devrais prendre la journée pour te renseigner sur Kaderin.

L'idée n'était peut-être pas mauvaise.

— J'aimerais bien, mais je n'ai pas le matériel nécessaire, avoua-t-il.

— Je vais te dire où trouver ce qu'il te faut. Kaderin est très axée sur le présent… D'ailleurs, les Valkyries s'intéressent à la culture humaine, parce qu'elle évolue sans arrêt... alors que toi, tu n'as pas franchement l'air de connaître notre époque. Lis tout ce que tu peux en une journée. En écoutant la télé d'une oreille.

— La télé ? Je n'en ai pas.

— Kaderin si, je suis prête à le parier, et je peux t'assurer qu'elle ne sera pas à son appartement aujourd'hui.

Allait-il réellement s'introduire chez sa fiancée sans sa permission ?

— Scribe connaît son adresse à Londres.

Maîtresse et serviteur échangèrent un coup d'œil. Le teint pâle de Scribe se colora un peu.

— En effet, admit-il avec un mépris à peine voilé. Si tu y vas, n'oublie pas que la chaîne de Playboy et Dorcel TV te renseigneront sur notre époque aussi bien que n'importe quoi d'autre. Tu n'as qu'à commencer par là.

Sebastian se promit aussitôt de ne tenir aucun compte du conseil. Il se tourna de nouveau vers la sortie. Kaderin était pourtant partie depuis longtemps...

— Ça te démange toujours ? reprit Riora. Tu es capable de la rejoindre quand tu veux, tu l'as prouvé.

— Si j'ai bien compris, les talismans sont dispersés à travers le monde entier. Je ne suis pas sûr d'arriver à glisser jusqu'à l'autre côté de la planète, et encore moins précisément jusqu'à elle.

— Ça a l'air impossible, oui, murmura la déesse. Enfin... Sache que, par le passé, elle s'est toujours cantonnée à cet hémisphère-ci, au début de la Quête. Plus précisément à l'Europe et aux alentours. Elle y cueillait les fruits les plus accessibles. C'était sa tactique préférée. Mais le jour se lèvera dans moins d'une heure, ce qui signifie que tu risquerais de te matérialiser au soleil...

Elle considéra la poitrine de Sebastian avant d'ajouter :

126

— Laisse-la partir, preux chevalier. Laisse à tes blessures le temps de guérir. Je crains que les vaccins de Bowen ne soient pas à jour.

Faire confiance à une déesse complètement folle et à son scribe vengeur ? Les miséreux n'avaient pas le choix… *Et tu n'as pas un ami au monde.*

— Bon, fit Sebastian en hochant la tête avec détermination. Elle peut aller loin, en une journée ?

# 13

*Station polaire Kovalevska, Antarctique,*
*huit heures plus tard*

> *Prix : trois amulettes-miroirs utilisées pour*
> *la dissimulation,*
> *valant douze points chacune*

— Et voilà le travail, lança Regina à Kaderin en baissant son cache-nez pourpre poilu. Je t'avais bien dit que je pouvais te procurer une autoneige. Que j'avais des *relations* russes. Et qu'est-ce que je vois là, hein ?

Elle se tapota le menton du bout des doigts.

— Mmm, je me demande si ce ne serait pas... une autoneige !

Kaderin fit la grimace devant le véhicule, manifestement acheté au marché noir. Ce tas de boulons était-il vraiment censé les transporter jusqu'aux amulettes dissimulées dans les montagnes transantarctiques ?

Elle avait déjà vu ce genre d'engins aux États-Unis, où on s'en servait pour niveler la neige. Elle savait donc parfaitement que le spécimen fourni par les contacts de sa compagne était... une ruine.

Mais quand elle avait appelé la maisonnée, elle était tombée sur Regina, évidemment.

Kaderin la fixa d'un air menaçant, avant de l'entraîner à l'écart des cinq Russes qui les avaient emmenées en hélicoptère à la station abandonnée. La petite unité d'anciens soldats faisait à présent partie d'un vaste consortium capable de fournir à peu près n'importe quel équipement militaire à n'importe qui.

Regina s'était présentée comme une scientifique, alors qu'elle portait d'énormes bottes de neige à motif disco multicolore.

Kaderin avait dû abandonner l'élégant Augusta 109 et ses pilotes sur un héliport non enregistré. Apparemment, les températures trop basses ne convenaient ni à l'appareil ni aux démons, tandis que l'Arktika Mi-8 des Russes y était bien adapté – normal, pour une relique de la guerre froide.

Et maintenant, cette petite autoneige minable...

Kaderin savait dès le départ qu'il fallait refuser l'aide de Regina, sans parler de sa compagnie. Malheureusement, la Radieuse disposait des contacts militaires nécessaires pour se rendre en Antarctique et affirmait qu'elle parlait russe – à peu près la seule langue slave dont sa compagne ne maîtrisait même pas les bases.

Mais le meilleur moyen de se faire éliminer de la Quête était encore d'attirer l'attention humaine sur le Mythos. Or Regina manquait de subtilité à un point étonnant. Et puis, elle brillait.

Quand quelqu'un l'interrogeait à ce sujet, la réponse ne tardait pas :

— Deux litres d'eau par jour. Cirage spécial. Trois longueurs dans un lac radioactif...

— Pourquoi l'habitacle est-il en *bois*, bordel ? demanda Kaderin.

Regina inclina la tête de côté, surprise elle aussi, mais se reprit immédiatement.

— C'est juste l'extérieur. Dedans, on sera comme des coqs en pâte. On n'est pas près de mourir de froid, même s'il fait largement moins cinquante. Dis donc, poupée, tu sais qu'il y a des sièges baquets ? C'est une *Cadillac*-neige.

« Elle est jeune, se rappela Kaderin. À peine une dizaine de siècles… »

— Enfin bon, de toute manière, on n'a pas le choix, hein, reprit sa compagne. Ils refusent de nous emmener plus loin.

— Je ne vois toujours pas pourquoi on ne pourrait pas aller en hélico jusqu'aux montagnes, au lieu de se prendre la tête, protesta Kaderin en jetant un regard de regret à l'Arktika.

Ce joujou en fer-blanc lui paraissait quand même plus sûr que l'autoneige. Bien que deux d'entre eux aient ancré l'appareil à terre, les anciens soldats en laissaient tourner le moteur. La nuit antarctique de l'automne austral était arrivée : si les rotors s'immobilisaient ne serait-ce que quelques secondes, ils gèleraient.

— Tu verras, quand ça se mettra à souffler, répondit son assistante. Y a des saletés de vents catabatiques en altitude. J'ai appris le mot aujourd'hui.

« *Altitude* ou *catabatique* ? » se retint de demander Kaderin, tandis que Regina poursuivait :

— À cette hauteur-là, en cette saison, les rotors gèleraient, sûr et certain. Y a pas de système dégivrant thermoélectrique. On fait tout à la main là-dessus, tu sais.

Comme pour illustrer cette dernière affirmation, deux autres Russes pulvérisaient du dégivrant sur le moteur moins complexe de l'autoneige, un cocktail secret à base de chlorure de calcium plus puissant que tout ce qu'on trouvait sur le marché, noir ou non. Le cinquième – le chef –, Ivan, un grand blond exceptionnellement séduisant qui vidait à petites gorgées sa flasque d'antigel personnel, fit signe à Regina.

Pendant le trajet, ils avaient joué à se taper sur les mains, sans gants, par moins quelques degrés, parce que « ça fait plus mal au froid ».

Elle lui rendit la politesse en souriant jusqu'aux oreilles et en marmonnant :

— Jeune, con et alcoolo. Où faut-il signer ?

Kaderin se pinça le front. Pour une fois qu'elle se décidait à demander de l'aide, elle se retrouvait flanquée de la Valkyrie la plus monstrueusement pénible de toute la maisonnée – celle-là même qu'elle redoutait de devoir supporter.

La mère de Regina, seule survivante d'un raid vampirique contre les Radieux, avait été sauvée par Wotan et Freyja au moment de rendre le dernier souffle. Les cicatrices des morsures avaient perduré jusqu'à sa mort, des années plus tard. Y compris sur son beau visage lumineux.

C'était grâce à ces marques que sa fille avait appris à compter.

— Tu n'aurais pas dû venir, soupira Kaderin en commençant à faire les cent pas.

— Tu avais deux prérequis, fit Regina en se laissant tomber sur un bourrelet de neige. Or, il me semble bien avoir des contacts russes qui étaient autrefois dans l'armée et parler la langue…

— Oh, arrête ! Il ne m'a pas fallu longtemps pour me rendre compte que c'est du pipeau intégral. Tu crois vraiment que « Dostoïevski » veut dire « Salut, comment ça va » ?

Elle cligna des yeux en regardant sa camarade passer devant elle.

— Bon… tu sais le dire, toi ?

— Non, justement !

— Alors comment peux-tu affirmer que ce n'est pas « Dostoïevski » ? Non, sérieusement.

Regina fit une bulle de chewing-gum – la première, peut-être, à apparaître en ces contrées –, qui gela hélas instantanément, l'obligeant à ramollir la gomme en la broyant entre ses molaires.

— J'étais ton dernier espoir, Obi-Wan, conclut-elle.

Elle savait que son interlocutrice détestait les références à *Star Wars*.

— Il devait bien y avoir quelqu'un d'autre, insista Kaderin.

— Tu aurais préféré Nïx?

*Siphonnïx?*

— Pour être honnête, elle figure sur la liste des prix. Enfin, une mèche de la plus vieille des Valkyries, très exactement.

—Ah, tout s'explique!

Comme Kaderin haussait les sourcils, Regina poursuivit:

— Juste avant le décollage, Nïx m'a appelée pour me dire que quand elle était allée acheter *People*, un fou lui avait coupé la moitié des tifs. D'après elle, ça lui fait une coupe assez seyante. Genre Christine Ockrent ou Mireille Matthieu...

— Tais-toi, Regina!

— Hein, quoi? (Elle tapa par terre d'une de ses bottes rose vif et pourpre.) Qu'est-ce que j'ai dit?

— Myst aurait pu venir.

— Je t'ai déjà dit qu'elle était occupée.

— Mais tu ne m'as pas dit ce qu'elle faisait.

— J'en sais rien, déclara-t-elle, penchée en avant, le regard fuyant.

— Tu as conscience de l'enjeu?

— Oui, oui. On va la gagner, cette clé, ne t'en fais pas.

Kaderin remarqua très bien le «on» qui s'immisçait dans la conversation.

— Qu'est-ce qui leur prend aussi longtemps, noms des dieux? On va se faire coiffer au poteau par les trolls et les kobolds tueurs.

Regina pouffa si brusquement qu'elle ne put s'empêcher de produire une sorte d'ébrouement. Elle se plia en deux, les bras tendus.

— Arrête, bordel, je ne trouve pas ça drôle! s'énerva Kaderin.

— Tu es la seule personne sur terre à parler de kobolds tueurs, expliqua son assistante, une fois cal-

mée. La pente qui mène au nain tueur est savon-
neuse…

— Tu oublies qu'ils ont eu mon pied.

À l'époque, Kaderin venait juste de se figer dans
l'immortalité, sinon elle ne se serait pas aussi bien
régénérée. Quoi qu'il en soit, ça lui avait fait horriblement mal.

— Rappelle-moi quand tu t'es retrouvée amputée
pour la dernière fois?

— J'ai perdu un doigt à Evermore, affirma Regina,
solennelle.

— Oh… (Kaderin fronça les sourcils.) Mais dis-
moi… *The Battle of Evermore*, ce n'est pas une chanson de Led Zeppelin?

— Oui. Il me semble d'ailleurs qu'elle parle de
nous.

Les yeux de Regina s'écarquillèrent.

— Hé, au fait, regarde ce que j'ai préparé pour
notre balade en autoneige. (Elle tira de sa poche un
iPod, qu'elle prit soin de garder au chaud en le frottant dans sa main.) Une compil spéciale voiture de
course!

Cette fois, Kaderin vit rouge. Elle se jeta sur sa
compagne, qui tomba en arrière, mais la relâcha en
prenant conscience que Regina était trop stupéfaite
pour se battre. D'ailleurs, les Russes les regardaient
avec des yeux ronds; sans doute se demandaient-ils
pourquoi deux scientifiques s'empoignaient dans la
neige.

Kaderin se releva, aida Regina à l'imiter puis offrit
aux anciens soldats un sourire maladroit.

— Quel sale caractère, commenta la Radieuse en
époussetant ses vêtements. Mais, dis donc, tu ne
serais pas par hasard en train de te débarrasser de
ta petite malédiction?

— Ce n'est pas une malédiction, c'était… c'*est* une
bénédiction.

Il était hors de question pour Kaderin d'informer
son assistante qu'elle éprouvait de nouveau des émo-

tions… et que cette malencontreuse évolution de la situation n'avait pas l'air de devoir s'inverser prochainement. Si les autres Valkyries de la maisonnée l'apprenaient, elles seraient tellement contentes qu'elles en feraient tout un plat, ce qui risquait fort de plonger l'ancienne Sans-Cœur dans l'embarras.

— Je te présente mes excuses. Il arrive que le stress de la Quête fasse vaciller la bénédiction…

À cet instant, un hélicoptère passa au-dessus de leurs têtes, un drapeau canadien attaché à sa queue.

— Tu viens de me dire qu'on ne pouvait pas y aller en hélico !

— Waouh. Ils ont certainement un système de dégivrage automatique thermoélectrique.

Kaderin allait massacrer Regina quand Ivan les appela puis leur montra l'autoneige en gesticulant. La première resta un instant bouche bée, incapable de trouver ses mots, le doigt tendu vers la seconde. Laquelle l'imita, cligna de l'œil puis se retourna pour ramasser leurs affaires, y compris leurs épées, dissimulées dans des boîtes à skis.

*Laisse tomber. Concentre-toi.*

Ivan ouvrit les portières, aida les « scientifiques » à s'installer, baissa son masque et se pencha vers Regina pour lui dire quelques phrases en russe d'un ton pressant.

— D'après lui, s'il y a une tempête ou si on tarde trop à revenir, ils seront obligés de repartir sans nous, traduisit-elle.

— On a combien de temps ?

— Ils ont assez de carburant pour faire tourner les rotors au ralenti pendant quatre heures. (Elle se tapota le menton de ses doigts gantés.) À moins que ce ne soit quarante minutes. Je ne suis pas sûre, vu que bon, hein, je parle russe couci-couça.

Sans laisser à sa compagne le temps de réagir, elle attrapa tendrement – quoique brutalement – Ivan par les joues, lui secoua la tête puis le repoussa, l'index sur les lèvres, avant de claquer la portière.

— Il y a trois amulettes, d'accord ? reprit-elle ensuite. Ça ne te servirait à rien d'arriver là-haut la première.

Kaderin, prudente, tira son épée de la boîte posée sur la banquette arrière.

— Non, mais les autres risquent de tendre des pièges.

— Et comment des kobolds nous coifferaient-ils au poteau, hein ? J'ai du mal à les imaginer à l'héliport, tu sais.

— Il leur suffirait de se rendre invisibles et d'embarquer dans un appareil en passagers clandestins. La dernière fois, j'en ai trimballé un en bateau jusqu'en Australie sans le savoir.

Une pause, puis :

— Malheureusement, il a eu un accident là-bas, et il n'était pas tout à fait remis quand je suis repartie.

Ivan s'inclina de nouveau dans leur direction.

— Au fait, tu lui as dit qu'on était quoi, comme scientifiques ?

— Des glaciologues de l'université du Dakota du Nord venues étudier une énorme fissure découverte tout récemment par satellite. Je trouvais marrant de raconter qu'on était pressées à cause d'un glacier.

— Des glaciologues du Dakota...

— Si ces mecs ont envie de croire que deux Valkyries surnaturellement sexy – dont une en bottes de neige disco – sont de super savantes, qui suis-je pour les contredire ?

Regina souffla une bulle de chewing-gum en faisant ronfler le moteur.

— Allez, la science, en route !

Un autre hélicoptère passa au-dessus d'elles.

# 14

Au crépuscule, Sebastian glissa pour rejoindre sa fiancée. Quand il se rematérialisa, sa peau se glaça instantanément : la déesse lui avait menti.

Il avait passé toute la journée chez Kaderin, après s'être téléporté à Londres puis avoir pris un taxi, qui s'était arrêté quelques minutes avant l'aube à l'adresse que Scribe, à contrecœur, lui avait communiquée. Glisser jusque dans l'immeuble ne lui avait posé aucun problème.

Une fois les rideaux de l'appartement fermés avec soin, il s'était aperçu qu'il pouvait en effet écouter la télé « d'une oreille » en lisant les journaux à toute allure. En revanche, le décor à la fois banal et spartiate des lieux ne lui avait rien appris sur leur occupante. Sans le parfum qui imprégnait l'oreiller à la taie de soie et la collection d'armes, de boucliers, de fouets et de menottes qu'il avait fini par dénicher dans un placard, il se serait demandé si Scribe lui avait donné la bonne adresse.

*Et maintenant, voilà.*

« Les fruits les plus accessibles », avait dit Riora. « L'Europe et les alentours. » N'empêche qu'il s'était rematérialisé dans le sillage d'un véhicule pataud, qui crachait une fumée noire en rampant sur une plaine de glace.

Sa fiancée se trouvait dans cet engin, il n'en doutait pas, et l'Europe était bien loin. Sebastian tira maladroitement le parchemin de sa poche pour passer en revue les dix missions proposées. *L'Antarctique.*

Le bout de ses doigts gourds noircissait déjà – engelures quasi instantanées. *Nom de Dieu.* Heureusement, en cette saison, il faisait nuit vingt-quatre heures sur vingt-quatre au pôle Sud ; malheureusement, il y faisait aussi très froid, ce qui n'était pas peu dire, pour quelqu'un qui avait passé son enfance au bord de la Baltique. Il devait se protéger des éléments, mais le manteau et les gants achetés la semaine précédente n'y suffiraient pas.

Sebastian glissa en un clin d'œil jusqu'à un des magasins où il avait renouvelé sa garde-robe, s'arrangeant pour apparaître dans une cabine d'essayage – où, par chance, personne n'essayait rien. Après avoir enfilé des gants très chauds, plusieurs couches de vêtements et un gros manteau, il nota le nom de la boutique dans un coin de son esprit pour y envoyer de quoi payer le tout et repartit comme il était venu.

Le même véhicule réapparut à ses yeux, à un quart d'heure d'intervalle… quinze minutes pendant lesquelles cette tortue aurait sans doute avancé davantage si Sebastian l'avait lancée de toutes ses forces vers le pôle.

Il s'enroula autour des oreilles et du visage un cache-nez de laine noir et tira une fois de plus le parchemin de sa poche. Le pic le plus élevé des montagnes transantarctiques était percé par un tunnel de glace abritant trois amulettes.

Kaderin devait être à leur recherche, car elle se dirigeait vers les contreforts de la chaîne montagneuse. Sebastian glissa jusqu'au sommet qui dominait tous les autres, sur la plus haute saillie discernable, d'où il en localisa une autre, plus haute encore. Là…

Il se matérialisa à l'entrée d'un corridor, où il s'empressa de se téléporter le plus loin possible, au bout de la portion rectiligne visible, avant de négocier à pied le premier virage. Puis il glissa une fois de plus jusqu'au suivant. Facile. Malgré ses vêtements chauds, il souffrait toujours aux extrémités d'engelures douloureuses, qui guérissaient entre deux matérialisations.

Au fond du conduit, posées sur une étroite corniche, attendaient trois petites amulettes assez semblables à des éclats de miroir déchiquetés, taillés dans la glace. Il en prit une, pour Katia, puis glissa de nouveau à l'extérieur afin de guetter son arrivée.

Quel paysage étrange ! Jamais il n'avait rien imaginé de tel. À l'époque où il était humain, l'Antarctique se réduisait à une rumeur, une impossibilité.

Ici, les étoiles ne scintillaient pas. Elles semblaient aussi figées, aussi mortes que sur les photos qu'il avait découvertes à Londres. La lune ne se levait ni ne se couchait ; même si, depuis une demi-heure que Sebastian se trouvait dans la région, elle s'était déplacée vers la gauche au-dessus de l'horizon.

Il n'aurait jamais contemplé ce spectacle surnaturel, s'il n'avait pas été transformé. Il n'aurait jamais eu à attendre anxieusement sa fiancée.

*Que vais-je lui dire ?*

Deux hélicoptères rugissants arrivèrent à toute allure, décrivirent un cercle en l'air puis se posèrent au pied de la montagne. Poussé par la curiosité, Sebastian glissa à proximité. Deux autres concurrents s'apprêtaient à escalader la montagne. Un plan prit forme dans son esprit. Si sa future épouse le trouvait trop modeste, trop discret... bon, il *était* modeste et discret, la plupart du temps... mais si elle pensait qu'il n'était que ça, il allait la surprendre.

Kaderin exprimait son exaspération par des jurons fort imaginatifs, en s'élevant lentement, très lentement contre la muraille rocheuse.

— Ils ont certainement un système de dégivrage automatique thermoélectrique, grinça-t-elle avec la voix de Regina.

Jamais la Radieuse ne lui avait autant porté sur les nerfs. Kaderin avait toujours fait partie des rares Valkyries très âgées capables de la supporter sur de longues périodes, mais là... Regina n'avait pas pu se retenir de passer *Radar Love* au moins huit fois, alors que leur autoneige poussive était loin des performances dignes d'une chanson pareille. Si la « Cadillac » atteignait les quinze kilomètres-heure, poussée à fond, c'était vraiment le bout du monde.

Kaderin avait aussi eu droit à autant de *Low Rider*. Une grosse voiture customisée, ben voyons... Si cette saleté de clarine lui sonnait de nouveau aux oreilles...

Lorsqu'elles étaient enfin arrivées au pied des montagnes, elles avaient découvert un véritable parking à hélicos. Heureusement, Kaderin était imbattable en escalade, y compris parmi les autres Valkyries. Regina était donc restée en bas à surveiller l'autoneige « en musique ».

Kaderin ne cessait de se répéter qu'elle n'allait pas tarder à dépasser ceux qui avaient entamé l'ascension. C'était même bizarre qu'elle ne les ait pas encore rejoints.

Elle planta un de ses piolets plus violemment que nécessaire. Quand il heurta la roche, après avoir traversé la glace de part en part, les vibrations remontèrent le long de ses doigts gourds et de son bras douloureux.

*Concentre-toi.* Elle ne se trouvait plus qu'à une dizaine de mètres de la saillie la plus élevée. *Tu entres, tu ressors.* Des Russes pleins de vodka tenaient son destin entre leurs mains humaines.

N'empêche que ces points, il fallait les gagner. On ne se trouvait qu'à quatre mille mètres, mais on se serait cru à une altitude bien plus élevée, dans l'atmosphère appauvrie du pôle. Surtout quand on portait un gros sac encombrant, bourré de matériel.

Le secret de Kaderin pour mener la Quête à bien aussi souvent ? Enfin, à part une brutalité impitoyable envers les autres concurrents...

Toujours être prête à tout.

Une bourrasque soudaine la secoua en rugissant. Catabatique, hein ?

La rafale la souleva à l'horizontale. Elle serra les dents, cramponnée à ses piolets.

Le souffle coupé, Sebastian vit le vent projeter Kaderin de côté, juste en dessous de lui. Il glissa aussitôt jusqu'à elle, l'attrapa par sa doudoune, mais se rematérialisa les mains vides sur la corniche.

Nouvel essai, nouveau retour sans elle.

Il ne réussit à la téléporter qu'à la troisième tentative.

Toujours cramponnée à ses piolets, la Valkyrie ne s'étonna pas exagérément d'avoir été transportée de cette manière – ni de voir son prétendant sur un autre continent, au bout du monde.

Elle ne s'était pas séparée de son épée, rangée dans le fourreau contre son sac à dos, et avait attaché des crampons terriblement aiguisés à ses bottes, dont le bout orné de deux pointes rappelait la gueule des serpents à sonnette.

Lorsque le vent mourut, une seconde plus tard, elle leva brièvement les yeux au ciel.

— J'y étais.

— Peut-être.

Sebastian haletait, bouleversé.

— Pourquoi n'ai-je pas réussi à t'amener ici du premier coup, nom de Dieu ?

Kaderin était hors d'haleine, elle aussi.

— J'avais une bonne prise sur mes piolets.

Elle rangea lesdits piolets dans des boucles de ficelle qui dépassaient des côtés de son sac.

— Comprends-moi bien, vampire, tu ne peux pas me téléporter si je lutte. Je suis beaucoup trop âgée et trop puissante.

Âgée? puissante? Elle n'aurait pu en avoir moins l'air. Une fois de plus, Sebastian fut frappé par sa petite taille. Elle faisait bien quarante centimètres de moins que lui, elle semblait tellement fragile... et elle portait un énorme sac, dont le seul poids aurait dû la faire basculer en arrière. Il ne voulait pas la lâcher. L'ascension l'avait essoufflée, elle était épuisée, et tout ça pour quoi? Pour rien, puisqu'il aurait pu la transporter au sommet du pic en un clin d'œil.

— Pourquoi lutter? s'étonna-t-il. Tu allais tomber.

— Seulement si mes piolets avaient lâché et, à mon avis, ils tenaient... même quand un énorme vampire essayait de m'en décrocher. Comment se fait-il que tu sois arrivé ici avant moi? ajouta-t-elle entre deux halètements. (Mais, déjà, elle regardait autour d'eux, attentive à ce qui l'intéressait vraiment.) Tu étais dans l'hélico norvégien, c'est ça?

— Je ne suis jamais monté dans un hélico de toute ma vie. J'ai glissé jusqu'à toi.

— Ce n'est pas possible. Les vampires ne savent pas faire une chose pareille.

— Moi si. Il me suffit de penser à toi comme à ma destination. Je ne serais pas arrivé au temple de Riora, autrement.

Sans lui prêter plus d'attention, elle entreprit de le contourner, mais il se plaça en travers de son chemin.

— Si tu m'avais laissé t'aider, je t'aurais accompagnée ici. Tu n'aurais eu qu'à me montrer le bon sommet pour que je t'y transporte en un clin d'œil.

Il avait bien aidé de cette manière les autres concurrents, en échange de renseignements sur elle.

Kaderin haussa les épaules.

— J'aime grimper.

— Ça se voit. Tu as l'air... revigorée.

À ce sarcasme, elle rajusta son bonnet sur ses tresses, les sourcils froncés.

Il poussa un grand soupir. *Ne l'ai-je pas assez insultée, depuis hier ?*

— Pousse-toi. (Elle chercha une fois de plus à le contourner, mais il lui bloqua de nouveau le passage.) Je n'ai pas le temps de jouer à ça.

— Il faut que je te parle. De toute évidence, tu veux gagner cette… compétition, je ne sais pas pourquoi. Et moi, je veux te donner tout ce qu'il te plaira. Alors, arrête. Laisse-moi gagner en ton nom. Je te donnerai le prix à la fin, tu le sais pertinemment.

*Si inutile qu'il soit.* Sebastian avait du mal à maîtriser l'irritation que lui inspirait la foi aveugle de sa fiancée en la clé.

— Me le donner ?

Les yeux de Kaderin étincelaient.

— Un vampire me donnerait le prix ? (Il ne s'était sans doute pas exprimé de la meilleure manière…) Tu es d'une telle ignorance que tu ne peux même pas savoir à quel point tes prétentions sont ridicules. Je suis orgueilleuse, je suis méchante – je suis célèbre pour ça, figure-toi –, et tu t'imagines que je te laisserais transformer en cadeau de ta part ce dont je peux m'emparer sans problème ?

Les choses ne se passaient vraiment pas comme il l'avait imaginé…

— Bon, pousse-toi, maintenant. Il y en a d'autres qui grimpent pendant qu'on papote.

Si elle pouvait être brutale, lui aussi – il s'y était d'ailleurs préparé.

— Il n'y a plus d'amulette. C'est moi qui ai la dernière.

Kaderin en resta bouche bée.

— Je me doutais qu'il risquait d'y avoir un problème et que j'aurais peut-être besoin d'un moyen de pression, poursuivit-il. Alors, j'ai transporté la sirène et un fouisseur jusqu'à la caverne, là-derrière. Il ne reste qu'un des talismans… et on dirait

142

bien que tu vas devoir l'accepter comme un cadeau de ma part.

À cet instant précis, Lucindeya sortit du tunnel, une amulette pressée contre son cœur. Le petit miroir disparut. Une odeur de feu et de forêt humide flotta un instant alentour.

— Merci, vampire, ronronna la sirène en jetant un regard triomphant à Kaderin. N'oublie pas ce que je t'ai dit.

Elle avait expliqué à Sebastian que « la Valkyrie » détesterait se faire aider en cas de problème. Il en avait déduit que la sirène n'avait tout simplement pas envie de le voir assister une concurrente, mais elle lui avait assuré que si jamais il parvenait à ses fins, elle en serait ravie car « rien ne saurait mieux renverser la grande, la fière Kaderin de son piédestal que le fait de tomber amoureuse d'une sangsue ».

Elle avait aussi juré sur le Mythos – un serment qu'ils prenaient manifestement très au sérieux, le kobold et elle – que le meilleur moyen de perdre Kaderin serait de l'aider, surtout en cas de problème physique. Quand il avait vu grimper sa fiancée, il s'était donc retenu de la transporter aussitôt au sommet, même s'il était terrifié pour elle.

Jusqu'au moment où elle avait été projetée de côté comme une poupée de chiffon.

Kaderin dévisagea la sirène avant de se tourner vers lui.

— Tu ferais mieux de croiser les doigts pour que Cindey ne te fredonne pas une petite chanson, sinon tu vas te retrouver à la suivre partout en bon petit caniche à sa maman.

— Je t'en prie, Valkyrie, coupa Lucindeya en tirant de son sac le matériel nécessaire à la descente. Je ne m'éclaircirais sûrement pas la gorge pour charmer un vampire. (Elle sourit à Sebastian en plantant son piton et en y accrochant sa corde.) Sans vouloir te vexer.

Sur ce, elle entreprit de descendre en rappel.

Dès qu'elle eut disparu, Kaderin se retourna vers le passage. Ses yeux s'écarquillèrent. Son compagnon pivota juste à temps pour voir le kobold s'approcher d'un pas traînant dans le long tunnel de glace, où résonnait son joyeux sifflement.

Quand Sebastian lui avait demandé si la Valkyrie était mariée ou avait des enfants, la petite créature avait répondu que, pour ce qu'on en savait dans le Mythos, elle était célibataire et « sans descendance ». Le vampire ignorait cependant s'il fallait croire le fouisseur car, toujours d'après lui, Kaderin ne buvait ni ne mangeait jamais.

À présent, elle épiait sans bouger un cil le moindre mouvement du gnome qui se rapprochait toujours. Un prédateur devant une proie potentielle, voilà ce qu'elle rappelait à Sebastian.

— Tu sais que je déteste les kobolds presque autant que les vampires ? lui expliqua-t-elle, le regard rivé sur le petit être. Et que lors de la dernière Quête, c'est Cindey qui m'a donné le plus de fil à retordre ?

Enfin, elle reposa les yeux sur son interlocuteur.

— Alors, tu vois, si tu voulais me foutre la haine, c'est gagné.

— Telle n'était pas mon intention.

Il y eut un éclair au loin, dans la nuit sans nuages. Il savait à présent que c'était elle qui l'avait provoqué.

— Tu m'as placée dans une situation intenable.

Elle ôta ses gants et se rapprocha de lui jusqu'à ce que leurs bottes se touchent.

— Mais ce n'est pas tout…

Levant une main délicate, elle lui promena doucement le dos de ses griffes lisses sur la joue, avant de reprendre, à l'instant précis où il allait fermer les yeux :

— Tu as aussi sous-estimé une Valkyrie.

Elle se laissa tomber accroupie à une vitesse folle, la jambe tendue, et planta les deux pointes du bout de sa botte dans la gorge du kobold. Puis elle se pencha vers la petite créature, l'attrapa et la délogea en secouant brutalement le pied.

Une fraction de seconde plus tard, elle se redressait, l'amulette à la main. Sebastian en resta bouche bée. Elle lui jeta un coup d'œil ennuyé et replia tranquillement les doigts sur le talisman, un à un, avant de le presser contre son cœur, jusqu'à ce qu'il disparaisse.

Le kobold se tortillait par terre, les mains crispées sur sa gorge, d'où jaillissait un sang jaune.

Indifférente à ses contorsions, elle soupira, agacée... puis le poussa du pied jusqu'au bord de la corniche, où l'attendait une chute de plusieurs centaines de mètres. Comme Sebastian la fixait, sous le choc, elle le considéra, la tête penchée de côté, avant de se raviser – *Tant que j'y suis...* –, d'arracher du roc le piton de la sirène, de tirer sur la corde jusqu'à déloger le suivant puis de lâcher le tout. Un hurlement s'éleva, porté par le vent.

— C'est moi qui suis responsable de cette situation, lança-t-il, sidéré par cette soudaine méchanceté. Pourquoi ne pas prendre mon amulette à moi ?

— Ils étaient prévenus.

Kaderin s'empara de ses piolets.

— Mais la prochaine fois, c'est la tienne que je prendrai. Promis.

Après quoi, elle se laissa tout simplement tomber de la saillie.

Il se précipita pour la rattraper, mais elle avait disparu. Déjà, elle plantait ses piolets dans une autre corniche, cent cinquante mètres plus bas.

À l'instant précis où il s'y transportait, elle dégagea les deux outils d'une violente traction et plongea, une fois de plus, avant d'interrompre brutalement sa chute – beaucoup plus bas. Il expira dans un véritable rugissement puis se tassa sur lui-même en la voyant atteindre le pied de la montagne.

Là, elle lui jeta un regard menaçant, lança ses piolets dans la neige et fonça vers son véhicule.

# 15

Kaderin poussa un gémissement à la vue du toit de l'autoneige, creusé en V par le kobold, à présent inconscient, qui s'était écrasé dessus en tombant du sommet de la montagne.

Quant à Lucindeya… Lorsque Kaderin l'avait dépassée, vers les trois cents mètres, la sirène l'avait insultée dans des langues considérées comme mortes par l'humanité.

— Je ne pensais pas que tu t'y mettrais si vite, espèce de salope foudroyante! Maintenant, OK, je sais que ça a commencé!

— Dis donc, qu'est-ce qu'on a reçu sur le toit? s'enquit Regina. Je ne suis pas assurée tous risques pour cette caisse, ah ah ah.

Kaderin monta en voiture et claqua aussitôt la portière, sans perdre une seconde à reprendre haleine.

— Démarre!

Les mains posées sur la vitre rayée, elle se baissa, se tortilla, dans l'espoir de repérer Sebastian. Ce n'était qu'une question de temps avant qu'il ne la rattrape.

— Euh… on ne ferait pas mieux de commencer par retirer le machin, là? Histoire que notre bolide retrouve son aérodynamisme d'antan, tu vois…

— Kobold, lâcha Kaderin avec indifférence, en cherchant à maîtriser ses halètements.

Du coup, Regina ouvrit sa portière puis se mit à promener la main sur le toit à tâtons. Quelques secondes plus tard, elle en délogeait d'une secousse la créature gémissante, qu'elle jeta au loin en la tenant par la cheville.

— Passe la première, bordel ! s'énerva Kaderin. Et prépare tes épées.

Les épées de la Radieuse évoquaient en fait des sabres d'abordage raffinés, dont elle portait les fourreaux jumeaux croisés dans le dos. Par bonheur, c'étaient des armes assez courtes pour être utilisées sans problème dans l'autoneige.

Regina les dégaina aussitôt en parcourant des yeux les alentours, à la recherche de l'ennemi.

— Hein, quoi ? Où est passé le Croquemitaine ?

— C'est un vampire ! riposta Kaderin. Et il est juste…

Elle sursauta en voyant Sebastian apparaître dehors, à quelques centimètres seulement du véhicule.

— … là !

Lorsqu'il glissa à l'intérieur de l'habitacle, prenant place sur la banquette arrière, Regina se retourna lentement, tous ses muscles contractés. N'importe quelle créature du Mythos témoin de ce curieux mouvement aurait compris que la Valkyrie se préparait à bondir et que sa propre vie allait s'achever.

Kaderin n'avait peut-être pas le droit de tuer Sebastian, mais Regina serait ravie de s'en charger.

La passagère se demanda soudain si elle avait vraiment envie de voir ça. Pourquoi la mort imminente de ce vampire la troublait-elle, alors qu'elle en avait abattu des milliers elle-même et contemplé leurs cadavres ?

— Tu m'as apporté une proie, grande sœur ? ronronna Regina, menaçante. Moi qui n'ai presque plus de crocs…

Ses épées bougèrent à une vitesse folle, s'immobilisant des deux côtés du cou de l'intrus comme des cisailles. Elle les referma brutalement…

148

Mais, à la toute dernière seconde, il glissa quelques dizaines de centimètres plus loin. Les sabres sifflèrent en l'air avant de se rejoindre avec un tintement métallique. Soit l'indésirable se téléportait plus vite qu'elles ne l'auraient cru possible, soit il ne s'était pas rendu réellement substantiel, pour commencer.

— Les concurrents n'ont pas le droit de s'entretuer, dit-il à Regina avec un calme exaspérant.

— Je ne suis pas encore une concurrente, sangsue. (Les épées fondirent de nouveau sur lui.) Juste le petit timonier.

Mais il avait tranquillement glissé de côté, une fois de plus.

— Tu vas finir par lasser ma patience, prévint-il, avant de jeter un dernier regard à Kaderin. Cette nuit, Katia.

Il disparut.

— Bordel de merde! s'exclama Regina, avant de prendre pleinement conscience de la situation.

Sidérée, elle se tourna vers Kaderin.

— Katia?

Une de ses épées pivota.

— Ferme-la, d'accord? Je ne veux rien entendre.

— Un vampire t'a donné un surnom! Un surnom sexy.

Kaderin agita une main négligente.

— Il me prend pour... pour sa fiancée.

La Radieuse rengaina ses épées.

— Ah, ouais? Vraiment?

Elle s'exprimait beaucoup trop fort dans le petit espace clos de l'autoneige.

— C'est contagieux, on dirait.

— Contagieux? Comment ça? Tu veux parler d'Hélène?

La transgression d'Hélène s'était produite soixante-dix ans plus tôt. La maisonnée n'arrêterait-elle jamais d'y penser? Et si la réponse était négative, que feraient les Valkyries si elles découvraient ce qu'il en était de Kaderin et de Sebastian?

— Hélène. Oui, oui. Bien sûr, marmonna Regina, brusquement revêche. Et qu'est-ce qu'il mijote, ce sale monstre?

Elle conduisait en vrai routier, une main au bas du volant, l'autre sur le levier de vitesse.

— Monsieur veut m'aider à gagner.

Un petit grognement de frustration lui échappa.

— Comme si tu allais faire confiance à une sangsue pour quelque chose d'aussi important! (Elle fonça droit dans une congère, sans même chercher à l'éviter.) Alors que c'est tout juste si tu me fais confiance à moi! (Bulle de chewing-gum, soufflée avec frénésie.) Il m'a eu l'air très possessif, Machin. Tu ne l'as pas… tu ne l'as pas, genre, asticoté, tu vois?

— Non, je n'ai pas couché avec lui! protesta Kaderin en toute franchise, dans l'espoir d'avoir l'air assez indignée.

*Dieu merci, je ne suis pas allée aussi loin. Jamais je n'irai aussi loin. Je peux toujours nier…*

— Qu'est-ce qu'il a voulu dire par «cette nuit»? Il ne te trouvera jamais.

Euh… eh bien, à vrai dire, peut-être que si.

— Je n'en sais rien.

Mais non, ce n'était pas possible. Il était impossible de glisser jusqu'à une personne. Les vampires n'avaient tout simplement pas ce don-là, point final. Pourtant, Sebastian l'avait déjà tellement étonnée… Il était unique, elle n'en doutait pas. S'il lui avait dit la vérité sur ses capacités de téléportation, serait-il au rendez-vous cette nuit même?

— Qu'est-ce que tu feras, à l'avenir, si tu retombes nez à nez avec lui?

— Je ne sais pas, avoua-t-elle. Je ne peux pas le tuer, c'est un concurrent.

— Tu n'as qu'à l'emprisonner, alors. S'il n'est pas trop âgé, il ne pourra sans doute pas venir à bout des menottes renforcées. Ou alors jette-lui un rocher dessus. Sur la jambe. Là, il sera coincé.

— À moins qu'il ne s'ampute, comme le Lycae d'Emma l'a fait pour la rejoindre.

Regina frissonna.

— Beurk… arrête, je vais gerber.

Jusqu'ici, Kaderin n'avait pas beaucoup pensé à Lachlain. Mais, maintenant qu'elle y réfléchissait, elle trouvait vaguement… romantique – si l'on pouvait dire – l'idée qu'il se soit mutilé lui-même avant de partir en rampant à travers des catacombes infestées de vampires, le tout dans le seul but de rejoindre sa promise, qui se trouvait à la surface de la terre. Sebastian en ferait-il autant pour elle ?

— Par Wotan !

Oui, sans doute.

— Quoi, qu'est-ce qui se passe ?

Comme sa passagère secouait la tête, Regina ajouta :

— Je vais rester avec toi cette nuit. Et peut-être aussi demain, pour la mission suivante.

Regina venait de dire à Sebastian qu'elle n'était pas une concurrente – *pas encore*. Il fallait régler le problème avant qu'elle ne remette la musique, Kaderin le savait.

*All… my… friends… know the low rider…*

*OK, mec, tous tes amis savent que tu as une grosse… voiture…* Elle se pinça le front. La clarine. Combien de temps encore réussirait-elle à supporter ça ?

Si dur que ce soit, elle devait bien admettre qu'elle préférait encore être accostée par l'arrogant vampire – un de ses plus immortels ennemis – plutôt que de passer vingt-quatre heures de plus en compagnie de Regina.

*La clarine, ça suffit.*

— Je crois que je me débrouillerai seule.

Après l'échec indescriptible de sa première sortie, Sebastian glissa jusqu'à ses coffres pour récupérer davantage d'argent, persuadé qu'il lui en faudrait plus que prévu.

Faire sa cour risquait manifestement de prendre... un certain temps.

Il se dépouillait de ses multiples couches de vêtements avant de se mettre à creuser, grâce à la pelle laissée sur place, quand ses doigts se posèrent sur l'amulette à travers le tissu de sa poche. Avec un haussement d'épaules, il la sortit et la serra contre son cœur. La disparition du talisman le stupéfia. Ça marchait donc aussi pour lui ? L'odeur des braseros du temple domina un instant celle de la Baltique. Il... il faudrait qu'il y réfléchisse plus tard.

Pendant que la terre volait sous ses coups de pelle, il se demanda s'il parviendrait jamais à oublier la vision de Kaderin déchirant de ses éperons la gorge du vieux kobold.

À l'époque où il était humain, il massacrait l'ennemi et le traitait avec cruauté, mais il regrettait amèrement d'avoir été témoin d'une scène pareille. Sa fiancée était passée si vite à l'attaque... À croire qu'elle avait agi d'instinct, par nature.

Il avait déjà vu des femmes recourir à la violence en temps de guerre, pour protéger ceux qu'elles aimaient, mais il n'avait jamais senti en elles une férocité pareille.

Certes, il ne pouvait comparer Kaderin aux femmes de son époque. À vrai dire, il ne pouvait la comparer à aucune humaine. Ses sœurs à lui se seraient évanouies si elles avaient dû écraser un insecte ou à la seule idée d'escalader une montagne. La cruauté de Kaderin n'en paraissait pas plus supportable.

Il craignait qu'elle n'en jouisse.

Le trou gagnait en profondeur sans qu'il trouve rien. Les sourcils froncés, il plongea sa pelle plus loin. Toujours rien.

Ses poings se serrèrent, réduisant le bois du manche en échardes et poussière.

Ses coffres avaient disparu.

Satisfaite de son succès, Kaderin s'était blottie dans un fauteuil en cuir, à bord du jet privé des Valkyries. Le siège voisin restait vide, car Regina s'était couchée par terre, les jambes posées sur l'accoudoir. Elles venaient de décider que la « chef » descendrait dans un aéroport d'affaires de Rio, d'où son assistante regagnerait La Nouvelle-Orléans.

Oui, Kaderin était satisfaite. Peu importaient les événements de la journée, puisqu'elle était en tête. Enfin, dans le peloton de tête, avec Cindey et ce casse-pieds de vampire. Sa première Quête... sa première tâche... et il avait gagné le maximum de points. Il y avait vraiment de quoi s'énerver. Enfin... au moins, Bowen ne s'était pas montré en Antarctique, et la mission la plus intéressante après celle-là ne rapportait que neuf points.

— Sérieux, tu sais, je peux rester si tu as besoin de moi, proposa Regina pour la cinquième fois. On formerait la meilleure équipe de botteuses de cul du monde entier.

— J'ai essayé le travail d'équipe lors de ma première Quête. Malheureusement, le partenariat avec Myst s'est achevé par un différend... un différend qui l'a poussée à me balancer un direct à la bouche, et moi à la faire tourner en l'air en la tenant par les cheveux. Alors, désolée, mais maintenant, je travaille seule. Toujours. D'autant que l'amulette représente un bon début. Douze points sur quatre-vingt-sept.

— Et si le vampire te retrouve ?

S'il avait bel et bien dit la vérité, sur la corniche, ça arriverait sans doute plus tôt que ne le pensait la Radieuse...

— Je suis capable de résoudre le problème.

— Quand est-ce que tu l'as animé ? Quand tu étais en Russie ?

Comme son interlocutrice acquiesçait, Regina ajouta :

— Il a glissé avant que tu puisses le tuer ?

Kaderin se sentit rougir. *Non, j'étais juste trop occupée à me frotter à lui.*

— Je n'avais pas mon fouet, dit-elle – ce qui était vrai, même si ça ne répondait pas vraiment à la question.

Il lui semblait qu'elle aurait aussi bien pu être marquée au fer rouge. Ou porter un tee-shirt : « Embrasse vampire, et plus si affinités. »

— Mais dis donc, continua-t-elle, à quoi rime cette subite envie de m'aider ? Tu étais bien pressée de quitter La Nouvelle-Orléans... et tu n'as pas l'air très disposée à y retourner.

La Radieuse se mit à tripoter nerveusement son iPod.

— Nïx m'a prévenue que... oh, bon, qu'Aidan le Fou n'allait pas tarder à revenir.

— Ton berserk ?

Bien longtemps auparavant, Regina avait un jour embrassé Aidan. Grossière erreur, car les baisers de la jeune Valkyrie, plus enivrants que la drogue la plus puissante, entraînaient une addiction tout aussi terrible. Le berserk, tombé sur le champ de bataille, avait ensuite défié la mort pour se lancer à la recherche de la belle dans une autre vie.

Il avait déjà connu au moins quatre renaissances, car Regina lui manquait tellement qu'il était condamné à rester pour l'éternité une version 2.0, une réincarnation.

— Ce n'est pas *mon* berserk, protesta-t-elle.

— C'est quoi, alors ?

Regina haussa les épaules tandis que Kaderin poursuivait :

— Il te retrouve toujours, il se rappelle toujours qui il était et, d'une manière ou d'une autre, il se fait toujours tuer en essayant de te conquérir. Comment tu appelles ça, toi ?

— Un camarade de jeu ? (Elle fit la grimace.) J'ai vraiment dit une chose pareille ?

Kaderin leva les yeux au ciel.

— Dans ce cas, tu devrais plutôt être à La Nouvelle-Orléans, en train de te battre.

Regina détourna les yeux avant de répondre tout bas :

— Oui, mais tu vois, je me disais que s'il ne me trouvait pas cette fois-ci, il dépasserait peut-être les trente-cinq ans.

— Et moi, qu'est-ce que je suis censée faire dans cette histoire ? demanda Kaderin, embarrassée par le brusque sérieux de son interlocutrice.

— Tu subis, voilà.

— Dis donc, et si Ivan le Russe était ton berserk et que tu ne t'en étais pas rendu compte ?

Regina examinait maintenant le plafond.

— Je sais toujours que c'est lui.

— Pourquoi ne pas l'accepter, alors ? Te jeter dans ses bras...

Freyja avait appris aux premières Valkyries qu'elles n'auraient aucun mal à reconnaître leur grand amour car, quand il ouvrirait les bras, elles seraient toujours prêtes à s'y jeter.

— J'ai mes raisons.

Malgré sa position couchée, Regina réussit à lever le menton, provocatrice.

— Des tas de raisons, très compliquées.

— Donne-m'en une.

Elle soutint le regard de Kaderin.

— OK, en voilà une – les Lumières de la Raison, version Regina. Dans une situation pareille, on est bien obligé de se demander si ça vaut le coup d'essayer et de s'en manger une.

Comme Kaderin fronçait les sourcils, elle ajouta :

— Si le jeu en vaut la chandelle, d'accord ?

— Ah. Et tu crois que non ?

— Je n'ai pas tellement envie de craquer pour un mortel et de maudire chaque jour qui passe juste parce qu'il va mourir en un clin d'œil. Par rapport à ma notion du temps, je veux dire. Et puis après, de me languir en attendant son retour. Entre autres problèmes.

Regina secoua la tête, l'air décidé.

— Non, ça n'en vaut pas la chandelle.

— Je comprends. Tu préfères renoncer à de petits plaisirs pour éviter de grandes souffrances.

Kaderin comprenait réellement… mais alors, pourquoi avait-elle pris du plaisir avec Sebastian, sachant qu'elle en serait ravagée par la suite ?

— Exactement ! C'est de l'instinct de survie, ni plus ni moins. Personne n'a l'air de s'en rendre compte, à Val-Hall. Elles me disent toutes de profiter de l'instant présent. Nïx m'a même conseillé de chercher mon berserk et de me le faire. (Regina poussa un soupir las.) Tiens, au fait… Tu vas te trouver un mec, maintenant que la malédiction disparaît ? Il paraît que tu n'as pas fricoté du tout depuis un millier d'années.

Kaderin ne voyait pas pourquoi elle aurait prétendu le contraire. Avant même la bénédiction, d'ailleurs, elle accordait si rarement sa confiance qu'elle avait eu peu d'amants.

— Je ne suis pas assez généreuse pour fricoter quand ça ne m'apporte rien. Je n'éprouve pas ce genre de désir.

*Menteuse, menteuse, menteuse…*

— Tu ne l'éprouvais pas, rectifia Regina avec un clin d'œil exagéré. Bon, tu les aimes comment, les mecs ? Enfin, comment tu les aimais ? Tu t'en souviens, au moins ?

Comment les aimait-elle, en effet ? Kaderin rougit en repoussant la pensée qui lui venait immédiatement à l'esprit.

— J'ai toujours été attirée par les gardeurs de cochons…

Sa compagne éclata de rire, avant de s'exclamer, quand elle-même pouffa discrètement :

— C'est trop bizarre ! Je n'étais pas née que tu étais déjà un vrai glaçon. Je ne t'ai jamais connue autrement...

La Radieuse considéra Kaderin d'un air approbateur.

— Mais en fin de compte, je te trouve plutôt sympa, quand tu n'es pas lobotomisée par une puissance supérieure.

# 16

L'or et les joyaux de Sebastian avaient disparu. Toute sa fortune terrestre.

Il releva brusquement la tête, les crocs aiguisés. Nikolaï. Les restes du manche de pelle tombèrent à terre. Serrant ses poings sanglants, il glissa jusque dans le manoir, qu'il parcourut rapidement, presque sans remarquer les changements qui y avaient été apportés. Son frère se trouvait dans le grand vestibule – celui où Sebastian était mort en compagnie du reste de la famille.

Nikolaï fut visiblement décontenancé par son apparition – et par le poing que Sebastian lui envoya en pleine figure.

— Où est passé mon or, nom de Dieu ? rugit-il en frappant de nouveau, de toutes ses forces.

— Je l'ai récupéré. (Nikolaï esquivait ou encaissait les coups sans chercher à les rendre.) Pour le mettre à l'abri.

— Tu n'avais pas le droit ! Tu voulais m'obliger à venir te voir, voilà la vérité.

— Oui, admit Nikolaï en toute simplicité.

Sebastian lui assena encore un direct puis se jeta à sa gorge, le projetant contre le mur, l'avant-bras sous le menton. La scène rappelait terriblement au visiteur la nuit où il s'était relevé d'entre les morts et réveillait la souffrance qu'il avait éprouvée alors.

— Tu voulais me voir ? Comme autrefois ?

Cette nuit-là, Nikolaï avait refusé le combat, comme aujourd'hui. Si Murdoch n'avait pas desserré de force les mains que le nouveau vampire avait nouées autour de la gorge de son créateur, peut-être celui-ci y aurait-il perdu la vie.

Sebastian se rappelait la scène, voilée d'une sorte de brouillard ; il se rappelait s'être senti à la fois vivant et mort, sans pouls, sans souffle, prisonnier d'un interminable crépuscule. Et faible, au réveil, possédé d'une faim frénétique que seul le sang pouvait apaiser.

Maudit. Pour la seule raison que son frère se fichait qu'il veuille mourir avec sa famille. Son poing s'écrasa contre le mur, près du visage de Nikolaï.

— Tu as fait de moi une abomination !

— Je t'ai sauvé la vie.

— Et tu m'as aussitôt demandé de la vouer à ton armée. Que j'aie passé ma vie de mortel à enchaîner les batailles ne te suffisait pas ; tu voulais nous enrôler dans ta guerre éternelle, Conrad et moi.

— C'est une noble guerre.

— Ce n'est pas la mienne !

— Tu me détestes donc toujours autant ? C'est pour ça que tu n'es jamais revenu au manoir ?

Sebastian lâcha prise.

— Je ne te déteste pas.

À sa grande surprise, c'était vrai.

— Il n'existe plus rien d'assez important pour susciter ma haine. C'est fini. Au bout de trois cents ans.

Il recula.

— Tout ce que je te demande, c'est de ne plus te mêler de mes affaires.

— Tu veux mes excuses ? Tu les as.

— Peu m'importent tes excuses. Si la situation se présentait de nouveau, tu ferais exactement la même chose…

Il s'interrompit à l'entrée d'une jeune femme.

— Nikolaï? (Elle jaugea d'un coup d'œil l'état du maître des lieux, avant de se tourner vers le visiteur.) Il ne ripostera peut-être pas. Moi si.

— Tu es une Valkyrie, c'est ça? s'enquit Sebastian en l'examinant.

— Qu'en sais-tu? lui demanda-t-elle, avant d'ajouter, pour Nikolaï: Son cœur bat. Le sang coule dans ses veines.

L'aîné des Wroth avait toujours été très réservé et parfaitement maîtrisé. Sebastian fut donc d'autant plus surpris de voir ses yeux s'écarquiller et de prendre sans avertissement son poing dans la figure.

— C'est elle, hein? rugit Nikolaï. C'est elle qui te fait battre le cœur?

Sebastian riposta, le touchant au menton.

— Non.

Le maître des lieux baissa les poings et recula en inspirant à fond.

— Tu as trouvé ta fiancée avant de venir?

Pour toute réponse, Sebastian lui jeta un regard noir, en passant sa manche sur sa lèvre en sang.

— Je suis… désolé… J'ai cru…

— Dis-moi où est mon or, c'est tout ce qui m'intéresse.

— Je n'imaginais pas nos retrouvailles comme ça. (Nikolaï se passa la main dans les cheveux.) Je suis navré de t'avoir frappé. Elle me fait perdre la tête. Mais je sais que tu comprends, maintenant que ton cœur bat…

*Tu ne sais rien du tout!*

— Enfin bref, je te présente Myst.

— Nous étions à ta recherche, intervint ladite Myst.

Elle avait le même accent que Kaderin et lui ressemblait énormément, malgré ses cheveux roux et ses yeux verts.

— J'ai beaucoup entendu parler de toi, ajouta-t-elle.

160

Sebastian la salua d'un petit coup de menton, avant de se retourner vers son frère.

— Mon... ar-gent.

— D'accord.

Malgré l'impassibilité de Nikolaï, son cadet le connaissait assez pour être conscient de sa cruelle déception.

— Si tu veux bien me suivre...

Il le guida jusqu'à l'ancien bureau de leur père. Myst les suivit, jaugeant Sebastian d'un œil prudent, visiblement décidée à servir de garde du corps à Nikolaï. Si elle était seulement à moitié aussi cruelle que Kaderin, elle ferait merveille dans ce rôle.

Ils pénétrèrent tous trois dans une pièce en travaux, aux fenêtres obstruées par des volets.

— Je n'arrive pas à croire que tu restaures le manoir, déclara Sebastian, écœuré.

— Nous avons l'intention d'y vivre. Évidemment, tu es toujours le bienvenu.

Sebastian se renfrogna encore plus.

— Si jamais tu as besoin d'un abri, tu peux glisser jusqu'à cette pièce-ci n'importe quand, insista son frère. Les volets sont fermés sans faute dans la journée.

Il n'imaginait même pas avoir un jour envie de venir ici...

— Comment as-tu mis la main sur mes coffres ?

— Il m'a semblé sentir ta présence, l'autre nuit, dans le parc, alors je l'ai passé au peigne fin, à la recherche d'un indice. J'avais un peu peur de ne pas arriver à te localiser, surtout depuis quelque temps...

Nikolaï s'éclaircit la gorge. Myst et lui échangèrent un coup d'œil.

— Quand j'ai découvert la pelle et la terre fraîchement retournée, ç'a été un grand soulagement...

— Je veux mon or.

Les lèvres de Nikolaï se pincèrent, mais il traversa le bureau pour déverrouiller un petit coffre-fort entouré de briques neuves, comme si on l'avait arraché de son logement puis que le mur avait ensuite été réparé.

— Je m'étonne que tu sois conscient de ma nature, intervint Myst, se rappelant à l'attention de Sebastian. La plupart des gens prennent les Valkyries pour des nymphes.

Elle secoua la tête avant d'ajouter dans un murmure, comme pour elle-même :

— Je déteste ces petites allumeuses.

— J'ai déjà vu certaines de tes semblables.

— Où donc ? demanda Nikolaï en tirant du coffre un attaché-case.

— Ici et là.

Il posa l'attaché-case sur le bureau. Sebastian plissa les yeux, méfiant.

— Je vois, commenta son frère. La majorité de ton or a été échangée contre de l'argent liquide, lequel a ensuite été investi. Tu trouveras dans cette mallette tes portefeuilles d'effets et les informations relatives à tes comptes bancaires. Plus un ordinateur portable, un téléphone mobile, une carte d'identité estonienne temporaire – il va falloir y coller une photo le plus vite possible – et des cartes de crédit. Tout ce dont disposerait un humain.

Sebastian enrageait. Nikolaï avait fait ce qu'il faisait le mieux, c'est-à-dire ce qu'il voulait, comme toujours.

— Tu n'avais pas le droit.

— Je voulais juste t'aider. Tu n'aurais pas tiré de ton trésor de guerre ce qu'il valait. Conrad et toi êtes des hommes riches.

— Tu sais où il est ?

Sebastian avait perdu la trace de Conrad après avoir quitté le manoir de la Colline noire en sa compagnie. Il était devenu fou, miné par la faim et l'égarement, mais les choses s'étaient encore plus mal passées pour son compagnon. Beaucoup plus mal.

La mine de Nikolaï s'allongea.

— Non. Je vous cherchais tous les deux. Tu l'as croisé, ces derniers temps ?

Sebastian hésita puis secoua la tête. Il avait perdu leur frère de vue quelques semaines après la transformation. Un jour, Conrad avait évoqué de mystérieuses entreprises inachevées, qu'il mènerait à bien en tant qu'immortel. Puis il avait disparu au crépuscule et n'était jamais réapparu.

— Et Murdoch ? demanda Sebastian, curieux. Combien de Wroth restait-il, en réalité ?

— Je peux t'emmener le voir à l'instant, si tu veux. Il se trouve à la citadelle des Abstinents.

Nikolaï subit sans broncher le regard noir de son interlocuteur.

— Jamais je ne m'y rendrai… même si j'ai envie de le voir un jour.

Myst intervint pour briser la tension croissante.

— Je ne comprends pas ta colère. Tu devrais être reconnaissant à Nikolaï de t'avoir transformé. Sans lui, jamais tu n'aurais eu de fiancée.

*On ne peut pas vraiment dire que j'en aie une, pour l'instant.*

— Ce serait peut-être aussi bien.

Sebastian prit la mallette et glissa.

Une villa isolée, sur une plage de l'Atlantique. Kaderin essayait en vain de dormir, les yeux fixés au plafond.

Elle avait besoin d'action, mais les parchemins ne s'étaient pas encore réactualisés. Oui, de l'action… ou du sommeil.

Il lui en fallait en principe quatre heures par nuit. Elle pouvait s'en passer plusieurs jours si nécessaire, mais elle voulait être au meilleur de sa forme après le voyage en Antarctique. L'ascension et la descente l'avaient endolorie, et les blessures ne tarderaient pas à s'accumuler.

Malheureusement, le sommeil ne venait pas. Son tee-shirt, trop serré à la poitrine, la rendait dingue.

Elle détestait dormir habillée, mais elle devait se tenir prête à accueillir un visiteur cette nuit. Et le linge de lit de la belle villa de location, bien que luxueux, ressemblait à de la grosse toile, comparé aux draps de soie dans lesquels elle dormait habituellement. Pire, il faisait nuit noire dans la vaste chambre résonnante. Très noire.

Malgré leur bravoure, les Valkyries avaient souvent une faiblesse secrète. Lucia l'Archer était terrifiée à l'idée de manquer sa cible, car une malédiction lui infligeait dans ce cas des souffrances terribles. Nïx redoutait tellement d'assister dans ses visions à la mort d'une de ses sœurs que, jusqu'ici, elle n'en avait jamais prédit une seule. Regina, toujours la première à se jeter dans la mêlée en poussant des cris de guerre, avait une frousse bleue des fantômes…

Quant à Kaderin, il lui était arrivé par le passé de souffrir de kénophobie, la peur de l'obscurité, alors qu'elle y voyait presque parfaitement dans le noir.

Son regard, rivé sur l'interrupteur de la salle de bains, prouvait qu'elle était en proie à une autre crise. Encore une faiblesse d'avant la bénédiction qui relevait son horrible tête. Elle bondit du lit pour aller allumer.

La terrible Valkyrie à la veilleuse…

Le silence la gênait, comme dans son appartement londonien. Elle s'était habituée à la maisonnée de Val-Hall, aux hurlements rassurants de ses sœurs, au tonnerre vibrant, aux allées et venues permanentes, y compris la nuit.

Elle se tourna sur le flanc en soupirant et fixa d'un œil noir sa compagne de lit habituelle : son épée. Un autre soupir, avant de lui tourner le dos. Kaderin se sentait… seule. Elle ne s'était pas encore débarrassée de l'impression de solitude qui s'était imposée à elle ce matin-là, dans le vieux château russe ; sa solitude à lui.

Pourquoi ne pas penser à lui ? Pourquoi ne pas évoquer le vampire et se débarrasser de cette obsession ?

Elle pouvait par exemple se demander ce qui l'avait dégoûté de vivre. Avait-il perdu un être cher ? Son épouse, peut-être ? C'était possible. Il avait été transformé à la trentaine, ce qui signifiait qu'il avait sans doute été marié. Si Kaderin avait perdu son époux, elle aurait probablement été tentée de mener une existence d'ermite. Et elle aurait éventuellement songé à mourir pour rejoindre l'être cher dans la mort.

Toutefois, s'il avait pris femme autrefois, pourquoi ses premiers baisers avaient-ils été aussi hésitants ? Il n'avait embrassé personne depuis longtemps, d'accord, mais ça n'expliquait pas son manque d'assurance.

Même s'il avait vite retrouvé ses marques.

Il arrivait à Kaderin d'évoquer ces baisers dévorants, de les revivre, ainsi que la fameuse matinée dans son ensemble. Pire, quand elle revoyait ce qu'ils avaient fait ensemble, elle n'avait pas seulement honte… elle se rappelait aussi avoir chevauché une énorme érection, à laquelle avait répondu entre ses propres cuisses une moiteur révélatrice. Ses seins avaient gonflé à lui faire mal. Ses griffes s'étaient incurvées pour attirer le vampire à elle.

Ces changements, ces glissements de personnalité étaient inexplicables. D'après elle, un dieu ou une autre puissance avait endormi ses émotions. Un simple sortilège n'aurait pas opéré aussi longtemps, d'autant que les Valkyries n'étaient pas très sensibles à ce type de magie.

Non, une puissance formidable lui avait accordé sa bénédiction.

Et voilà que le pouvoir mis en œuvre était neutralisé par l'attirance qu'exerçait un vampire à la voix grondante…

La férocité rentrée que Kaderin sentait en lui réveillait la sienne, endormie jusqu'ici. C'était peut-être pour ça qu'il lui plaisait tellement. Parce qu'ils se ressemblaient.

Mais pourquoi fallait-il qu'elle redécouvre le désir maintenant, alors que tant de choses étaient en jeu ? Qualifier l'événement d'ennuyeux relevait du doux euphémisme. Elle s'allongea sur le dos et glissa les mains sous son tee-shirt, mais ses paumes lui semblèrent trop douces contre ses seins. Les siennes à lui étaient délicieusement calleuses, quoiqu'elles se fussent montrées aussi hésitantes, au début, que ses baisers.

Des mains rudes, des lèvres d'une fermeté délectable, des yeux brûlants... Tout en lui suscitait des rêves d'une sensualité décadente, sauf que Kaderin ne rêvait plus depuis la bénédiction.

Toutefois, elle fantasmait. Elle n'eut d'ailleurs aucun mal à rappeler à sa mémoire le souvenir du corps musclé de Sebastian... Puis elle se mordit la lèvre. Le fait était qu'elle aimait des tas de choses chez lui. Elle n'avait jamais eu beaucoup d'amants, même à l'époque où elle éprouvait des émotions, parce qu'elle avait du mal à faire confiance aux hommes, et les rares mâles qu'elle avait accueillis dans son lit avaient tous été mortels. Aucun n'était seulement à moitié aussi fort qu'elle.

Le vampire, lui, était plus fort.

Jamais elle ne lui ouvrirait son lit.

*S'il a décidé de venir, qu'est-ce qu'il fiche, noms des dieux ?*

Sebastian passa des heures à parcourir les papiers et formulaires contenus dans la mallette, dans l'espoir de déterminer l'état de sa fortune, mais il avait l'esprit ailleurs.

Kaderin ne pourrait se lancer à la recherche d'un autre talisman que quand les parchemins se remettraient à jour. Elle devait donc être en sécurité... Toutefois, au crépuscule, il finit par glisser, incapable de résister plus longtemps.

Il se retrouva dans une grande chambre, sans doute dans une maison particulière. D'après le réveil, il était plus de 4 heures du matin, ce qui signifiait qu'il se trouvait dans l'autre hémisphère. Le centre de la pièce était occupé par un lit, au pied duquel il se téléporta afin de voir qui l'occupait.

Sa fiancée.

S'habituerait-il jamais à la rejoindre aussi facilement ? Cette capacité offrait des avantages incalculables.

Il cessa de se féliciter en constatant qu'elle dormait profondément, allongée sur le ventre, torse nu, seulement voilée de ses longs cheveux brillants, un tee-shirt roulé en boule près de sa tête. Un de ses bras minces était tendu vers l'épée posée à côté d'elle sur les couvertures.

Ce spectacle le mit mal à l'aise. S'était-elle couchée avec son épée pour se défendre, au cas où il la trouverait, ou vivait-elle toujours de manière aussi dangereuse qu'il l'avait pressenti ce jour-là ? Si tel était le cas, peut-être ne devrait-il plus jamais la perdre de vue.

Ses yeux bougeaient sous ses paupières closes, et son oreille pointue s'agitait comme pour lui signaler d'éventuels bruits suspects. Guettait-elle les pas de plus en plus proches d'un ennemi ?

Son souffle haletant évoquait celui des jeunes animaux endormis.

Ses doigts se plièrent avec précision autour de la poignée de son épée. À cette vue, il sentit son cœur se serrer. Il ne demandait qu'à la protéger, si elle y consentait.

À la grande surprise de Sebastian, sa présence parut calmer la jeune femme. Il se débarrassa donc de sa veste et de sa ceinture, à laquelle était accrochée sa propre épée, puis les posa sur le banc installé au pied du lit. Maintenant qu'il avait tout loisir d'observer sa fiancée, il la dévorait des yeux. Jamais il n'avait trouvé un dos sexy, mais celui de Kaderin l'était indéniablement. Il avait envie d'attraper les frêles épaules de la Valkyrie, de l'attirer contre lui puis d'embrasser tout du long les creux délicats de sa colonne vertébrale.

Sa peau dorée, parfaitement lisse, était irrésistible. Elle ne pouvait pas être aussi douce qu'elle le semblait, ce n'était pas possible.

La dormeuse murmura quelques mots dans son sommeil puis changea de position, tournant la tête de l'autre côté et levant le genou. La couverture glissa, dévoilant un petit short rose tiré sur le côté. Sebastian eut dans l'ombre un aperçu de l'intimité féminine interdite qui lui tira un gémissement. Katia était blonde, là aussi, d'une beauté parfaite.

Fille des dieux ? Il n'en doutait pas.

Il fallait qu'il la touche à cet endroit-là, qu'il l'embrasse. Jamais il n'avait fait jouir une femme avec la bouche, alors que, mortel, il en avait tellement rêvé. Faire une chose pareille avec elle... À cette pensée, il retint un frisson de plaisir.

Il s'avança, le sexe dur comme de l'acier...

# 17

Non, Kaderin ne rêvait pas… plus depuis la bénédiction. Voilà pourquoi, bien qu'endormie, elle fut surprise d'être visitée en songe par un vampire, qui lui écarta les jambes avec douceur.

*C'est un rêve, forcément. Un rêve pervers. La présence d'un vampire me réveillerait, je le sais.*

Elle laissa donc le monstre la caresser, séduite par les halètements du mâle dont les doigts tremblants lui effleuraient l'intérieur des cuisses. Dans le rêve, une grande main brûlante lui enveloppait les fesses, pendant que l'autre tirait sur le côté son petit short de soie pour dévoiler son sexe.

Le visiteur poussa un soupir sifflant. Un rêve pouvait-il paraître aussi réel ? Pas dans les souvenirs de Kaderin ! Elle n'aurait pas dû sentir la créature se pencher, son poids creuser le matelas. L'embrasser… à cet endroit précis…

— Je veux embrasser tout ton corps… balbutia une voix rauque.

Les yeux de la dormeuse s'ouvrirent. Elle roula sur le côté, posa brutalement la main sur la poignée de son épée, qu'elle souleva aussitôt. La pointe aiguë transperça le dessus-de-lit avant de s'immobiliser juste sous le menton du vampire. Sans lâcher son arme, Kaderin se retourna sur le dos puis s'assit vivement. Une petite exclamation de stupeur lui échappa.

Elle était presque nue, le souffle court, excitée à en perdre l'esprit... et, juste devant elle, l'énorme érection de l'intrus tendait le tissu de son jean.

Elle déglutit, se contraignit à lever le regard, mais le regretta aussitôt. Les yeux de Sebastian, brûlant de désir, carbonisèrent ses pensées dès qu'elle les croisa. Toutefois, lorsqu'il voulut baisser le regard vers ses seins dévoilés, elle se secoua et pesa légèrement sur son épée.

— Très bien, admit-il en écartant les mains. Je mérite peut-être ça pour t'avoir caressée dans ton sommeil, mais sache qu'à la fin, je te croyais réveillée.

— Ça fait longtemps que tu es là ? demanda-t-elle d'une voix aiguë.

— Presque dix minutes.

Derrière lui, elle découvrit alors sur le banc une épée et une veste inconnues, dont la vision faillit la laisser bouche bée.

— Ce n'est pas possible !

— Pourquoi t'obstiner à dire ce genre de choses, alors que les événements se sont déjà produits ?

Elle n'arrivait plus à réfléchir. Jamais un vampire n'avait réussi à la prendre au dépourvu. Elle avait le sommeil léger, après des siècles de combats, mais voilà qu'elle était censée admettre avoir dormi – avoir rêvé – pendant qu'il la caressait !

Que se passait-il avec cette sangsue-ci ? Pourquoi n'était-elle pas capable de la passer au fil de l'épée ? Un petit mouvement du poignet suffirait à lui transpercer le cou. Elle n'aurait plus alors qu'à décapiter le vampire d'un seul geste précis.

Mais elle ne pouvait pas, à cause de la Quête. *Ouais, ouais, c'est ça, c'est cette saleté de Quête qui m'en empêche.*

Il existait bien une raison qui aurait expliqué qu'elle ne puisse faire de mal à son visiteur... mais elle refusait d'y penser – elle en était parfaitement incapable. Si jamais elle le faisait, la vie telle qu'elle la connaissait prendrait fin...

— Je ne vais pas pouvoir rester là comme ça long-temps, Katia, prévint-il, mais si tu veux t'habiller, je peux tourner le dos.

Un vampire gentleman. Il s'exprimait avec calme, sans élever la voix, alors qu'il avait du mal à se maîtriser, elle le sentait. À croire qu'il mourait d'envie de lui arracher son épée puis de lui faire l'amour sans attendre. Comment réagirait-elle, dans un cas pareil ?

Elle aurait bien aimé le savoir. La Kaderin froide, prévisible, devenait inconstante.

Il l'examinait avec une admiration si évidente qu'elle se sentait déstabilisée. Dans sa mère patrie d'autrefois, lorsque grondait la tempête, des ombres obscurcissaient la mer, traversée de courants d'un noir d'encre.

Tels étaient les yeux du vampire qui brillaient dans l'ombre. Une tempête sur les flots.

Une pensée démente naquit dans l'esprit de Kaderin. *J'ai toujours aimé les tempêtes.*

Elle se secoua mentalement. Elle jouait avec le feu, à rester en compagnie de l'intrus – peut-être l'homme le plus attirant qu'elle ait jamais vu. Pas seulement à cause de ce qu'il voulait, lui, mais aussi à cause de ce qu'elle ressentait, elle. Elle aimait le grondement rauque de sa voix, son mâle désir l'ex-citait, et elle était heureuse de ne plus être seule.

Depuis une éternité, Kaderin regardait ceux qui l'entouraient se conduire en esclaves déraisonnables, irrationnels, de leurs émotions. Et voilà qu'elle rejoi-gnait leurs rangs, qu'elle partait à la dérive.

— Je vais m'habiller.

Elle baissa son épée, se leva en attrapant son tee-shirt et se glissa derrière Sebastian. Sans doute entrevit-il ses seins – en tout cas, il ne chercha pas à étouffer un grognement. En s'approchant de son sac, elle sentit parfaitement qu'il regardait ses fesses.

Dès qu'elle avait été en âge de quitter le Walhalla, elle avait remarqué malgré sa jeunesse que son derrière excitait les hommes. À présent, elle prenait son temps, exagérait le balancement de ses hanches. Il l'avait excitée, lui aussi. *Tu parles d'un virage à cent quatre-vingts degrés !*

Lorsqu'il lâcha un juron estonien, elle devina immédiatement qu'il ne pensait pas être compris. Jamais il ne se serait montré délibérément grossier en sa présence, elle en était persuadée, sans savoir pourquoi.

— Dis-moi, Katia, demanda-t-il dans son dos, comment pourrais-je te convaincre de te remettre au lit avec moi ?

— Je ne m'appelle pas Katia, riposta-t-elle par-dessus son épaule, et tu ne pourrais pas.

Changer à son gré un nom universellement respecté, voire révéré, depuis deux mille ans, quel culot ! Décidée à le punir, elle se pencha sans plier les jambes pour poser son épée sur sa valise, où elle prit une brassière. Quand elle se redressa, un coup d'œil derrière elle le lui montra se passant la main sur la bouche, l'air un peu égaré.

Elle en éprouva une certaine satisfaction. Bien que, encore une fois, il parût prêt à la soulever, à la jeter sur son épaule puis à l'emmener en glissant dans son repaire.

Quel effet cela ferait-il de coucher avec quelqu'un comme Sebastian ? L'idée de se trouver à la merci d'un mâle dominant, qui n'avait qu'une idée en tête, était assez… excitante, oui.

Mais ça n'arriverait pas. Le dos tourné, elle enfila ses vêtements.

— Il faut que tu comprennes que je ne coucherai jamais avec quelqu'un comme toi.

Elle pivota à temps pour voir les yeux du visiteur s'assombrir.

— Quelqu'un comme moi ? répéta-t-il, crispé.

Venait-elle de toucher sans le savoir un défaut de sa cuirasse?

— Les vampires, je les tue… je ne me les fais pas.

— Tu coucherais avec moi, si je n'en étais pas un?

La question – la possibilité qu'elle accepte ses avances – était de toute évidence très importante pour lui.

Elle pencha la tête de côté afin de l'examiner avec une insistance exagérée. Sous son regard, il sembla cesser de respirer. Que répondre? Admettre tout haut que, à sa grande honte, elle désirait un vampire, ou broyer l'ego dudit vampire? Mais pourquoi s'inquiéter de cet ego?

*Parce que je ne suis pas par nature quelqu'un de cruel.*

— Y a-t-il quoi que ce soit chez moi qui te plaise?

La question, si arrogante soit-elle, avait été posée d'une voix bourrue où perçait le manque d'assurance. Elle comprit en un clin d'œil qu'une femme avait tenu Sebastian dans sa main et lui avait fait du mal.

Il venait de lui dévoiler une de ses faiblesses.

Alors il s'avança d'un pas hésitant. Comme au château, puis au temple, se maîtrisant alors qu'il mourait clairement d'envie de se rapprocher d'elle.

C'était un être extrêmement physique, même s'il n'en avait pas conscience. Les deux autres fois, il avait adopté d'instinct la posture la moins menaçante, l'attitude la plus réservée possible. Dans ses moments de calme, il se tenait immobile, sans remuer ses longs bras musclés ni faire les cent pas.

Quand il perdait ce calme – quand le loup-garou l'avait attaqué, par exemple –, il bougeait à une vitesse et avec une agressivité inouïes.

À son époque, sans doute avait-il terrorisé les femmes. Les hommes aussi bien bâtis, dépassant les deux mètres, étaient alors fort rares. Toutefois, il n'aurait pas dû se donner autant de mal pour prendre l'air inoffensif avec Kaderin, qui trouvait son corps puissant très agréable à regarder. Voilà pourquoi il était encore là, sain et sauf.

— Qu'est-ce que ça peut bien te faire ? répondit-elle enfin. De toute façon, tu me trouves trop petite…

— Mais non, protesta-t-il aussitôt, avant d'expirer. J'avais juste entendu dire que les Valkyries étaient des guerrières imposantes, un peu comme les Amazones.

— Évidemment, c'est ce qu'on raconte. Imagine que tu sois le seul survivant d'une armée vaincue par mes semblables… Tu irais raconter que tes copains se sont fait botter le cul par des petits bouts de femmes à peine nubiles, ou par des monstres capables de soulever un camion ?

Elle savait qu'elle parlait trop vite, de manière trop familière, mais il ne mit pas longtemps à saisir l'essentiel de la réplique, car il sourit.

Dieux du ciel, elle n'avait pas besoin qu'on lui rappelle ce sourire – celui qu'il avait arboré en ondulant doucement des hanches au-dessus d'elle, juste après lui avoir fait cadeau de son premier orgasme depuis dix siècles.

— C'est logique, en effet, admit-il en reprenant son sérieux. Mais sache que je te trouve parfaite.

Il détourna les yeux.

— Tu es ce que j'ai jamais vu de plus beau. C'est ce que je voulais te dire, au temple de Riora.

Le pouls de Kaderin s'affola au point qu'elle se demanda si son compagnon n'allait pas s'en apercevoir.

Il la regarda en face.

— Mais tu n'as pas répondu à ma question.

— C'est dur de passer outre le vampirisme, répondit-elle, en toute sincérité.

— Je regrette amèrement ce que je suis.

Elle se tapota la joue.

— Mmm… si tu ne voulais pas être un vampire, tu n'aurais peut-être pas dû boire le sang de l'un d'eux au moment où tu allais mourir.

— La transformation a été opérée contre ma volonté, répondit-il, impénétrable. J'étais blessé… et trop faible pour lutter vraiment.

Il avait lutté ?

— Qui s'en est chargé ?

— Mes… mes frères.

Intéressant.

— Ils sont toujours de ce monde ?

— Deux d'entre eux, oui, j'en suis sûr. Le troisième a disparu. (Il serra les dents pour réprimer sa colère.) Je ne veux pas parler de ça.

Elle haussa les épaules, comme si le sujet la laissait indifférente, alors qu'elle était extrêmement curieuse, puis s'approcha de l'épée posée sur le banc et la dégaina. Une arme de guerrier. La poignée en bois de rose, ornée d'écailles sculptées, était assez longue pour être empoignée à deux mains. La large lame rigide à un seul tranchant paraissait bien capable de transpercer d'un seul coup une cotte de mailles – ou un homme.

— C'est toi qui as apporté ça ? (Kaderin regarda Sebastian en face.) Tu envisageais de me battre à l'épée ?

— J'envisageais de te protéger, si le besoin s'en faisait sentir.

Le poids de l'arme et le soin qu'il en prenait visiblement impressionnaient la guerrière en elle.

— Pas mal, sans doute. Pour un débutant.

— Un débutant ? J'ai trempé cette lame dans le sang des années durant… jusqu'à la nuit de ma mort.

Un Estonien vivant en Russie, un noble – ça crevait les yeux – habitant un vieux château depuis des siècles, s'il fallait l'en croire… Il avait dû participer à la guerre entre la Russie et les pays voisins, alors sous domination nordique. Une sale guerre. La famine et la peste avaient décimé les populations… mais Kaderin soupçonnait le grand mâle d'être mort au combat.

— Tu t'y connais assez pour savoir que c'est une arme de qualité, ajouta-t-il.

Elle rengaina l'épée et la reposa.

— Je les préfère légères et rapides, mais toi qui es si imposant, il est normal que tu te fies à la force brute.

— Imposant ? C'est une bonne chose d'avoir de la force quand on manie l'épée, riposta-t-il, sur la défensive.

— C'est vrai, mais la force ne saurait l'emporter sur la rapidité.

— Je ne suis pas d'accord.

— Je suis extrêmement âgée. Le seul fait que je sois encore en vie plaide pour la rapidité.

— Ça prouve que tu n'as jamais affronté une force brute de qualité.

Elle réprima un sourire.

— Espèce d'idiot. Si on organisait un petit duel, je te mettrais une bonne fessée. D'ailleurs, sans vouloir te vexer, ne serais-tu pas mort par l'épée ?

— Si. Toi, tu professes que tu vis par l'épée. Mais, sans vouloir te vexer, tu n'as pas été fichue de porter le coup fatal à l'un de tes pires ennemis.

— Je ne voulais pas te tuer. Je ne veux toujours pas, mais là, maintenant, tout de suite, l'idée de te mutiler pour quelques jours me paraît extrêmement alléchante. Je pourrais t'enlever deux, trois organes que tu devrais laisser se régénérer. On ne se lasse jamais de ce petit jeu.

Ce n'était pas vrai, on s'en lassait. Elle le savait pour y avoir déjà joué avec une sangsue, plus d'une fois, même après s'en être dégoûtée.

— Comment veux-tu que je croie une chose pareille, Katia ? Je ne pense pas que tu aies envie de me faire le moindre mal. Ni que tu le puisses.

Elle s'approcha de lui d'une démarche chaloupée.

— Ah, vampire…

Son geste fut d'une rapidité inouïe : sa main se posa sur l'entrejambe du jean et s'empara fermement des testicules de Sebastian, tandis que l'ongle de son index fendait le tissu juste derrière. Il écarquilla les yeux, pendant que ses pieds s'écartaient d'eux-mêmes pour l'empêcher de basculer en avant.

— Je pourrais te châtrer d'un seul coup de griffes…

Elle tira doucement les bourses vers le bas, arrachant à sa proie un gémissement de plaisir et de douleur mêlés.

— … en ronronnant de plaisir.

# 18

Sebastian sentit brusquement dans son jean le bout d'un doigt dont la peau fraîche lui infligea un tel choc qu'il sursauta, mais Kaderin le retint d'une main ferme, en l'attrapant par les testicules, qu'elle se mit à caresser de l'index. Il s'aperçut alors que ses propres mains s'étaient posées sur les frêles épaules, remontaient le long du cou mince, redescendaient.

Malgré le plaisir qu'il tirait du premier véritable contact à s'offrir à lui depuis une éternité, une pensée lui trottait dans la tête : « Elle a coupé mon jean si facilement que ça ? » Oui, d'un simple geste du doigt. Mais elle ne le couperait certainement pas, lui.

— Il va falloir que tu y ailles, vampire. Ou je vais me débrouiller pour que ta belle voix grave passe à l'aigu.

— Vas-y.

Il était encore sous le choc après avoir entrevu ses seins. Quant à la manière dont elle s'était penchée... Dieu tout-puissant, il avait dû faire appel à toute sa maîtrise de lui-même pour ne pas se jeter sur elle en l'attrapant par les hanches. Et voilà que maintenant...

— Vas-y, ou habitue-toi à l'idée que je vais te traîner autour.

— Je ne vois vraiment pas ce qui peut bien te faire croire que c'est toi qui vas décider des termes de l'alternative. Je pourrais introduire une nouvelle variable dans l'équation.

La petite sorcière continuait à le caresser, envoyant à travers tout son corps des vagues de plaisir. Son esprit s'obscurcit – comme elle s'y attendait certainement.

Lorsqu'elle retira enfin la main, il secoua violemment la tête.

— Nous sommes dans une impasse. Je ne veux pas m'en aller, et tu ne veux pas que je reste. Alors, j'ai une proposition à te faire.

Elle bâilla.

— Je suis tout ouïe.

— Tu me prends pour un débutant à l'épée... Je te propose un concours qui déterminera lequel de nous deux est le meilleur. Le vainqueur sera le premier à toucher trois fois. Si c'est moi, je veux que tu m'accordes ton temps jusqu'à l'aube et que tu répondes à mes questions... en toute honnêteté.

— Il est interdit de parler du Mythos à quelqu'un comme toi.

— Je n'ai pas l'impression que tu sois du genre à te soumettre aux interdits.

— Si. Quand c'est moi qui les établis.

Cette déclaration intrigua Sebastian. De quelle puissance Kaderin disposait-elle au juste ? Toutes les autres créatures de son monde avaient-elles peur d'elle ?

— Et moi, qu'est-ce que je gagnerai à te battre ? ajouta-t-elle.

— Je te laisserai dormir tranquille et faire de beaux rêves avec ton épée.

— Les mots « doigts » et « nez » me viennent spontanément à l'esprit... mais d'accord.

Elle lui lança son épée puis ramassa la sienne, à qui elle fit décrire d'un mouvement souple du poignet un cercle silencieux.

— Tu pars dès que j'ai gagné.

Il dégaina.

— Je doute que...

L'attaque fut d'une rapidité aveuglante, au point qu'il eut juste le temps de lever son arme. Lorsque la jeune femme porta un deuxième coup, les lames s'entrechoquèrent bruyamment. Sebastian fit de son mieux pour éviter de blesser son adversaire, dont l'épée, dépourvue de garde protectrice, ne convenait guère à un combat rapproché : s'il ne maîtrisait pas ses parades, Kaderin y perdrait les doigts.

Jusqu'ici, il s'était bien débrouillé, mais si jamais elle se tournait du mauvais côté... *Je ne peux pas prendre le risque.*

Elle lui piqua le torse.

— Touché.

Sa voix trahissait la suffisance.

Il retint un sourire. Le duel reprit. Elle était étonnamment bonne. Indéchiffrable. Pas moyen de deviner son prochain mouvement, aucun signe de faiblesse. Il n'aurait jamais cru une femme capable de le tenir en alerte.

Et il adorait ça. Il était fier d'elle.

— Tu as dû t'entraîner des années.

— Tu n'as pas idée... acquiesça-t-elle d'une voix traînante.

Soudain, elle disparut... tandis que son épée se retrouvait manifestement dans le dos de Sebastian, puisqu'elle lui piquait la peau à la base de la colonne vertébrale.

*Seigneur Dieu... du vrai vif-argent.*

— Ça s'appelle la rapidité, vampire, murmura-t-elle derrière lui.

Le sang coulait. Il serra les dents.

— Tu frappes par-derrière ? Ce n'est pas digne d'une femme d'honneur.

Il était déçu. Lui qui croyait avoir trouvé avec elle un terrain d'entente...

Lorsqu'elle passa de nouveau devant lui, il comprit qu'il devait maintenant faire preuve du plus grand sérieux pour s'attirer son respect... alors

180

qu'elle traitait par le mépris les qualités qu'il avait toujours crues chères aux femmes. La courtoisie, par exemple, n'avait réussi à son soupirant ni au temple ni au bout du monde.

— L'honneur mène à la mort, riposta-t-elle.

Ils se mirent à tourner l'un autour de l'autre. Les pieds nus de Kaderin ne produisaient pas un bruit sur le carrelage ; son ample short de soie offrait à Sebastian des visions affolantes. Il n'avait absolument aucune envie de la combattre.

— Je me suis aperçue que l'honneur et la survie étaient des notions incompatibles dans le Mythos.

— Tu es blasée. Beaucoup trop pour quelqu'un d'aussi jeune.

— Parce que tu me crois jeune ? s'amusa-t-elle.

Lui qui avait des siècles s'était souvent senti vieux, avant leur rencontre. Quant à elle... son énergie et ses traits d'adolescente donnaient la nette impression qu'elle n'avait guère plus de vingt ans.

— Je sais que tu as déjà participé à une Quête. Tu as donc deux cent cinquante ans au moins. Mais plus... enfin, beaucoup plus, ça m'étonnerait.

— Et si je te disais que je suis très, très âgée ? Cela tempérerait-il ton enthousiasme d'apprendre que les étoiles ne sont plus les mêmes aujourd'hui que quand j'étais enfant ?

Il faillit relâcher sa garde pour réfléchir à ce que venait de lui apprendre la voix chantante de l'adversaire...

Laquelle para son coup, une fois de plus, en se précipitant dans son dos. Il pivota juste à temps.

— Je ne suis pas aussi rapide que toi, à moins de glisser. Ça m'a toujours semblé une tactique de lâche, mais puisque ce genre de choses ne te pose pas de problème...

Il se téléporta juste derrière elle et lui frappa les fesses du plat de la lame.

— Touché. Et il me semble t'avoir mis une fessée.

*Arrête de te moquer d'elle.* Les épaules de Kaderin se raidirent à l'instant précis où un éclair illuminait le ciel nocturne, chassant les ombres de la chambre. L'électricité dont Sebastian avait déjà eu conscience en l'embrassant crépitait dans l'air. Le tonnerre secoua les portes vitrées. *Les Valkyries déclenchent la foudre en cas de violente émotion.*

— Glisser... fit-elle en pivotant lentement. Merci de m'avoir rappelé ce que tu es.

On aurait dit qu'un barrage avait cédé. Son épée fendit l'air comme une entité distincte d'elle, les éclairs se reflétant sur la lame. Elle tenait son arme d'une manière si négligente, si assurée, que Sebastian en fut littéralement fasciné... à son détriment.

Mais s'il opposait une puissance concentrée à l'habileté et à la technique... Il commença enfin à user de sa force supérieure, mettant toute son énergie physique dans la balance chaque fois qu'ils croisaient le fer. La lame adverse vibrait, oscillait ; Kaderin en était secouée tout entière.

À un moment, il feinta et réussit à la prendre par surprise le temps d'assener un coup particulièrement violent, dans l'espoir de la désarmer et de mettre fin au duel. À sa grande surprise, elle ne lâcha pas son arme... mais elle tituba, comme touchée dans sa chair, tomba sur un genou. La foudre se déchaîna dehors.

Sebastian sentit son cœur s'arrêter de battre.

— Tu n'étais pas censée résister à ça, nom de Dieu !

Il avait passé sa vie à éviter de faire du mal aux femmes, et voilà qu'il frappait sa fiancée aussi brutalement qu'un homme !

— Je n'ai pas l'intention de perdre.

Elle leva les yeux vers lui de derrière ses boucles emmêlées. Des yeux argentés.

— Et je ne peux pas gagner sans arme, hein ?

Toutefois, son instant de faiblesse permit à Sebastian de glisser jusqu'à elle. Il s'obligea à profiter de la situation pour lui poser le plat de l'épée sur l'épaule.

— Touché.

— On n'en a pas terminé...

Elle haletait.

— Je ne voulais pas te faire mal.

— Ça ne fait pas mal longtemps.

Sa nonchalance disparut quand elle se releva d'un bond pour foncer sur lui, une fois de plus. Leurs épées s'entrechoquèrent encore et encore, au rythme des éclairs. Les yeux de Kaderin se mirent à luire dans les courts instants d'obscurité.

Enfin, elle s'écarta en baissant son arme, les sourcils froncés, comme si elle souffrait, hors d'haleine. Les éclairs se succédaient de plus en plus vite.

— Dieux du ciel, Bastian, tu veux vraiment me mettre à genoux ? s'écria-t-elle d'une voix suppliante.

Il hésita, surpris. Avait-il raté un signe quelconque ? Allait-elle accepter qu'il reste ? Les étranges yeux argentés l'imploraient, alors même que le tonnerre explosait, menaçant.

Il se précipita vers elle, se demandant déjà où il l'embrasserait en premier...

La pointe d'acier se planta juste au-dessus de son cœur tandis que les prunelles de Kaderin s'assombrissaient instantanément, glaciales.

— Touché.

Elle joua du poignet pour déchirer la chair, une grimace menaçante aux lèvres.

— J'ai gagné, sangsue.

En voyant son sang couler sur la lame, Sebastian pensa à tous ceux qui avaient versé le leur de la même manière, vaincus par la beauté et la traîtrise de la Valkyrie. Combien de malheureux avaient rendu le dernier souffle, persuadés qu'ils allaient la posséder ? Un mélange explosif de désir insatisfait et de rage, tel qu'il n'en avait jamais connu, l'envahit brusquement.

Avec un grognement de fureur, il jeta son épée de côté en glissant derrière Kaderin puis l'attira brutalement contre lui. Les bras collés au corps, elle poussa un petit cri, mais ne se débattit pas lorsqu'il l'embrassa dans le cou à pleine bouche. Sans doute attendait-elle de voir ce qu'il allait faire ensuite.

Parfait. Il fallait qu'elle se rende – de toutes les manières possibles et imaginables, pas seulement en tant que duelliste. Elle était assez proche de lui pour sentir sa verge se presser contre elle, et c'était exactement ce qu'il voulait. La plaquer au matelas sous lui, la dominer. À cette idée, il ne put se retenir de donner un coup de reins contre ses fesses rondes. Elle prit une brusque inspiration et se pencha en avant, de manière à se coller à lui. Enhardi, il lui passa les doigts sur les seins. Elle frissonna.

Dehors, la tempête se déchaînait, comme pour aiguillonner Sebastian. Il caressa le ventre plat, sous le tee-shirt, remonta jusqu'au soutien-gorge, qu'il souleva sur la poitrine. Kaderin inspira de nouveau bruyamment, mais ne chercha pas à l'arrêter... curieuse de savoir ce qu'il allait faire, il le sentait. Lui aussi se le demandait.

Quand ses mains épousèrent délicatement les seins ronds, il poussa un gémissement de plaisir, puis son souffle se fit haletant tandis qu'il jouait avec les mamelons érigés, délicieux, qui ne demandaient qu'à être sucés. Il les fit rouler entre ses doigts et les pinça longuement, jusqu'à ce qu'ils deviennent très durs, sans doute même douloureux. Les doigts de Kaderin s'affaiblirent ; son épée tomba sur le carrelage.

Ainsi donnait-elle la permission demandée. Sebastian l'embrassa dans le cou en ondulant lentement des hanches contre elle, décidé à lui rendre la monnaie de sa pièce : elle l'avait dépouillé de ses pensées au point que seul subsistait en lui le besoin de la posséder. Il voulait la faire trembler de tout son corps, l'entendre gémir.

Lorsqu'elle leva les bras pour enfouir les doigts dans ses cheveux, il ferma les yeux, en extase, geignant, embrassant, palpant.

Mais quand un spasme plus violent que les autres le secoua – à croire que du feu coulait dans ses veines –, elle se figea.

Il venait de goûter le sang de la jeune femme.

— Bastian... tu m'as... tu m'as mordue ?

*Je ne peux pas le nier.* Il frissonnait, ses yeux se révulsaient, ses bras resserraient leur étau autour d'elle. Dans sa frénésie, il lui avait sans le vouloir éraflé la nuque et pris une infime goutte de sang.

Elle le lâcha brusquement puis tira sur ses vêtements pour les rajuster en se débattant de toutes ses forces.

— Je ne l'ai pas fait exprès, parvint-il enfin à balbutier. Ce n'était pas...

Quand il la lâcha à son tour, elle pivota et lui jeta un regard bouleversé, accusateur, plus dévastateur qu'il ne l'aurait jamais imaginé.

La souffrance de sa compagne fut très vite balayée par la fureur.

— Tu n'avais pas le droit !

Les portes vitrées de la terrasse s'ouvrirent brusquement ; les embruns de l'océan et la pluie s'engouffrèrent dans la chambre.

— Tu ne m'as pas seulement volé mon sang ! hurla Kaderin, les cheveux emmêlés par le vent.

Elle se laissa tomber à terre pour ramasser son épée, puis se rua sur Sebastian en frappant à l'aveuglette. Il glissa jusqu'à sa propre épée afin de parer le coup ; elle feinta, se contorsionna, lui assena un violent coup où elle mit toute sa force. Il se téléporta à la dernière seconde, car elle l'aurait transpercé de part en part.

— Je suis désolé, dit-il en la quittant.

De retour chez lui, il s'allongea sur son lit, le regard fixé au plafond. Il avait pris le sang de Kaderin, une goutte, pas davantage, mais il en avait tiré un plaisir si profond qu'il en était à jamais transformé, c'était une certitude.

Il aurait préféré rester dans l'ignorance de ce dont il serait désormais privé pour l'éternité.

Elle avait raison : il ne lui avait pas seulement dérobé son sang, mais qu'en savait-elle ? Et que pensait-elle qu'il lui avait volé d'autre ?

Il ne l'avait pas fait exprès... L'excuse était-elle admissible ? En réalité, peu importait : le caractère accidentel d'une offense n'en entraînait que rarement le pardon.

Il avait bu aux veines de la Valkyrie. En véritable vampire. L'avertissement de Murdoch lui revint à l'esprit :

— Boire aux veines de quelqu'un a des effets secondaires dangereux. On risque de devenir malfaisant.

— Ah... et de perdre son âme, peut-être ? avait ironisé Sebastian.

Il ne lui était plus possible d'être un Abstinent, si d'aventure il avait voulu suivre ce chemin...

Des heures durant, il analysa la soirée qu'il venait de vivre. Il s'en rappelait chaque mot, chaque regard ; il cherchait de toutes ses forces à comprendre ce qui s'était passé.

Lorsqu'un sommeil de plomb s'empara enfin de lui, il rêva d'un pays étranger, inondé de pluie.

Le soleil brillait à travers le déluge, répandant la lumière éclatante des contrées nordiques. Kaderin battait des paupières sous l'averse. Il voyait par ses yeux, et il avait conscience que la scène se passait à une époque lointaine.

Les Valkyries essayaient de dormir à même le sol, sur une colline. La pente permettait à l'eau et à la boue de s'écouler, ce qui évitait aux guerrières d'être plus trempées que nécessaire. Elles portaient des armures aux plastrons d'or abîmés.

Celui de Kaderin lui meurtrissait les côtes quand elle se couchait sur le dos, et le dessous des seins lorsqu'elle s'allongeait sur le flanc. Les fourmis qui s'étaient glissées sous le métal la piquaient à qui mieux mieux, le sable lui écorchait la peau, mais elle s'efforçait d'oublier ce genre de choses. Ses sœurs et elle n'avaient pas dormi de la semaine, et elles avaient besoin de la protection du soleil contre les vampires qu'elles combattaient chaque nuit.

Lorsqu'elle changea de position, roulant sur le côté, la succion de la boue ralentit son mouvement.

— Je jure devant les dieux que si nous survivons, jamais plus je ne dormirai entravée de cette manière, déclara-t-elle dans une langue inconnue de Sebastian, en tirant sur sa cuirasse.

Il n'aurait pas dû comprendre – ça ressemblait vaguement à un mélange d'anglais et de vieux norrois –, mais il comprit.

— Ne gaspille pas ta salive, Kader-ie, lança une jeune femme souriante, qui ressemblait énormément à la mécontente. On sait très bien qu'on ne s'en sortira pas, cette fois-ci.

Quelques autres Valkyries pouffèrent. Kaderin aussi, d'ailleurs... parce que c'était vrai.

Que pouvait-on faire d'autre, quand on savait qu'on allait mourir très bientôt ?

Le rêve changea, passant à la bataille qu'elles attendaient toutes. Sebastian en avait vécu beaucoup, mais jamais d'aussi horribles. La foudre illuminait la nuit, où se mêlaient le fracas du métal, les hurlements et les coups de tonnerre assourdissants. Les vampires décapitaient à tour de bras des Valkyries à l'allure d'adolescentes.

Kaderin affrontait trois sangsues à la fois sans parvenir à briser le cercle, lorsque, tout près de là, un autre monstre souleva sa frêle adversaire puis l'abattit brusquement sur son genou pour lui briser la colonne vertébrale. Les os de la malheureuse se rompirent avec un craquement parfaitement audible.

Kaderin, impuissante, vit du coin de l'œil le vampire se pencher vers le cou fragile de sa proie puis le déchiqueter en relevant la tête d'un coup sec. À l'instant même où elle passait un ennemi au fil de l'épée, la créature accroupie releva les yeux et lui sourit, la bouche pleine de chair, ruisselante de sang...

Sebastian se réveilla en sursaut. Il regarda autour de lui, égaré, surpris de ne pas se trouver sur le champ de bataille. Le rêve avait été tellement réaliste. Il avait entendu le cœur de Kaderin lui battre aux oreilles, il avait vécu sa fureur, il avait senti le sang brûlant du monstre à la jugulaire tranchée l'asperger. Elle en avait eu jusque dans les yeux, sa vision s'en était brouillée.

Comment se faisait-il qu'il vît des choses pareilles avec une telle clarté ? Se pouvait-il qu'elle les ait réellement vécues ? « Tu ne m'as pas seulement volé mon sang ! » lui avait-elle dit. Sans doute pensait-elle à ces rêves, qui reflétaient exactement la réalité. Il ne savait pas à quoi ça tenait, mais il avait de toute évidence expérimenté... ses souvenirs à elle.

Son manque d'humanité, son « histoire » avec les vampires, pour reprendre l'expression de Riora, s'expliquaient un peu par ce qu'il avait vu. Il se passa les mains dans les cheveux. Les armes et armures utilisées pendant cette bataille étaient caractéristiques de l'Antiquité.

*Et si je te disais que je suis très, très âgée ?*

Elle devait avoir nettement plus de mille ans.

Plus de mille ans, peut-être réduits à une succession de batailles comme celle du rêve. Pourquoi lui aurait-elle donné une chance, à lui, si elle craignait qu'il ne se transforme en monstre, comme ses ennemis de jadis ?

Allait-il faire de ses peurs une réalité, maintenant qu'il avait bu son sang ?

# 19

Le vampire l'avait laissée tranquille deux jours, mais depuis une semaine, il venait la voir toutes les nuits.

Après avoir glissé jusqu'à elle, il l'aidait à remplir la mission commencée... ou s'installait tranquillement à son chevet dans sa chambre d'hôtel, si elle en avait pris une. Quand elle se déplaçait en avion ou se trouvait à l'extérieur, de jour, il disparaissait aussitôt. Les dieux seuls savaient où il se rendait alors et à quoi il s'occupait...

Elle l'avait insulté, ignoré, raillé... sans réussir à le dissuader de la rejoindre, encore et encore. Rien n'y faisait.

Elle devait d'ailleurs admettre qu'elle était moins inquiète pour sa sécurité quand il était là. Un guerrier imposant s'attachait chaque nuit à ses pas pour la protéger.

La première fois qu'ils se trouvèrent confrontés à un ennemi supérieur en nombre, elle s'arrangea en fin stratège pour se tenir devant un mur, mais la deuxième, elle se plaça dos à dos avec lui sans même s'en apercevoir... ce qu'il s'empressa de lui signaler, pendant la bataille.

*Espèce de sangsue prétentieuse...*

Elle profitait de chacune de ses visites pour l'examiner avec attention, car elle craignait qu'il ne la regarde différemment, après avoir goûté son sang.

Ce qui se passait quand un vampire buvait aux veines des vivants n'avait pas de secret pour elle : peut-être Sebastian avait-il accès à ses souvenirs, peut-être allait-il être tenté d'attaquer d'autres proies pour s'emparer des leurs.

La sympathie fugace qu'il lui avait inspirée cette nuit-là, en expliquant qu'il avait été transformé contre son gré, s'était évanouie dès qu'il l'avait égratignée. Le croyait-elle, quand il affirmait que c'était un accident ? Oui, mais cela ne changeait rien au problème. En était-elle responsable, elle aussi ? Oui, parce qu'elle l'avait laissé l'embrasser dans le cou. Elle se le reprochait chaque jour.

N'empêche qu'elle n'avait pas à le supporter alors que sa seule présence la rendait idiote, nerveuse, voire, parfois... lascive.

Jusqu'ici, la manière dont elle menait la Quête n'en avait pas été trop affectée. Ils avaient tous deux remporté quarante points sans difficulté, mais ils n'avaient pas encore affronté Bowen – lequel risquait de ne pas apprécier leur progression vers la finale.

D'après Regina, le Lycae avait battu la plupart des concurrents qui avaient croisé son chemin. Deux démons, la jeune sorcière et les guerriers elfes avaient disparu simultanément, pendant la même mission. Sans doute étaient-ils prisonniers, nul ne savait où.

Bowen n'ayant pas été disqualifié, on pouvait en déduire qu'il ne les avait pas tués, mais en ce qui concernait ses malheureux adversaires, la Quête était terminée.

On disait cependant que Mariketa avait réussi à affliger le garou d'une malédiction, une des pires pour un immortel : à en croire la rumeur, il ne se régénérait plus.

Kaderin savait qu'elle l'affronterait, à un moment ou à un autre. Elle veillerait à frapper la première. Pour l'instant, il fallait qu'elle se concentre, mais elle n'arrivait tout simplement pas à s'habituer à la protection de Sebastian. Il montait même la garde près d'elle pendant son sommeil.

Une nuit, elle s'était vaguement réveillée.

— Je ne comprends pas que tu continues à venir, juste pour t'asseoir à mon chevet… avait-elle marmonné en battant des paupières.

Quoique surpris par la remarque, il avait répondu de sa voix râpeuse :

— Je trouve ça… gratifiant. Très.

Avant de se retourner, elle l'avait examiné avec attention, mais y avait juste gagné la conviction qu'il lui resterait à jamais mystérieux.

Et puis, la nuit précédente, elle avait encore fait un cauchemar. Elle en faisait énormément, comme pour compenser son éternité de sommeil sans rêves.

Elle n'arrivait pas non plus à s'habituer à ce qu'il la prenne dans ses bras puissants, contre son torse brûlant, et qu'il lui masse le dos pour la calmer en murmurant tout contre ses cheveux des petits mots apaisants :

— Chut, Katia, chut, je suis là…

Kaderin l'ignorait, mais Sebastian s'était plus ou moins installé chez elle, à Londres. Elle n'y était jamais – elle préférait passer ses nuits en avion ou à l'hôtel –, et lui trouvait la salle de bains pratique, notamment parce que l'eau n'avait rien à voir avec de la neige fondue. Et puis, il aimait dormir dans son lit à elle, en s'imaginant qu'ils l'occupaient ensemble.

En outre, la rue de la résidence comportait une librairie et une boucherie ouvertes le soir, à la nuit tombée. Sans parler du réfrigérateur de l'appartement – la chose la plus pratique du monde – et des télécommandes. Des merveilles. Maintenant qu'il s'était immergé dans le monde moderne, Sebastian le trouvait formidable. Même le Mythos lui plaisait de plus en plus – parce que c'était son univers à elle.

Le crépuscule venu, il la rejoignait en glissant. Par deux fois, il l'avait trouvée au lit avec son épée, plongée dans un sommeil agité, visiblement tourmentée. Il l'avait aussi surprise sur le chemin semé d'embûches de certains talismans. Quand elle rencontrait des problèmes, il se téléportait pour s'emparer de deux des amulettes convoitées, lui en donnait une et gardait la seconde, afin d'en priver les autres concurrents.

L'attente ne faisait que commencer, il le comprenait. Leur union éternelle allait logiquement être précédée d'une cour prolongée. Quoique peu porté par nature à la patience, il était prêt à tout, y compris à ronger son frein pour obtenir ce qu'il voulait.

Cette nuit-là, il glissa en se demandant ce qu'il allait trouver à l'arrivée.

Une chambre d'hôtel, une de plus… mais un lit vide et une douche inutilisée.

La porte-fenêtre du balcon, ouverte, dévoilait en contrebas une vallée éclairée par la demi-lune. Quand il s'en approcha, il découvrit Kaderin inconsciente, couchée sur le ventre, la main tendue vers son épée ensanglantée et boueuse. Il la souleva maladroitement, et elle poussa un gémissement de douleur. Visiblement, elle n'avait réussi à rentrer que de justesse. À cette pensée, la fureur envahit Sebastian.

*Que peut bien représenter ce prix à ses yeux, nom de Dieu ? Pourquoi s'obstine-t-elle à courir des risques pareils ?* Il le lui avait demandé à maintes reprises, non sans lui donner son opinion :

— Pourquoi tiens-tu tellement à t'en emparer ? Ce trophée ne fera pas ce qu'il est censé faire. Alors ? C'est juste pour gagner ? Pour passer à la postérité, d'une manière ou d'une autre ?

— La postérité ? avait-elle répété avec un haussement de sourcils. Dans le sens progéniture ou célébrité post mortem ? Enfin, peu importe, je n'attends ni l'une ni l'autre.

À présent, bouleversé, il regrettait de ne pas pouvoir soulager ses souffrances. Lorsqu'il mouilla un gant de toilette pour le lui passer sur le visage, elle gémit de nouveau. Des bleus foncés lui marbraient la peau. Il serra les dents, furieux, la revêtit de sa propre chemise puis la mit au lit, avant de s'installer à son chevet dans le seul fauteuil de la chambre.

Il lui semblait être marié. Peut-être s'agissait-il d'un symptôme de l'animation, mais il pensait à elle comme à sa femme – une femme qui le détestait, refusait de partager son lit et, pire, ne voulait pas qu'il la protège.

N'empêche qu'il rêvait d'elle toutes les nuits – des rêves d'un réalisme déconcertant.

Elle y parlait en général une langue d'autrefois qu'il ne connaissait absolument pas, mais qu'il comprenait dans sa bouche. Il l'entendait penser, il éprouvait ses peurs. À un moment, il avait rêvé qu'elle se trouvait sur un champ de bataille, où elle marquait machinalement d'un X tracé à l'épée la tête des vampires qu'elle venait de tuer, tout en cherchant du regard ses adversaires suivants. Il savait à présent qu'elle voulait être capable de reconnaître ceux qu'elle avait abattus pour venir plus tard chercher leurs crocs.

Plus il rassemblait d'informations sur la Horde, plus s'ancrait en lui la certitude instinctive que jamais il n'en rejoindrait les rangs. Depuis qu'il avait bu le sang de Kaderin à même ses veines, il n'avait pas éprouvé une seule fois le besoin ou l'envie d'en faire autant avec quelqu'un d'autre. Il avait côtoyé pas mal d'humains depuis sans penser une seconde à une chose pareille.

L'aube approchait, sa fiancée dormait profondément, aussi finit-il par céder au sommeil. Presque instantanément, il se retrouva englouti dans une scène du passé de Kaderin.

À en juger par ses vêtements, on était au début du XXe siècle. Elle poursuivait une femme aux cheveux aile de corbeau, une certaine Furie – la reine des Valkyries, mi-Valkyrie, mi-Furie –, laquelle partait affronter le destin que lui avait prédit une de ses sujettes, une devineresse du nom de Nïx. Un destin qui avait pour nom Demestriu, roi de la Horde.

— Nïx m'a dit que tu allais essayer de tuer Demestriu, lança Kaderin dans le dos de Furie. Mais d'après elle, tu ne reviendras pas. Je vais t'accompagner. Je veillerai à ce que tu reviennes.

La souveraine se retourna. Elle ressemblait à Kaderin et à ses sœurs, avec toutefois des griffes et des crocs plus aiguisés. Ses yeux étaient extraordinaires, très étranges, avec des iris d'un pourpre éclatant entourés de cercles noirs. Contrairement à Kaderin, jamais elle n'aurait pu passer pour humaine.

— Tu n'as pas d'émotions, mon enfant, scanda-t-elle. Comment pourrais-tu m'aider ?

Pas d'émotions ? Sebastian avait éprouvé en rêve le terrible chagrin de Kaderin… mais cela n'avait pas duré. Un matin, elle s'était réveillée… changée.

— C'est parce que je suis froide que je suis aussi compétente, répondit-elle avec calme.

Peut-être une vague affection brilla-t-elle dans les yeux déconcertants de Furie, avant qu'elle ne riposte :

— Mon destin est d'y aller seule.

— Change-le.

Kaderin savait que la reine trouverait cette réponse blasphématoire. Les Valkyries ne croyaient pas au hasard. Les choses ne se produisaient pas sans raison, du moins en étaient-elles persuadées.

— Aurais-tu perdu tes croyances en même temps que tes émotions ?

La colère montait en Furie, sa sujette le sentait, comme un animal sent approcher la tempête, mais elle n'en reculait pas pour autant.

— Les lâches seuls essaient d'échapper au destin. Ne l'oublie pas, mon enfant.

— Ça m'est égal, je t'accompagne, insista Kaderin en s'empressant de rejoindre sa souveraine.

Celle-ci se tourna vers elle, la tête penchée de côté.

— Je vais m'assurer que tu restes ici…

Elle attrapa Kaderin par le poignet et lui tordit le bras dans le dos.

— … et que tu n'oublies jamais ce que je viens de te dire.

Une torsion brutale. Le bras se brisa – celui qui tenait l'épée. Furie lâcha sa victime… qui tituba, mais fit face. Un coup du plat de la main l'atteignit à la poitrine. Un autre os céda. Projetée quelques mètres en arrière, elle perdit conscience avant même de toucher le sol.

Sebastian ne put juger de la gravité de ses blessures ni de la rapidité de sa guérison, car une scène très différente remplaça la première.

Les talons de Kaderin cliquetaient dans sa course à travers des ruelles brumeuses. Elle longeait des immeubles décrépits, peuplés de créatures du Mythos, dont les yeux mornes se perdaient dans le brouillard. Londres, XIXe siècle.

L'épée de la Valkyrie était attachée sur son épaule, ses fines menottes glissées à sa ceinture. Elle traquait deux frères vampires. Ses oreilles s'agitèrent quand elle prit conscience de leur présence. Elle dégaina son arme, mais ils se matérialisèrent soudain en tenaille autour d'elle. Le premier la frappa violemment au crâne par-derrière, tandis que le second lui assenait à la tempe un coup de poing qui l'assomma presque. Un piège.

Ils la laissèrent s'éloigner en trébuchant jusqu'au croisement suivant. Pour s'amuser.

« Que je suis fatiguée… Si seulement je pouvais m'asseoir, se disait-elle, l'esprit embrumé. Une minute. Juste une minute. » Elle finit par s'écrouler et par basculer en arrière.

Les vampires réapparurent. L'un la maintint allongée, tandis que l'autre brandissait son épée au-dessus d'elle, prêt à la décapiter. Elle n'éprouvait aucune crainte, mais lorsqu'ils se penchèrent, leurs yeux se firent plus nets dans sa vision brouillée. Des yeux rouge sale, fixés sur elle. Non, elle n'éprouvait ni crainte ni répulsion. Rien.

Un troisième membre de la Horde se matérialisa, sans doute ravi d'assister à cette mise à mort mémorable. L'attention des deux frères s'en trouva un instant distraite. Il n'en fallut pas davantage à Kaderin. Elle était tombée sur les menottes... Sans avertissement, elle les arracha de sa ceinture et les leur passa aux poignets, les attachant l'un à l'autre. Ils se débattirent dans l'espoir de se libérer, mais le métal résista, malgré leur force évidente. Ils cherchèrent à glisser, chacun dans une direction différente : impossible.

Lorsqu'elle se releva, le nouveau venu s'enfuit.

— Je vous avais bien dit que je vous tuerais, murmura-t-elle aux deux autres, la tête penchée vers eux, avant de laisser l'instinct prendre le dessus...

Les hurlements les plus puissants qu'il ait jamais entendus le réveillèrent en sursaut. Il se boucha les oreilles, mais en voyant les vitres se fendiller, il se jeta sur Kaderin pour la bâillonner de la main. Sa réaction fut extrêmement violente : les doigts crispés comme des serres, toutes griffes dehors, elle chercha à lui arracher le cœur. Heureusement, il réussit à lui saisir les poignets.

Elle le regardait, mais sans doute ne le voyait-elle pas. La foudre qui se déchaînait dehors éclairait son beau visage livide. Sebastian la serra dans ses bras jusqu'à ce qu'elle cesse enfin de se débattre et se mette à pleurer tout bas. Alors, il lui enveloppa la tête de sa grande main pour lui presser la joue contre son torse.

Lorsqu'il se laissa retomber dans le fauteuil, Kaderin sur ses genoux, les rêves l'engloutirent de nouveau. Elle n'avait donc éprouvé aucune émotion pendant des siècles ?

Il n'en allait visiblement plus de même.

Pas étonnant qu'elle ait été si déconcertée le jour où ils s'étaient connus. Il ignorait comment elle s'était retrouvée dans un état pareil, mais il devait être affreusement difficile pour elle de redécouvrir les sentiments.

— Tu m'as fait ressentir, avait-elle sifflé, ce matin-là.

*Se peut-il réellement que j'aie eu quelque chose à y voir ?*

Les épaules de Kaderin tremblaient ; ses larmes mouillaient la chemise de Sebastian. Il en était bouleversé.

— Ma belle, ma courageuse Valkyrie, murmura-il dans ses cheveux. Tu es en sécurité. (Pas étonnant non plus qu'elle fût aussi cruelle, par moments. La cruauté avait été nécessaire à sa survie.) Les choses vont changer, maintenant.

Enfin, son souffle se fit plus rapide, moins profond ; elle s'était rendormie.

Il avait déjà compris que sa fiancée au corps parfait avait une âme blessée, marquée. À présent, il savait pourquoi.

Alors qu'il n'avait vécu que quelques épisodes de sa vie.

Il savait qu'elle redoutait en permanence de le voir devenir comme ceux qui s'étaient amusés d'elle dans les ruelles sordides de Londres, ceux qui avaient massacré l'armée des Valkyries. Elle craignait de voir ses yeux virer au rouge.

Lorsqu'elle se cramponna à sa chemise et frotta le visage contre son torse, sans se réveiller, il comprit brusquement autre chose. En regardant la vallée par-dessus la tête blonde de Kaderin, il eut la soudaine certitude qu'il était destiné de toute éternité à se trouver là à cet instant précis, avec elle, pour la réconforter et la protéger.

Tous les choix qu'il avait faits, tous ceux qui lui avaient été refusés avaient fini par le mener à lui. Les interminables années au château, ces années de solitude et de désespoir, il était maintenant heureux de les avoir sacrifiées puisque sa fiancée lui avait été envoyée.

Le destin les avait réunis. Pour le meilleur et pour le pire. Ils étaient faits l'un pour l'autre.

Demain, Sebastian irait affronter Nikolaï. Il devait bien admettre à présent qu'en décidant de le transformer, son frère n'avait fait en réalité qu'obéir à la fatalité.

# 20

*Caverne des basilics,* Las Quijadas, *Argentine,*
*dixième jour*

> *Prix : deux œufs de basilic,*
> *valant treize points chacun*

Les craquements des écailles sur un grand corps
flexible et les sifflements provoqués par une langue
fourchue résonnaient à travers le labyrinthe des
cavernes.

L'épée dans le dos, Kaderin se mit à courir, aidée
par sa vision de nyctalope. Elle avait exploré le
moindre centimètre carré de cette véritable ruche
de pierre creusée dans le roc dès l'Antiquité, sans
pour autant réussir à localiser exactement les trois
monstres qu'elle entendait parfois s'étirer. Ni leurs
œufs. Ni une autre issue.

Chaque tunnel se terminait par une salle haute de
plafond, abritant un nid de basilic – un dragon géant
aux crocs dégoulinants aussi gros que les avant-bras
d'une Valkyrie, et à la queue meurtrière gonflée de
muscles.

Elle avait fouillé les nids à la recherche des œufs,
sans succès. Il existait dans la montagne, de l'autre
côté du ravin, un second réseau de cavernes, indépendant de celui-ci. Sans doute les prix y étaient-ils
cachés, car Kaderin n'avait trouvé de ce côté-ci que

les restes parcheminés des jeunes filles sacrifiées aux monstres et ceux, plus récents, d'archéologues nés sous une mauvaise étoile.

Le nom même de la région, *Las Quijadas*, ou «les maxillaires», était significatif. La plupart des gens pensaient qu'il s'agissait d'une référence aux bandits d'autrefois, qui semaient la terreur dans les vallées alentour et mangeaient jusqu'aux mâchoires des vaches, ou encore aux nombreux fossiles de dinosaures découverts dans la contrée.

Ils se trompaient. Simplement, les basilics tuaient les victimes offertes en sacrifice en leur arrachant les mâchoires du crâne.

Les archéologues qui organisaient des fouilles dans la région ne se rendaient pas compte que les dinosaures n'étaient pas tous réduits à l'état de fossiles. Les chercheurs exploraient les cavernes, de plus en plus profondément, jusqu'au moment où une de leurs équipes disparaissait, dévorée, et où le gouvernement la déclarait perdue corps et biens dans une crue subite...

Finis, les bruissements d'écailles. Silence. Les oreilles de Kaderin s'agitèrent. Quelqu'un courait. Un pas rapide mais lourd. Bowen. Forcément.

Elle savait depuis le début qu'ils en arriveraient à s'affronter, et elle se doutait que les œufs risquaient d'attirer le lycanthrope, vu leur valeur, mais elle voulait les points, elle aussi. Et puis, il y avait deux œufs. Seulement, pour ajouter à l'intérêt de la chose, Cindey n'allait pas tarder à arriver non plus. Juste avant de se mettre en route, Kaderin l'avait vue louer une Jeep à San Luis, la ville voisine.

Le tunnel tout entier trembla soudain. Un basilic furieux, prêt à massacrer ce qu'il trouverait sur son chemin, manifestait sa colère en battant de son énorme queue massive la paroi du passage. Chaque coup déclenchait une averse de pierres que l'intruse devait contourner, esquiver ou franchir d'un bond en pataugeant dans les ossements.

Si redoutables que soient les basilics, ils se déplaçaient lentement dans leur repaire. Kaderin se savait capable d'en tuer un, voire deux à la fois, mais elle n'avait aucune envie d'en arriver là, car elle avait un faible pour les monstres.

D'autant qu'elle en était un, puisque les créatures inférieures du Mythos se servaient d'elle pour menacer leurs petits, à l'heure du dîner : « Mange tes larves, ou Kaderin la Sans-Cœur va venir te couper la tête cette nuit. »

Demi-tour, direction la sortie. Elle longea en courant des parois couvertes de peintures rupestres jusqu'à la jonction des trois tunnels, au début du labyrinthe. Un peu plus loin, le soleil brillait, accueillant, illuminant des dessins d'un autre genre. Au moment où on l'enfermait dans les cavernes, chaque victime sacrificielle se voyait remettre un roseau plein de peinture. Elle posait la main sur la roche puis appliquait la couleur tout autour afin d'y laisser son empreinte, seul monument auquel elle aurait jamais droit. Il y en avait des milliers…

Bowen était là.

L'heure de l'affrontement avait sonné.

Le temps ralentit. Le garou avait déjà éliminé la moitié des concurrents, y compris les plus forts, à l'exception de Lucindeya, Kaderin et Sebastian. Une omission à laquelle il comptait visiblement remédier, au moins en partie.

Ses yeux brillaient dans le noir, comme ceux de Kaderin, qu'il fixait, menaçant. La blessure zigzagante qui le défigurait ne faisait pas mine de guérir. L'épuisement semblait peser sur ses épaules. La malédiction de la sorcière… C'était donc vrai.

Kaderin se tourna brusquement vers le passage de droite – la seule issue.

Lorsque Bowen se mit à courir, elle devina aussitôt ce qu'il mijotait : l'emprisonner, elle aussi. Elle enfonça le bout de ses bottes dans le gravier avant de foncer avec détermination.

Mais malgré sa rapidité, et en dépit de la malédiction dont Bowen était affligé, celui-ci arriva dehors bon premier. De retour au soleil, il leva les yeux. Il n'aurait pas le temps de faire tomber les rochers, non, elle sortirait trop vite…

Un rictus cruel aux lèvres, il fouilla dans la poche de son jean. La peur envahit Kaderin, quand la rivière de diamants apparut. Elle n'avait pas pris la peine de s'entraîner contre ce genre de choses…

Le bijou étincelait au soleil du désert, jetant des éclats de lumière aigus, bleus et blancs. Une lumière fascinante, éternelle… *Je n'ai pas réussi à lui dissimuler ma faiblesse, il la connaît.*

Bowen lança le collier dans le tunnel. Le toucher… Le regard de Kaderin se riva sur le bijou dès son envol, puis le suivit jusqu'à son atterrissage dans les cailloux, tout près d'elle. Elle se figea, pétrifiée, avant de tomber à genoux comme pour prier les diamants envoûtants. Pas question d'abandonner dans la poussière quelque chose d'aussi beau. Non. Elle ramassa le joyau à deux mains en passant amoureusement les pouces sur les pierres précieuses.

Dehors, Bowen s'activait, elle l'entendait. Il jurait en gaélique, ses griffes dérapaient sur les rochers qu'il cherchait à déloger, mais elle ne pouvait détourner le regard du collier.

Pas avant qu'une série de chocs assourdissants ne plonge la caverne dans l'obscurité et que les scintillements ne disparaissent.

Ce matin-là, en quittant Kaderin paisiblement endormie, Sebastian avait regagné Londres, pris une douche et bu du sang.

Il s'habillait quand la pensée lui vint que, depuis une semaine, il n'avait fait aucun progrès avec elle. Il fallait absolument qu'il retourne au manoir de la Colline noire, ne fût-ce que pour exploiter une ressource dont il avait bien besoin : après tout, son frère avait épousé une Valkyrie. Une parente de Kaderin. Une mine d'informations.

Après s'être forcé à se nourrir, il glissa jusqu'au bureau du manoir, où il trouva Nikolaï en train de parcourir des papiers. Malgré sa nature réservée, le maître des lieux ne chercha pas à dissimuler le plaisir que lui procurait cette visite.

— Assieds-toi, je t'en prie, proposa-t-il en se levant avec empressement.

Sebastian prit place dans le fauteuil qu'on lui désignait, mais les muscles de ses épaules se nouaient du seul fait qu'il se trouvait au manoir.

— Il paraît que tu t'es inscrit à la Quête, reprit son aîné en se rasseyant. Tu es le tout premier vampire à concourir. Ça nous a étonnés.

L'arrivant haussa les épaules.

— Myst regarde tous les jours les résultats sur internet, poursuivit son frère. Une de ses semblables participe aussi. C'est ta fiancée ?

— Oui, admit Sebastian. Kaderin.

— D'après Myst, elle est… Ah, comment Myst a-t-elle dit ça ? D'une beauté presque monstrueuse. Et c'est une sacrée guerrière.

Ce fut d'un ton plein d'espoir que Nikolaï ajouta :
— Tu l'aimes ?

— Non, mais je sais qu'elle est mienne. Et que je suis censé la protéger.

— C'est largement suffisant. Le reste viendra avec le temps. On se demandait aussi pourquoi tu avais décidé d'être le champion de Riora.

Sebastian haussa de nouveau les épaules.

— Je n'ai pas d'allié, et la déesse exigeait que je représente un camp quelconque. C'était un pari.

— Tu aurais pu penser aux Abstinents ou au roi Kristoff.

Les traits de Sebastian se crispèrent. Le roi Kristoff. Jamais il n'avait compris comment son frère avait pu périr des mains des Russes puis, sur le même champ de bataille gorgé de sang, jurer allégeance à Kristoff – un Russe, vampire ou non.

— C'était juste une remarque, ajouta Nikolaï. Nos rangs te restent ouverts. Chaque fois que je tue un vampire aux yeux rouges, je suis heureux de les avoir rejoints.

— Tu en as déjà rencontré ?

— Je leur ai fait la guerre. Nous gagnons en force.

Il joignit le bout des doigts.

— J'ai toujours admiré ton intelligence, tu le sais. Tes conseils seraient les bienvenus. Après la Quête, évidemment.

Les rêves de Kaderin incitaient Sebastian à combattre la Horde, certes, mais il avait la ferme intention d'éloigner d'une manière ou d'une autre sa fiancée de la mort et des conflits perpétuels. Elle avait vécu dix siècles d'horreur ; il était hors de question que les dix suivants y ressemblent.

— Ne compte pas sur moi, répondit-il.

Son frère hocha la tête, mais le sujet était loin d'être clos.

— Dis-moi, en ce qui concerne la compétition et le prix à remporter, tu as pensé à t'en servir pour sauver notre famille ? s'enquit Nikolaï.

La réponse était oui, évidemment. Malgré les siècles écoulés, Sebastian se sentait toujours aussi coupable. Lorsque l'heure était venue de protéger les siens, il avait échoué – à cinq reprises.

— Je ne crois pas que ça marchera, avoua-t-il.

Mais si jamais il se trompait, s'il était possible de modifier le passé…

Il n'aurait pas dû se faire de reproches – ce n'était pas logique, pas raisonnable –, mais il ne pouvait s'en empêcher. Conrad non plus… avant de perdre l'esprit, en tout cas.

Sebastian appartenait à une culture dont l'aristocratie était éduquée pour révérer l'armée et se battre. Malheureusement, le destin lui avait envoyé un ennemi invisible, déterminé à éliminer sa famille, un adversaire contre lequel la lutte et plus encore la victoire étaient impossibles. Il n'avait pu que regarder, impuissant, mourir ceux qu'il aimait.

Lui, le grand frère préféré de ses quatre sœurs, presque d'âge à être leur père, plus paternel que leur géniteur commun, trop occupé par ailleurs. Chaque fois qu'elles avaient un problème, c'était Sebastian qu'elles venaient trouver. Il avait retiré bien des échardes de leurs doigts et séché bien des larmes sur leurs joues, mais il leur avait aussi servi de professeur de sciences et d'astronomie.

Quand elles étaient tombées malades, elles avaient compris qu'elles allaient peut-être mourir, malgré leur jeunesse. Alors, elles en avaient appelé à lui, persuadées qu'il saurait arranger les choses.

Son impuissance les avait stupéfiées. Elles avaient presque eu l'impression qu'il refusait de les aider.

— On ne saurait retourner dans le passé pour changer l'avenir, ajouta-t-il distraitement. Ça reviendrait à créer le chaos.

Une part de lui voulait pourtant y croire, même si la raison réduisait cet espoir en charpie, même si la déesse n'avait aucune preuve qu'il soit possible de voyager dans le temps.

Mais s'il cédait à cette part d'irrationnel, s'il rêvait de ramener ses sœurs et que ses espoirs s'effondraient... il doutait d'être capable de supporter pareil chagrin une seconde fois. À ce jour, il ne supportait toujours pas de se rappeler les circonstances dans lesquelles elles étaient mortes. Leurs yeux désespérés, leurs faibles cris de terreur quand ils s'étaient effondrés, Conrad et lui.

Cette nuit-là, ils avaient tous deux décidé de mourir avec leur famille. Leur pays ravagé par la peste et la famine était en ruine, leur défaite totale. Ils s'étaient battus, ils avaient fait de leur mieux, la mort aurait dû leur être accordée.

Quant à leurs sœurs, aussi blondes, aussi délicates que les quatre frères étaient bruns et forts, elles auraient préféré succomber à la faim plutôt que de goûter le sang. Elles n'auraient même pas pu imaginer une chose pareille.

— Pourquoi as-tu essayé de transformer les filles? demanda Sebastian.

Nulle colère ne perçait dans sa voix, mais maintenant qu'il était calme, rationnel, il voulait des explications. Pour la toute première fois, il voulait comprendre.

— Je ne pouvais pas faire autrement.

Nikolaï avait détourné les yeux, mais son frère remarqua qu'ils avaient viré au noir.

— Je ne supportais pas qu'elles s'éteignent si jeunes.

— Elles seraient restées figées dans une enfance perpétuelle, sans jamais revoir le soleil.

Cette fois, son hôte regarda Sebastian en face.

— Rien ne prouve qu'elles ne seraient pas devenues adultes, exactement comme les immortels de naissance. C'était une possibilité.

— Et notre père?

À l'époque, leur père attendait patiemment de rejoindre sa femme, morte en couches onze ans plus tôt.

— Je n'ai jamais eu tes nobles principes, répondit Nikolaï d'un ton las. Je révère la vie, et ils auraient vécu. En ce qui me concerne, le reste a peu d'importance. Mais je vois que les siècles écoulés ne nous ont pas mis d'accord sur le sujet...

Sebastian se leva, prêt à partir.

— Non, en effet.

Son frère l'imita.

— Pense à ce que je t'ai dit au sujet de l'ordre.

Sans doute valait-il mieux que les choses soient claires dès maintenant.

— Je ne peux pas me joindre à vous.

Sebastian haussa les épaules, nonchalant.

— Parce que, en fait, je ne me suis pas vraiment abstenu. J'ai bu le sang à même la chair.

# 21

Privée de la bénédiction, Kaderin s'était retrouvée littéralement paralysée par la vision du collier, incapable d'attaquer Bowen ou de s'enfuir. Tout ce qu'elle voulait, c'était se perdre dans la contemplation des pierres précieuses aux facettes scintillantes. Maintenant encore, elle les tapotait doucement, le cœur serré par l'envie de les voir de nouveau briller au soleil.

Les rugissements sifflants et humides des basilics l'aidèrent à se ressaisir. Les monstres se trouvaient à des kilomètres sous terre, très loin de l'issue ensoleillée du labyrinthe, mais ils s'étaient mis en route de leur pas lourd. Heureusement, ils ne se pressaient pas, sans doute persuadés d'avoir affaire à une victime sacrificielle.

Kaderin expira, frissonnante, se força à jeter le collier de côté, se releva et examina la situation. Fâcheuse. Ce salopard de Lycae avait fait du bon boulot en bouchant l'entrée des grottes.

Elle eut beau prendre de l'élan puis se jeter contre les rochers, les pousser de toutes ses forces, ils ne bougèrent pas d'un centimètre. Son épée, moins lourde et moins épaisse que celle de Sebastian, ne lui serait d'aucun secours. Il allait falloir creuser.

A priori, dix centimètres de progression dans la pierre lui coûteraient ses griffes, lesquelles repousseraient en quelques heures. Le rocher du haut faisait au moins un mètre vingt de diamètre.

Donc, petit calcul… *Je l'ai dans l'os.*

Pire, l'obscurité réveillait déjà son angoisse, à la manière d'une lourde malédiction. Un ricanement amer lui échappa. Kaderin la Sans-Cœur, la cruelle tueuse Valkyrie – c'était autant dire son titre officiel –, avait peur du noir.

Les spectres la laissaient indifférente, elle trouvait les basilics… mignons, si l'on pouvait dire, et elle se serait laissé jeter sans un tressaillement dans une cage pleine de centaines de goules contagieuses… du moment que la cage en question était éclairée et aérée.

Avec un minimum d'action, elle aurait pu faire abstraction de ses angoisses, mais rester plantée là à se ronger les sangs…

Il lui restait deux possibilités. Attendre le vampire, en espérant qu'il ne tiendrait aucun compte de la dernière fois où elle lui avait rageusement demandé d'aller au diable… Le problème, c'était que, même s'il volait à son secours, il serait incapable de la transporter où elle voulait aller… c'est-à-dire juste de l'autre côté des rochers éboulés. Elle aurait parié sans hésiter que Sebastian n'avait encore jamais visité de grotte argentine.

D'ailleurs, combien de temps pouvait-elle se permettre d'attendre son aide ? Tôt ou tard, les basilics arriveraient à la surface.

La seconde possibilité se résumait à un mot : creuser. *Ces quelques cailloux sont tout ce qui me sépare d'un des œufs.* Elle se laissa de nouveau tomber à genoux et, cette fois, planta les griffes dans le roc. La première de ses griffes se brisa au bout de cinq centimètres, la deuxième peu après. Ça ne servait à rien, noms des dieux. Des efforts inutiles dans une nuit puante, oppressante. Treize points de perdus.

La poussière minérale lui faisait monter les larmes aux yeux. Oui, la poussière…

— Tiens, tiens, lança derrière elle une voix grondante. Je parie que ce coup-ci, tu es ravie de ma visite.

Sebastian. Elle fit volte-face. Malgré le noir d'encre qui régnait dans la caverne, il la voyait à la perfection, c'était évident, car il l'examinait avec attention. Lorsqu'il baissa les yeux vers ses griffes, elle s'empressa de les cacher dans son dos, mais elle ne pouvait dissimuler son émotion.

— Tu en es réduite à creuser à mains nues ?

Il la rejoignit pour l'aider à se remettre sur ses pieds.

— Ça fait longtemps que tu es enfermée là-dedans ?

Elle s'épousseta les genoux.

— Deux heures, à vue de nez.

— Que s'est-il passé ?

— Bowen a provoqué un éboulement pendant que j'étais à l'intérieur.

— MacRieve ?

Le nouvel arrivant serra les poings.

— Je vais le tuer !

Elle haussa les épaules.

— C'est une promesse ? Parce que ça éliminerait deux concurrents d'un seul coup.

— Il est encore là ?

Sebastian avait visiblement envie d'en découdre. Kaderin secoua la tête.

— Il a dû prendre son œuf et repartir depuis longtemps. Moi, il m'a mise hors jeu… C'était ce qu'il voulait, après avoir éliminé de la compétition quelques démons et l'ensemble des elfes. Tous ceux qui se sont trouvés confrontés à lui ont disparu.

— De quelle manière ?

— On n'en sait rien. Il semblerait qu'il les ait emprisonnés quelque part.

— Y compris la petite sorcière ? Il n'aurait tout de même pas fait de mal à cette gamine.

— Il a eu Mariketa aussi, mais elle a réussi à lui infliger une malédiction. A priori, il s'affaiblit, et ses blessures ne guérissent pas.

Kaderin donna en direction de Sebastian un petit coup de menton.

— Le suivant sur la liste, c'est toi. Jusqu'à hier, on était en compétition pour la première place, lui et moi…

— Comme prévu.

— … mais aussi toi. Il va essayer de nous éliminer un par un.

— J'ai hâte de l'affronter. Je le tuerai avec joie pour le punir de t'avoir enfermée ici.

Sans répondre, elle haussa de nouveau les épaules. Sebastian resta muet, lui aussi. Il attendait qu'elle lui demande de la sortir de là, bien sûr. Elle se mit à jouer de la pointe de sa botte avec le gravier.

— Demande-moi de te sortir de là, nom de Dieu, lança-t-il enfin.

— Non.

— Tu préfères rester pourrir dans cette caverne ?

— Je progressais.

— Quelle tête de mule ! Tu n'es vraiment pas capable d'admettre que tu es contente de me voir, hein ? Que je pourrais te sauver la mise, là, maintenant, tout de suite ?

— Non.

Elle n'en dit pas davantage, ce qui donna visiblement à son compagnon envie de l'étrangler.

Si elle se fiait à son intuition, Bowen s'était emparé d'un œuf dans le second réseau de cavernes, mais elle avait encore une chance de battre Cindey. À condition de sortir très vite.

— Je vais te laisser progresser, alors, puisque tu y tiens.

Sebastian s'écarta d'elle, prêt à glisser, mais elle le suivit et lui effleura le bras.

— Écoute, je ne veux pas atterrir chez toi, c'est tout. À mon avis, les œufs se trouvent dans un complexe souterrain indépendant, juste de l'autre côté du ravin.

Exaspérée, elle s'approcha des rochers, qu'elle poussa de toutes ses forces.

— Il me suffirait de traverser l'éboulement, mais tu ne peux pas te téléporter derrière, je le sais pertinemment.

— Parce que je n'ai jamais mis les pieds ici, c'est ça ?

Elle fit la moue et souffla sur une boucle qui lui retombait dans les yeux.

— Tu prends souvent tes vacances à *Las Quijadas* ?

Comme il la fixait d'un regard inexpressif, elle précisa :

— En Argentine.

— Non, je ne peux pas glisser dans la région, mais…

Il examina les blocs de pierre, puis en poussa un jusqu'à l'ébranler. Kaderin laissa échapper une petite exclamation. Il recula.

— Mais on dirait que je peux quand même te sortir de là.

Elle lui effleura le torse d'une main hésitante.

— Qu'est-ce que tu veux pour les déplacer ?

— Qu'est-ce que tu proposes ? riposta-t-il d'une voix grave.

— De l'argent ? Tu m'aideras, si je te paie ?

— Je suis riche. Plus qu'assez pour nous deux.

Cette dernière remarque fit grimacer Kaderin.

— Qu'est-ce que tu veux, alors ?

— Je veux… (Il se passa la main sur le visage.)… te toucher. Pas ici, mais cette nuit…

— Pas question.

Lorsqu'elle croisa les bras, le regard de son compagnon se posa sur son décolleté humide. Comme la nuit où ils s'étaient vus dans la villa en bord de mer, il avait l'air d'envisager de la jeter sur son épaule puis de glisser jusqu'à chez lui, dans son lit.

— Si seulement mes seins arrêtaient de te faire de l'œil…

Il releva la tête d'une secousse et s'éclaircit la gorge, avant de lancer d'une voix rauque :

— Embrasse-moi. Si tu m'embrasses, je déblaie.

— La dernière fois que j'ai fait une chose pareille, tu m'as mordue, et tu es parfaitement capable de recommencer.

Chaque fois qu'elle l'embrassait, c'était l'escalade ; il était allé jusqu'à lui prendre son sang.

Voire ses souvenirs.

— Je ne t'ai pas mordue. Je t'ai juste éraflé la peau. Par accident.

— Alors, dis-moi que tu ne penses pas une seule seconde à recommencer.

— Je…

Il expira profondément.

— Je ne peux pas. J'y ai trouvé un plaisir trop intense pour l'oublier.

Cette franchise la choqua, ce qu'elle ne chercha pas à cacher.

— Tu vois ? Je suis prête à parier que ça se reproduirait, si on se retrouvait dans la même situation.

— Je peux te jurer que non.

— Sauf s'il s'agit d'un…

Elle traça des guillemets en l'air.

— … accident, hein ? Je suis parfaitement capable de ressortir en creusant, si long que ce soit, alors je vais éviter de prendre le risque d'un baiser.

Il hocha la tête, résigné.

— Très bien. On n'a qu'à rester assis là en attendant de se fossiliser. Je peux être aussi têtu que toi, tu sais.

— Tu vas attendre en ma compagnie ? Ça ne t'ennuie pas, toi, de ne pas récupérer l'œuf ?

— Je me fiche de gagner la compétition.

— Je savais bien que tu ne t'étais inscrit que pour m'empêcher de te tuer !

— Tu étais déjà dans l'incapacité de me tuer avant que je ne m'inscrive. Ça ne t'étonne pas d'être incapable de me trancher la tête d'un coup d'épée, toi qui as supprimé tellement de vampires ?

212

— Je ne sais pas à quoi ça tient, reconnut-elle, mais je ne me pose plus la question.

— Pourquoi ne veux-tu pas me laisser mener la Quête à bien en ton nom ? C'est la seule et unique raison pour laquelle je me suis inscrit.

— Tu ne veux donc sauver personne dans le passé ? Aucun proche ?

Elle vit passer une ombre dans les yeux de Sebastian. Qui avait-il perdu ?

— Ta défunte épouse, peut-être ?

— Je ne crois pas au pouvoir de cette clé, je te l'ai déjà dit.

Il n'avait pas répondu à la question. Avait-il été marié ?

— Pourquoi en es-tu aussi convaincu ?

— Le voyage dans le temps est impossible.

Le ton ne laissait aucune place au doute.

*Oui, oui… et ta femme ?*

— Je parie que tu croyais que les vampires n'existaient pas, jusqu'au moment où tu t'es réveillé avec l'envie de boire une bonne pinte de sang.

— Non, je suis issu d'une culture fondamentalement superstitieuse. Malgré mes études scientifiques, je croyais plus facilement à ce genre de choses que je ne l'aurais pensé. D'autant que ce n'est pas impossible, d'après les lois de la nature.

*Bon, et ta femme alors ?*

— Quoi qu'il en soit, je n'ai jamais été marié.

Elle en fut très étonnée – et très étonnée aussi d'en être ravie.

— À ton âge ?

Elle s'assit.

— Tu devais avoir la trentaine quand tu as été transformé.

— Trente et un ans. Mais j'ai passé toute ma vie au front, à partir de mes dix-neuf ans. Où aurais-je trouvé une épouse ?

— Et maintenant, tu te sens prêt ?

— Oui.

Il avait grondé le mot en la regardant bien en face, comme s'il prêtait serment. Elle sentit ses orteils se recroqueviller dans ses bottes.

— Et toi ? demanda-t-il. Vas-tu enfin me dire pourquoi tu tiens tellement à gagner ?

Il détourna les yeux.

— Pour retrouver ton époux ?

Le silence seul lui répondit, aussi la considéra-t-il d'un air interrogateur.

Elle secoua la tête à contrecœur.

— Je n'ai jamais été mariée.

Il était hors de question qu'elle lui explique pourquoi – elle n'avait aucune raison de s'étendre sur le sujet, quand bien même elle en aurait eu envie –, mais elle ne voulait pas non plus lui laisser croire qu'elle se donnait autant de mal pour un bien-aimé défunt.

— Les maisonnées et les Furies m'ont fait un grand honneur en me demandant de les représenter lors de la Quête, et je compte bien m'en montrer digne, poursuivit-elle.

Elle haussa les épaules avant d'ajouter, sincère :

— Et puis je veux battre les autres, tout simplement.

— Alors, c'est juste une question de fierté ? d'ego ?

— Ça ne suffit pas, à ton avis ? riposta-t-elle d'un ton volontairement ennuyé.

— Je ne crois pas. Remporter la victoire dans une compétition ne peut suffire à remplir une existence.

— C'est vrai. Il y a aussi des vampires à tuer. Voilà ce qui donne un sens à ma vie.

Pour toute réponse, il lui jeta un coup d'œil impénétrable. Kaderin savait déjà qu'il n'était pas d'accord avec ses choix et ses priorités, mais ce regard lui donna en plus la nette impression qu'il la plaignait. Elle pencha la tête de côté.

— Bon, dis-moi, à quoi ressemblerait notre vie commune, d'après toi ?

— On pourrait voyager. Reconstruire le château. Fonder une famille.

214

Une famille ? S'ils faisaient des enfants ensemble, peut-être les chers petits ressembleraient-ils à Emmaline, la nièce à moitié vampire de Kaderin... laquelle se morigéna mentalement.

— Je vis à La Nouvelle-Orléans, je participe à la Quête, et je tue des vampires. Tu me demanderais de renoncer à ça ?

Elle ramena les genoux contre sa poitrine.

— En fait, tu aimerais que je me conduise comme les femmes que tu as connues. Ça n'arrivera pas. Jamais.

— Non, je n'aimerais absolument pas que tu te conduises comme les femmes que j'ai connues.

La véhémence de Sebastian la surprit.

— Et on pourrait vivre n'importe où, ça m'est égal, ajouta-t-il. J'irais où tu veux, pourvu que tu y sois heureuse. Tu veux tuer des vampires ? Parfait. La Quête ? Je peux l'accepter... à condition d'y participer avec toi.

— Oh, tu peux l'accepter ?

*C'est une plaisanterie, j'espère ?*

— Tu sais quoi ? Mieux je te connais, plus je m'aperçois que si tu m'es indifférent, ce n'est pas seulement à cause de ta nature de vampire.

*Je peux l'accepter.* Sitôt la phrase lâchée, avant même de voir étinceler les yeux de Kaderin, il avait compris que ce n'était peut-être pas la meilleure manière de s'adresser à une fille des dieux. Que n'aurait-il donné pour un dixième du charme de n'importe lequel de ses frères...

— Alors, explique-moi les raisons de ton indifférence, proposa-t-il.

— Quand on discute, j'ai l'impression de parler à un humain.

— J'aimerais en être resté un, riposta-t-il.

— Peut-être, mais tel n'est pas le cas. Tu es un ennemi, pour moi et mes semblables.

— Ni par mes choix ni par mes actes, je te l'ai déjà dit.

— Ça me dégoûte que tu te nourrisses de sang. Tu mènes une existence de parasite.

Ça le dégoûtait aussi, depuis toujours. La seule fois où il en avait été autrement, c'était quand il avait bu à son cou cette goutte brûlante, capiteuse. Il se retrouva pourtant acculé à défendre l'indéfendable.

— J'achète du sang en boucherie... de même que les humains y achètent de la viande. Je ne vois pas trop la différence. Quand on y pense, n'importe quel être vivant est un parasite.

— Pas moi.

— Tu ne manges pas ? Tu ne bois pas ?

— Non et non. Je n'ingère absolument rien.

— Ce n'est pas possible !

Sebastian n'y croyait pas, quoique le kobold lui ait dit la même chose, dans les montagnes transantarctiques.

— J'ai été conçue comme ça.

Le ton de Kaderin signifiait clairement qu'elle n'avait pas l'intention d'épiloguer.

Nom de Dieu. Il allait devoir interroger Nikolaï, donc retourner au manoir de la Colline noire.

— Conçue ? Tu veux dire que tu as été faite comme ça exprès ?

— Tu ne trouves pas que j'ai l'air d'avoir été faite exprès telle que je suis ? interrogea-t-elle, menaçante. Quand tu me regardes, tu vois un accident de la nature ?

Et zut ! Il l'avait vexée, une fois de plus.

— Mais non. Pas du tout. C'est juste que...

— Nos espèces vont entrer en guerre, tu sais ? Une guerre telle que tu n'en as jamais imaginé...

— Oui, oui, l'Accession, acquiesça-t-il, indifférent.

— Ce n'est pas une chose à prendre à la légère.

— Mon frère m'a prévenu qu'à tes yeux, il s'agirait d'un obstacle entre nous, mais il m'a juré que les

Abstinents feraient front commun avec les Valkyries.

Comme Kaderin ouvrait la bouche pour protester, Sebastian s'empressa s'ajouter :

— Qu'elles le veuillent ou non.

Elle pinça les lèvres.

— Tu es têtu. Je te conseille d'employer toute cette belle volonté à te débarrasser de ton obsession pour une frêle fiancée mal fichue.

— Je n'ai pas l'intention de gaspiller mon temps et mon énergie à essayer de t'oublier, alors que je peux les mobiliser pour te conquérir.

— Mais tu n'arriveras pas à me conquérir, alors qu'il t'est peut-être possible de m'oublier.

— Je suis obligé de chercher à te faire mienne. (Il était tout simplement incapable d'envisager un autre avenir.) Je te veux. Dans ma vie.

Elle posa le bout du doigt sur son menton.

— Quand tu dis « dans ma vie », tu veux clairement dire « dans mon lit ».

— Je ne nie pas que ça m'intéresse aussi.

Il avait eu un aperçu de son ardeur... Il ne connaîtrait pas le repos avant de l'avoir tenue dans ses bras.

— Je passe mon temps à m'imaginer en train de te faire l'amour, avoua-t-il.

Le rouge monta aux joues de Kaderin, qui se mordilla la lèvre. Une habitude qu'il trouvait charmante.

— Mais tu ne m'aimes pas plus que je ne t'aime.

— Non, en effet, admit-il.

Elle le fascinait, elle l'exaspérait, et depuis que le sang circulait de nouveau dans ses veines, il ne s'écoulait pas une heure sans qu'il ait envie de la voir. Mais ce n'était pas de l'amour, il s'en rendait parfaitement compte.

Elle leva les yeux au ciel.

— Tu veux un conseil ? Quand tu fais la cour à une femme, réfléchis une seconde avant de lui déclarer de but en blanc que tu ne l'aimes pas. Fais au moins semblant de réfléchir à la question. Ou mens-lui carrément. Ou dore-lui la pilule en affirmant que ça viendra plus tard.

— Je ne veux pas te mentir. Quant à l'amour… des tas de gens ont bâti leur union sur des bases nettement moins solides que les nôtres. Nous, nous avons la passion. L'attirance. Le respect.

— Tu te flattes, grinça-t-elle en examinant ses griffes cassées.

— Et je peux te promettre une chose : les mille prochaines années de ta vie ne ressembleront en rien aux mille dernières. Pas tant que je vivrai.

Elle releva brusquement les yeux.

— Ce qui veut dire ?

Son ton était mesuré.

— Je suis au courant, pour ta… bénédiction. Tu n'as pas éprouvé d'émotions pendant un millénaire.

Elle blêmit.

— Et tu sais pourquoi ? demanda-t-elle.

Sa voix avait-elle tremblé ?

— Non. Ni pourquoi ni par quel miracle. Je sais juste qu'un matin, quand tu t'es réveillée, il n'y avait plus… plus rien.

Le regard de Kaderin se durcit.

— Je t'interdis d'en parler de cette manière ! Comme s'il me manquait quelque chose.

— Quand on est incapable d'émotions, il vous manque bel et bien quelque chose.

— Tu t'imagines que les émotions sont nécessaires ? Que j'ai envie en avoir ?

— Non, je…

— C'est mon sang qui t'a appris tout ça, hein ? (Il acquiesça.) Tu m'as volé mon sang, ce qui t'a donné mes souvenirs. Génial. Qu'est-ce que tu as vu au juste ?

— Des batailles, des traques, des extraits de conversation, au hasard – Riora en train de te parler de l'épée d'un mystique aveugle, par exemple.

Il l'avait vue attaquée par des dizaines de kobolds, qu'elle avait battus de justesse. Mais quand elle avait baissé les yeux, elle s'était aperçue que sa jambe avait disparu, du milieu du mollet jusqu'au pied. Pas étonnant qu'elle s'en soit prise au petit fouisseur, en Antarctique. *Dire que je venais de le transporter jusqu'au talisman...*

— Tu comprends, maintenant, pourquoi j'étais furieuse ? Tu connais certains de mes secrets, de mes pensées et de mes actes. Tu m'as vue en compagnie d'autres hommes ?

— Non. D'après mon frère, ça n'arrivera pas, du fait que tu es ma fiancée.

— Tu sais pourquoi j'ai retrouvé mes émotions ?

Il se passa la main dans les cheveux.

— Je crois que ça a quelque chose à voir avec moi. C'est d'ailleurs ce que tu as dit la première fois qu'on s'est vus.

— J'ai parlé sans réfléchir.

L'expression de Sebastian la poussa à ajouter :

— Simple coïncidence.

— Je croirais peut-être qu'il s'agit d'une simple coïncidence si tu n'étais pas ma fiancée.

— Alors, d'après toi, je t'ai ranimé physiquement tandis que tu me ranimais émotionnellement ? demanda-t-elle, moqueuse.

— Exactement.

— Même si c'était vrai, on n'aurait pas pour autant un avenir commun. Je ne suis pas celle dont tu as besoin. Je ne ferais que te rendre malheureux. Ça, je peux te le promettre. En plus, si jamais on se mettait ensemble, ma famille piquerait une crise et me ficherait dehors.

— Myst la Convoitée n'a pas l'air de s'en trouver plus mal.

Kaderin pencha la tête de côté puis se figea totalement.

— Qu'est-ce que tu racontes ?

— Je dis que Myst, la femme de mon frère...

Elle bondit sur ses pieds.

— Myst est peut-être une gourgandine, mais elle n'irait quand même pas épouser une sangsue !

— Tu n'étais pas au courant ?

Il fronça les sourcils.

— Ils sont mariés depuis un petit moment.

Kaderin allait botter de toutes ses forces le derrière lumineux de Regina.

Myst, mariée à un vampire ! Elle se pressa le bout des doigts contre le front.

— Ton frère… c'est le général abstinent qui l'a libérée de la prison où l'avait jetée la Horde ? Wroth. Nikolaï Wroth.

*Bons dieux ! Je savais bien qu'elle pensait encore à lui !*

— Oui. Tu le connais ?

— J'en ai entendu parler.

D'ailleurs, maintenant que les choses s'éclaircissaient, elle s'apercevait qu'elle avait aussi entendu parler de Sebastian. Les quatre frères estoniens. Des seigneurs de guerre si terribles, si impitoyables en tant qu'humains qu'ils avaient attiré l'attention des immortels.

Terribles et impitoyables dans la défense de leur peuple.

Il la regardait avec attention.

— Je me demande si ces nouvelles servent ou desservent ma cause.

— Je… je ne sais pas.

Elle ne savait plus rien. Les Abstinents étaient donc autorisés comme amants ? Non, Dasha et Rika n'auraient jamais accepté qu'elle entretienne une relation avec un vampire.

— Dis-moi juste une chose, Kaderin. T'arrive-t-il de penser à moi en mon absence ?

*Mens-lui.* Pouvait-elle avoir une liaison ? La plus discrète possible. Juste une histoire d'un soir, pour jouir une nuit de ce corps puissant, si réactif.

Bon sang ! Myst avait épousé un vampire. Et Myst était une païenne, comme Kaderin. Laquelle doutait très sérieusement que le général abstinent Nikolaï Wroth ait accepté de se marier à la manière païenne.

Les liens du mariage étaient chose sérieuse pour les Valkyries et, d'ailleurs, pour tous les immortels. *Jusqu'à ce que la mort nous sépare...* Cette petite phrase prenait un sens tout nouveau quand elle concernait deux personnes capables de vivre à jamais.

Non, Kaderin ne pouvait se permettre une liaison. Pas alors qu'elle était la fiancée de Sebastian. Il ne se contenterait pas de ça, c'était une certitude.

— Penser à toi ? Je suis quelqu'un de très occupé, figure-toi. L'introspection, ça prend du temps. Je préfère te laisser ce genre de choses.

— C'est-à-dire ?

— Ma foi, apparemment, tu n'as rien fait d'autre que penser pendant trois cents ans.

Cette réplique le mit en colère, comme prévu.

— Tu ne sais pas...

Un rugissement s'éleva sur leur gauche, secouant la caverne tout entière. Un autre lui répondit presque aussitôt sur leur droite. Plus loin, un troisième leur fit écho.

Les basilics approchaient. Ils allaient se réunir.

À l'entrée des grottes.

# 22

Kaderin se jeta sur Sebastian, qu'elle fit tomber dans la poussière.

*Embrasse-le vite, c'est le marché. Qu'il déplace les rochers, noms des dieux !* Elle attrapa le visage stupéfait du vampire et colla les lèvres aux siennes.

*Allez, hop.* C'était juste pour obtenir ce qu'elle voulait. *Dépêche-toi !*

— Voilà, je t'ai embrassé.

Elle haletait.

— Maintenant, enlève-moi ces saletés de rochers…

Deux grandes mains se posèrent rudement sur ses fesses pour la plaquer contre une verge gonflée – déjà. Un petit gémissement lui échappa. Une des mains se détacha de son derrière, l'attrapa par la nuque et lui fit baisser la tête. Sebastian s'empara de sa bouche puis y glissa la langue, pendant que son autre main s'insinuait entre ses cuisses, épousant son sexe. Elle poussa une exclamation de surprise contre les lèvres de son compagnon, mais ses jambes s'écartèrent d'elles-mêmes pour favoriser l'exploration.

Il se mit à frotter et à palper la chair tendre à pleine paume, un grondement au fond de la gorge, sans cesser d'embrasser Kaderin avec une sorte de désespoir, un peu comme un héros condamné aux galères voyant sa fiancée pour la dernière fois.

Une seconde plus tard, ils se roulaient par terre, suants, alors que les monstres allaient attaquer d'un instant à l'autre ; l'épée de Sebastian cognait régulièrement la hanche de Kaderin... mais elle n'arrivait pas à se rassasier de lui.

Il la fit basculer sur le dos, ce qui lui rappela leur rencontre au château. Elle était d'ailleurs aussi excitée que ce matin-là.

— Tu me rends dingue, Katia, souffla-t-il de sa voix rauque. Je n'arrête pas de penser à toi.

Couché sur le flanc, il se pencha pour passer sa bouche entrouverte sur sa clavicule, en lui tenant les poignets réunis au-dessus de la tête.

— Dis-moi que tu penses à moi, supplia-t-il.

Son autre main descendit en tremblant vers la braguette de Kaderin. Elle aurait pu souffler ce qu'il voulait à son oreille, pendant qu'il lui caressait le ventre. Tremblait-il d'anticipation à l'idée de ce qu'il allait faire ? Lorsqu'il entreprit de lui ouvrir son pantalon, elle se dégagea brusquement... mais pas pour se débattre, non, pour l'aider.

« C'est normal, songea-t-elle dans une sorte de délire. Après tout, je suis en train de lui fourrer la main dans le slip. » Quand ses doigts effleurèrent le sexe imposant de Sebastian, elle ne put retenir un gémissement, tandis qu'il hurlait, la tête rejetée en arrière, incapable de maîtriser un coup de reins instinctif. Il était brûlant, doux, dur comme du fer. Kaderin promena le pouce sur le bout de son sexe en un cercle humide.

Il posa sur elle des yeux noirs de désir.

— Il faut qu'on s'arrête, murmura-t-elle en passant le poing sur toute la longueur de son érection. Les basilics...

— ... sont des monstres terribles, comme le veut la tradition. Je n'en doute pas.

Après un baiser brûlant, quoique rapide, il la regarda de nouveau dans les yeux et ajouta :

— J'aimerais que tu continues à... me caresser.

Elle continua. À croire qu'elle avait la main aimantée. Quel plaisir de sentir la verge ardente palpiter et tressaillir à son contact... Sebastian semblait sur le point de perdre le contrôle de lui-même, mais il prit le temps de titiller le ventre de Kaderin, avant de descendre vers son sexe. Elle aurait aimé quelque chose de passionné, qui lui aurait apporté un soulagement rapide, alors qu'il cherchait visiblement à savourer chaque seconde de ce moment.

Au moment précis où il allait glisser la main dans sa culotte, il se figea. Elle se tortilla pour faire descendre la paume immobilisée sur son bas-ventre.

— Stop, murmura-t-il.

Puis il secoua la tête, décidé à s'éclaircir les idées. Elle se cambra afin de regarder derrière lui.

Une cinquantaine de mètres plus loin, des yeux verts bridés, aussi gros que des ballons de foot, brillaient dans le noir.

Sebastian expira longuement.

— Le moment n'est pas aussi bien choisi que je l'aurais souhaité.

— Quel sens de la litote !

Était-ce bien elle qui s'exprimait sur ce ton amusé, alors qu'elle se trouvait dans une caverne étouffante, en compagnie de cruels dragons tout prêts à lui souffler dessus, les longs doigts d'un vampire sur le point de s'introduire en elle ?

— Mais tu n'as pas l'air terrifié, comme le veut la tradition.

Son envie de rire s'évanouit instantanément à la réponse de son compagnon :

— Désolé, Katia, mais il va falloir que je glisse avec toi.

Elle retira brutalement sa main du pantalon de Sebastian, sa main à lui de son propre pantalon, puis roula sur le flanc.

— Je vais les retenir pendant que tu pousses les rochers.

224

Déjà, elle s'était relevée, refermait sa braguette et dégainait son épée.

Le plus grand des basilics s'approcha, sans doute persuadé d'avoir affaire à deux captifs. Les gigantesques lézards avaient un dandinement trompeur, avantage biologique qui rendait leurs proies moins méfiantes. Le tunnel n'était pas assez large pour leur permettre de progresser côte à côte, mais une fois dans la caverne, ils pourraient attaquer de front.

Sebastian s'assit.

— Ça ne marchera pas.

— Je t'ai embrassé, bordel! Si ça tourne mal, tu n'auras qu'à glisser avec moi, mais en attendant, essaie de pousser les rochers. Sinon, c'est une rupture de contrat.

— D'accord. Contre un autre baiser. Plus tard. On terminera ce qu'on a commencé…

— Tu la joues marchand de tapis?

Il ne comprit visiblement pas l'expression, mais insista:

— Je t'aide à sortir, à condition que tu acceptes d'aller dans un endroit sombre une heure après avoir récupéré l'œuf.

Qui était donc cet homme d'affaires impitoyable?

— D'accord. (*Pas sympa du tout.*) Marché conclu. (*Je mens comme une arracheuse de dents.*) Maintenant, bouge tes fesses et pousse.

Il secoua de nouveau la tête, se leva, jaugea la démarche lente mais régulière de la bête puis s'approcha des rochers.

Kaderin aurait dû se préparer au combat en examinant les écailles cramoisies du premier basilic, à la recherche d'une faiblesse, mais son esprit saturé de désir n'était capable de se concentrer que sur les muscles superbes du dos viril qui se gonflaient sous l'effort, au risque de déchirer la chemise noire. Elle les aurait volontiers palpés, griffés, léchés…

Alors qu'elle aurait dû penser à la sirène, à la Quête… *Voire aux dragons, hein, qu'est-ce que tu en dis, ma grande ?*

Le monstre s'approchait lentement ; elle distinguait à présent les yeux du suivant, juste derrière. Dès que les rochers bougeraient, ils passeraient à l'attaque.

Elle n'en continuait pas moins à regarder par-dessus son épaule. Regina lui avait demandé quel était son genre d'homme. Lorsque Sebastian se retourna pour pousser l'éboulis de dos, dévoilant sous sa chemise imbibée de sueur des abdominaux parfaitement dessinés, elle admit la vérité en son for intérieur.

Apparemment, elle avait un faible pour les vampires d'une beauté ravageuse, aux cheveux noirs et aux yeux graves. Avec quelques cicatrices et des mains rudes. Elle se mordit la lèvre. Si elle s'obstinait à fixer ce corps puissant, sculptural, elle risquait de jouir spontanément.

— Je n'aurais jamais cru dire un jour une chose pareille à ma fiancée, mais il va falloir te concentrer, Katia.

La manière dont elle le contemplait – un petit croc pressé contre une lèvre pulpeuse, les yeux virant par instants à l'argenté – le rendait fou, tout simplement.

— Oui… oui, bien sûr.

Elle fit volte-face en ajoutant :

— Je m'occupe de celui-là.

Un dernier coup d'œil à Sebastian, puis elle lâcha un juron.

— Écoute, ils vont attaquer tous les trois à la seconde où l'éboulis va s'effondrer. Ça va aller très vite. Il faudra que tu glisses immédiatement.

— Ils ont l'air plutôt lents.

— C'est une feinte, répondit-elle sans se retourner. Tu glisses pendant que je me jette dehors, d'accord ?

— Ils te poursuivront, non?

— Ils n'y voient pas très bien en plein jour.

— Ça ne va pas tarder. Écarte-toi...

Un rayon de soleil transperça l'obscurité telle la lumière d'un phare. Heureusement, on était en fin de journée, mais Sebastian se jeta tout de même de côté – en laissant à sa compagne la place de bondir vers le trou. Elle fonça, pendant que les basilics chargeaient à une vitesse ahurissante à travers la caverne, toutes griffes dehors.

Le plus gros s'écrasa contre l'éboulis dans le sillage de la jeune femme. Une explosion de poussière et de débris dissimula la scène à Sebastian, mais un grand claquement de dents résonna à ses oreilles. Une seconde plus tard, heureusement, il entrevit Kaderin qui esquivait des crocs énormes, lesquels claquèrent de nouveau à un cheveu de sa tête.

Il se jeta par terre, au soleil, pour l'attraper par la cheville en ravalant un rugissement de douleur, mais à l'instant où il glissait, elle lui balança un coup de pied en pleine figure et réussit à se dégager.

Il se téléporta donc sans elle – incapable de s'en empêcher –, mais fit aussitôt demi-tour, en restant quasi immatériel. La lumière du jour lui brouilla malgré tout la vue et lui brûla la peau comme un bain d'acide.

Le gros basilic avait disparu. Kaderin se tenait sur la pointe des pieds à l'extrême bord d'une falaise, cambrée pour éviter de tomber dans le vide. Avant que Sebastian ait pu la rejoindre, elle reprit son équilibre en se faufilant le long de la corniche. Avait-elle attiré le monstre dans un piège afin de le faire basculer dans le gouffre?

Les deux autres lézards s'aventuraient dehors en clignant des yeux et en poussant de longs sifflements. Sebastian esquiva leurs coups de griffes puis glissa jusqu'au fond de la caverne, dans le noir, d'où il les appela.

Lorsque les monstres atteignirent le tunnel, il se laissa tomber sur le dos sous le plus imposant pour lui planter son épée dans le ventre. Un coup meurtrier, porté entre des écailles aussi grosses que des assiettes. Une éviscération. Il retira brutalement sa lame en roulant de côté pour éviter d'être écrasé.

Le basilic lâcha un rugissement humide et tomba en arrière contre son congénère. Sebastian bondit sur ses pieds puis glissa jusqu'à la dernière des créatures, qui se débattait pour se dégager, creusant frénétiquement le sol de ses griffes. Il leva son épée au-dessus du cou imposant.

Le basilic se figea puis tourna lentement la tête vers lui, avant de cligner de ses yeux bridés où se lisait la peur.

Kaderin l'aurait déjà tué, sans doute – et elle considérerait probablement la compassion de son défenseur comme une faiblesse.

— Tant pis, murmura-t-il en se téléportant jusqu'à elle.

Il ne reviendrait pas plus tard dégager le monstre !

Retour au soleil, à chercher sa fiancée partout, alors que sa peau risquait de prendre feu. La douleur était atroce, mais il repéra du coin de l'œil une caverne, au-dessus du ravin, et y glissa en faisant de son mieux pour ne se matérialiser qu'à demi.

Même à l'entrée de la grotte, la lumière réfléchie par le sable et les rochers mettait à rude épreuve ses yeux brûlés, mais sous cette forme, il tiendrait bien une minute ou deux.

Le gros basilic se tortillait au fond de la gorge, la tête écrasée contre un rocher. Kaderin se tenait toujours sur la corniche. Sebastian allait l'appeler et lui reprocher rageusement son coup de pied quand elle se figea, le regard rivé sur quelque chose dans le ravin. Il vit son visage se glacer. Un prédateur. Il n'y avait pas d'autre mot pour la décrire, à ce moment-là.

Elle se mit à courir en balançant les bras, gagnant tant de vitesse qu'elle en devint floue, littéralement. Il cligna des yeux à cause de la lumière, incapable de croire à ce qu'il voyait : elle se précipitait vers le dragon.

Sebastian glissa jusqu'à une autre corniche, juste à temps. La sirène laissa échapper un cri de surprise, quelques mètres plus loin... une seconde avant que la Valkyrie ne lui atterrisse sur le dos, lui vidant les poumons en une violente expiration parfaitement audible. Déjà, son assaillante lui plantait les genoux dans les omoplates et lui passait brutalement un bras autour du cou.

Sebastian venait de décider de braver le soleil pour téléporter Kaderin, quand l'adversaire de celle-ci expédia vers le haut un coup de coude... que la Valkyrie réussit à esquiver en sautant à terre. À vrai dire, elle esquivait tous les coups de Lucindeya. Elle n'avait aucun besoin d'aide.

Alentour, des vagues de chaleur bouillonnantes s'élevaient des rochers. La scène de bagarre déformée par cette brume sidérait Sebastian, à cause de la puissance que recelait le corps gracieux de la Valkyrie.

De sa méchanceté absolue, aussi.

Elle attrapa Lucindeya par les cheveux, tira pour la faire tourner en rond de plus en plus vite, jusqu'à ce qu'elle ne touche plus le sol, puis la lâcha comme on lâche des bolas, les doigts écartés.

La sirène s'écrasa contre la falaise avec une violence telle que la roche s'effrita ; quand elle tomba à terre, une pluie de pierres s'abattit sur elle. Kaderin ne perdit pas de temps à la regarder disparaître sous l'averse, mais leva la tête vers la montagne voisine et se remit à courir, bondir, planter les griffes dans la paroi minérale pour commencer à grimper vers une caverne très élevée.

La grotte la plus proche du sommet... une grotte obscure... recelait sans doute l'œuf convoité. Sebastian n'aurait aucun mal à y arriver le premier. Il pressa sa manche contre sa lèvre fendue. Le goût du sang dans la bouche, à cause du coup de pied.

Sa fiancée serait au rendez-vous, en fin de compte. Les termes du marché venaient juste de changer.

# 23

Kaderin pénétra dans la caverne en titubant, haletante, épuisée par l'ascension. Lorsque sa vision s'accoutuma à l'obscurité, le vampire lui apparut. Il lançait et relançait négligemment en l'air l'œuf de basilic.

La coquille, si fragile qu'elle en était translucide, était ornée de pâles spirales colorées.

— Maintenant, on va faire les choses à ma manière, annonça Sebastian.

Les yeux de Kaderin restaient rivés sur le précieux œuf, qui montait et descendait sans discontinuer.

— Passe-moi ce truc, point final.

— Tu n'as jamais eu l'intention de venir au rendez-vous.

Son interlocuteur était visiblement furieux. Le soleil lui avait brûlé les avant-bras et un côté du visage.

— Tu m'as donné un coup de pied en pleine figure…

Un filet de sang avait coulé du coin des lèvres.

— Par réflexe, protesta-t-elle.

C'était la pure vérité. À ce moment-là, le basilic venait de traverser l'éboulis juste derrière elle, comme si les rochers n'étaient que de vulgaires cacahuètes.

— Mais je te conseille d'en prendre bonne note. À l'avenir, évite de m'attraper par la cheville à un moment où tu n'es pas dans mon champ de vision, alors que je suis poursuivie par d'énormes créatures à langue préhensile.

Malgré ce qui s'était produit, elle n'aurait pas cherché à frapper Sebastian, autrement. Il risquait quand même de finir en steak pour dragon ou en torche, au soleil. Quoique…

— De toute manière, tu méritais un bon coup de pied. Tu as changé les termes du contrat alors que j'étais obligée de composer ! Bonjour la galanterie.

— Je me sens de moins en moins porté à la galanterie quand j'ai affaire à toi.

L'œuf pivotait en l'air, cul par-dessus tête.

— Attention, tu risques de le casser. (L'angoisse empêchait presque Kaderin de respirer.) Et c'est le dernier.

Elle se rapprochait lentement, la tête penchée de côté, en se demandant comment s'emparer de l'objet de sa convoitise.

Une expression menaçante s'inscrivit sur les traits de Sebastian.

— Est-ce que, par hasard, tu envisagerais de me le prendre ?

C'était très clairement un défi.

Elle se figea. Pas question de se disputer avec lui. Il fallait impérativement éviter de casser le précieux œuf.

— On n'a pas beaucoup de temps, protesta-t-elle, au désespoir. Cindey va arriver, elle va chanter, et tu vas le lui donner.

— Ça m'étonnerait qu'elle se remette si vite en route, après ce que tu lui as fait.

— C'est une immortelle. Elle va s'en tirer. D'ailleurs, elle m'a fait nettement pire par le passé. Non, elle risque vraiment de nous rejoindre bientôt. Une seule note de ses cordes vocales, et tu seras son esclave à jamais.

À cette pensée, Kaderin fut saisie de l'envie irrésistible de balancer un coup de pied bien placé à la sirène. Ou une bonne gifle. Dans le larynx.

— J'en déduis que tu es disposée à conclure un autre accord pour récupérer l'œuf.

— Je t'ai déjà dit que je ne coucherais pas avec toi.

Une goutte de sueur descendit le long de son cou, avant de s'insinuer entre ses seins. Les yeux gris de Sebastian la suivirent avec avidité puis virèrent brièvement au noir. La tempête sur les flots. Kaderin frissonna, malgré la chaleur.

Il avait le visage brûlé, les mains couvertes de cloques, mais elle le trouvait toujours aussi attirant, d'autant plus que l'excitation allumée en elle par ses baisers n'était pas retombée. Sans cœur ? Autrefois. Émotive ? À cause de lui. De lui seul. Et il ne s'agissait pas seulement de sexe.

Elle avait pris plaisir à botter le cul de Cindey, mais aussi à le faire devant lui.

— Je veux passer une nuit avec toi à te caresser, déclara-t-il à voix basse. Ni plus ni moins. Quand et où je le déciderai.

— Alors, je n'aurai qu'à me tourner les pouces ? Tu dis ça maintenant, mais je sais bien que tu chercheras à obtenir davantage.

— Non, tu n'auras pas à t'occuper de moi du tout. Je ne compte pas avoir de relations sexuelles.

— Un vampire altruiste… Tu te contenteras donc de me tripoter, sans que ça suscite de réaction chez toi ?

Il se passa la main sur la bouche.

— Je pense au contraire que je réagirai avec une certaine force. Mais laisse-moi gérer ça. Tu as ma parole.

Elle pencha la tête de côté.

— Et tu me donnes l'œuf ?

— Quand j'aurai eu ce que je veux.

Ces quelques mots envoyèrent à travers le corps de Kaderin une onde de désir qui ne lui plut pas du tout.

— Tu risques de le casser. Donne-le-moi d'abord.

— Pas question. Je le garderai en sécurité. Tu sais très bien qu'après je te le remettrai. Je ne suis pas comme toi, moi. Je tiens parole.

— Tu ne te dérouilleras pas les crocs, OK ?

Devant le regard interloqué de son interlocuteur, elle ajouta :

— Tu ne me mordras pas, compris ? Sinon, je jure par tous les dieux de te rendre la pareille, et je peux t'assurer que ça ne te fera pas du bien.

L'idée amusa visiblement Sebastian.

— Je ne te mordrai pas, je le jure... et je n'ai jamais douté que tu sois effectivement capable de te venger.

Comment pouvait-elle accepter ? Comment pouvait-elle refuser ?

Elle pouvait accepter, pour remporter le prix.

Elle le devait... pour satisfaire sa curiosité.

Quel effet cela lui ferait-il d'être une nuit entière l'esclave des caresses de Sebastian ? Lorsque la réponse s'inscrivit dans son esprit, elle détourna les yeux en marmonnant :

— Je traverse l'Atlantique en avion cette nuit même.

Le rouge lui monta aux joues, quand elle se représenta son compagnon dans l'immense lit luxueux du jet privé.

— Tu n'as qu'à m'accompagner.

Il s'approcha d'elle, hésitant, comme cela lui arrivait parfois.

— Tu m'invites ?

— Si tu as l'intention d'obtenir ton dû dans les prochaines vingt-quatre heures, oui.

Ils se trouvaient maintenant nez à nez.

— Pourquoi ne pas me laisser glisser avec toi de l'autre côté de l'océan ?

— Tu ne peux aller de cette manière qu'à des endroits que tu connais déjà, et je suis prête à parier que tu n'as jamais mis les pieds là où je compte me rendre. Et puis, je profiterai du vol pour me reposer.

— Moi, ça m'étonnerait que je me repose cette nuit.

Elle déglutit nerveusement.

Quelques heures plus tard, Kaderin faisait les cent pas dans la cabine principale de l'avion. Elle avait tellement de raisons d'être en colère qu'elle n'arrivait même plus à les énumérer.

Premièrement : l'intervention du Lycae l'avait obligée à accepter les conditions de Sebastian, d'où cette situation impossible. En plus, elle avait oublié d'emporter les diamants. Quelle idiote !

Deuxièmement : deux de ses sœurs, ses compagnes de maisonnée, s'étaient mariées sans le lui dire. Pas question qu'elle leur offre un cadeau ! Sa présence aux cérémonies les aurait-elle donc gênées à ce point ? Elle n'était quand même pas une telle rabat-joie !

Troisièmement : comme si elle n'était déjà pas assez nerveuse à l'idée de voir débarquer Sebastian, elle ne pouvait s'empêcher de penser à ce qu'il avait vécu autrefois. Les Valkyries avaient eu un « correspondant de guerre » sur les champs de bataille d'Estonie, comme dans toutes les guerres. Elles savaient que les frères Wroth étaient réputés autant pour leur habileté que pour leur férocité. Ils avaient réussi à offrir à leur peuple une décennie de liberté, face à un ennemi nettement supérieur en nombre.

Pas étonnant que Sebastian sache si bien se battre.

Nikolaï, l'aîné – le mari de Myst –, était le plus célèbre, mais Kaderin avait bel et bien entendu parler de Sebastian. Un maître stratège, un officier à la poigne de fer, un guerrier impitoyable.

Aujourd'hui, elle avait vu sa facette autoritaire, elle l'avait devinée dans sa voix. Quant à la manière dont il avait regardé la goutte de sueur lui glisser entre les seins, avec des yeux flamboyants... Cette nuit aussi, il serait impitoyable, cela ne faisait aucun doute.

Il arriverait d'ici peu, mais elle n'en avait vraiment pris conscience qu'en donnant ses ordres au pilote : il devait décoller de San Luis vingt minutes après le crépuscule – plus tard que prévu –, puis ne la déranger pendant le vol sous aucun prétexte.

C'était la faute de Bowen. Tout. Parfaitement. Qu'est-ce qui lui avait pris de s'inscrire, pour commencer, et pourquoi tenait-il tellement à gagner ? Il était aussi buté qu'elle. Saisie d'un doute, elle décida d'appeler sa nièce, dans l'espoir de la trouver en Écosse.

— Kaderin ! Quelle joie d'avoir de tes nouvelles !

Emma avait en effet l'air enchantée.

— Regina m'a dit que tu éprouvais de nouveau des émotions. Toutes mes félicitations ! Ça doit être génial. J'ai des tas de questions à te poser, et… Oh… au fait… Elles t'ont dit ? Tu ne devineras jamais. Figure-toi que… je… suis… mariée !

— Je suis au courant, ma puce. Toutes mes félicitations à toi aussi. Écoute, j'adorerais discuter de tout ça avec toi, mais il faut d'abord que je te pose une question. Tu connais un certain Bowen ? Un Lycae.

— Bien sûr. Pourquoi ?

— Tu ne suis pas la Quête sur internet ?

La petite était en pleine lune de miel, d'accord, mais…

Toutefois, un claquement de dents, immédiatement suivi d'un bruit de déchirure, répondit avant Emma à la question.

— Lachlain ! s'écria celle-ci. Arrête ! Je n'ai plus rien à me mettre !

— Tu n'as qu'à acheter autre chose, répondit un grondement étouffé.

Kaderin s'assura qu'elle n'était pas jalouse de sa nièce, laquelle, à soixante-dix ans à peine, s'était déjà déniché un mec superbe, un roi, qui plus était, et monstrueusement riche. Ah, oui… prêt à mourir pour elle aussi, il l'avait prouvé, et manifestement très occupé à la déshabiller à coups de dents. Emma était la plus douce, la plus adorable des créatures ; après les épreuves qu'elle venait de vivre – elle avait frôlé la mort, entre autres –, elle méritait une vie de reine.

Sa correspondante ne put cependant retenir un soupir. Elle se sentait tellement vieille, tellement seule. Puis elle se rappela qu'elle n'allait pas rester seule bien longtemps. Un homme devait lui rendre visite cette nuit même… pour lui faire des choses. Elle frissonna, mais s'obligea à se reprendre.

— Dis-moi, ma puce, ce Bowen…

— Ah, oui, Bowen. Il est super sexy.

Kaderin perçut un grognement de mécontentement masculin. Emma couvrit le micro du téléphone avant d'ajouter :

— Mais pas autant que toi !

Son loup-garou de mari était donc du genre jaloux ? Kaderin leva les yeux au ciel.

— Oui, continua sa nièce, à son intention cette fois, il a un petit côté torturé, obsessionnel. Sa promise est morte au XVIIIe siècle et, depuis, il passe son temps – tout son temps, hein – à chercher n'importe quel moyen de la retrouver.

Le souffle coupé, Kaderin se laissa tomber sur le lit.

— Euh… il faut que j'y aille, là, Kade. Tu peux me rappeler plus tard ?

— Oui, oui, amuse-toi bien, ma puce, répondit-elle machinalement, avant de raccrocher.

*Au moins, maintenant, je sais contre quoi je me bats.* Dans l'esprit de Bowen, gagner la compétition, c'était redonner vie à son âme sœur. Mais comment avait-il appris qu'il fallait s'inscrire ? Qui l'avait informé de l'existence de la Quête ?

La consternation de Kaderin se transforma rapidement en colère. Elle composa le numéro de la maisonnée.

Regina décrocha. Ce qui, pour une fois, enchanta Kaderin. Elle ne perdit pas de temps en politesses.

— Tu as une bonne raison de ne pas m'avoir prévenue que Myst avait épousé un général de l'armée abstinente – et je dirais même un vampire, pour être plus précise ?

— Écoute, je ne voulais pas te distraire de la Quête. C'est ton truc, tout le monde le sait. Et moi, quand j'ai appris la nouvelle, je peux te dire que ça m'a vachement distraite. Je savais que tu ne péterais pas un câble, évidemment… enfin bon, hein, tu n'aurais pas pu, avant… mais il m'a semblé plus prudent d'attendre quelques jours avant de cracher le morceau. C'est moi qui suis responsable, pas Myst.

— Ça m'aurait arrangée d'être au courant, figure-toi. Parce que le vampire que tu as failli décapiter en Antarctique, tu te rappelles ? Eh bien, c'est notre beau-frère !

— Non ? C'est le frère de Nikolaï Wroth ?

Une pause.

— Bon, OK, et alors ? On n'a plus le droit de le tuer, tu crois ? Moi, je n'en aurais parlé à personne, si tu l'avais fermée aussi. Ce qui se passe au pôle Sud ne sort pas du…

— Si jamais tu me caches encore quelque chose de ce genre, Regina, je te bute. Je suis plus forte que toi, tu sais.

— C'est vrai, mais je suis maligne.

Kaderin soupira.

— Comment Myst peut-elle être sûre qu'il ne va pas se transformer et rejoindre la Horde ?

— Hé, elle ne me fait pas vraiment de confidences, hein.

— Bon, passe-moi Nïx, alors.

— Salut, Kade, lança une seconde plus tard la voix joviale de Nïx.

— Dis-moi, Nïx, un certain Bowen MacRieve, Lycae de son état, a réussi à apprendre qu'il avait une chance de retrouver sa promise perdue en participant à la Quête. Aurais-tu la moindre idée de la manière dont il a obtenu une information aussi intéressante ? Je me permets d'ajouter que ledit Bowen a assisté au mariage d'Emma, de même que toi, qui es devineresse…

— Mmm… je n'en sais rien. Le hasard, sans doute ?

Nïx tortillait probablement ses soyeuses boucles noires en ouvrant de grands yeux innocents. À ce propos, d'ailleurs… certaines missions revenaient régulièrement au fil de la Quête.

— Rase-toi la tête, ordonna Kaderin d'un ton rageur. Et passe-toi un coup de tondeuse tous les jours, jusqu'à ce que je te dise d'arrêter.

— Tu veux que je passe direct du côté Katie Melua au côté Sinead O'Connor de la force ? Oh, je suis assez culottée pour…

— Fais-le, un point, c'est tout !

— Tu t'énerves, ma puce ? Ça ne te ressemble pas.

— Je suis furieuse, tu le sais parfaitement. Pourquoi m'as-tu fait un coup pareil, Nïx ? Pourquoi as-tu parlé de ça à Bowen ? Il est prêt à tout pour ramener sa promise !

— D'autant plus qu'elle est morte en essayant de le fuir ! Ça le tuait à petit feu, il en devenait fou. C'était tout juste s'il se nourrissait, depuis deux siècles, et il n'avait pas accordé un regard à une autre femme.

Kaderin se prit le front dans la main.

— Rien ne l'arrêtera. Les Lycae ne vivent que pour ça.

— Tu crois qu'il sera plus obstiné qu'une Valkyrie de deux mille ans poussée par les remords et qui, soit dit en passant, gagne ce genre de compétition depuis des siècles ? Moi qui pensais que ça ne te poserait aucun problème…

Kaderin expira profondément en s'efforçant de se calmer.

— Puisque tu as éclairé sa lanterne, aide-moi un peu aussi. Pourquoi les émotions me sont-elles revenues ?

— Parce qu'il était temps.

— Ah, super, je comprends tout maintenant.

Elle leva de nouveau les yeux au ciel.

— Vais-je remporter le prix ?

— Attends, je vérifie.

Nïx se mit à fredonner. Sa correspondante pouvait presque la voir se concentrer, les yeux fixés au plafond...

À Val-Hall, le téléphone tomba par terre.

Un frisson remonta le dos de Kaderin, juste avant que la devineresse ne se mette à hurler.

— Nïx ! Qu'est-ce qui se passe, bordel ?

Une minute entière s'écoula sans réponse, puis quelqu'un ramassa l'appareil.

— Qu'est-ce que tu as bien pu lui raconter, noms des dieux ? demanda Regina, sur un fond sonore de sanglots hystériques et de coups de tonnerre ininterrompus, aussi assourdissants que des tirs de canon.

— Je lui ai juste demandé si j'allais gagner la Quête ! Pourquoi ? Qu'est-ce qui se passe ?

— Je ne sais pas... Je ne l'ai jamais vue dans un état pareil. Elle est blanche comme un linge, et elle raconte n'importe quoi.

La Radieuse ajouta, pour Nïx :

— Du calme, ma grande. Qu'est-ce qui t'arrive ?

Une voix lui répondit, désespérée, haletante, incompréhensible à Kaderin.

— Alors ?

— Mes dieux, Kade, murmura Regina, brusquement calmée. Tu...

Elle déglutit.

— Elle dit que... que... qu'avant la pleine lune... pendant la compétition... tu vas... tu vas mourir.

*Mourir ?* Kaderin fronça les sourcils, déconcertée, les doigts noués autour de son téléphone. *Comment suis-je censée prendre une nouvelle pareille ? Franchement ?*

— Oh, souffla-t-elle.

— Arrête tout de suite la Quête ! s'exclama la Radieuse, retrouvant instantanément son énergie.

— Ça n'y changera rien, tu le sais aussi bien que moi, murmura sa correspondante. Quand on a tiré le mauvais numéro, on l'a tiré, un point, c'est tout.

— Ouais, n'empêche qu'on peut toujours le changer.

— Comment peux-tu dire une chose pareille ?

C'était une question bizarre, puisque Kaderin avait dit autrefois à peu près la même chose que Regina. Le souvenir de la punition imposée par Furie restait aussi net dans son esprit que si l'incident s'était produit la veille. *Parler sans réfléchir vous vaut un bras cassé, le crâne et le sternum fêlés.*

— Où es-tu, là ? On va venir te récupérer pour te mettre à l'abri à Val-Hall, s'obstina Regina.

— Nïx se trompe peut-être…

Kaderin était surprise que ses yeux se soient embués aussi vite.

— À moins qu'elle n'ait mal interprété sa prémonition.

Elle ne protestait cependant que pour calmer son interlocutrice. Nïx ne se trompait jamais. Et jamais encore la devineresse n'avait vu la mort d'une Valkyrie.

— Elle est en train de se rouler par terre. Il se passe quelque chose !

— Ah.

Furie était si calme en partant à la rencontre de son destin. Si stoïque.

Kaderin aspirait à l'imiter.

— Bordel, Kade, dis-moi où tu es !

— Il n'y a que les lâches pour tourner le dos au destin. Si je dois mourir lors de cette Quête, ma foi, c'est à cause des cartes qui m'ont été distribuées. Je les jouerai jusqu'au bout.

— N'importe quoi. Tu ne vas pas rester seule, pas après ce qu'on vient d'apprendre.

Kaderin pencha la tête de côté pour regarder par le hublot. Le crépuscule tomberait d'ici deux heures.

— Je... ne vais pas rester seule. Je ne risque rien, Regina. Je rappellerai plus tard.

Elle raccrocha puis coupa la sonnerie.

D'ici la pleine lune, ses sœurs feraient des pieds et des mains pour la rejoindre. Elles l'appelleraient sans arrêt, elles chercheraient à reconstituer ses moindres déplacements, grâce à ses coups de téléphone et ses relevés de carte de crédit, elles utiliseraient le réseau de l'Accord. Mais Kaderin connaissait les ficelles : si elle ne voulait pas qu'on la trouve, on ne la trouverait pas.

Elle tremblait. Le soleil s'apprêtait à se coucher. Un vampire n'allait pas tarder à la rejoindre.

# 24

— Tu t'es habillée en mon honneur ?

Sebastian déglutit visiblement en regardant Kaderin.

Au moment d'entrer, il se livra à sa petite danse d'hésitation habituelle, mais après avoir examiné son hôtesse de la tête aux pieds, il s'avança comme si quelqu'un le poussait dans le dos. On ne pouvait se méprendre sur ce qu'il pensait du léger pull noir moulant, de la minijupe et des sandales à talons hauts.

Ensuite, Kaderin fut enchantée de voir les yeux gris avides dériver jusqu'à ses seins, car sinon Sebastian aurait peut-être remarqué qu'elle restait bouche bée.

Ce type était une vraie bombe.

Vu sa taille imposante, il réussissait tout juste à se tenir droit là où le plafond était le plus haut – deux mètres trente. Son jean foncé soulignait ses hanches étroites, tandis que sa chemise noire mettait en valeur son torse musclé : une tenue simple, élégante et franchement coûteuse. Son visage était complètement guéri, la pointe de ses cheveux noirs mi-longs encore humide d'une douche récente.

Trop sexy. Sacré avantage biologique. Pouvait-on attendre d'une femme qu'elle dise non, s'il voulait lui faire l'amour ?

Lorsque leurs yeux se croisèrent de nouveau, il avait l'air si passionné qu'elle sentit la nervosité s'emparer d'elle et le rouge lui monter aux joues. *Mes dieux, voilà que ce vampire me fait rougir.*

— C'est le genre de tenue que je porte d'habitude. (Après en avoir essayé une trentaine, en l'occurrence.) Enfin, quand je n'ai ni à me battre ni à faire de la course ou de l'escalade.

Il lui effleura la nuque d'une caresse, un demi-sourire aux lèvres.

— Ni à te jeter d'une falaise pour sauter par surprise à la gorge d'une sirène.

Il avait donc décidé de se montrer charmant, cette fois-ci ? Forcément... il ne pouvait pas savoir qu'il ne risquait aucune protestation. Son arsenal dévastateur de beau mec et son charme discret, spontané, n'étaient même pas nécessaires.

Cette nuit, Kaderin lui appartenait.

Elle s'était sentie tellement mal en l'attendant. Tellement seule et... ma foi, condamnée. Après examen des plus sombres recoins de son âme, la décision s'était imposée.

Pour reprendre les mots d'une immortelle jeunesse prononcés par Regina : « Vas-y, bordel. » Kaderin allait peut-être mourir, mais avant de retourner à la poussière, elle vivrait une nuit de passion. Et, en y réfléchissant bien, la seule personne avec qui elle avait envie de la vivre, c'était lui. Une seule nuit.

Elle venait de lui dire qu'elle s'habillait toujours comme ça. C'était vrai, mais il était vrai aussi qu'elle avait essayé au moins deux fois tout le contenu de son sac de voyage et qu'elle voulait le lui cacher. Elle s'était plantée devant le miroir pour examiner son reflet, ce qui ne lui était pas arrivé depuis des siècles, en se demandant ce que Sebastian aimait chez elle... à moins qu'il n'ait envie d'elle que parce qu'elle l'avait animé ? À l'idée de partager l'intimité d'un homme après un millénaire de chasteté, elle s'était sentie si anxieuse qu'elle avait eu du mal à boucler les minuscules attaches de ses sandales.

Incroyable, lamentable, mais vrai, elle lui était reconnaissante de sa compagnie. Sans lui, elle aurait passé la nuit à songer à sa mort imminente, mais il était là, avec au fond des yeux une lueur un peu inquiétante qui électrisait Kaderin.

— Tu es magnifique, reprit-il.

Des mots tout simples, mais prononcés d'un ton grave et accompagnés d'un regard si brûlant qu'elle en frissonna.

Elle s'examina de haut en bas.

— Tu ne me trouves pas un peu petite ?

Encore ce sourire fabuleux. Elle s'offrit le plaisir décadent de regarder changer l'expression du visage viril, aux traits ciselés.

— Je te trouve merveilleusement belle. Même si j'ai peur de te faire mal au moindre contact.

Écouter cette voix de basse était tout aussi délicieux. Elle n'aurait pas dû aimer ça à ce point, mais elle ne pouvait pas s'en empêcher.

— Me faire mal ? (Un léger rire lui échappa.) Ça fait mal de perdre un membre. De recevoir un baquet d'huile bouillante. Mais tout ce que tu peux m'infliger, je suis capable de le supporter... si j'en ai envie.

Il s'approcha à la frôler, mâle brûlant, massif, dressé au-dessus d'elle. Dieux du ciel, il sentait bon !

— En as-tu envie, Kaderin ?

Oui ! Elle avait envie qu'il l'embrasse... absolument partout. Lui, un vampire. Lorsqu'elle hocha la tête, le souffle coupé, il la prit avec douceur par le menton pour attirer son visage contre le sien et s'emparer de ses lèvres.

Le baiser fut très doux... pour commencer, Sebastian se forçant manifestement à rester tendre, jusqu'au moment où il gémit et où l'étreinte devint désespérée. À croire qu'il allait partir au bagne, là aussi. Une impression que partageait Kaderin, ce soir-là.

Les lumières clignotèrent à deux reprises. Elle se força à s'écarter de lui.

— On va décoller. Il... euh... il faut s'asseoir, en principe.

Il se laissa tomber dans le fauteuil le plus proche, l'attrapa par la taille et l'attira sur ses genoux. Au moment où les fesses de sa compagne se posaient sur son érection ardente, il poussa une sorte de sifflement tandis qu'elle lâchait une petite exclamation de surprise, en se rappelant brusquement la taille qu'il faisait.

— Tu... tu as déjà pris l'avion ? demanda-t-elle dans une pitoyable tentative de conversation.

— Non.

Il lui écarta les cheveux de la nuque pour plaquer sur sa peau nue un baiser brûlant.

— Et ça m'étonnerait que je me rappelle grand-chose de ce vol.

Comme il enfouissait le visage dans son cou, elle se raidit et s'écarta légèrement.

— Tu ne me mordras pas ?

— Je te jure que non. Je suis navré que ça se soit produit, l'autre nuit.

Des émotions incontrôlables s'agitaient toujours en elle. Les mots jaillirent de nulle part, irrépressibles :

— Quoi qu'il arrive à l'avenir, Sebastian, je tiens à te dire que je...

Elle baissa les yeux, avant d'ajouter dans un murmure :

— ... je suis contente que tu sois ici avec moi.

Quand il lui passa le doigt sous le menton pour lui relever la tête et croiser son regard, elle constata qu'il avait l'air fier d'elle.

— Merci de me le dire.

— Il me semblait que je devais.

— C'est déconcertant, hein, ce mélange de sentiments ? Ce n'est pas facile pour moi non plus, tu sais.
Mais on s'en sortira, ensemble.

Elle ne serait pas de ce monde assez longtemps
pour cela…

Cette pensée à l'esprit, elle s'installa à califourchon sur ses genoux. Il prit son visage dans ses
mains tremblantes, et elle se pencha pour l'embrasser au coin des lèvres, sur la joue, dans le cou, avant
de remonter poser sur sa bouche un baiser léger.
Une fois de plus, ce seul contact la laissa haletante.
Elle le renforça en se collant à lui et en lui léchant
les lèvres.

Enfin, elle se rejeta en arrière, puis se débarrassa
de son pull et dégrafa son soutien-gorge en dentelle.
Lorsque son regard se posa de nouveau sur son
compagnon, il contemplait ses seins nus, bouche
bée, fasciné.

L'après-midi même, dans la caverne des basilics,
elle s'était aperçue qu'il ne voulait pas aller trop vite.
Sans doute comptait-il aussi prendre son temps ce
soir. À en juger par sa réaction, il pensait qu'elle
venait de brûler les étapes.

— Je… Katia…

Il déglutit. On aurait dit qu'il mémorisait la scène,
comme s'il craignait de ne jamais rien revoir de
pareil !

La terrible vérité, c'était qu'elle adorait la manière
dont il fixait sa poitrine, les yeux ronds. Elle adorait
l'air quasi torturé qu'il avait en voyant ses mamelons
durcir juste sous son nez.

— Délicieux…

La voix grondante fit courir en elle une vague de
chaleur qui se concentra entre ses jambes. Dieux du
ciel, cette sensation lui avait tellement manqué !

Sebastian posa les mains à plat dans son dos pour
la pousser légèrement en avant, afin de lui lécher un
mamelon avec douceur. Ce seul contact arracha un
gémissement à Kaderin, juste avant que les lèvres

du vampire ne se referment sur le bout de son sein. Il lui fit écho, sans rouvrir la bouche, puis se mit à aspirer avec force en jouant de la langue, jusqu'à ce que le bourgeon captif palpite presque douloureusement. Alors, il le libéra… pour passer à l'autre. Après quoi, il recula la tête et se replongea dans la contemplation de la poitrine nue de sa compagne, qui se demanda, enivrée, s'il voulait constater de visu l'efficacité de ses baisers.

Son souffle brûlait les petites pointes humides. C'était insupportable…

— S'il te plaît, Bastian, murmura-t-elle.

S'il voulait la caresser, c'était maintenant ou jamais.

Il la fit changer de position, l'installant en travers de ses genoux, la tête sur son bras.

— Écarte les jambes.

Un ordre rauque, auquel il l'aida à obéir au point que la minijupe de Kaderin, remontée jusqu'à la taille, dévoila bientôt sa culotte.

Les doigts de Sebastian lui parcoururent l'intérieur de la cuisse.

Les yeux entrouverts, les paupières lourdes, il tira la culotte de côté, fit glisser son autre main sur la taille de la jeune femme puis descendit la caresser plus bas. Elle était trempée. Il poussa un juron, avant d'ajouter d'une voix brisée :

— Pour moi.

Ce n'était pas réellement une question, mais on aurait dit qu'il voulait obtenir confirmation.

— Pour toi, chuchota-t-elle.

Il frissonna.

— J'en suis heureux. Et c'est une bonne chose, parce que je suis prêt pour toi en permanence.

Fasciné par la moiteur glissante de la chair offerte, il la frottait doucement. Kaderin haletait, à présent. Un grondement au fond de la gorge, il introduisit un doigt en elle, tandis qu'elle se tordait contre lui, sur sa verge palpitante.

— Je vais t'embrasser là… toute la nuit.

Il releva la main pour plonger le doigt plus profondément, en caressant lentement le clitoris avec le pouce.

Cette fois, elle cria. Elle qui avait toujours trouvé le cunnilingus incroyablement érotique tremblait d'excitation à la pensée perverse qu'un vampire puisse lui en prodiguer un.

Qui était ce type dominateur, terriblement excitant ? Au début, il lui avait paru prudent, hésitant... Les choses avaient bien changé !

Jamais un décollage n'avait été aussi agréable.

— Bastian... il faut...

— Tu veux que je t'embrasse, Katia ?

— Oui !

Elle ondula des hanches pour faire jouer le doigt en elle, tandis qu'il gémissait contre un mamelon humide.

Il continua à la tourmenter de cette manière jusqu'à ce que l'avion atteigne son altitude de croisière. Les lumières de la cabine s'éteignirent alors une à une, à l'exception de la lampe posée sur la table... où il allongea doucement Kaderin, après l'avoir soulevée sans difficulté.

Quand il glissa les mains sous sa jupe pour attraper sa culotte, elle se contorsionna afin de s'en dépouiller.

Il lui remonta de nouveau la jupe jusqu'à la taille puis s'assit devant elle dans le fauteuil rembourré, baigné d'ombre alors qu'elle était enveloppée de lumière. Ses mains rudes lui écartèrent les cuisses avec douceur.

— Tu es si belle ! murmura Sebastian d'une voix rauque, devant la nudité de Kaderin.

Son sexe se contracta, tandis qu'elle gémissait sous ce regard brûlant.

Personne ne l'avait jamais contemplée de cette manière ; elle ne s'était jamais sentie aussi exposée, aussi vulnérable. Pourtant, son corps avait toute confiance en lui. Enfin, il pressa les lèvres contre sa cuisse, l'embrassa et la lécha de plus en plus haut, pendant qu'elle frissonnait, les doigts enfouis dans l'épaisse chevelure noire.

Avec un soupir, elle releva les genoux et laissa ses jambes s'écarter pour qu'il fasse d'elle ce qu'il voulait.

# 25

L'intérieur de ses cuisses était si soyeux – il ne pouvait rien exister de plus doux. Sebastian se sentait déjà sur le point d'exploser, alors qu'il n'avait pas encore goûté sa chair.

Il avait envie de savourer l'expérience, mais il attendait depuis tellement longtemps de satisfaire ce fantasme… Après ce qui s'était passé dans la caverne, il avait passé des heures à arpenter d'un pas nerveux l'appartement londonien. Il savait ce qu'il allait faire à Kaderin pendant la nuit – il y avait pensé encore et encore –, mais parviendrait-il à lui donner du plaisir ? Devinerait-elle qu'il n'avait jamais rien connu de tel ?

Il mourait d'envie de goûter pour la première fois à l'intimité de sa fiancée.

Après lui avoir posé un dernier baiser sur la cuisse, il plongea dans sa moiteur avec un grognement. La bouche ouverte, il promena la langue sur sa fente mouillée en une longue glissade paresseuse. Elle cria. Il frissonna d'extase, tandis que sa verge tressautait dans son jean.

— On dirait du miel…

Trempée, glissante, fondante. Il attendait ça depuis plus de trois cents ans.

Et ça en valait la peine, nom de Dieu.

Encouragé par le cri de sa belle, il approfondit sa caresse… et la sentit devenir encore plus trempée, plus glissante, plus fondante. Elle gémit, sans force. Il n'aurait jamais cru trouver son sexe aussi brûlant, sa chair aussi avide. *Je ne m'en rassasierai jamais. Jamais.*

S'il fallait devenir vampire pour passer cette unique nuit avec elle, accepterait-il d'être transformé une seconde fois ?

Sans hésiter une seconde.

Un rude coup de langue sur le clitoris gonflé. Kaderin inspira brusquement en se cambrant de tout son corps. Comment avait-il pu se croire capable de se maîtriser dans une situation pareille ? Il brûlait d'envie de sortir rageusement sa verge de son pantalon et de la plonger à l'endroit précis où s'enfonçait sa langue.

Pourtant, il n'aurait renoncé pour rien au monde au plaisir qu'il éprouvait à présent. Il avait attendu si longtemps… et, déjà, il était amoureux de la chose. Les hauts talons excitants, plantés dans son dos, l'éperonnaient littéralement.

Kaderin se redressa sur les coudes pour le regarder en se mordant la lèvre, haletante. Une vague de désir l'électrisa. Puis elle commença à se caresser les seins, à se pincer les mamelons, à son intention à lui, peut-être. Comment savait-elle que sa poitrine rebondie le fascinait, avec ses petites pointes roses ? Elle jouait avec…

— Bastian ! s'écria-t-elle. Je vais jouir…

Non, pas encore. *Je n'aurais pas dû la pénétrer avec les doigts, ç'aurait été plus long. J'aurais continué à la sucer…* Mais, déjà, elle rejetait la tête en arrière et se cambrait, les mamelons durcis, agressifs. Il ne put s'empêcher de lécher comme un fou la fente trempée.

Elle gémit. Les yeux de Sebastian se fermèrent de plaisir, tandis que l'orgasme de Kaderin enflait, se prolongeait, que son corps mince et souple se tordait sur la table, que ses cris lui emplissaient les oreilles.

Lorsque ses spasmes s'apaisèrent, elle repoussa la tête de son compagnon pour resserrer les jambes, alors qu'il n'avait qu'une envie: continuer à se repaître d'elle. Pas question d'arrêter. Il en voulait davantage; il en avait besoin.

— Je n'ai pas fini, gronda-t-il d'une voix méconnaissable.

Les yeux de Kaderin s'écarquillèrent quand il la souleva de la table pour l'emmener jusqu'au lit, sur lequel il la jeta. Les petits hublots de la cabine dévoilaient tous le même spectacle: la foudre qui se déchaînait autour d'eux. Sebastian se trouvait dans un avion – il volait! – et il s'en fichait royalement.

Lorsqu'il la déplaça légèrement pour s'allonger entre ses jambes, elle protesta:

— Je... je ne peux pas, Bastian. C'est trop tôt...

Mais il lui empoigna les genoux, une fois de plus. Comme elle tentait de le repousser, il lui plaqua les bras le long du corps puis l'attrapa par les poignets pour l'immobiliser.

— Écarte les jambes, ordonna-t-il d'un ton sans réplique.

Elle obéit avec un petit geignement, parfaitement consciente de ce qui allait suivre. Il reprit position, dominateur, enhardi par le plaisir qu'il venait de lui donner et par la foudre qu'elle déchaînait. Il avait eu peur d'être un mauvais amant, de la faire bâiller d'ennui, mais elle lui avait facilité les choses par ses cris et ses gémissements, elle lui avait montré ce qu'elle aimait.

Lorsqu'il s'attaqua de nouveau à son clitoris, elle s'abandonna, gémissante, en roulant la tête sur l'oreiller. Il plaqua le bas-ventre contre le matelas, à la torture, tandis qu'elle s'offrait sans retenue, les jambes largement écartées. Un éclair explosa dehors; l'avion vibra. Kaderin décolla les hanches des draps pour se porter à la rencontre de la langue inquisitrice qui fouillait son intimité.

— Oui… oui… oui… cria-t-elle en se contorsionnant, haletante.

Au moment de l'orgasme, un hurlement lui échappa, tandis que ses griffes plongeaient dans les couvertures, qu'elles lacérèrent.

Sebastian, qui la tenait par les poignets, continua de la dévorer jusqu'à lui avoir tiré le dernier gémissement, puis il embrassa ses cuisses soyeuses aux endroits où il venait de les meurtrir, dans l'espoir de calmer la douleur. Quant à lui, il était toujours à la torture.

— Bastian ? murmura-t-elle.

Il s'écarta enfin d'elle et s'accroupit, sans se soucier de dissimuler sa surprise. Une surprise visiblement partagée.

— Ah, euh…

Kaderin déglutit.

— Dis donc, je te trouve drôlement dégourdi.

Il se sentait à la fois fier de ce qu'il venait de faire et soulagé. Extrêmement soulagé. Même si l'heure était venue de s'en aller. La semence qui lui gonflait la verge devait être expulsée, mais il avait promis à sa fiancée de s'en tenir aux caresses. Au cas bien improbable où elle aurait eu envie de se donner à lui, il ne voulait pas que ce soit pour le remercier de quelque chose…

— Laisse-moi te caresser, ronronna-t-elle.

Il secoua la tête.

— Je t'ai dit que je n'essaierais pas de t'y pousser.

Lorsqu'elle tendit une petite main douce, cependant, le bassin de Sebastian bougea de lui-même pour mettre son sexe à la disposition de sa compagne.

Le temps qu'il rassemble ses esprits et sa volonté, elle avait déjà déboutonné sa braguette.

— Tu crois vraiment que je vais négliger une merveille pareille ? demanda-t-elle d'une voix rauque.

Elle attrapa la verge de Sebastian, la libéra... et ouvrit des yeux ronds.

Dieux du ciel, quelle vision formidable! Le gland luisant, la hampe épaisse qui palpitait dans sa main...

Lorsqu'elle releva la tête, il regardait sa main, justement. Leurs yeux se croisèrent. À cet instant, elle comprit qu'il avait désespérément envie de lui faire aimer ce qui se passait entre eux et de lui plaire.

— J'adore te sentir comme ça, murmura-t-elle en l'entourant de ses doigts puis en le serrant fermement dans son poing. (Il gémit tout bas.) Je ne pourrais pas te lâcher, même si je le voulais.

Elle le tira pour l'amener au-dessus d'elle, à quatre pattes, puis entreprit de le caresser sur toute sa longueur en s'effleurant la poitrine avec son gland. Sebastian se mit à trembler, les jambes frissonnantes. Elle frotta la verge turgescente contre ses seins, la promena autour d'un de ses mamelons, puis s'agenouilla en prenant doucement de l'autre main les bourses pesantes.

Il serra les dents. De toute évidence, il se retenait de justesse d'aller et venir dans sa main pour mettre fin à la torture.

— Katia... je vais... je vais jouir...

— Vas-y!

Elle le caressa plus fort, plus vite.

— Comme ça?

Pour toute réponse, elle pressa le gland humide contre son mamelon palpitant.

— Ô Seigneur...

Ses mots s'achevèrent en un cri sauvage, accompagné d'un jaillissement. Elle frissonna au premier contact de la semence virile, mais n'en promena que plus vite son poing sur la hampe imposante. Un nouvel éclair illumina la cabine.

Lorsqu'elle lâcha Sebastian, l'orgasme achevé, il avait visiblement du mal à croire à ce qui venait de se produire.

— Je ne m'attendais pas… Je ne pensais pas…

Elle se mordit la lèvre.

— Je sais.

Sans un mot de plus, il se redressa en rentrant son sexe dans son jean, furieux contre lui-même, se leva et gagna la luxueuse salle de bains. Il en ressortit, une serviette humide à la main, puis vint s'asseoir à côté de Kaderin. Visiblement, il se demandait quelle était la marche à suivre dans une situation pareille. Quand il leva la serviette, le front plissé, interrogateur, elle hocha la tête en retenant un sourire.

Il entreprit de lui nettoyer les seins avec des caresses languissantes… accompagnées de regards avides.

— Je n'arrive pas à croire que j'aie fait ça.

Un long soupir souligna ce murmure.

Kaderin, de plus en plus détendue grâce aux doux frottements, répondit par un sourire paresseux qui eut le don de surprendre Sebastian. Franchement, qu'aurait-elle pu lui dire ? Cette nuit, elle avait eu besoin de lui, et il l'avait pleinement satisfaite, même s'ils n'avaient pas fait l'amour.

Ce n'était pas un amant aussi policé, aussi expérimenté que nombre d'immortels – s'il fallait en croire la rumeur –, mais elle trouvait ça extrêmement excitant. Il n'était pas non plus blasé, il ne cherchait ni à mesurer ses paroles ni à dissimuler le désir qui le tourmentait ou l'intensité de son plaisir.

Elle soupira, le moindre muscle détendu.

— J'ai passé une soirée formidable, Bastian.

— C'est vrai ?

Il venait de jouir sur ses seins, en regardant le spectacle comme de l'extérieur de son corps – lui qui avait toujours été persuadé qu'il ne vivrait jamais une chose pareille. Et, si difficile à croire que ce soit, Kaderin avait l'air enchantée de lui.

Il secoua la tête pour s'éclaircir les idées, se leva et alla jeter la serviette dans la salle de bains. En revenant, il s'appuya au chambranle de la porte afin de contempler à son aise sa fiancée. Elle dormait à moitié, allongée sur le flanc, mais leva la tête pour lui adresser un sourire somnolent. Quelque chose remua dans la poitrine de Sebastian, se tordit douloureusement.

La courte jupe de Kaderin formait un bourrelet au niveau de la taille. Sa culotte arachnéenne s'était accrochée à la boucle de sa sandale. Elle avait l'air si douce, si détendue qu'il en eut de nouveau mal dans la poitrine. Les sourcils froncés, il se frotta rudement le torse.

Lorsqu'elle murmura son nom puis lui tourna le dos, comme pour l'inviter à se coucher derrière elle, il ouvrit de grands yeux… et s'empressa d'aller s'asseoir sur le lit. Oui, il serait ravi de dormir avec elle. Après s'être débarrassé de ses bottes et de sa chemise, en la passant par-dessus sa tête, il ferma les rideaux avec soin.

Kaderin se mettrait en route dès l'atterrissage, il le savait… mais, en attendant, il avait la ferme intention de jouir de sa compagnie de toutes les manières possibles et imaginables, y compris en la déshabillant.

Il tira sur sa culotte pour la décrocher de la sandale, lui ôta ses chaussures puis sa jupe, avant de s'allonger derrière elle et de tirer les couvertures sur eux. Il l'enlaça et enfouit le visage dans ses cheveux en la serrant contre lui. De la famine au festin… sans passer par la tempérance. Lui qui n'avait eu personne à aimer tenait maintenant dans ses bras l'incarnation même de son fantasme.

Il pouvait la conquérir. Il allait la conquérir après cette nuit. Il savait depuis toujours qu'il serait bon époux et bon père, mais, jusque-là, il avait douté d'être capable de satisfaire une femme au lit. Ses doutes s'étaient envolés. Sa fiancée montrait si clairement ce qu'elle aimait. Seigneur, oui, elle le montrait. Il sourit contre la nuque parfumée, en se rappelant qu'ils allaient dormir entre des draps déchirés.

Elle soupira, s'étira dans son étreinte. Puis elle se raidit, comme si elle se surprenait à faire quelque chose d'interdit.

— Ce qui s'est passé cette nuit ne change rien à rien, vampire.

Il écarta les cheveux blonds pour embrasser le cou fragile.

— Si ça te rassure de le dire, Valkyrie...

# 26

— Bonjour, Katia.

Elle marmonna une vague réponse. Quand il avait ouvert les yeux, elle était serrée contre lui, à moitié couchée sur lui, encore plongée dans le sommeil, le souffle court. Il sourit, savourant la sensation. Elle allait dire le contraire, bien sûr, mais le fait était là : elle aimait dormir avec lui. Il s'habituerait peut-être un jour à ce luxe suprême – des boucles blondes répandues sur son torse et, entre ses bras, une femme au corps brûlant prête à être sienne. En irait-il ainsi, après cette nuit ?

Elle lui avait donné plus de plaisir qu'il n'en avait jamais connu, mais aussi un aperçu tentateur de ce qu'elle pourrait lui apprendre. Il la serra contre lui, puis, comme elle disait quelque chose d'incompréhensible, la lâcha aussitôt.

— Désolé.

— Pourquoi as-tu toujours peur de m'écraser ? demanda-t-elle d'un ton ensommeillé.

— Ma taille m'a plutôt desservi avec les femmes, répondit-il, les yeux au plafond.

C'était un doux euphémisme.

— Pas la nuit dernière, murmura-t-elle en bâillant contre son torse. Ta taille a été un vrai désintégrateur de culotte.

Un désintégrateur de culotte ? Il la souleva par les épaules, et elle battit des paupières, tel un chaton arraché à son canapé. Il se mit à rire en la reposant doucement, une joue contre son torse, l'autre sous sa main. Dire qu'il suffisait de quelques mots bien choisis pour balayer des siècles de doute...

Elle s'assit brusquement, les yeux grands ouverts.

— On a atterri?

— Il y a un petit moment. J'ai allumé le signal «Ne pas déranger», et les pilotes sont partis.

— Quelle heure est-il?

Elle bondit du lit. Nue. Fonça dans la salle de bains, fit couler la douche, revint, traversa la pièce comme une flèche pour aller chercher des vêtements dans le placard. Quelle splendeur que cette nudité!

Il jeta un coup d'œil au réveil posé sur la table de nuit.

— Il est 6 h 40, ici.

Où étaient-ils? Sebastian n'en savait qu'une chose: les têtes d'épingle lumineuses qui traversaient les rideaux étincelaient.

— Une voiture passe me prendre à 7 heures!

Il s'assit, adossé à la tête de lit, les bras repliés derrière la tête, conscient d'arborer un sourire de pure satisfaction masculine. Il n'avait jamais vu une femme s'habiller, avant, mais il ne voulait plus jamais rater ça.

Voilà, c'était exactement le mariage tel qu'il se l'imaginait. Regarder sa femme s'habiller, profiter des visions tentatrices de son beau corps. Sauf qu'avec Kaderin, la réalité était mille fois mieux que le fantasme.

Il n'avait jamais envisagé son impudeur absolue, par exemple. Ni ses mauvaises manières au lit. Il n'avait jamais pensé que ses yeux étourdissants pouvaient briller d'une obstination si absolue... ni virer à l'argenté sous l'effet du désir.

Elle s'emmêla les pieds dans la bandoulière de son sac et trébucha, mais reprit l'équilibre avec une grâce véritablement surnaturelle. Sebastian ne put se retenir de rire en l'entendant jurer.

Elle lui jeta un coup d'œil depuis la salle de bains, en haussant les sourcils, jusqu'à ce qu'il lève les mains en signe de reddition.

Bientôt, les parfums discrets du shampoing et du savon se mêlant à l'enivrante odeur corporelle de Kaderin dérivèrent jusqu'à lui. Lorsqu'il se la représenta en train de frotter son corps mince, il bondit sur ses pieds, se débarrassa de son jean sans perdre une seconde et glissa jusque sous la douche.

Elle sursauta en laissant échapper un cri de stupeur, baissa les yeux vers son érection puis les releva, rougissante, avant de sortir de la petite cabine sans lui laisser le temps de la toucher, car elle s'était déjà rincée – malheureusement. Une serviette enroulée autour du torse, une autre en turban sur la tête, elle s'empressa de quitter la salle de bains pleine de vapeur. Des pas rapides s'élevèrent dans la chambre, entrecoupés de claquements de porte.

Sebastian ne comprenait pas ce besoin obsessionnel de gagner.

— Pourquoi te bats-tu bec et ongles pour ce prix ? demanda-t-il depuis la douche. La clé ne marchera pas, je te l'ai déjà dit cent fois.

Il trouva un savon intact, dont l'odeur n'avait rien de féminin, et en ouvrit l'emballage monogrammé.

Kaderin réapparut dans la salle de bains, toujours enveloppée de sa serviette, et étala du dentifrice sur une brosse à dents rose.

— Ziii, elle margera, répondit-elle en se lavant les dents.

À l'instant précis où elle finissait de se rincer la bouche et retournait dans la chambre, son compagnon s'empara de la dernière serviette pour se sécher.

En passant une fois de plus devant la porte de la salle de bains, elle lui lança son jean. Il l'enfila aussitôt, quitta la petite pièce… et se cogna à elle.

Il aurait dû s'en douter, dans un espace aussi restreint. *Fais un peu attention…*

Pourtant, lorsqu'il voulut attraper Kaderin par le bras pour lui éviter de trébucher, elle reprit facilement l'équilibre en faisant juste un petit pas en arrière. Ses mains volèrent littéralement jusqu'au torse de Sebastian, où elles se posèrent, détendues, avant d'en chasser les dernières gouttes d'eau. Elle ne lui jeta pas le regard de reproche douloureux auquel il s'attendait. Au contraire, elle pencha la tête de côté pour l'examiner, deux crocs minuscules pressés contre la lèvre, les yeux virant à l'argenté.

Il se préparait à la soulever de terre puis à l'emporter au lit quand elle s'écarta brusquement et se dirigea vers le poste de pilotage en ondulant des hanches sous le drap de bain. *Mon idéal.*

Il éprouvait soudain un immense respect pour le destin, qui avait trouvé la femme parfaite pour l'animer.

Dès qu'elle disparut, les dessous soyeux qui débordaient de son sac ouvert attirèrent l'attention de Sebastian. Il s'agenouilla, farfouilla dans la masse, en tira un petit soutien-gorge noir et la culotte assortie – un assemblage artistique de ficelles –, puis se releva en les serrant dans ses poings. Un grondement lui échappa au souvenir de la manière dont il avait écarté la culotte gênante, la veille au soir. Kaderin était tellement trempée qu'il en avait frissonné…

Elle réapparut, une main sur la hanche, l'autre tendue vers ses sous-vêtements, qu'il lui donna à contrecœur. Sans plus attendre, elle se mit à s'habiller sous sa serviette, le dos tourné.

— Je m'y connais un peu en voyage dans le temps, reprit-il. Cette clé ne peut pas fonctionner. Tu as étudié la théorie de la relativité ?

Il avait posé la question d'une voix lente, car il se demandait bien pourquoi sa fiancée se serait renseignée sur une chose pareille. Et, plus il parlait, plus sa tête se penchait, son regard restant rivé sur l'ourlet dansant de la serviette. Il n'aurait pas dû se donner la peine de chercher à entrevoir quelque chose d'intéressant, car Kaderin laissa tomber le drap de bain aussitôt sa culotte – enfin, son string – enfilée.

Sebastian poussa une sorte de soupir sifflant. Une fois de plus, ses pieds remuèrent de leur propre chef pour lui éviter de tomber. *Oh, ces fesses… Comment pourrais-je y résister ?*

— Je me suis un peu intéressée au sujet, moi aussi, lança-t-elle par-dessus son épaule, en agrafant son soutien-gorge. Depuis les années cinquante… du XXe siècle, hein, la plupart des physiciens sont d'accord pour dire qu'on peut réconcilier la possibilité du voyage dans le temps et la théorie de la relativité.

Il fronça les sourcils. Peut-être n'aurait-il pas dû lui parler aussi lentement. Puis le sens de ce qu'elle venait de dire le frappa vraiment. La théorie de la relativité ne constituait cependant qu'un de ses arguments.

— Admettons. Ce n'est quand même pas compatible avec la loi de conservation de l'énergie. Il est impossible de tirer de la matière et de l'énergie d'une sphère donnée sans créer un vide. Ni de les faire pénétrer de force dans une autre sphère.

Dieu merci, elle se glissa dans son pantalon taille basse… ce qui l'obligea à se pencher une seconde, mouvement au cours duquel ses seins faillirent s'échapper de son soutien-gorge. À moitié habillée, elle entreprit de brosser ses longs cheveux humides. Il s'assit de nouveau, adossé à la tête de lit, pour profiter du spectacle.

— C'est vrai… à condition de partir du principe que toute la matière et l'énergie du monde sont liées, à l'échelle globale.

Serait-elle un jour plus sexy qu'à ce moment-là, quand elle se coiffait en discutant d'un des sujets préférés de Sebastian ? Il réussit pourtant à argumenter :

— Elles le sont forcément. C'est un système fermé, tout y est intégré.

Elle tordit la masse bouclée de sa chevelure en un gros chignon qu'elle épingla sur son crâne, dénudant le cou gracieux qui attirait irrésistiblement les lèvres de son compagnon.

— La Terre n'est pas un système fermé. (C'était une affirmation sans réplique.) Il existe des ponts vers d'autres dimensions, peut-être même d'autres populations comme celles du Mythos. J'en ai visité certaines.

Hein ? se dit-il bêtement. Seigneur Dieu ! Il la croyait, en plus. Alors qu'une hypothèse pareille contredisait tout ce qu'il avait jamais appris.

Et voilà. Une de ses certitudes les plus fondamentales s'effondrait, pendant qu'une jolie petite femme lui tournait autour en soutien-gorge noir soyeux.

Perturbé, il redoubla d'efforts pour se concentrer. En toute honnêteté, il devait bien admettre qu'il avait envie de l'impressionner.

— Et le paradoxe du grand-père ? Qu'est-ce qui se passe, si un voyageur temporel opère une intrusion de physique quantique qui influe sur son moi passé ou ses ancêtres ?

— Tu veux dire, s'il tue son propre grand-père, par exemple ? Eh bien, ma foi, d'après la théorie des tachyons…

— Tu sais ce qu'est un tachyon ?

Il avait presque crié.

Elle empoigna son tee-shirt à deux mains, prête à l'enfiler par la tête.

— Une particule subatomique. (Le tissu étouffait sa voix.) Capable de se déplacer plus vite que la lumière.

Lorsque le ravissant visage réapparut, Sebastian avait réussi à refermer la bouche.

— Comment se fait-il que tu comprennes des choses pareilles ?

— Mon père était un dieu. Ils ont tendance à réfléchir vite. Je tiens ça de lui.

— Bien sûr.

Il n'aimait pas qu'on lui rappelle les origines de Kaderin. «Es-tu conscient des sommets que tu cherches à atteindre en sa personne?» avait demandé Riora. *Oui, oui, j'en suis tout à fait conscient.* Il s'en faisait chaque jour une idée plus précise, qui le tuait à petit feu. Mais il se ressaisit.

— Les tachyons ne sont qu'une hypothèse. Leur existence mettrait en péril les lois de la science…

— Comme la radioactivité autrefois? demanda tranquillement son hôtesse, en levant les yeux des bottes qu'elle laçait pour lui adresser un sourire un peu trop suave.

Il poussa un long soupir. Elle parlait du début du xxe siècle. À l'époque, les phénomènes radioactifs, totalement inexplicables, avaient plongé les physiciens dans la perplexité et les disputes jusqu'à ce qu'émerge la théorie de la mécanique quantique.

— Excellente analogie, acquiesça Sebastian, très impressionné.

L'avait-elle convaincu? Non, car des dizaines d'autres arguments prouvaient l'impossibilité de se rendre dans le passé pour modifier l'avenir. Mais jamais il n'avait été aussi d'accord pour ne pas être d'accord avec quelqu'un. Il fallait absolument qu'il l'embrasse.

# 27

Sebastian se jeta sur Kaderin, l'attrapa par les bras puis se laissa retomber sur le lit en la serrant contre lui.

— Qu'est-ce que c'est que ça? protesta-t-elle, sans réussir à prendre l'air furieux.

Comment l'aurait-elle pu, alors qu'elle avait envie qu'il se jette sur elle depuis qu'elle avait touché son torse superbe encore humide?

Après la nuit qu'ils venaient de passer, elle savait qu'il était superbe de partout.

Les regards brûlants qu'il lui avait jetés pendant qu'elle s'habillait ne lui avaient pas échappé, mais apparemment, c'était la discussion scientifique qui l'avait mené au point d'ébullition – elle sentait l'énorme érection pressée contre elle. La science. Elle aurait dû s'en douter: les livres accumulés au château n'avaient rien de romans de gare.

Il se plaça à califourchon sur elle en lui levant les bras au-dessus de la tête. Dans la caverne, la veille, puis au fil de la nuit, il lui avait montré sa force. À présent qu'il la maintenait, elle l'imaginait de nouveau en train de la prendre sauvagement, de tout son corps souple et rude...

Kaderin fronça les sourcils. « Ma taille m'a plutôt desservi avec les femmes », avait-il déclaré, au réveil. Sans doute s'agissait-il d'un des euphémismes dont il était coutumier et avait-il été cruellement rabaissé par une ou deux maîtresses potentielles. Mais pourquoi éprouvait-elle soudain l'envie irrésistible d'arracher les yeux des garces qui lui avaient fait une chose pareille ?

— Embrasse-moi, Katia.

Il était beau, avec son air serein. Près de sourire, apparemment. Irrésistible.

— Et pourquoi ferais-je une chose pareille ? demanda-t-elle, le souffle court.

— Parce que tu aimes ça, Valkyrie.

Il en était visiblement fier. Et il avait raison, par Freyja ! À ce moment-là, il sourit.

— Seigneur, j'adore être avec toi.

Elle sentit son cœur s'arrêter de battre en voyant les lèvres pleines s'incurver sur des dents régulières et deux crocs presque invisibles, d'une blancheur éblouissante qui contrastait avec la peau bronzée de son visage. *Ne le regarde pas.* Elle succombait à son charme, de plus en plus conquise, au point qu'elle dut chercher fébrilement des raisons de le détester. *Il se nourrit de sang... se nourrit de sang... Il mord !*

— Forcément. Je suis ta fiancée, lui rappela-t-elle.

Il lui lâcha les poignets et se redressa.

— D'accord. Une compulsion mystique me pousse vers toi. Ça n'a rien à voir avec l'aperçu de ton fonctionnement mental que je viens d'avoir ni avec l'admiration qu'il suscite en moi. Et encore moins avec le fait que tu m'aies donné cette nuit plus de plaisir que je n'en avais jamais connu.

Elle scruta d'un œil aigu son visage sérieux.

— C'est vrai ?

— Cette nuit et ce matin ? Oui, je n'avais jamais rien vécu de pareil, admit-il tranquillement.

Elle le croyait, mais ne le comprenait pas. Ils n'avaient même pas fait l'amour. Et bien des femmes avaient dû lui tourner autour, prêtes à tout pour lui plaire. Par moments, il manquait d'assurance, certes, mais ç'avait été un aristocrate séduisant, intelligent, et un officier de haut rang.

Si elle l'avait croisé à l'époque où il n'était encore qu'un timide mortel, elle l'aurait acculé dans une grange pour faire de lui ce qu'elle aurait voulu...

— Et toi, Katia?

La voix grave baissa encore.

— Dis-moi que je t'ai donné du plaisir, la nuit dernière.

À propos de manque d'assurance... C'était maintenant à elle de rougir en détournant les yeux.

— Dis-le-moi ou embrasse-moi, comme tu voudras, si tu veux que je te laisse partir.

Elle poussa un petit grognement de frustration.

— Tu sais très bien que tu m'en as donné... tu étais là. On a failli s'écraser à cause de la foudre!

Il se pencha pour lui gronder dans le cou:

— Quelle belle manière de partir...

— Alors, pourquoi me poser la question?

Il s'écarta.

— Parce que je compte bien me rendre nécessaire de cette manière. Si tu te sens excitée... (Il l'embrassa sur la clavicule.)... je veux que tu te tournes automatiquement vers moi pour trouver l'apaisement.

Il était à la fois si arrogant et si timide, si direct et si furtif... des contradictions qui la fascinaient.

— Et toi? demanda-t-elle.

Il lui caressa la joue du bout des doigts.

— Je ne voudrai jamais personne d'autre que toi, tu le sais pertinemment.

— Pourquoi... pourquoi avais-tu envie de mourir?

Elle ignorait d'où venait la question, mais brûlait soudain de connaître la réponse. Pourquoi était-il seul là-bas, dans son château?

— Je... Ah... Ce n'est pas tellement que j'avais envie de mourir, c'est juste que je ne voyais pas l'intérêt de continuer à vivre.

Comme elle fronçait les sourcils, il ajouta:

— Je t'expliquerai. Un jour.

Elle détourna les yeux.

— Pas de problème. Tu ne me dois rien.

Il lui posa la main sur la joue pour l'obliger tendrement à le regarder en face.

— Je te le dirai. En temps voulu. Je te dirai tout ce que tu voudras. Il ne faut pas que le moindre secret subsiste entre nous, parce que... parce que j'ai bien l'intention de t'épouser.

— Hein, quoi ? Ouh la !

Elle s'éloigna de lui à quatre pattes, en proie à une peur viscérale. Voilà. C'était pour ça que la nuit passée n'aurait pas dû avoir lieu. Ni même cette matinée durant laquelle ils s'étaient préparés ensemble, exactement comme un couple qui partage une tasse de café et un beignet avant de partir au travail. Sauf qu'ils ne mangeaient ni ne travaillaient.

N'empêche qu'elle n'avait pas vu arriver le sujet du mariage. Elle paniquait. Le gentil vampire ne jouait plus.

— Tu ne peux pas m'épouser ! protesta-t-elle. Je... je suis une païenne !

De toute façon, c'était n'importe quoi. *Je vais bientôt mourir. Et si je ne meurs pas, je réussirai à sauver mes sœurs...*

Une brusque illumination lui coupa le souffle.

Si elle sauvait ses sœurs, elle changerait l'histoire. Jamais elle ne ferait la connaissance de Sebastian.

— Ah... Moi, j'étais catholique, autrefois, déclarat-il, les sourcils froncés par la perplexité. Ça n'empêche pas que je veux toujours t'épouser.

Elle bondit du lit, rassembla ses affaires n'importe comment et les fourra dans son sac. Ne tremblaitelle pas, maintenant ?

— Écoute, Sebastian, tu veux savoir si tu me plais ? Oui, beaucoup. Je ne vais pas te mentir. La nuit dernière... c'était super. Je suis ravie de ce qui s'est passé. Mais ça ne veut pas dire que ça se reproduira. Et encore moins qu'on va se marier.

— Qu'est-ce qui pourrait bien te faire changer d'avis ?

— La certitude absolue que je veux passer l'éternité en ta compagnie. Quand on est immortel, il faut être très prudent avec ça, tu sais. Toi et moi, on n'avait jamais eu une vraie conversation avant ce matin. Et puis, je vais être franche avec toi : je ne te fais pas confiance. Je ne peux pas modifier en quinze jours les certitudes de toute une vie.

— Pourquoi ne pas juste essayer de vivre avec moi ?

— Parce que les vampires dans ton genre sont de véritables bombes atomiques. Une bombe ne pose pas de problème en elle-même. Les dégâts qu'elle peut infliger, si. Enfin bref, personne n'a envie d'en installer une dans son jardin.

— Donne-moi une chance de te prouver que tu te trompes.

— Dis-moi, Sebastian, tu as déjà vu un vampire de la Horde ? Parce que, si c'était le cas, tu comprendrais que je sois prête à tout pour ne pas me réveiller un matin à côté d'un de ces spécimens juste parce que tu seras sorti t'amuser un peu pendant la nuit.

— Jamais je ne te tromperais, protesta-t-il, avant d'ajouter : Et j'en ai vu, oui. Par tes yeux.

Se rappeler qu'il avait plongé dans ses souvenirs ne plut visiblement pas à Kaderin, qui faillit perdre patience, aussi continua-t-il :

— N'importe comment, tous les vampires ne se transforment pas de cette façon. Ça n'est pas arrivé à mon frère, par exemple, alors qu'il boit à même la chair.

Elle écarquilla les yeux.

— Exactement. Celle de Myst, hein ? Au temps pour les secrets de la maisonnée.

— Jamais il ne la trahirait.

Nikolaï avait bien des défauts, mais il n'existait pas plus loyal que lui.

— Admettons que tu ne te transformes pas. Si je t'accepte pour compagnon, nous n'aurons que deux avenirs possibles. Soit je renonce à ma famille, soit elle te tue. Point. Voilà ce qui nous attend.

— Mon frère et Myst...

— Deviendront des fugitifs dès le retour de notre reine.

— Furie ?

— Attends, laisse-moi deviner. Tu l'as vue aussi ?

— Oui.

Il se crispa.

— Elle t'a cassé le bras.

— Alors, tu sais que c'est une créature redoutable.

— Elle ne me fait pas peur, et je te protégerai.

— Elle devrait te faire peur, s'énerva Kaderin. Elle devrait faire peur à tous les vampires. La Horde l'a capturée et enchaînée au fond de l'océan il y a plus de cinquante ans. Elle a passé cinquante ans à se noyer périodiquement, toutes les quelques minutes, puis à être ressuscitée du fait de son immortalité. Personne n'a réussi à la localiser, mais maintenant, au moins, on sait ce qu'il en est. Quand on la délivrera, tu crois qu'elle fera la différence entre les deux armées de vampires ? Il n'y aura pas moyen de discuter. Parce que, tu vois, elle n'était pas franchement du genre calme avant de mourir je ne sais combien de millions de fois.

— On s'occupera du problème le moment venu.

— Arrête. Tu veux savoir ce que c'est, le deuxième pire défaut des mecs ? Celui que les femmes n'aiment pas ? La pression. Je réagis mal quand on me met la pression.

Elle ramassa son sac.

— Attends.

Il glissa jusqu'à Londres, prit avec précaution l'œuf sur l'étagère où il l'avait rangé puis se rematérialisa dans l'avion.

— Tiens.

— Ah, oui. (Elle se coinça une boucle derrière l'oreille avant de tendre la main.) J'allais te le demander.

— Menteuse.

Il savait intuitivement qu'il avait raison.

— Si.

Elle mit l'objet sur son cœur. Quand il disparut, les odeurs du temple envahirent un instant l'habitacle.

— J'allais en parler, reprit-elle, parce que je voulais savoir si tu avais tué les deux autres basilics.

Sebastian ne pouvait pas mentir. Elle allait le prendre pour un faible… mais tant pis. Il détourna les yeux en se passant la main sur la nuque.

— Il a fallu que j'en élimine un. L'autre… le plus petit… j'ai décidé de l'épargner.

S'il s'attendait à une réaction, ce n'était certes pas à une exclamation de frustration, accompagnée d'un doigt accusateur tendu vers lui.

— Évidemment ! lâcha Kaderin, écœurée. Bon, pars, reste… fais ce que tu veux. Moi, j'ai du travail.

La colère envahissait Sebastian. La compassion, ça existait.

— Tu aurais préféré que je les massacre tous les deux ?

— Non ! cracha-t-elle, sans baisser le doigt. Mais toi, bien sûr, il a fallu que tu te conduises noblement et… et tout ça, voilà. Tu es tellement… tellement… vampire !

Elle fronça les sourcils, puis il la vit littéralement se raccrocher à la pensée qui lui traversait l'esprit.

— Et tu aurais au moins pu me dire qui tu es !

Mais d'où sortait-elle une chose pareille, nom de Dieu ?

— Je t'ai dit mon nom la première fois qu'on s'est vus.

— Mais tu ne m'as pas dit qui tu es !

Il rejeta la tête en arrière, sidéré, tandis qu'elle quittait la pièce d'un pas rageur.

Elle partait, et il ne pouvait l'accompagner, alors que la moindre fibre de son être l'y poussait. Le soleil allait même l'empêcher de la regarder s'éloigner.

Une fois seul, il eut la nette impression d'avoir perdu une partie de son être. Quelque chose d'intrinsèque, d'essentiel.

Il se sentait prisonnier, frustré. Lorsqu'il assena un coup de poing dans le mur, la cloison céda. *Je veux rester avec elle, nom de Dieu !*

*Désert de Gobi, Afrique, onzième jour*

*Prix : l'eau de la fontaine de Jouvence, nombre de prélèvements illimité, valant sept points chacun*

Kaderin parcourut une trentaine de kilomètres avant de trouver l'oasis qu'elle cherchait. Sitôt sa bouteille vide cabossée d'Aquafina remplie à la fontaine de Jouvence, elle la porta à son cœur.

Toutes les créatures du Mythos savaient que la fontaine légendaire circulait à travers le monde de désert en désert. Pas question de la trouver dans les marais de Floride, par exemple. Ah, les conquistadors, avec leurs idées idiotes… Les Valkyries en hurlaient de rire, à l'époque.

Aujourd'hui, Kaderin se permettait un retour plus tranquille, en écoutant l'iPod de Regina, qui le lui avait laissé. C'était déjà assez désagréable de marcher dans le sable ; pas la peine de courir. Le soleil, véritable four à infrarouge, entretenait en permanence dans le désert 55 °C déshydratants. Le sable, plongé dans les affres de l'agonie, sifflait rageusement en direction de l'astre impitoyable.

Enfin, l'un dans l'autre, ç'avait été une bonne journée. Kaderin était toujours en vie.

Ce matin-là, elle avait rappelé Nïx depuis la voiture, dans l'espoir de trouver la devineresse plus calme, capable de confirmer ses prédictions, mais la lucidité n'avait pas été au rendez-vous. C'était souvent le cas, avec Nïx. Elle s'était plainte sans interruption des «petits pliages bien alignés» et des «manuels d'explications débiles sur le Mythos». Quant à sa vision de mort, elle ne s'en souvenait visiblement plus. Kaderin avait obligeamment fourni les commentaires requis : «Vraiment ? », «Oh, c'est mignon! », «Tu veux bien me passer quelqu'un d'autre, s'il te plaît ? ».

Malgré le fardeau de la prédiction, elle n'arrivait pas à se sentir déprimée. Elle avait merveilleusement bien dormi la nuit précédente, imperméable aux cauchemars dans les bras puissants de Sebastian. Sans parler du plaisir qu'il lui avait donné.

De toute manière, que pouvait-on y faire, quand on savait qu'on allait mourir ?

Oui, un vampire lui avait donné du plaisir. Un guerrier, un gentleman, un vampire... assez fort pour éliminer les monstres qui la menaçaient comme il aurait brisé des brindilles, assez féroce pour déchaîner l'enfer contre eux, mais assez compatissant pour épargner un petit dragon.

Elle l'avait abandonné dans l'avion, désespéré par leur séparation... et, sans doute, déconcerté par les idioties qu'elle lui avait débitées. Tant mieux.

En arrivant au sommet de la dune suivante, elle se demanda si elle n'était pas en train de tomber amoureuse. Le moment aurait été particulièrement mal choisi. Trouver enfin un homme qu'elle pourrait peut-être aimer alors qu'elle n'avait aucun avenir avec lui...

Si elle ne mourait pas et si elle parvenait à sauver ses sœurs, elle changerait l'histoire – sa propre histoire. Jamais elle ne s'étiolerait dans une existence glacée, dépourvue d'émotions, ni ne se rendrait avec empressement dans un obscur château russe pour y tuer un unique vampire. Or, elle avait le pressentiment qu'elle ne le rencontrerait dans aucune autre réalité. Pas avant qu'il ne meure, d'une manière ou d'une autre.

Il y avait de quoi devenir folle, à essayer de tirer tout ça au clair.

Elle n'essaierait donc pas. Autant se repasser des scènes de la nuit précédente...

L'impression qu'il venait de glisser juste derrière elle la saisit soudain.

— Nom de Dieu! entendit-elle, une seconde plus tard.

Déjà, il était reparti.

Sans la voir sourire.

# 28

*Medellín, Colombie, dix-septième jour*

*Prix : une bague mésopotamienne en or et
opale, valant douze points*

Cette nuit, Kaderin devait se frotter d'assez près
à un baron de la drogue colombien plus protégé
qu'un roi, Rodrigo Gamboa, pour se procurer une
bague qui n'avait jamais appartenu de plein droit à
ce bandit.

Or, il était célèbre pour sa prudence et censé être
lui-même un sang-mêlé du Mythos. D'une part, il se
déplaçait beaucoup la nuit ; d'autre part, sa demeure
était inattaquable... Voilà pourquoi Kaderin assis-
tait à l'ouverture du *Descanso* – la dernière boîte de
nuit et machine à blanchir l'argent de Gamboa.
Grâce à cet événement, elle saurait où le trouver
quelques heures durant.

Contrairement à ce qui se passait lors des cérémonies du Mythos, la noble Valkyrie était obligée
d'attendre... en bout de file.

La mission ne présentait qu'une difficulté : vu le
nombre d'humains présents, il fallait accéder au bandit sans déclencher une scène susceptible de mettre
la puce à l'oreille desdits humains, ce qui vaudrait
disqualification.

276

Kaderin devrait donc venir à bout de la prudence de Gamboa, le persuader de l'accompagner dehors puis lui prendre la bague en privé. Si jamais elle essayait de la lui dérober en public et s'enfuyait de manière rocambolesque, tout le monde s'apercevrait qu'elle n'avait rien d'une banale fêtarde. Ses satanées oreilles et son aptitude à envoyer valser les voitures qui la gênaient risquaient de la trahir.

Elle avait donc décidé d'être gentille avec ce garçon.

Les chaussures d'escalade et le sac à dos avaient disparu. L'épée attendait à l'hôtel, sous le lit. Ce soir, elle se servait d'outils très différents.

Le bon côté de la chose ? Elle était prête à parier qu'elle ne risquait pas de croiser Bowen.

Mais il fallait d'abord entrer dans la boîte.

*Hé, minute !* N'était-ce pas Cindey qu'elle distinguait dans la queue, loin devant ? Oh non, pas ça ! Et dire que Kaderin ne pouvait pas rejoindre la sirène en courant pour la tirer de la file par la peau du cou. Comme si elle avait senti le regard menaçant posé sur elle, Cindey se pencha de côté, hors de la file, et agita la main, arrogante.

*Je ne dois pas lui tomber dessus… Je ne dois pas lui tomber dessus…*

Une sonnerie retentit soudain : le portable de Kaderin, en principe impossible à repérer. Quand elle le tira de son petit sac à main, il affichait un numéro familier.

— Salut, Myst, comment ça va ? lança-t-elle sans préambule. Il paraît que je suis censée te féliciter, vu que tu as épousé ton seigneur de guerre.

Son interlocutrice soupira.

— Ce n'est pas moi qui ai décidé de garder le secret. Même si je ne pensais pas que ça poserait problème d'attendre quelques semaines pour t'en parler. Surtout après notre fuite romantique, à Nikolaï et moi.

— Ah. Vous avez choisi la cérémonie païenne ?

— Civile.

— C'est sans doute très bien aussi.

— Il paraît que toi, tu es la fiancée de Sebastian. Comme Kaderin ne protestait pas, Myst enchaîna :

— Qu'est-ce qui se passe entre vous ?

Kaderin se hissa sur la pointe des pieds pour scruter le début de la file.

— Je n'en ai pas la moindre idée.

Depuis l'épisode du désert, Sebastian et elle ne s'étaient pratiquement pas vus, car il l'avait rejointe deux fois de plus en plein soleil, quand elle se trouvait dans l'hémisphère sud. Et, lors de leurs rares rencontres, il s'était montré réservé, voire distant. Pas étonnant, après la violence avec laquelle elle avait réagi quand il avait parlé mariage.

Pourquoi la queue avançait-elle aussi lentement ? Elle qui espérait remplir la mission en deux temps, trois mouvements... Si Sebastian se montrait cette nuit, il ne serait sans doute pas ravi de la voir flirter avec un autre... surtout dans une tenue pareille. Mais elle préférait encore risquer la colère du beau vampire plutôt que de tomber nez à nez avec le loup-garou maudit.

— Il est ici, en ce moment, reprit Myst. Il est venu voir Nikolaï. D'après ce que j'ai compris en les entendant discuter ces deux derniers jours, il connaît certains de tes souvenirs. Tu le laisses boire à tes veines ?

— Pour l'amour de Freyja ! J'espère que c'est une plaisanterie ?

Après ce cri du cœur, Kaderin inspecta les alentours, mais personne n'avait l'air de s'intéresser à elle, devant, et c'était elle qui fermait la queue.

— Il m'a presque mordue une fois, admit-elle plus bas. Par accident.

— Écoute, Kade, je suis incroyablement heureuse avec Nikolaï, mais je me rends bien compte qu'une situation pareille ne conviendrait pas à toutes les Valkyries. Et je ne suis pas sûre... Je ne sais pas si

Sebastian a raison, en ce qui te concerne. Surtout vu ce que tu cherches à faire. Il n'arrive pas à comprendre que tu sois prête à tout pour sauver tes proches. Lui, c'est le genre «plutôt la mort que le déshonneur», si tu vois ce que je veux dire.

— Je m'en suis plus ou moins rendu compte.

— Nikolaï ne supporte pas de voir souffrir son frère, mais je ne peux pas te laisser commettre une telle erreur. À ta place, je ne baisserais pas ma garde. Pas encore. Et puis il y a Furie, évidemment…

— Bon, Myst, je suis désolée, mais je ne peux pas discuter, là, maintenant, coupa Kaderin. Je vais juste te demander un service. Empêche Sebastian de me rejoindre ce soir, s'il te plaît.

— Comment veux-tu que je m'y prenne? s'écria sa correspondante. Il ne s'intéresse qu'à toi.

— Alors, parle-lui de moi. En évitant le sujet de la bénédiction. Et de Dasha et Rika, bien sûr.

— Il y a autre chose à raconter sur toi?

— Ah ah, quel humour.

— Tu l'as cherché, Kaderin Cœur-d'Artichaut.

Cette référence à son ancien surnom eut le don d'embarrasser Kaderin. À peine eut-elle raccroché et rangé son portable dans son sac qu'un videur imposant qui passait la file en revue la repéra. Curieusement, il avait l'air de lorgner ses oreilles pointues, dissimulées par ses cheveux, plutôt que sa minijupe.

Mais enfin, il lui fit quitter le couloir délimité par des cordons de velours et l'introduisit dans l'établissement.

En dépassant Cindey, Kaderin lui adressa un clin d'œil faussement compatissant.

— On dirait que ce n'était pas le jour, pour le look pouffe *seventies*.

Lorsque Sebastian quitta enfin Nikolaï et une Myst étonnamment bavarde pour rejoindre Kaderin, il se matérialisa dans une boîte de nuit qui lui parut totalement étrangère. Sans doute sa fiancée avait-elle choisi la mission colombienne. Lui qui avait espéré qu'elle en préférerait une autre...

Des rayons de lumière dirigés vers le plafond en dôme traçaient des dessins bizarres qui changeaient à toute allure. Des danseuses presque nues se déchaînaient dans de petites cages, loin au-dessus de la piste.

Ce spectacle lui rappela son dernier rêve.

Kaderin s'approchait nonchalamment d'un captif, lui aussi enfermé dans une cage. Un jeune homme meurtri, brisé.

— Tue-moi, implorait-il sans relever la tête.

Elle souriait.

— Bien sûr, sangsue. (Quelle voix suave !) D'ici quelques mois. (Il se mettait à sangloter.) Peut-être te laisserai-je t'enfuir en plein soleil, continuait-elle. Tes organes se liquéfieront bien avant que tu ne meures, des flaques se formeront sous ta peau... mais d'ici là, tu seras prêt à ramper pour atteindre la lumière, je te le promets.

Là non plus, elle ne ressentait rien. Ni compassion ni remords... ni même haine.

Depuis son réveil, Sebastian était empli d'un dégoût qu'il ne parvenait pas à chasser. Il avait rendu visite à son frère pour lui parler des rêves, Nikolaï l'avait mis en garde contre le danger qu'il y avait à interpréter hors contexte les souvenirs d'autrui, mais, pour Sebastian, la scène de la cage n'aurait pu être plus éloquente.

Il comprenait la cruauté de Kaderin, mais ne l'en trouvait pas plus facile à supporter...

Il se figea avec un temps de retard en la voyant, car il avait eu du mal à la reconnaître.

Ses yeux étaient soulignés de bleu foncé, ses lèvres pleines brillaient, son corsage décolleté dévoilait délibérément la dentelle de son soutien-gorge. Quant à sa minijupe, elle était si courte qu'elle découvrit presque jusqu'aux fesses ses cuisses minces et musclées au moment où la jeune femme se glissa dans un box en compagnie de quelques inconnus. Ses bottes noires à talons aiguilles lui montaient en revanche jusqu'aux genoux.

Sebastian était furieux de la trouver dans un endroit pareil, et encore plus dans cette tenue, mais il lui suffit de la voir pour se retrouver dur comme l'acier en une seconde. Sa décision fut aussitôt prise : une nuit, il la posséderait alors qu'elle porterait ces mêmes bottes.

À en juger par son sourire, Kaderin s'amusait bien, mais une certaine tension restait perceptible en elle. Son allure ne laissait aucun doute sur les moyens qu'elle comptait employer pour se procurer la bague du Colombien. Pas étonnant que Myst ait été si volubile.

Lorsque, enfin, Sebastian réussit à quitter sa fiancée du regard, il s'aperçut que tous les hommes alentour la fixaient, fascinés. Ses poings se serrèrent d'eux-mêmes. Alors, lequel allait-il étrangler en premier ?

— Viens plutôt t'asseoir avec nous, lança une voix derrière lui.

Il fit volte-face et se retrouva face aux deux nymphes du temple de Riora.

— Ça va lui prendre un moment, ajouta la créature.

Il se retourna juste à temps pour voir un grand brun s'installer près de Kaderin et passer un bras autour de ses épaules, la main presque sur son sein. Pour la première fois de sa vie, Sebastian éprouva le besoin de tuer.

Une des nymphes se rapprocha de lui.

— Pourquoi ne pas t'amuser un peu ? Oublie-la. Après tout, tu incarnes le fruit défendu pour nous aussi…

Ce fut tout juste s'il l'entendit, à travers le pouls qui lui tonnait aux oreilles.

— C'est qui, ce type ? grinça-t-il. Le Colombien ?

— Oui.

Le salopard se pencha vers Kaderin et lui posa la main sur la cuisse, les doigts tout près de l'ourlet de la jupe.

Une explosion de rage secoua Sebastian. Sans doute un symptôme de l'animation. Jamais il n'avait éprouvé une fureur pareille. Jamais.

*Elle est mienne. Il n'a pas le droit de la toucher.*

# 29

Sebastian s'approchait à grands pas, les yeux noirs de colère, forçant les gens à s'écarter sur son passage. Kaderin bondit sur ses pieds, marmonna quelques mots d'excuse et se précipita de l'autre côté de la piste avant qu'il ne fasse un esclandre.

Lorsqu'il la rejoignit, il l'attrapa par le bras et l'entraîna jusqu'à un recoin obscur, au fond de la salle.

— Qu'est-ce que tu fiches, nom de Dieu ? demanda-t-il d'une voix tremblante de fureur. Tu te laisses tripoter ?

— Et toi, tu te crois où ? riposta-t-elle.

Elle se doutait qu'il ne serait pas content, si jamais il la rejoignait, mais elle comptait s'expliquer, pas se faire empoigner de cette manière. À le voir, on aurait dit qu'il l'avait surprise au lit avec une équipe de foot !

D'abord décontenancée par son air de fou furieux et sa colère palpable, Kaderin sentit la moutarde lui monter au nez quand il chercha à glisser avec elle et faillit y parvenir.

— Lâche-moi ! ordonna-t-elle en repoussant rageusement la main posée sur son bras. Je te préviens : si jamais le Colombien s'en va sans moi...

— Tu veux partir avec lui ? rugit Sebastian en l'attrapant par les épaules et en essayant une fois de plus de se téléporter.

Comme elle résistait, il chercha des yeux un endroit discret, puis la traîna littéralement jusqu'à un réduit meublé de deux chaises et d'une étagère chargée d'un téléphone. Les murs de la petite pièce continuèrent à vibrer au rythme des basses palpitantes, même lorsqu'il eut claqué la porte.

— Comment peux-tu envisager une seule seconde de partir avec ce type ?

— Ce que je fais ne te regarde pas, cracha Kaderin entre ses dents.

— Bien sûr que si ! Il te tripotait tant qu'il pouvait… et toi… toi, tu le laissais faire !

— Si je te réponds, je te reconnais un droit de regard. Or tu n'en as pas.

— Je vais lui prendre la bague, décida Sebastian. Je glisse jusque derrière lui, je la lui prends, et hop, je re-glisse.

— C'est interdit. Tu sais ce que c'est, un mythe ?

Pas de réponse.

— Un exemple flagrant de ce qui se passe quand une créature du Mythos oublie d'être prudente. Mythe égale échec. Riora ne se contenterait pas de te disqualifier pour un coup pareil : elle te punirait.

— Alors comme ça, tu es en train de me dire que tu vas accompagner un autre homme chez lui ? Un homme qui te tripotait, je l'ai vu.

Sebastian semblait prêt à étrangler Kaderin. Lorsqu'elle releva le menton, il plissa les yeux.

— Tu as peut-être redécouvert les émotions, mais tu es toujours aussi froide. Aussi dépourvue de cœur.

Il l'attrapa par la nuque pour l'attirer contre lui. Leurs souffles haletants se mêlèrent, si bruyants qu'ils dominaient même les palpitations de la musique. Sans laisser à sa captive le temps de se débattre, il la souleva pour la poser sur l'étagère puis lui remonta brutalement sa jupe. Elle ne portait rien en dessous. Il étouffa un grognement, crispé, les traits figés en un masque de fureur.

— Tu as décidé de te le faire, hein ?

Sebastian saisit à deux mains la tête de Kaderin pour enfouir les lèvres dans ses cheveux.

— Tu veux que je craque ? Que je le tue ? Tu crois vraiment que je le laisserais vivre, s'il te prenait ?

— Attends une…

Il l'embrassa durement, méchamment, les paumes pressées contre ses cuisses, et le corps de Kaderin réagit – malgré elle, malgré ses protestations intérieures et sa tension.

— Arrête, s'exclama-t-elle, hors d'haleine.

Il avait beau trembler de colère et de désir, ce fut avec douceur qu'il fit glisser les doigts jusqu'en haut de ses cuisses.

— Tu veux que je te caresse, Kaderin ? Tu veux de l'émotion ?

Ce genre de choses ne devait pas arriver… pas ici, pas maintenant. Pas du tout, noms des dieux. Mais elle avait beau se dire et se répéter qu'elle avait une mission à accomplir, elle ne pouvait s'empêcher de frissonner.

Sebastian brûlait de fureur. Le besoin impérieux de marquer sa fiancée, de la faire sienne, d'une manière ou d'une autre, lui aiguisait les crocs. Une fois de plus, l'animation exerçait son influence.

Le cou de Kaderin suscitait chez lui une fascination douloureuse à laquelle il ne résisterait plus très longtemps. Il y succomberait sauvagement…

D'ailleurs, pourquoi aurait-il résisté ? *Si elle doit partir avec un autre, qu'elle porte au moins ma marque…*

Ses lèvres montèrent de plus en plus haut en partant de l'omoplate délicate, comme ses mains sur les cuisses minces. Il enfouit le nez dans le cou de sa compagne, lui caressa le sexe, en explora sans hésiter la moiteur. Lorsqu'il introduisit un doigt en elle, elle cria, cramponnée à ses épaules, les griffes plantées dans sa peau. Un deuxième doigt, et elle se mit à onduler des hanches contre sa main pour l'enfoncer en elle.

Non... il ne pouvait en supporter davantage.

Il la mordit avec frénésie. Le plaisir s'empara de lui, si inouï qu'il jouit presque instantanément, ivre du sang brûlant au goût unique, fabuleux, de la chair où plongeaient ses crocs douloureux... puis le corps mince de Kaderin se contracta en un violent orgasme.

Amené par la morsure.

Il pensa de justesse à lui poser la main sur la bouche pour étouffer ses cris.

Le sexe de la jeune femme continuait à palpiter si ardemment autour des doigts logés en elle que Sebastian grogna contre son cou en aspirant avec avidité. Il baignait dans un plaisir absolu, comme si l'instinct le récompensait d'avoir accompli l'inévitable.

Maîtriser sa soif ardente lui fut difficile. Plus tard, lorsqu'ils partageraient le même lit, il jouirait en elle en buvant à ses veines.

Lentement, il retira ses crocs puis lécha les marques qu'ils avaient laissées, en retirant aussi ses doigts. Kaderin frissonna, de regret, peut-être. Il avait tellement détesté sa capacité de mordre... mais c'était ce qui lui avait permis de faire sienne sa fiancée, ne fût-ce qu'un instant.

Les yeux écarquillés, les lèvres entrouvertes, elle frôla les piqûres du bout des doigts. Sous le choc. Tant mieux.

Dès qu'elle eut repris ses esprits, elle s'écarta de lui, disposa ses cheveux de manière à dissimuler la morsure et tira sur sa jupe.

Quand elle le regarda, le dévisageant comme si elle ne l'avait jamais vu, il comprit à son expression qu'il la dégoûtait.

— Je me fiche pas mal que tu changes ou pas. Tu n'avais pas le droit de me prendre mon sang.

— Ça n'avait pas l'air de te gêner.

— Merci, murmura-t-elle.

— De quoi ? s'étonna-t-il, les sourcils froncés.

— De me faciliter les choses, répondit-elle avec calme, d'un ton grave. De me montrer que rien en toi ne me donne envie d'accepter la compagnie d'un vampire.

— Tu m'as demandé pourquoi je voulais mourir… Eh bien, je voulais disparaître parce que je me voyais comme tu me vois. Tu me détestes pour des raisons sur lesquelles je n'ai aucune prise. Des raisons pour lesquelles je me détestais, moi aussi. Mais ta réaction m'a aidé à comprendre que je me trompais. Au moins, grâce à toi, je ne me déteste plus.

À partir de cette nuit, il n'aurait plus honte dans la rue. Il ne se verrait plus comme elle le voyait. Pas question.

— Tu crois vraiment que c'est juste une histoire de sang ? Donne-moi une raison, une seule, de te préférer à tous les hommes que j'ai connus au fil des millénaires et à tous ceux dont je ferai la connaissance dans l'éternité à venir ? Tu en es bien incapable. (Leurs yeux se croisèrent.) Ce n'est pas un simple problème de vampirisme.

L'argument porta. Pourquoi l'aurait-elle vu différemment des femmes qu'il avait croisées durant sa vie de mortel ?

C'était sa fiancée. Il continuerait donc à la désirer, encore et toujours, et à voir en elle ce qui n'y était pas. Il s'obstinerait à espérer, mais la nature profonde de Kaderin réduirait ses espoirs à néant. Ainsi le cycle se répéterait-il à l'infini.

Il ne pouvait la conquérir.

Ils passeraient l'éternité à se battre. Voilà ce qui les attendait. Il se sentait épuisé rien que d'y penser.

— J'en ai assez de cette histoire, déclara-t-il. Assez de toi.

Penché vers elle, il posa la main sur le mur, au-dessus de sa tête.

— Tu as raison sur toute la ligne. Je ne vois pas pourquoi tu m'accepterais. Tu avais raison aussi en disant que j'étais bien obligé de te désirer, puisque tu es ma fiancée. C'est un désir qui m'a été imposé. Je n'ai pas eu voix au chapitre.

— À t'entendre, on croirait que j'ai cherché à te persuader du contraire. Alors que je t'ai dit et répété de ne pas t'occuper de moi.

Il l'attrapa de nouveau par la nuque pour l'obliger à le regarder en face.

— Tu m'as aussi dit plus d'une fois que tu ne voulais plus jamais me voir. Je vais te donner satisfaction. J'ai été le premier vampire à glisser jusqu'à une créature… je serai aussi le premier à renoncer à sa fiancée.

Les humaines lui vouaient maintenant une franche admiration – contraste frappant avec le dégoût qu'exprimaient à cet instant les traits de Kaderin. Il en choisirait une. Voire plusieurs.

Sebastian posa un baiser dur, brutal sur les lèvres de la Valkyrie.

— Je t'oublierai, dussé-je pour y arriver baiser des milliers de femmes.

Lorsqu'il la lâcha, elle resta impassible, ce qui attisa encore sa fureur.

— Je me demande si je ne vais pas commencer par une ou deux nymphes.

Cette fois, il lui sembla entrevoir un éclat argenté dans les yeux de son interlocutrice, mais sa réponse n'en fut pas moins laconique :

— Amuse-toi bien.

— Si tu pars avec ce type, je ne resterai pas seul à me morfondre.

En regagnant le box, Kaderin remonta le col de son corsage, consciente du regard du vampire rivé sur elle. Sebastian l'avait mordue. Et pas par accident. Pas avec douceur. Le pire, c'était que, vu la position dans laquelle elle se trouvait à ce moment-là, elle n'avait pas franchement réussi à lui dissimuler la violence de sa réaction.

Il l'avait mordue.

Et elle avait adoré ça. Sa jouissance avait été d'une force étourdissante.

Elle n'en détestait le coupable que davantage. Kaderin avait vécu deux mille ans sans qu'aucune sangsue réussisse à lui prendre son sang, mais Sebastian était venu à bout d'elle dans la cabine téléphonique d'une boîte de nuit sordide. La situation était en elle-même répugnante... sa propre réaction aussi. La soirée tout entière la dégoûtait. Elle avait hâte d'en finir.

En arrivant à la table de Gamboa, elle s'aperçut que Cindey avait profité de son absence pour prendre sa place.

Ce qui ne lui plut pas du tout.

— Toi...

Elle montrait le Colombien du doigt. Les caresses qu'elle venait de subir avaient eu un effet certain : sa voix était un peu rauque, ses cheveux ébouriffés, ses mamelons durcis sous le fin tissu de son corsage.

Le bandit la regarda, perplexe, puis se leva en se débarrassant du bras de sa voisine, posé sur le sien. La sirène vida son verre, mécontente, mais consciente de sa défaite.

Comme hypnotisé, Gamboa rejoignit Kaderin.

— Emmène-moi dans un endroit tranquille, lui chuchota-t-elle.

— B... bien sûr, réussit-il à balbutier, malgré sa stupeur.

Il s'empressa d'aller demander sa voiture à un employé, ce qui permit à sa conquérante de poser au passage à Cindey la question qui lui brûlait les lèvres :

— Pourquoi ne pas avoir chanté ?

— Il y aurait eu au moins cinq cents types pour m'entendre. Et puis franchement, je préfère éviter que le chef du cartel de la drogue le plus puissant du monde soit raide dingue de moi jusqu'à la fin de ses jours. Mais je vous souhaite tout le bonheur du monde, mes petits.

Cindey s'éloignait lorsque Gamboa rejoignit Kaderin. En sortant, elle repéra Sebastian, penché vers une des nymphes, les yeux noirs. Il jeta un regard meurtrier au Colombien, un autre, hautain, à celle qui l'accompagnait. Quant à la créature cramponnée au bras musclé du vampire, elle rayonnait, triomphante.

S'il cherchait à éveiller la jalousie de Kaderin... il avait réussi. Était-il toujours en érection, après leur « discussion » ? Qu'allait-il faire à la nymphe, une fois réchauffé par le sang et excité par le corps d'une autre ? Allait-il glisser les dieux savaient où avec cette garce puis entreprendre de renoncer à sa fiancée ?

Gamboa posa une main au creux des reins de Kaderin, qui se força à regarder droit devant elle. Elle ne jeta plus un coup d'œil en arrière, même en s'installant dans la confortable limousine du bandit, avant que la voiture ne les emporte.

Les émotions bouillonnaient en elle. Le Colombien lui parlait à voix basse, avec un accent prononcé, mais elle n'entendait pas un mot de ce qu'il racontait.

*La morsure palpite encore...*

Ses yeux se fichèrent dans ceux de son compagnon.

— Donne-moi ta bague en opale, ou je te tue.

Il sourit sans se troubler, révélant des dents blanches régulières mises en valeur par son teint bronzé.

— Seulement ma bague en opale, *mi cariña* ?

Quand il jeta un coup d'œil à l'énorme diamant qui ornait un autre de ses doigts, elle se garda de l'imiter.

— Et celle-là ? Tu n'en veux pas ? Regarde...

Elle haussa les sourcils. *Il sait.*

290

— Pourquoi veux-tu que je la regarde ?

— Pour savoir si la rumeur est vraie.

Kaderin soupira.

— Tu sais ce que je suis ?

— Ma mère était une démone. Je sais tout ce qu'il y a à savoir sur le Mythos.

— Et tu m'accompagnes quand même ? s'étonna-t-elle, agacée.

— Je suis curieux. Je me demande en quoi l'ouverture de ma boîte de nuit intéresse les créatures du Mythos.

— À cause de la Quête. La bague fait partie des talismans les mieux cotés. Il y avait quelques concurrents ce soir, plus sans doute pas mal de spectateurs de la région.

Il fit tourner la bague en opale autour de son doigt.

— J'ai toujours rêvé de voir une Valkyrie. D'après la légende, ce joyau était censé attirer à lui l'une de tes sœurs, un jour ou l'autre.

Elle n'en doutait pas. Encore un coup du destin.

— Eh bien, voilà. Regarde : une Valkyrie.

Elle tendit la main en ordonnant :

— La bague.

— Ça ne va pas être aussi simple.

— Je n'imaginais pas non plus que tu serais le seul et unique baron de la drogue à avoir un cœur d'or.

— Pourquoi devrais-je te la donner sans rien obtenir en échange ? demanda-t-il, très raisonnable.

Ce fut à cet instant précis qu'elle eut une idée.

— Tu n'en as pas après moi spécialement, hein ? Si je t'ai bien compris, tu aimerais juste passer une nuit avec une Valkyrie quelconque ?

— C'est mon plus grand fantasme, admit-il, les yeux assombris.

— Alors, je vais t'envoyer une de mes sœurs. Une célibataire.

*Parce que moi, je ne le suis pas, peut-être ?*

— Regina la Radieuse. Jeune, impatiente. Brillante. Et, surtout, bien disposée.

— Mais est-ce que tu vas tenir parole ? Dis-lui de venir d'abord… Je lui donnerai la bague ensuite.

— Il me faut la bague… et il me la faut maintenant. Mais je te jure sur le Mythos qu'elle viendra. Néanmoins, je ne peux pas te jurer qu'elle couchera avec toi, ajouta Kaderin après réflexion. Et je te déconseille fortement de l'embrasser. Mais à part ça, c'est une sacrée fêtarde.

Comme le Colombien avait l'air de réfléchir sérieusement à la proposition, elle enchaîna, dissimulant sa surprise :

— Tope là, Gamboa. Ce soir, je n'ai pas envie de te briser le cœur. Ni au sens propre ni au sens figuré.

— Bon… où est-elle, cette Regina ? demanda-t-il après une brève hésitation.

Kaderin se rappela alors son portable préféré, bloqué par la Radieuse sur la sonnerie Crazy Frog…

— Et si je te donnais son numéro personnel ?

*Un prêté pour un rendu, ma petite…*

Gamboa s'empressa de tendre une de ses cartes à sa passagère, qui inscrivit au dos le numéro de Regina – huit, six, sept, cinq, trois, zéro, neuf… comme la Jenny fantasmatique de la chanson, ce qui était tout à fait approprié. Après quoi, il ôta sa bague et la donna à Kaderin, en se penchant vers elle à la frôler. Ce contact ne lui fit ni chaud ni froid, alors qu'il s'attendait visiblement à une réaction. Normal. N'importe quelle femme l'aurait trouvé sexy… mais il la laissait de glace.

— Dis au chauffeur de s'arrêter au prochain feu.

— Je te donnerai aussi le diamant, si tu restes cette nuit, *cariña*.

Elle aurait dû accepter. Sebastian était sans doute en train de dispenser à cet instant précis ses baisers brûlants, passionnés.

— L'opale me suffit.

Pourquoi ne pas coucher avec ce beau demi-démon ?

Parce qu'elle voulait s'enfermer dans sa chambre et être tranquille pour pleurer.

# 30

Sebastian n'avait pratiquement pas fermé l'œil ni avalé une goutte de sang depuis sa nuit en Colombie. Il avait passé la semaine à essayer d'oublier Kaderin.

Ça ne marchait pas.

Il devenait même littéralement obsédé. À cette pensée, un rire amer lui monta aux lèvres. Il devenait obsédé ? Il l'était depuis le début, oui.

Malgré leurs différends, il voulait toujours l'épouser.

Alors qu'elle s'était rendue dans cette boîte de nuit habillée en séductrice et qu'elle avait – sans doute – offert une nuit à ce type… après avoir profité de la moindre occasion pour lui répéter qu'elle ne coucherait jamais avec un vampire.

Sur le coup, Sebastian avait eu la ferme intention de lui rendre la monnaie de sa pièce, mais il s'était abstenu. Il n'arrivait même pas à s'imaginer au lit avec une autre. En la mordant, il avait eu l'impression de la faire sienne, mais il était aussi devenu sien. Il ne pouvait pas vivre sans ça, ce n'était tout simplement pas possible.

Ce serait elle ou personne, forcément. Il avait besoin de toucher le corps qu'elle lui dérobait. De rendre à celle qui le tourmentait le mal pour le mal.

Elle avait affirmé qu'elle ne le repoussait pas seulement parce qu'il était vampire. D'ailleurs, comment en aurait-il douté ? Les choses ne se passaient pas mieux avec les femmes, à l'époque où il était humain.

*Mais qu'est-ce que j'ai de si horrible, nom de Dieu ?*

Sa nuit lointaine avec une veuve frigide avait réduit à néant son peu d'assurance. Maintenant encore, il en restait marqué. Il était si imposant, et elle si froide, qu'il n'avait pas réussi à la pénétrer. D'ailleurs, il ne la désirait pas. Évidemment : elle refusait de se laisser caresser, ne fût-ce que les seins, et permettait juste au visiteur de lui soulever ses jupes, sans le toucher du bout du doigt.

Chaque tentative de Sebastian lui avait arraché des sifflements de douleur, jusqu'à ce que, enfin, elle se mette à lui marteler le dos à coups de poing en criant :

— Ça suffit, arrête, espèce de grand imbécile !

Il avait vingt-trois ans. Cette brusque manifestation de dégoût l'avait sidéré.

— Mais alors… pourquoi ?

— Parce que j'ai perdu un pari, avait-elle riposté, en détachant bien les mots.

Et voilà qu'aujourd'hui, Kaderin, la femme qu'il désirait plus qu'il n'avait jamais rien désiré, éprouvait pour lui le même dégoût.

Il avait toujours été galant. Toujours. Il avait témoigné au beau sexe respect et courtoisie. Sans succès.

La prochaine fois qu'il verrait la Valkyrie, il s'emparerait du talisman qu'elle cherchait puis l'obligerait à passer un marché : il faudrait bien qu'elle lui accorde un des plaisirs qu'il n'avait pas connus durant sa vie de mortel et qui l'avaient longtemps fait fantasmer.

Quand il se regardait dans une glace, il ne se reconnaissait plus. Maigre et livide. Les yeux noirs en permanence.

Il devenait aussi impitoyable qu'elle. Les élans de tendresse, le plaisir de se laisser charmer quand elle coinçait ses cheveux derrière son oreille pointue ou rougissait si joliment… c'était fini.

Quand il l'égalerait enfin en cruauté, peut-être serait-il pour elle le partenaire approprié.

*Province de Battambang, Cambodge,*
*vingt-quatrième jour*

> *Prix : la boîte aux nagas, un antique coffret en bois*
> *gravé de cinq têtes de nagas, valant treize points*

Il faisait nuit noire. Kaderin examinait sous la pluie battante un pré pelé où ne poussait aucun arbre. Dans la région, la jungle omniprésente dévorait l'inanimé, des carcasses de voitures aux temples ornementés. Seul ce terrain vague y échappait. Personne n'y avait non plus construit la moindre cabane. Il ne s'y trouvait que des tas de débris.

La pancarte qui occupait un angle du pré menaçait de s'écrouler sous le poids des plantes grimpantes. Kaderin les arracha, dévoilant un panneau de métal en forme de sablier, ce qui évitait sans doute aux gens du coin la tentation de l'ajouter à leur toiture.

Un crâne y était dessiné, au-dessus de deux tibias croisés.

C'était donc ça : un champ de mines, truffé d'explosifs.

Explosifs parmi lesquels attendait une boîte gravée de nagas, les serpents divins, et contenant un saphir gros comme le poing.

Riora se fichait du saphir ; c'était le coffret qui l'intéressait.

La pluie diluvienne – on était en mai, mois de mousson – avait transformé le pré en un magma où se mêlaient boue et flaques d'eau. Kaderin soupira. Les mines, ça faisait mal, mais elle avait besoin de points. Elle était toujours au coude-à-coude avec la sirène et le Lycae. Or cette mission ne menait qu'à un unique prix. Il le lui fallait absolument.

À la limite du terrain vague, elle déglutit. C'est le genre d'endroit où l'on perdait un pied sans avoir le temps de dire ouf. Il lui était déjà arrivé de perdre un pied, justement, et elle devait bien admettre qu'elle aurait préféré des perspectives plus riantes.

Elle serra puis desserra les poings avant de se mettre au travail, c'est-à-dire à la recherche de quelque chose de lourd à jeter dans la boue. En se dépêchant un peu, elle réussirait à faire exploser deux ou trois…

Son oreille s'agita. Malgré la pluie de plus en plus violente, elle venait de repérer les mouvements discrets d'un prédateur. Oh, non… pas…

Le salaud. Bowen. Et, juste sur sa droite, Cindey, trempée.

Ils prirent tous conscience de la situation au même instant. Et foncèrent tous dans le pré sans s'occuper de la pancarte. Non seulement le Lycae était rapide de nature, mais en plus il courait comme un dératé. Au milieu du champ de mines, il laissa la bête sortir de sa cage pour gagner en robustesse grâce à la transformation. Ses crocs n'en devinrent que plus inquiétants, tandis que ses griffes sombres, en principe assez courtes, s'allongeaient, durcissaient. Lorsqu'il se retourna en grognant, Kaderin s'aperçut que ses yeux ambrés avaient viré à un bleu de glace.

Malgré la vivacité des Valkyries et les facilités des sirènes dans l'eau, ses deux rivales auraient dû perdre du terrain. Il avait bien coiffé la première au poteau dans la caverne… La sorcière avait vraiment eu la main lourde, avec sa malédiction.

Kaderin suivait le même trajet que le garou, de manière à lui laisser prendre les risques, quand sa rivale la dépassa sur sa droite.

Une idée! Kaderin accéléra au maximum.

— Cindey! appela-t-elle. La jambe droite!

La sirène hocha la tête. Une seconde plus tard, elles se jetaient toutes deux sur le Lycae, le plaquant dans la boue. Il se contorsionna pour se retourner, les babines retroussées, avant de claquer des crocs en direction de Cindey, qui lui enfonça le coude dans la gorge, et d'assener un coup de griffes meurtrier à Kaderin, qui bondit en arrière juste à temps. Si Mariketa n'avait pas affaibli l'adversaire, elles seraient mortes toutes les deux à ce moment-là.

Elles avaient d'ailleurs du mal à le maintenir, malgré ses blessures : le grand mâle se battait comme une véritable bête sauvage – ce qu'il était, après tout. Ils avaient parcouru en se bagarrant une bonne partie du pré sans déclencher aucune mine, mais il y en avait forcément dans le coin…

— Frappe, crétine ! hurla Kaderin à Cindey.

Elles esquivèrent les griffes noires du Lycae en lui donnant des coups de pied dans le torse pour le faire rouler plus loin. Un déclic métallique retentit, parfaitement audible. Bowen n'eut que le temps de serrer les dents.

Le pré s'illumina brièvement, au moment où Kaderin tirait la sirène devant elle pour se protéger. Une gerbe de boue rouge souleva le garou, à une quinzaine de mètres d'elles, mais l'explosion les faucha aussi, les rejetant en arrière.

Lorsque l'averse de terre s'interrompit, Kaderin repoussa Cindey, laquelle se releva en titubant, gémissante, les mains plaquées contre ses oreilles sensibles, les tympans crevés. Elle était en sang, inondée de ruisseaux rouges qui dévalaient ses bras et ses jambes nus, mêlés à des torrents de boue.

Sa rivale se remit sur ses pieds, elle aussi. Bowen gisait plus loin, un éclat de métal planté entre les côtes, mais il plongea les griffes dans la terre pour se hisser à quatre pattes puis se redressa maladroitement. Sans doute savait-il que, s'il retirait le morceau de ferraille, il perdrait tellement de sang qu'il se retrouverait hors jeu.

Kaderin fit l'inventaire de ses propres blessures. Apparemment, elle avait tiré le bon numéro, car elle n'avait que quelques égratignures.

À sa grande stupeur, Bowen, ruisselant de sang, s'avança en titubant vers le théâtre de l'explosion. Elle pencha la tête d'un côté, puis de l'autre. Une des flaques de boue dégageait une sorte de phosphorescence. Sans doute le coffret, déterré par hasard. Elle fonça dans la boue, indifférente aux mines, réduisant la distance qui la séparait du Lycae.

Le morceau de métal le transperçait de part en part, il devait souffrir le martyre, mais ça ne l'arrêtait pas. Kaderin et lui ne tardèrent pas à se retrouver à la même hauteur. Devant eux, une petite boîte en bois luisante, fermée, montait et descendait sur sa flaque comme une épave sur les flots.

Ils se jetèrent dessus au même instant. Glissèrent dans la boue. Se cognèrent la tête, si fort que la vision de Kaderin se troubla une seconde. L'eau emporta un peu plus loin l'objet de leur désir.

Il n'y avait plus dans les yeux bleus du Lycae la moindre lueur d'humanité.

— Tu vas regretter que je n'aie pas le droit de te tuer.

La voix gutturale se brisait.

Ils se ruèrent de nouveau sur le coffret, toutes griffes dehors. Il coula. Alors, ils le cherchèrent à tâtons, à l'aveuglette, sans se soucier de perdre les bras et le visage dans une explosion. Et ils l'attrapèrent au même instant, d'une main chacun. Kaderin siffla comme un chat, claqua des mâchoires, tendit l'autre main par-dessus son épaule pour tirer son épée, tandis que Bowen levait ses griffes meurtrières...

Sebastian leur arracha la boîte.

Kaderin cligna des yeux sous la pluie. Le temps s'arrêta.

Elle restait hypnotisée, sidérée par la sauvagerie qui brûlait dans les yeux noirs du nouveau venu, par la dureté de ses traits, par sa chevelure de nuit fouettée par le déluge.

Elle avait soudain désespérément envie d'être celle qu'un homme pareil rejoindrait toujours et partout. Une envie douloureuse.

Il se tenait un pied devant l'autre, et elle devina aussitôt pourquoi : une mine se trouvait juste en dessous. Et, vu son air menaçant, ce n'était pas par hasard. Il lui tendit la main.

— Viens.

Elle se jeta sur lui en même temps que Bowen. Sebastian la serra contre lui et glissa avec elle à l'extérieur du pré.

La mine explosa, tandis qu'il poussait Kaderin derrière lui, comme la nuit où il l'avait rejointe au temple de Riora.

Lorsque l'atmosphère s'éclaircit, elle se faufila à côté de lui. Bowen gisait sur le ventre, frissonnant, là où il était retombé. Du sang lui ruisselait de la bouche. Il marmonna quelque chose, un nom de femme, peut-être. Oui, bien sûr. Celui de sa promise.

Puis, sentant peut-être que ses adversaires étaient toujours là, il releva la tête. À cette vue, Kaderin laissa échapper une petite exclamation sifflante. Il avait perdu un œil, son front et sa tempe gauche étaient carbonisés, mais, malgré son corps en miettes et son esprit obscurci, il voulait toujours autant récupérer le coffret... et l'âme sœur qui avait trouvé la mort en le fuyant, si longtemps auparavant. Ses griffes s'enfonçaient dans la terre pour le traîner en avant.

— Emmène-moi, Sebastian, murmura Kaderin. (Aucune réaction.) Allons-nous-en, ou il va sauter sur une autre mine.

— Exactement. (Les yeux glacés du vampire étaient aussi noirs que la nuit.) Il le mérite, vu ce qu'il t'a fait.

Bowen rampait dans leur direction pendant que Cindey marchait en rond. Du sang lui dégoulinait des oreilles. Elle balbutiait des mots sans suite… où revenait celui de «bébé». Kaderin ne pouvait en supporter davantage, elle qui, autrefois, avait regardé avec satisfaction souffrir ses concurrents.

Mais elle avait changé. Ou, plus exactement, elle était redevenue telle qu'elle était au commencement.

— Bastian, je t'en prie! s'écria-t-elle, en pivotant pour attraper à deux mains la chemise de son compagnon.

Il se raidit, surpris, l'examinant avec attention. Ce qu'il vit le persuada de la serrer dans ses bras puis de glisser avec elle.

Les rugissements angoissés de Bowen résonnaient encore aux oreilles de sa rivale bien après qu'elle eut quitté le pré.

## 31

De retour chez elle, Kaderin frissonnait dans ses vêtements mouillés. Dehors, la tempête faisait rage, à croire qu'elle avait suivi à Londres vampire et Valkyrie. Le crépuscule venait de tomber. La nuit commençait à peine.

Sans mot dire, Sebastian rangea le coffret dans la poche de sa veste puis prit Kaderin par la main pour l'entraîner à la salle de bains, où il fit couler la douche avant de lui déboutonner son corsage.

Les yeux noirs fixés sur elle étaient aussi sauvages que ceux du Lycae.

— Dis-moi, Kaderin, tu la veux, cette boîte ?

Toujours hors d'haleine, elle répondit d'un simple hochement de tête.

Il lui dégagea les épaules, puis les bras.

— Alors, tu vas devoir la gagner.

Lorsqu'il dégrafa son soutien-gorge trempé, qui se fermait par-devant, le petit morceau de dentelle rejoignit son chemisier sur le carrelage. L'apparition de ses seins nus fit prendre à Sebastian une brusque inspiration, mais il continua de la déshabiller sans chercher à la toucher. Quand il lui ouvrit sa braguette puis la débarrassa à la fois de son pantalon et de sa culotte, elle dut se cramponner aux robustes épaules courbées vers elle.

— Qu'est-ce que tu veux ? demanda-t-elle une fois plantée, nue, devant lui.

Elle était toujours sidérée, non seulement par la violence de la scène qui s'était déroulée au Cambodge, mais aussi par l'extrême séduction qu'il avait exercée sur elle, là-bas. Ce souvenir la fit frissonner.

— Lave-toi et viens me rejoindre dans la chambre, ordonna-t-il d'une voix rauque, avant de la quitter.

Elle resta un long moment figée, à regarder la porte. Puis, peu à peu, elle remarqua toutes les affaires qu'il avait apportées dans sa salle de bains. Rasoir, brosse à dents, savon. Ce salopard ne s'était quand même pas installé chez elle ? En arrivant à l'appartement, elle ne voyait que lui, mais elle se rappelait maintenant les livres et les journaux dispersés çà et là, une paire de bottes négligemment abandonnée près de la porte...

— Sale squatteur, murmura-t-elle en se glissant sous la douche.

Son esprit tourna ensuite à plein régime pendant qu'elle se débarrassait de la boue dont elle était couverte. Qu'allait-il exiger d'elle ? Malgré sa colère, elle brûlait de curiosité.

Allait-il essayer de boire à ses veines, une fois de plus ? Ou de lui faire l'amour ? Voire les deux ? Rien que d'y penser, elle se sentait excitée, ce qui l'exaspérait encore plus.

Toutefois, l'homme qu'elle venait de voir au cœur de la tempête et du chaos avait beau éveiller son désir, il était hors de question qu'elle se donne à lui contrainte et forcée.

Après s'être lavé les cheveux, elle s'essuya, enfila un peignoir de soie rose puis gagna la chambre, en contournant ses affaires à lui, qui traînaient partout.

Il avait ôté sa veste et sa chemise mouillées. Les muscles de son torse humide étaient contractés, ses yeux noirs, une fois de plus.

— Viens ici, ordonna-t-il.

Kaderin eut du mal à contraindre ses pieds à se déplacer, mais s'approcha de lui en se mordillant la lèvre. À peine l'eut-elle rejoint que, sans préambule, il lui empoigna les fesses à travers la soie du peignoir. Elle ne put retenir une petite exclamation.

Ensuite, il lui embrassa le cou en le léchant lentement, avant de descendre jusqu'aux seins. Lorsqu'il aspira un des mamelons à travers le tissu, elle gémit, les genoux flageolants, mais il la tenait fermement.

— Il faut que je te dise quelque chose, souffla-t-elle.

La croirait-il, quand elle lui expliquerait qu'elle n'avait jamais eu l'intention de coucher avec Gamboa ?

Il s'écarta légèrement.

— Les parlotes, c'est fini. Bon, tu le veux, ton joujou, oui ou non ?

— Je ne ferai pas l'amour avec toi, prévint-elle.

Les lèvres de Sebastian s'incurvèrent en un sourire cruel.

— Parce que tu crois que je veux faire l'amour avec toi ?

Elle cligna des yeux, visiblement surprise par sa réponse.

— Et si je te demandais de me donner la boîte ? Comme un cadeau… pour ta fiancée. Tu m'as proposé l'amulette, l'autre fois.

— On n'en est plus là. Je ne suis plus un gentleman. Je ne suis même plus humain. Et tu n'as rien d'une dame.

Lorsqu'il lui appuya sur les épaules, elle comprit parfaitement ce qu'il voulait et se raidit.

— Oh, non, prévint-il. Si tu veux le coffret, tu vas faire ce qui me plaît.

Elle s'agenouilla donc, sans baisser les yeux.

— Tu n'as pas réussi à obtenir ça d'une nymphe ?

— Pourquoi devrais-je me contenter d'une nymphe, quand j'ai une Valkyrie à mes ordres ?

— Alors, c'est ça que tu veux ?

— Oui.

Il lui avait posé une main sur la tête et la tenait de l'autre par la nuque. Oui, il voulait la voir à genoux devant lui, obligée de lever les yeux pour le regarder et de reconnaître qu'il maîtrisait la situation. Il était parfaitement capable de la dominer s'il en avait envie. Il voulait qu'elle le prenne dans sa bouche, qu'elle lui fasse connaître ce plaisir-là.

*Non, pas comme ça.*

D'où pouvait bien venir cette pensée, alors qu'il était si près de découvrir enfin des délices nouvelles ?

Il serra les dents, incapable d'imaginer l'effet que lui feraient les lèvres de Kaderin en se refermant sur sa verge. Toutefois, un doute obsédant le rongeait. La concupiscence le disputait en lui à un vague malaise, logé au fond de son esprit.

*Elle s'est tournée vers moi, tout à l'heure...*

— Arrête. (Il l'empoigna par les épaules.) Relève-toi. Je ne veux pas de toi comme ça. (Après l'avoir brutalement remise sur ses pieds, il s'éloigna de quelques pas.) Te transformer en putain... je ne peux pas, voilà.

— Je ne vois pas ce que ça changerait, par rapport à l'œuf de basilic, riposta-t-elle d'une voix où perçait la colère.

— À ce moment-là, je voulais juste te caresser.

Les yeux de Kaderin virèrent à l'argenté.

— Qu'est-ce que ça peut bien te faire, de me transformer en putain ?

— Tu ne peux pas comprendre. Je n'existe pas pour toi, d'accord, mais pour moi, c'est comme si on était mariés. Quand tu es allée retrouver ce type... quand tu l'as laissé te caresser...

Sebastian se passa la main sur le visage. Son érection s'évanouissait à toute allure.

— Peu importe.

Il lança la boîte sur le lit, puis se détourna.

— Tiens, prends-la.

— En paiement de mes bons et loyaux services ? Mais je ne l'ai pas gagnée, voyons.

Sans lui laisser le temps de se téléporter, Kaderin continua en le rejoignant :

— Oh, au fait, espèce de sale prétentieux…

Elle effleura d'un doigt léger les épaules puissantes, dont les muscles se contractèrent, puis poursuivit un ton plus bas, un peu haletante :

— Tu viens juste de laisser passer ta chance de découvrir comment une immortelle exprime son admiration à un homme.

Après l'avoir contourné en laissant glisser sur lui le bout de son index, elle finit par se hisser sur la pointe des pieds pour lui chuchoter à l'oreille :

— Je t'aurais fait le compliment le plus ardent, le plus délicieux que tu aies jamais reçu. J'aurais passé une éternité à te flatter. (Elle prit bonne note que le front de Sebastian se couvrait de sueur.) Maintenant, je n'ai plus qu'à te remercier de m'avoir épargné des heures de travail.

Il frissonna, puis s'éloigna de nouveau en poussant un petit grognement de frustration.

— Tu crois vraiment que j'y ai renoncé de gaieté de cœur ? Je n'ai jamais…

Fou de désir, mais aussi tenaillé par la curiosité, il se mit à aller et venir d'un pas rageur.

— Tu n'as jamais quoi ?

Sans répondre, il s'arrêta et se passa la main sur la nuque.

— Tu n'as jamais connu ça ? acheva-t-elle tout bas.

Il détourna brusquement les yeux, incapable de lui mentir, mais refusant de reconnaître qu'elle avait fait mouche.

*Il ne prétend même pas le contraire ?* Les lèvres de Kaderin s'entrouvrirent de stupeur. *Personne ne lui a encore accordé ce plaisir-là ?*

Cette idée la choqua… avant de l'exciter, lui envoyant de petits frissons le long de la colonne vertébrale.

*Je serais la première.*

Elle devait bien admettre que sa colère était due en partie à ses désirs inassouvis. Lorsque le tissu humide du pantalon de Bastian avait dessiné devant elle une verge gonflée, elle en avait eu les jambes coupées d'humiliation et de gêne, parce qu'elle avait eu envie de le prendre dans sa bouche. Et voilà que l'excitation revenait sauvagement à la charge.

Être la première avec un mâle… Elle pencha la tête de côté.

— Tu m'as… imaginée dans le rôle?

Il lui jeta un coup d'œil furieux, comme si sa question était ridicule.

— Je vois.

Sans doute allait-il exploser de rage, si elle continuait. Il lui rappelait un peu un ours blessé, coincé dans un cul-de-sac. Il fallait y aller prudemment.

— Pourquoi laisser passer ta chance? reprit-elle.

— Parce qu'on n'en a pas fini, toi et moi! riposta-t-il.

Elle rejeta la tête en arrière.

— Même après la Colombie?

Il se rapprocha.

— Cette nuit, dans ce champ de mines, tu étais… différente. Ce… ce n'est pas fini, voilà.

À ces mots, une vague d'émotions envahit Kaderin. Le désir, oui, mais pas seulement, elle l'admettait à présent. Sebastian avait eu envie de se montrer cruel avec elle – il en avait éprouvé le besoin…

Mais il en avait été incapable.

Si violemment qu'il aspirât au plaisir, il ne l'avait pas forcée à le lui prodiguer.

Elle en éprouva soudain pour lui une tendresse qui menaça de l'engloutir tout entière. La pensée qu'il avait rêvé si longtemps de connaître quelque chose qui lui avait été refusé la faisait même souffrir, elle aussi. Elle ne supportait pas qu'il se demande comment ce serait, avec elle.

Kaderin désirait l'homme impitoyable entrevu sous la pluie, mais elle avait aussi envie de celui qui se tenait là maintenant, vulnérable.

— Et si je veux, moi? (Elle se mordilla la lèvre.) Ça te plairait?

Elle vit très bien qu'il redevenait aussitôt dur comme du fer.

— Je… Si… Seulement si tu en as envie.

Oh, elle en avait envie. Levant la main, elle lui caressa tendrement le visage. Il ferma un instant les yeux. *Je vais te donner tellement de plaisir…* S'il avait attendu une chose pareille toute sa vie, elle allait veiller à ce que sa patience soit récompensée.

D'autant qu'elle était obligée de se montrer digne de ses propres fanfaronnades inconsidérées. « *Le compliment le plus ardent* », *hein, ma vieille?* Une scène dont elle avait été témoin bien longtemps auparavant lui revint à l'esprit, sans avertissement. Elle s'était glissée dans le harem d'un magicien maléfique, pour libérer une sorcière avec laquelle sa maisonnée s'était liée d'amitié. Les sortilèges affectaient peu les Valkyries, mais l'adversaire était redoutable. Voilà pourquoi Kaderin avait préféré se cacher en attendant que tout le monde succombe au sommeil.

Elle était restée dans son coin jusqu'à l'aube. Parce qu'une des concubines du mage avait passé la nuit entière à lui dispenser du plaisir d'une manière extrêmement originale.

Kaderin avait classé l'idée dans un coin de son esprit en se disant qu'un jour, si elle redécouvrait le désir, elle aimerait vraiment essayer ça…

Ce jour-là était venu. Elle voulait apporter à Sebastian une expérience mémorable… pour l'éternité. Une version immortelle de ce qui l'avait fait fantasmer.

— J'en ai envie, Bastian.

308

Elle lui noua les bras autour du cou.

— À certaines conditions.

Un sourire attristé joua sur les lèvres du vampire.

— Tu poses toujours des conditions.

— Ça m'étonnerait que celles-là te gênent trop.

Dix minutes plus tard, Sebastian gisait sur le lit, enchaîné.

Il aurait dû voir la petite lueur malicieuse qui brillait dans les yeux de sa compagne et glisser le plus loin possible.

Mais elle lui avait dispensé de doux baisers de ses lèvres rouges en lui caressant le torse avec ardeur, avant de demander cinq minutes de solitude pour se préparer. Il les lui avait accordées, bien sûr. Il se débarrassait de ses bottes quand elle était venue le prendre par la main, qu'elle avait massée sensuellement avec le pouce. Coinçant ses cheveux derrière l'oreille, elle lui avait souri par-dessus son épaule en l'entraînant jusqu'au lit.

L'avait-il interrogée sur ce qu'elle avait trafiqué dans la chambre ? Seigneur, non. À ce moment-là, après ce sourire ensorcelant, il l'aurait suivie bêtement n'importe où, même si elle lui avait chuchoté qu'elle l'emmenait dans les profondeurs flamboyantes de l'enfer.

Ils s'étaient allongés en s'embrassant lentement. Elle poussait contre ses lèvres de petits gémissements qui le rendaient fou. Chaque fois qu'elle le titillait de la langue, il s'imaginait l'effet que lui ferait ce genre de frétillement sur sa verge…

Puis il s'était brusquement retrouvé un poignet menotté à une chaîne passée sous le lit.

— Qu'est-ce que…

— C'est une de mes conditions.

Des avertissements avaient traversé l'esprit de Sebastian. Ce n'était pas prudent. Ils venaient juste de se disputer. Ils n'avaient rien réglé. Mais, après tout, il se libérerait sans problème en cas de besoin.

Il lui suffirait de glisser. *Pourquoi a-t-elle envie de faire une chose pareille ?*

Elle lui avait souri, séductrice, et toutes ses pensées s'étaient enfuies, sauf une : il mourait d'envie de libérer sa verge entre eux. Quand Kaderin lui avait menotté l'autre poignet, il n'avait opposé aucune résistance.

Ces préparatifs terminés, elle l'avait examiné en s'humectant les lèvres, les yeux argentés.

Puis elle l'avait débarrassé de son pantalon d'une griffe experte, sans lui laisser un fil sur le corps. Il en avait été sidéré. Il l'était encore.

— Je pensais à ça le matin de l'avion, après notre nuit ensemble.

Elle lui embrassa le torse, l'effleurant de ses longs cheveux humides. Il frissonna de plaisir.

— Déchirer ton jean pour te prendre dans ma bouche.

Sebastian poussa un grognement d'incrédulité. Quand un souffle chaud lui descendit le long du corps, il se demanda franchement s'il n'allait pas mourir d'extase. Peut-être s'agissait-il d'un rêve... auquel cas il ne voulait surtout pas se réveiller. Après avoir joué avec la ligne de poils qui s'étendait de son nombril à son entrejambe, Kaderin releva les yeux.

— Prêt ?

— Seigneur, oui, je suis prêt...

Le premier contact de la petite langue brûlante au sommet de sa verge lui coupa le souffle.

— Mon Dieu... parvint-il à lâcher.

Lorsque le gland s'humidifia, elle s'aventura à le lécher plus fermement.

Les yeux de Sebastian se révulsèrent.

Puis vint la longue, la lente glissade des lèvres rouges. Il se cambra. La langue s'agita, alors qu'il se trouvait toujours dans la bouche ardente, lui apportant un plaisir si intense qu'il ne put retenir un hurlement. Il se força à lever la tête pour contempler la scène. Au spectacle de Kaderin en train de le caresser de cette manière, ses halètements redoublèrent.

Il aurait voulu repousser les longs cheveux blonds afin de mieux voir, mais les menottes l'en empêchaient. Bien sûr, les chaînes se briseraient facilement, s'il s'y attaquait... seulement elle en avait fait une condition. Pas question de mettre en péril ce qui se passait.

Comme si elle avait lu dans l'esprit de son prisonnier, elle chassa ses boucles derrière une de ses épaules pour bien lui dévoiler ce qu'elle faisait.

Lorsqu'elle passa tendrement le visage le long de la verge gonflée, il laissa échapper une expiration sifflante.

— Qu'est-ce que tu en penses? s'enquit-elle.

— Je ne pense pas, je ne peux plus, répondit-il d'une voix étranglée.

Elle sourit.

Et continua à le caresser sans aucune inhibition. Il ne supporterait plus très longtemps les attentions de cette bouche brûlante et moite. Ses bourses se contractaient, malgré son envie de prolonger indéfiniment la situation.

— Je vais jouir...

À l'instant précis où il allait craquer, elle libéra sa hampe, comme il s'y attendait. Il n'avait jamais rêvé qu'elle le suce et le lèche ainsi jusqu'au bout.

— Non, Bastian, je ne crois pas.

# 32

— Il me semble que je suis conscient de ce genre de choses, gronda le prisonnier, les sourcils froncés.

Kaderin referma le poing bien serré sur le gland luisant pour empêcher l'éjaculation... et dissimula sa surprise en constatant que la manœuvre fonctionnait, malgré la semence qui gonflait douloureusement la verge rigide. Ils regardèrent tous deux le sexe imposant, puis leurs yeux se croisèrent.

Elle eut parfaitement conscience du moment où il comprit ce qu'elle mijotait.

— Tu ne vas pas...

Comme elle hochait la tête, il tira sur ses chaînes, dont la solidité le surprit visiblement.

— Elles sont enchantées, expliqua-t-elle en donnant un coup de langue paresseux. Elles résisteront même à un immortel de ta force, et tu n'arriveras pas non plus à glisser.

Il n'en continua pas moins à essayer.

— Libère-moi ! Tu veux te venger, c'est ça ?

Son corps nu se tendait, tous ses muscles contractés, tandis qu'il cherchait à échapper à ses fers. L'effort rendait ses bras encore plus imposants.

— Non, Bastian, il n'est pas question de vengeance.

Une fois la semence redescendue, ce qui réduisait le risque d'éjaculation, Kaderin lâcha le sexe rigide pour ôter son peignoir. Sebastian cessa presque de se débattre, les lèvres mi-closes. Lorsqu'elle se pencha vers lui, les seins près de sa bouche, afin de lui glisser un oreiller sous la tête, il s'immobilisa enfin, les yeux rivés sur le corps qu'elle venait de dévoiler. Quand elle s'installa à califourchon sur lui, il se figea, comme s'il oubliait de résister.

— Plus près, ordonna-t-il.

Elle s'avança pour porter les seins à sa bouche, l'un après l'autre. Il lui suça les mamelons avec ardeur, en gémissant et en serrant les poings dans les menottes.

Mais, lorsqu'elle s'écarta de nouveau, il cracha des jurons jusqu'à ce qu'elle se déplace sur lui afin de le reprendre dans sa bouche. Elle adorait le goût de son sexe, la violence avec laquelle il réagissait à ses caresses, l'incrédulité qui apparut dans ses yeux quand elle lécha la base de sa verge, puis ses bourses.

— Katia, je vais...

Elle l'attrapa de nouveau d'une main rude pour l'empêcher de jouir. Il poussa un hurlement de douleur, les talons enfoncés dans le matelas, en donnant un coup de reins puissant qui faillit déloger le poing de Kaderin et libérer enfin sa semence bouillonnante. Elle n'avait jamais rien vu de plus érotique que le corps magnifique qui se tordait dans les fers.

Toutefois, elle tint bon, et il ne tarda pas à devenir ivre de désir, quasi insensible, le torse luisant de sueur, le corps tout entier en proie à un violent tremblement, tant le besoin de se soulager le tourmentait. Il repassa à sa langue maternelle, dont les balbutiements rauques prouvèrent clairement à sa compagne qu'il était persuadé d'être incompréhensible. Alors qu'elle parlait parfaitement estonien...

Oh. Elle avait dû oublier de le lui signaler.

Il l'appela sa *kena* – sa bien-aimée – et lui jura qu'il l'adorait, même s'il n'avait pas réussi à le lui dire auparavant, malgré son envie impérieuse de se livrer.

*S'il savait que je comprends tout ce qu'il raconte,
il préférerait mourir...*

Il avoua aussi qu'il la voulait à lui, rien qu'à lui, à
partir de cette nuit, qu'il lui était resté fidèle et le
serait à jamais. À jamais...

Il n'avait donc séduit personne, en Colombie?
L'émotion que cette pensée souleva en Kaderin lui
crispa les orteils. Elle n'en eut que davantage envie
de lui – si possible –, et son excitation devint littéralement insupportable.

Elle mourait d'envie de laisser ses doigts se poser
sur son propre sexe: son soulagement serait instan-
tané. Fidèle à jamais? Frissonnante, elle embrassa
Sebastian avec tendresse, haletante, enfiévrée, incapable de retenir un gémissement...

Il releva aussitôt la tête et la secoua avec force,
comme pour s'éclaircir les idées.

— Libère-moi.

Pourquoi ce brusque changement?

— Je te promets que cette fois...

— Libère-moi, ou je trouverai le moyen de le faire,
je le jure.

Son comportement devenait inquiétant. Ses yeux
plissés étaient d'un noir d'encre.

Devant son indéniable sérieux, elle se pencha vers
lui.

— Pourquoi? Ça ne te plaît pas?

Il tira sur ses chaînes de toutes ses forces, à la
grande stupeur de Kaderin.

Elle n'était pas sûre du tout d'avoir envie de libérer le vampire qu'elle venait de torturer sexuelle-
ment. Pas alors qu'elle était nue et incroyablement
excitée. D'autant qu'il comptait se venger, son expression le laissait deviner.

— Qu... qu'est-ce que tu vas faire?

Inverser les rôles, elle pouvait parier là-dessus.
Si elle le débarrassait des menottes, il la prendrait
cette nuit même.

Maintenant, elle avait la nette impression que c'était lui qui brûlait les étapes.

Elle ne se sentait pas encore prête à faire l'amour avec lui. Elle n'avait jamais couché qu'avec des hommes en qui elle avait confiance. Or, malgré le charme immense de Sebastian, elle n'avait pas confiance en lui.

Il tira sur ses chaînes plus fort encore, mais aucun vampire n'était capable d'en venir à bout. Il allait juste se faire mal...

Elle se sentait soudain très consciente de la carrure imposante de son captif. Les muscles saillants, qu'elle trouvait d'habitude si excitants, l'emplissaient d'inquiétude. La verge dont le volume suscitait son admiration une minute plus tôt l'intimidait.

Bref, tout concourait à lui donner envie de s'enfuir, jusqu'au moment où elle vit un filet de sang couler du poignet de Sebastian.

— Attends ! s'écria-t-elle en se jetant sur la clé des menottes.

Les mains tremblantes, elle le détacha...

Une fraction de seconde plus tard, il la jeta sur le dos puis, la dominant de sa masse, se mit à la caresser et à la masser entre les jambes. La moiteur brûlante qu'il y découvrit lui arracha un gémissement, et il renversa la tête en arrière.

— Qu'est-ce qui t'arrive, Bastian ?

Il la regarda.

— L'heure est venue.

Sa voix était méconnaissable.

— Qu... quelle heure ? Pourquoi maintenant ?

Une main possessive couvrit le sexe de Kaderin, le frotta doucement.

— Dis-moi que tu n'as pas envie de me sentir en toi, et j'arrête.

Sebastian lui attrapa le sein de son autre main pour passer le pouce sur le mamelon érigé.

— Vas-y, dis-le.

Elle serra les dents et détourna les yeux, avant de prévenir :

— Si on continue, on baisera, on ne fera pas l'amour. Je ne deviendrai pas tienne comme une valise perdue. Je ne te promets rien. Ce sera juste une partie de jambes en l'air sans conséquence.

Ça, ça allait le refroidir.

— D'accord, acquiesça-t-il d'une voix rauque.

— Hein ? Quoi ? Tu es d'accord pour baiser sans que ça mène à rien ?

— Je suis d'accord pour baiser avec toi de toute manière. Tu es ma fiancée.

Il lui jeta un regard sombre qui la fit frissonner, avant même qu'il n'ajoute dans un grondement :

— Je suis prêt.

— Alors, tu crois que tu vas prendre les rênes ?

*Si je les lui laisse, je suis perdue.*

Pour toute réponse, il s'agenouilla entre ses jambes.

Kaderin était d'une beauté inouïe avec ses seins opulents aux mamelons érigés, et son sexe trempé, affamé, prêt à engloutir la verge douloureuse qui brûlait de s'y engouffrer.

— Non, pas maintenant ! protesta-t-elle. Je ne suis pas prête...

Les mots moururent sur ses lèvres quand il glissa un doigt en elle.

— Tu es prête.

Un autre doigt.

Lorsque les jambes de la jeune femme s'écartèrent largement, en signe de reddition, il comprit qu'il allait la posséder. Enfin. Rien ne saurait l'arrêter. Pas après ce qu'elle venait de lui faire – de leur faire. Elle le désirait. Elle avait gémi contre sa hampe en la léchant désespérément. Ces baisers l'avaient rendu fou, mais l'idée qu'elle mourait d'envie de recevoir ce qu'il allait lui donner était tout simplement étourdissante.

Il ne voulait pourtant pas lui faire mal, et jamais son membre n'avait été aussi dur. Il allait se retenir un peu plus longtemps pour vérifier qu'elle était bel et bien prête.

Ses deux doigts entamèrent un lent va-et-vient, tandis qu'il titillait de l'autre main les mamelons durcis, jusqu'à ce que – très vite – la frénésie de sa fiancée égale la sienne.

— Oh, mes dieux! Je suis prête! s'écria-t-elle.

Mais lorsqu'elle chercha à l'attirer à elle en lui plantant les griffes dans les épaules, il l'attrapa par les poignets, d'une seule main, et les lui leva au-dessus de la tête.

Elle protesta par des cris rageurs, se cambrant follement sur le matelas. Leur union allait être violente...

Sebastian guida son sexe jusqu'à la moiteur brûlante qu'il convoitait, puis étouffa un juron torturé en le promenant de haut en bas sur la fente trempée.

— Je t'en prie...

Quand il l'introduisit enfin en elle, à peine, il ne put retenir un gémissement angoissé, tant le besoin d'aller et venir, de se laisser engloutir était impérieux.

— Tu es tellement étroite... parvint-il à murmurer.

Aussi étroite qu'une vierge, il l'aurait juré.

Haletante, les seins pressés contre son torse, elle jouait du bassin pour l'enfoncer en elle. Il dut lui lâcher les poignets et l'empoigner par les hanches afin de la plaquer au matelas.

Tout ce qu'il voulait, c'était l'apaisement. Le sien à elle. Quant à lui, il ne ferait que suivre. Il se mit à progresser dans le fourreau ardent, centimètre par centimètre, en serrant les dents. Lorsqu'un coup de reins lui permit enfin de plonger plus profond, elle poussa un cri qui le figea net.

— Seigneur, je t'ai fait mal!

Mais à peine ces mots lui avaient-ils échappé qu'il sentit dans sa chair pourquoi elle avait crié et rejeta la tête en arrière, pris au dépourvu par le plaisir. Elle jouissait : son sexe se contractait frénétiquement autour de la verge plantée en elle, la serrait à la manière d'un poing brûlant ; tout son corps réclamait ce que Sebastian lui offrait.

Son orgasme se prolongeait, encore et encore, attirant son compagnon toujours plus loin en elle. Jamais il n'avait imaginé...

Mais il ne pouvait résister davantage au fourreau trempé qui gainait sa virilité. Incapable de se contenir, il s'y enfonça de toutes ses forces, hurlant, sur le point d'exploser.

*Je ne savais pas...*

La tête de Kaderin roulait sur l'oreiller, son corps mince se tordait, ses jambes se nouaient autour de la taille de Sebastian pour l'enfouir en elle, tandis qu'elle se déchaînait autant qu'il l'avait imaginé.

Pression... chaleur palpitante...

Comment résister ? Il plaqua sa compagne sur le lit à coups de reins effrénés, puis un brusque hurlement lui échappa en même temps que sa semence. Les saccades suivantes lui arrachèrent des gémissements à n'en plus finir, pendant qu'elle lui donnait un plaisir comme il n'en avait jamais imaginé.

# 33

Kaderin parcourait la rue d'un bon pas, juste après l'aube. À l'appartement, le beau vampire dormait… près du coffret aux nagas.

Elle avait passé une heure à se demander si elle n'allait pas s'attribuer les points, mais s'en était finalement sentie incapable même si, à un moment, elle avait levé la boîte presque jusqu'à son cœur. Sans doute cette partie-là de son anatomie avait-elle été affectée autant que le reste par ce qu'elle venait de vivre.

Il fallait qu'elle se rende à l'aéroport, où elle se tiendrait prête à la réactualisation des parchemins, mais elle ne pouvait s'empêcher d'hésiter, distraite par les scènes de la nuit qu'elle se repassait dans la tête.

Après avoir joui, Sebastian avait continué à aller et venir tout doucement, à se balancer au-dessus d'elle dans le noir en déposant sur son visage des baisers légers. Il avait encore envie de lui faire l'amour, elle le savait, mais il était très pâle. Lorsqu'il s'était mis à trembler, elle en avait déduit qu'il ne se nourrissait pas assez, depuis quelque temps. Il avait fini par se laisser retomber sur le dos en l'attirant contre son torse, au creux de son bras.

À présent, tout semblait différent à Kaderin. Elle voyait les choses d'une manière jusqu'ici oubliée. Le printemps parait toujours Londres d'odeurs et de couleurs miraculeuses, mais elle ne se rappelait même pas la dernière fois qu'elle les avait remarquées.

Elle avait assisté à la lente évolution de la région, la métamorphose progressive du campement marécageux en métropole. Cette pensée l'arrêta un instant. Elle était vieille, certes, mais la nuit précédente avait aussi mis en évidence – tout en l'apaisant – la profonde insatisfaction que lui inspirait son existence. Ses sœurs lui manquaient, et elle avait la ferme intention de leur rendre la vie, quitte à y laisser la sienne.

Ce sacrifice lui permettrait sans doute de les sauver. Combien existait-il de fables – véridiques à quatre-vingt-dix pour cent – qui racontaient l'histoire d'un guerrier se voyant offrir la chance de réparer une terrible erreur de jugement? L'expiation... telle serait, au bout du compte, la destinée de Kaderin. Si elle devait mourir, ce ne pouvait être en vain! Son sacrifice rendrait la vie à ses sœurs. Du moment que destin il y avait, elle ne se plaignait pas du sien.

D'ailleurs, avait-elle envie de vivre à jamais? Elle l'avait déjà fait!

Pourtant... si, avant la nuit précédente, elle n'arrivait pas à redouter vraiment sa mort prochaine, elle se demandait maintenant si elle souffrirait beaucoup et si Sebastian serait là avec elle.

Son portable spécial non repérable lui avait permis d'appeler Nïx en toute sécurité pour obtenir une mise à jour des terribles prémonitions. Kaderin savait d'avance ce qu'elle allait dire:

— Salut, Nïx! Écoute... euh... dis donc, tu m'as raconté que... euh... que j'allais mourir, tout ça, tout ça... (Rire nerveux.) Alors bon, je voulais te demander. Est-ce que par hasard un vampire super sexy et hyper viril ne m'accompagnerait pas pour me soutenir?

Malheureusement, quand elle avait composé le numéro, il était très tard à La Nouvelle-Orléans. Sans doute Nïx traînait-elle dans la rue. Personne n'avait répondu, et Kaderin en était réduite à se poser des questions.

Il n'y avait pas trente-six façons de mourir pour une Valkyrie : la décapitation, le chagrin, le feu ou un assassinat perpétré par magie. Personnellement, elle penchait pour la décapitation.

Une mort violente. Le scénario aurait pu être plus gai...

Le parfum des fleurs de cerisier l'enveloppa. Elle songea à la violence qu'elle avait elle-même exercée durant sa longue vie, jusqu'au bouquet final : le carnage de la nuit précédente, dans le champ de mines. Bowen, désespéré par la perte de sa promise, la moitié de la tête carbonisée, mais prêt à tout pour s'emparer du coffret, rampant dans la boue. Cindey, balbutiant quelque chose au sujet d'un bébé.

Les yeux de Kaderin s'embuèrent au point qu'elle heurta un passant. Lorsqu'elle leva la tête, elle s'aperçut qu'elle se trouvait juste devant une boucherie.

Elle se mordit la lèvre au souvenir de la pâleur de Sebastian. Oserait-elle lui rapporter du sang ? Elle jeta autour d'elle un regard gêné, comme si elle craignait qu'on ne lise dans ses pensées.

Elle n'avait seulement jamais envisagé de faire une chose pareille. Non seulement elle n'allait pas tuer ce vampire, non seulement elle allait le laisser vivre, mais en plus, elle se demandait si elle n'allait pas lui faire une petite faveur, après leur séjour cataclysmique au lit. Un gloussement stupéfait lui échappa. Ah, la chute des héros...

Presque malgré elle, elle entra dans la boutique. L'odeur totalement étrangère de la nourriture l'enveloppa. Lorsqu'elle formula sa requête, le vendeur resta de marbre – on était à Londres, après tout – et lui remit rapidement une boîte en plastique dans un sac en papier brun. Après avoir pêché un peu de monnaie au fond de sa poche, elle s'empressa de repartir avec son achat.

Voilà. Elle allait arriver en retard à l'aéroport, mais elle ne pensait qu'à une chose : Sebastian était affamé. C'était tellement… tellement domestique… et exaltant. Comme le matin où ils s'étaient réveillés et habillés ensemble dans l'avion. Juste avant qu'il ne parle mariage.

De retour à l'appartement, elle s'aperçut qu'en fait, elle aimait bien voir leurs affaires côte à côte. L'exaspération éprouvée la veille avait disparu, même s'il avait emménagé chez elle sans la prévenir. Elle avait brusquement envie de rassembler leurs affaires. De les mélanger.

Ce fut avec satisfaction qu'elle rangea le sang dans le réfrigérateur, désespérément vide.

Une fois dans la chambre, elle s'approcha du lit, chassa les cheveux de Bastian de son front puis lui tira les couvertures jusqu'au cou. *La tendresse. J'aime. Je crois que c'est en train de devenir un de mes sentiments préférés.* Avant de repartir, elle accrocha une autre couverture devant la fenêtre, pour mieux protéger le dormeur du soleil.

Si on oubliait que c'était un vampire… pouvait-elle envisager un avenir avec cet homme ? Après tout, elle aimait sa vampire de nièce.

Mais, en définitive, peu importait qu'elle accepte enfin la nature de son amant. Ses sœurs en seraient incapables… en admettant qu'elle fasse la connaissance de Bastian dans la réalité transformée, chose également impossible, puisqu'il faudrait pour cela qu'elle survive.

Si elle en réchappait, elle sauverait Dasha et Rika. L'histoire en serait modifiée…

Elle avait envisagé d'emporter dans le passé une lettre à sa propre adresse, en allant chercher ses sœurs, mais elle savait comment fonctionnait en général ce genre de paradoxe. Si elle se conseillait d'aller au château de Bastian, en Russie, où elle tomberait amoureuse d'un sublime vampire au regard triste, la Kaderin d'autrefois ne reconnaîtrait même pas son écriture de l'avenir, trop différente. Elle penserait qu'il s'agissait d'un piège tendu par la Horde, elle irait au château, oui... mais pour en tuer l'occupant. À moins qu'une autre Valkyrie de la maisonnée ne mette la main sur la lettre avant elle et ne se charge de la corvée.

Elle n'avait pas d'avenir avec lui, non, mais elle n'en prit pas moins le temps de griffonner quelques mots rapides sur un bout de papier.

Non sans ajouter en son for intérieur un petit P.-S. à usage personnel : *Crétine, andouille, pauvre idiote.* Mysty l'Allumeuse de vampires ? Elle avait de la concurrence...

Quand Sebastian se réveilla, dans l'après-midi, Kaderin n'était plus au lit avec lui.

Il s'assit, décidé à la retrouver, mais retomba aussitôt en arrière sur le matelas, bras et jambes inertes, recru de fatigue.

Le regard fixé au plafond, il essaya d'analyser les derniers événements.

Quand il s'était exprimé en estonien, elle avait répondu dans la même langue. Cette pensée lui arracha un juron. Il avait dit de ces choses... Avec un gémissement, il se posa le bras sur le visage.

Enfin bon... il était fou, à ce moment-là. Quel homme ne l'aurait été, en vivant l'acte de chair pour la première fois, d'une manière pareille ? Et en sachant que sa fiancée y prenait également plaisir.

Ensuite... plonger en elle.

Sebastian n'avait jamais rien fait de plus extraordinaire de toute sa vie.

Il se passa la main dans les cheveux, tandis que la réalité reprenait ses droits. Peut-être ne vivrait-il plus jamais rien de tel. Il voulait entretenir avec Kaderin une relation de loyauté mais, déjà, elle était partie sans mot dire. En ce qui la concernait, ce qui s'était passé restait strictement physique, comme le soulagement rapide qu'elle avait cherché dans la caverne des basilics, alors qu'il aurait volontiers passé des heures à la caresser. Le cœur serré, il comprit que rien n'avait changé entre eux. D'ailleurs, elle le lui avait bien dit avant l'étreinte. La dernière fois qu'ils avaient évoqué l'avenir, il lui avait juré de ne pas faire partie du sien...

Quand il baissa les yeux, il découvrit le papier posé sur la table de nuit et se jeta dessus comme un homme qui se noie sur une bouée.

*Il y a du sang au frigo. Aujourd'hui, je suis au soleil, alors appelle-moi quand tu te réveilles. J'ai enregistré mon numéro dans ton tél.*

*Bizzzzz,*

*Kaderin*

Bouche bée, Sebastian lut et relut la courte lettre. On aurait dit un message laissé par une épouse à son mari. Quelque chose à quoi se cramponner, dans sa situation. La nuit dernière, ils n'avaient résolu aucun problème. Les mêmes rancœurs continuaient à les séparer.

*Jouerait-elle au chat et à la souris avec moi ? Serait-ce une blague – une blague cruelle ? J'aurais un téléphone, moi ?*

Sidéré, il gagna la cuisine, nu comme un ver, s'approcha du réfrigérateur, inspira un bon coup et l'ouvrit. Il ne s'y trouvait qu'une chose : un sac en papier brun.

Elle lui avait rapporté du sang. Pourquoi avait-elle fait une chose pareille ? Il prit le sachet, le lança sur le comptoir... et, en pivotant, découvrit la boîte récupérée dans le champ de mines. Kaderin la lui avait laissée.

Le réfrigérateur refermé, il donna quelques coups de tête dans la porte.

*Bassin du fleuve Congo, république démocratique du Congo, vingt-cinquième jour*

*Prix : un pentacle en jade, utile en démonologie, valant treize points*

Sebastian se matérialisa dans des broussailles, par une chaleur écrasante. Inutile de se demander quel talisman Kaderin avait décidé de conquérir.

Elle s'était engloutie dans la jungle équatoriale depuis les berges du fleuve, loin en contrebas, jusqu'aux pentes des Virunga, sur lesquelles il se tenait. Une cascade assourdissante s'abattait non loin de là, près d'un antique tombeau. Le pentacle devait y attendre, dans une terre noire et grasse.

Malgré la densité du couvert, Sebastian brûlait. Il devait éviter les rayons du soleil qui, pour lui, étaient autant de flèches s'abattant dans la forêt, mais peu lui importait : puisque sa fiancée avait renoncé au coffret, il était prêt à tout pour l'aider.

Il caressa du doigt la boîte aux nagas, dans sa poche. Trop tard pour ce prix-ci. Dommage.

Kaderin ne voulait pas de ce genre de marché entre eux… Il en était heureux, indéniablement, mais une pensée s'obstinait à lui tourner dans la tête : elle avait sacrifié un nombre de points inouï, alors qu'elle était manifestement prête à tout pour gagner.

Où est-elle passée, nom de Dieu ? Il n'arrivait pas à la repérer, dans le sous-bois exubérant et la brume d'embruns de la cascade, et il ne pourrait s'attarder très longtemps…

Une branche craqua derrière lui. Il fit volte-face… juste à temps pour prendre un coup de pelle en pleine figure.

Le métal tinta contre son crâne, résonna… jusqu'à ce que la nuit se referme sur lui.

Quand il se réveilla, on le tirait par les pieds. L'Écossais… *Il n'a plus de visage. Trop faible pour glisser… Essaie encore.* L'obscurité faillit l'engloutir, une fois de plus.

— Tout le monde ne considère pas ça comme un jeu, sangsue, lança le Lycae.

*On approche de la chute d'eau, je l'entends. La brume s'épaissit. Impossible de me téléporter.*

— Ou comme le meilleur moyen d'impressionner une Valkyrie pour qu'elle consente à baiser. (*On y est.*) Ta petite plaisanterie du champ de mines mérite largement un bain. Quant à ta copine, un plongeon lui fera aussi le plus grand bien. (*On est haut ? Aucune importance. Le soleil…*) Ça m'étonnerait que tu en meures, même si tu en as envie.

Un coup dans les côtes fit décoller Sebastian.

# 34

*Plage de Tortuguero, Costa Rica, vingt-septième jour*

*Prix : une larme d'Amphitrite,
conservée dans une perle,
valant onze points*

— Dis donc, Cindey, tu n'aurais pas les jambes arquées, par hasard ?

Kaderin avait posé la question d'un ton léger, pour masquer sa fureur, car la démarche de la sirène prouvait sans conteste qu'elle venait de séduire l'imposant Nereus... qui avait refait son apparition sur les parchemins. Or, elles avaient maintenant presque leur compte de points, toutes les deux.

— Nereus doit vraiment être en manque.

— À propos de manque, où est passé ton vampire ? riposta Cindey. D'après les nymphes, il a renoncé à toi. J'aurais cru que c'était impossible.

— J'ai l'air de m'inquiéter ?

La Sans-Cœur avait toujours aimé poser cette question, parce que la réponse était forcément négative, elle le savait...

— Oui, justement.

La sirène elle-même en paraissait surprise.

Kaderin lui adressa sans conviction une grimace menaçante, dans l'espoir de dissimuler sa consternation. Elle n'avait effectivement pas vu l'ombre d'un vampire depuis quarante-huit heures, puisque Sebastian ne l'avait ni appelée ni rejointe. Un Kleenex, voilà comment elle se sentait.

Sans doute avait-elle… exagéré ?

Il en avait dit, des choses ; il en avait fait, des promesses et des grandes déclarations, pendant qu'elle le caressait, mais quant à savoir ce que ça valait… Il était littéralement fou de plaisir, à ce moment-là.

Mais, en réalité, qu'avaient-ils réglé ? Elle avait déclaré sans ambiguïté qu'il s'agissait d'un interlude d'ordre purement sexuel, ni plus ni moins. À présent, elle se demandait pourquoi elle s'était montrée aussi catégorique.

La pensée d'appeler Myst pour lui demander ce que devenait Sebastian avait bien effleuré Kaderin, mais elle avait résisté à la tentation. Six heures. Avant de craquer. Myst et Nikolaï étaient sans nouvelles de lui depuis deux jours.

La troisième chose à éviter pour ne pas refroidir les ardeurs féminines ? Disparaître. Surtout après une partie de jambes en l'air parfaitement inoubliable.

Face à une situation aussi inhabituelle, Kaderin préférait douter d'elle-même plutôt que d'envisager l'autre terme de l'alternative : Bastian aurait été là… s'il n'avait pas été blessé. Ou pire.

Elle était en proie à des émotions si changeantes qu'elle pouvait pratiquement les essayer comme des vêtements neufs. Et la colère indignée lui allait nettement mieux que l'inquiétude anxieuse.

Enfin… peu importait. Lorsqu'elle aurait sauvé ses sœurs dans le passé, rien de tout cela ne se produirait. Voilà ce qu'il fallait se dire.

Depuis qu'elle avait posé un mot sur la table de nuit – et renoncé à la boîte convoitée –, elle avait cherché à mettre la main sur trois prix supplémentaires. Chaque fois, elle avait eu le malheur de croiser Lucindeya et Bowen.

Le Lycae était toujours horriblement mutilé à cause du champ de mines. Il ne se régénérait plus, c'était une certitude, car ni son œil ni la peau de son front ne s'étaient reconstitués. Le sang de sa plaie au torse avait imbibé le lin de sa chemise. La malédiction de la jeune sorcière semblait inébranlable.

Kaderin le plaignait presque – de même qu'elle aurait plaint un loup pris au piège. Elle en avait libéré, autrefois – des animaux stupéfaits, aux yeux écarquillés, incapables de comprendre pourquoi ils souffraient de cette manière et comment apaiser la douleur.

Bowen les lui rappelait énormément. Mais, en fin de compte, les loups grognaient et cherchaient à mordre, tous autant qu'ils étaient. Et le Lycae restait un concurrent non négligeable, malgré son état.

Kaderin avait pataugé à travers la jungle, dans les sables mouvants, à la recherche d'un pentacle en jade, persuadée d'être la plus rapide et d'avoir sa chance, si elle tombait sur le garou, maintenant qu'il était blessé. Mais il avait traversé la forêt tropicale d'un pied léger, à croire qu'il se portait comme un charme, et l'avait coiffée au poteau, la laissant épuisée, privée des précieux points.

Le talisman disparu, il l'avait examinée – il avait même fait dans sa direction un pas menaçant – puis il lui avait tourné le dos. Une décision mûrement réfléchie, semblait-il.

En Égypte, elle avait répondu à une énigme d'une complexité étourdissante. Le Sphinx s'en était étonné, ses deux rivaux aussi... mais pas plus qu'elle, à vrai dire. Toujours est-il qu'elle avait conquis le seul scarabée d'or en jeu, gagné dix points, presque rattrapé Bowen et dépassé Cindey de peu.

Malheureusement, la nuit précédente, en Chine, le loup-garou était arrivé premier à l'unique urne des Huit Immortels, de sorte que les efforts des deux concurrentes ne les avaient menées nulle part. Il avait atteint les quatre-vingt-sept points qui lui assuraient sa place en finale.

Kaderin en avait soixante-quatorze, Cindey soixante-douze.

La première avait bien remarqué qu'il lui en manquait juste treize – la valeur exacte du coffret auquel elle avait renoncé.

Aujourd'hui, d'après les instructions, il fallait parcourir une quinzaine de kilomètres à la nage, jusqu'à l'apparition d'un portail-tourbillon qui emporterait les joueurs vers leur but : une larme d'Amphitrite, perle censée guérir toutes les blessures.

Le crépuscule tombait lentement ; la plage se remplissait peu à peu d'immortels. Surtout des petits nouveaux : il suffisait aux vétérans de jeter un coup d'œil à l'énoncé de la mission pour savoir qu'il y avait anguille sous roche. Le premier indice sur la nature de l'anguille en question, Kaderin l'avait obtenu en voyant les têtes de vache qui montaient et descendaient sur les flots, tout près du rivage.

Ensuite seulement, elle avait remarqué un aileron.

Elle remonta la plage à petites foulées jusqu'à un ruisseau, qui allait se jeter dans la mer… avec les têtes. Sans doute une usine de conditionnement de viande se débarrassait-elle ainsi de ses déchets, à l'intérieur des terres.

— Des requins ! s'exclama Cindey, au retour de Kaderin. Ah, les saletés !

Elle se tourna vers sa rivale.

— Tu y vas ?

— Peut-être. Et toi ?

— Si tu y vas, je n'ai pas tellement le choix, hein ? riposta la sirène.

Les immortels de bas étage s'étaient donné beaucoup de mal pour arriver jusqu'ici, séduits par l'idée d'une perle de guérison. Ils devaient se demander pourquoi les concurrents plus puissants n'entraient pas dans l'eau. Jusqu'au moment où ils repérèrent les requins, eux aussi. Aucun ne parla de partir à la nage. Quant à Kaderin, sa situation était désespérée.

Elle avait renoncé à la boîte, bon sang! *Espèce de crétine.*

— Saletés, murmura-t-elle en jetant sur le sable son épée dans son fourreau.

— La Valkyrie va y aller, murmura quelqu'un.

D'autres la montrèrent du doigt.

Après s'être débarrassée de son sac et de sa veste, elle ramassa le fourreau, dont elle passa la bandoulière en travers de sa poitrine, remonta de nouveau la plage puis la redescendit en courant pour plonger au dernier moment, le plus loin possible en mer.

Ses longues brasses régulières l'entraînèrent parmi les requins. *Ce n'est pas si terrible, en fin de compte. Quinze kilomètres... Facile. Aucun problème, à condition de ne pas saigner ni gigoter...*

Un choc brutal faillit lui couper le souffle. *Ne t'en occupe pas. Continue.*

Encore un.

Quelques secondes plus tard, elle ne pouvait esquisser un mouvement sans donner un coup de pied à un des énormes poissons. Ce n'était pas possible, personne n'avait jamais vu une chose pareille. L'usine d'emballage avait manifestement une activité annexe : l'élevage de requins.

Une épée ne servait à rien dans l'eau.

Une des bestioles, pire à elle seule que toutes les autres réunies, assena de nouveau un bon coup de queue à Kaderin...

Des dents se plantèrent dans sa cuisse. Elle poussa un cri de douleur en enfonçant les doigts dans sa propre chair, autour des deux rangées de crocs, pour les écarter de force.

Il s'agissait maintenant d'une lutte à mort.

Si jamais Sebastian glissait de nouveau jusqu'à elle, il ne trouverait que ses restes... à condition qu'il y en ait.

Elle voulait bien mourir de mort violente, mais pas servir de plat de résistance. Aussi plongea-t-elle, toutes griffes dehors, décidée à rendre morsure pour morsure, indignée. Un nuage rouge l'engloutit.

Ses ongles s'enfoncèrent dans l'aileron de son assaillant, s'y plantèrent, puis elle mordit de toutes ses forces. Le sang obscurcissait l'eau, traversée de bulles et de traînées rouges, grouillante de prédateurs de plus en plus nombreux – ce qui paraissait pourtant impossible. Kaderin cracha puis repartit à l'attaque.

*Je vais peut-être mourir ici.* Un requin pouvait parfaitement tuer un immortel... en lui arrachant la tête.

Coups de griffes, longues plaies sur un flanc lisse... Mais comment les repousser tous ?

Elle nagea vers le fond, décidée à se cacher dans un récif. Après tout, retenir longtemps son souffle ne lui posait aucun problème.

D'autant qu'elle ne pouvait mourir noyée. *Demandez donc à Furie.*

Mais le gros requin ne lui laissa pas le temps de s'éloigner : il l'attrapa par la jambe, la secoua puis la renvoya dans la mêlée.

Elle se débattit frénétiquement. *Ça fait mal, bordel.* Lorsqu'elle frappa, la peau rugueuse des monstres lui érafla les doigts, manquant lui arracher les griffes. Les corps alentour se tordaient, emplis d'une telle puissance...

Elle donna un coup de pied pour remonter, avala une goulée d'air avant de...

Des dents se refermèrent sur son autre jambe, juste au-dessus du genou, puis la tirèrent par à-coups sous la surface. L'eau engloutit ses hurlements.

# 35

Sebastian se réveilla en sursaut, mais retomba aussitôt sur le dos, la bouche tordue par un rictus, tellement la migraine lui martelait l'intérieur du crâne. Lorsqu'il entrouvrit les yeux, un ciel étoilé lui apparut. Il gisait sur une berge rocheuse, caressée par une brise chaude. Quand il se souleva sur les coudes pour voir où il se trouvait, les souvenirs de la jungle l'assaillirent. Ses traits se crispèrent.

Cette saleté de loup l'avait jeté dans une rivière tumultueuse. Chaque fois qu'il coulait, il échappait au soleil, heureusement, mais l'eau lui remplissait les poumons. Il avait été ballotté une éternité, puis les flots s'étaient enfin calmés. La peau brûlée par la lumière, aveuglé par le sang – il avait été blessé au cuir chevelu –, il s'était préparé à mourir.

S'il avait réussi à se hisser sur la berge, c'était parce qu'il voulait vivre… avec Kaderin. Il avait même rampé jusque dans les broussailles – seules ses jambes en dépassaient encore – avant de s'évanouir… puis de rôtir à petit feu, trop faible pour chercher à s'abriter.

Combien de temps était-il resté inconscient ? Une journée entière ? Il était épuisé, affamé…

Ce salopard voulait s'en prendre à Kaderin. Sebastian se téléporta sans attendre, en bondissant sur ses pieds…

... et se retrouva à tituber sur une plage des tropiques, peu après le crépuscule, car il s'était levé si vite que la tête lui tournait.

L'autre hémisphère. Une fois de plus.

Des dizaines de concurrents de la Quête contemplaient la mer en retenant leur souffle. Sebastian suivit leur regard : au large, l'eau assombrie bouillonnait. Des ailerons de requin tranchaient la surface agitée avant de replonger.

Une pauvre bête allait mourir, sans que personne essaie de...

Une main creva la surface.

Son estomac se noua. Kaderin.

Il glissa instantanément. Dans l'eau sale, avec elle. Impossible d'y voir quoi que ce soit. Trop de sang – du sang de Valkyrie –, des morceaux de chair, des lambeaux de peau de requin. Il chercha à attraper la blessée par l'épaule, malgré les mouvements des énormes poissons.

Raté. Un des monstres la mordait à la jambe et l'éloignait du nouveau venu en tirant rageusement.

Sebastian frappa de toutes ses forces, bien qu'avec précision, s'ouvrit les mains sur les crocs, mais n'y prêta aucune attention, trop occupé à se frayer un chemin vers sa fiancée.

Sa main se referma sur un bras mince.

*C'est bon !*

Il glissa jusqu'à la plage, où il tomba sur le sable en se tortillant pour atterrir au-dessous de Kaderin, afin de ne pas l'écraser.

Elle ne respirait plus. Il se redressa en sursaut alors qu'elle basculait sur le flanc puis se mettait à tousser en s'étouffant à moitié et en vomissant de l'eau. Pendant qu'elle râlait et crachait, il lui frotta le dos, et lorsqu'elle reprit enfin son souffle, il la serra dans ses bras et la berça doucement.

*Que se serait-il passé, si je ne m'étais pas réveillé à temps ?*

Elle… elle serait morte. Il frissonna. Ce n'était pas possible. Ils ne pouvaient pas se perdre de nouveau l'un l'autre.

Il l'emprisonnerait s'il le fallait.

Quand il l'empoigna avec douceur par les épaules pour l'examiner, elle murmura :

— Tu es pâle comme un spectre.

— Quelques secondes de plus, et tu étais dévorée vive ! rugit-il, sa peur bleue instantanément transformée en fureur. Ou noyée.

— Je me suis noyée. (Elle fronça les sourcils, encore étourdie.) Deux fois, je crois.

— Merveilleux. Que se serait-il passé, si je n'étais pas arrivé à temps ? Si je ne t'avais pas sauvé la vie ?

— Tu ne comprends pas. Je gagne la Quête haut la main depuis plus d'un millénaire, et voilà que tu débarques et que tu m'obliges à changer de stratégie…

Elle inspira à fond puis poursuivit :

— … et à prendre des risques que je n'aurais jamais pris, avant. Je n'aurais pas été obligée de tenter quelque chose d'aussi désespéré, si je n'avais pas renoncé à la boîte.

— Je ne t'ai pas demandé d'y renoncer.

— Pas explicitement, non.

— Je ne pensais pas que ça mènerait à une situation pareille, protesta-t-il d'une voix rauque. Tu ne sais pas quel effet ça m'a fait de te voir couler là, au milieu de la mer, avant même que je puisse réagir. Je te regardais… mourir. (Il écarta de la joue de Kaderin une mèche blonde, pleine de sable et trempée.) Que te faut-il donc pour arrêter ?

— Je n'arrêterai pas, affirma-t-elle, butée. Il n'existe rien sur cette terre qui puisse m'empêcher de gagner.

— Ta propre mort, peut-être.

— Elle ne s'est jamais présentée.

— Tu as un bout de requin sur le menton, annonça-t-il d'un ton rageur.

Elle s'essuya avec l'avant-bras, provocatrice.

— Tu les as mordus ?

— Ce sont eux qui ont commencé ! Et puis, je n'avais pas tellement le choix.

— Tu as vu qu'il y avait des requins, et tu ne m'as pas attendu ?

— Tu n'avais pas appelé. Tu sais ce que c'est, la troisième chose à éviter avec une femme ? Ne pas l'appeler après avoir décroché le jackpot.

*Le jackpot ?*

Visiblement, la moutarde lui montait au nez.

— Je n'allais certainement pas t'attendre alors que tu n'avais pas donné signe de vie depuis deux jours. Je te rappelle que la dernière fois qu'on a vraiment discuté, tous les deux, tu m'as déclaré renoncer à moi. Le premier vampire à abandonner sa fiancée, et patati et patata...

— Tu devais quand même bien savoir que je viendrais... Attends, attends, tu as parlé de deux jours ?

— Je me fiche pas mal que tu ne voies pas le temps passer...

— J'étais dans la jungle, en train de brûler à petit feu. Sinon, je serais arrivé avant.

— Qu... quoi ?

— J'ai glissé là-bas le lendemain matin pour t'aider, mais l'Écossais m'a mis un grand coup de pelle en pleine tête avant de me jeter dans une rivière.

Sebastian fronça les sourcils.

— Il t'a attaquée ?

— Non... mais il m'a semblé qu'il prenait une décision à mon sujet.

— Je croyais n'avoir perdu qu'un jour. Ça en fait deux que tu te bats sans moi ?

Il lui serra les mains.

— Aïe !

Quand il baissa les yeux, horrifié de lui avoir fait encore plus mal, leurs regards se croisèrent puis se posèrent ensemble sur les jambes de Kaderin. Son

pantalon déchiré dévoilait sa peau lacérée, san-
glante. Ses blessures étaient plus graves qu'il ne
l'avait craint. Le sable alentour avait foncé, gorgé
de sang.

— Mais pourquoi ne m'as-tu rien dit, nom de Dieu?
rugit-il avec une fureur renouvelée.

— Oh, la, la, excuse-moi de saigner, marmonna-
t-elle avant d'ajouter, car il avait les yeux rivés sur
ses jambes abîmées : Je ne voudrais pas aiguiser ton
appétit.

— Il t'arrive d'être très impolie, ma tendre épouse.

— Je ne suis pas ta tendre épouse.

— Pas encore.

Kaderin eut beau se débattre – faiblement, il est
vrai –, il l'emprisonna entre ses bras et la serra contre
lui.

— Je te ramène à la maison. (Sa voix s'était adou-
cie.) Pour te soigner.

Les autres immortels regardaient, bouche bée, la
Valkyrie enlacée par le vampire. Cindey elle-même
ouvrait de grands yeux.

Kaderin s'en fichait. Elle jeta un coup d'œil à
Sebastian, avant de reporter son attention sur l'horizon en se mordillant la lèvre, les sourcils froncés.

— Le prix...

Malgré l'épreuve qu'elle venait de vivre, elle pensait encore à ça. Il lui passa un doigt sous le menton
pour lui tourner la tête vers lui. Les yeux lumineux
qui éclairaient le visage d'elfe plongèrent dans les
siens. Il aurait voulu lui donner tout ce qu'elle désirait.

C'était, hélas, impossible.

— Je ne peux pas aller le chercher, Katia. Autrement, je te le rapporterais. Mais je ne vois pas la destination.

— Tu as bien réussi à me rejoindre.

— Si tu m'aides à repérer un tourbillon vivant,
donc mouvant, puis à l'ouvrir pour moi, je suis prêt
à courir le risque avec les requins.

Les paupières de Kaderin s'alourdissaient. Un signal d'alarme rugit en Sebastian.

— Je suis désolé, *kena*. Je me débrouillerai autrement.

Il glissa jusqu'à l'appartement, où il la mit au lit, la débarrassa de son corsage puis entreprit de lui désinfecter les bras et les mains avec efficacité, mais il avait tellement peur de lui faire encore plus mal qu'il en avait des suées.

Lorsqu'il déchira ce qui restait de son pantalon, l'étendue des dégâts les réduisit tous deux au silence.

— Tu crois… Tu ne vas pas mourir, hein ? demanda-t-il d'une voix rauque.

— Non, non, aucun danger, murmura-t-elle, à moitié endormie. Ramène-moi immédiatement sur la plage.

Vu ses blessures, c'était une idée ridicule.

— Pourquoi es-tu à ce point obsédée par la Quête ? Tu ne veux pas me le dire ?

Elle le regarda bien en face, comme pour fouiller dans son âme à travers ses yeux.

— Fais-moi confiance, insista-t-il.

On aurait dit qu'elle avait très envie de se confier, mais qu'elle ne parvenait pas à s'y décider.

— Je te connais depuis moins d'un mois, et j'ai… j'ai appris quelques leçons pas faciles ces deux mille dernières années.

— Je sais. Je les ai vues en rêve.

Il devait reconnaître qu'à sa place, il aurait eu autant de mal qu'elle à faire confiance à un vampire. Mais il était un homme de parole… Il fallait juste qu'il l'en persuade.

— Je te jure que jamais je ne deviendrai un de ces démons aux yeux de sang. Tu n'as aucune raison de ne pas me parler.

— Je n'ai aucune raison de le faire non plus.

— Si je savais, je pourrais t'aider.

— Tu ne comptes pas m'aider quoi qu'il arrive ?

Il fronça les sourcils.

338

— Bien sûr que si. Mais il existe forcément un moyen de gagner ta confiance.

— Oui, il suffit de me convaincre que tu ne t'en serviras jamais contre moi.

— Je ne te ferai jamais le moindre mal, tu le sais pertinemment!

— Ce n'est pas de ça que je parle. Je parle d'utiliser ma confiance contre moi. (Les paupières de Kaderin se fermaient.) Tu aimes tellement décider...

Lorsqu'elle fut en sécurité au lit, pansée et profondément endormie, Sebastian prit une douche. Son inquiétude et sa colère s'apaisaient peu à peu, remplacées par une résolution toute neuve. Elle était immortelle, d'accord, mais pas immunisée contre la souffrance. Il n'était plus question qu'elle se fasse sans arrêt étrangler, poignarder ou battre comme plâtre. C'était fini.

Une fois habillé, il glissa jusqu'à la plage, décidé à aider – si possible – Kaderin à en finir avec cette Quête infernale. Les deux derniers jours l'avaient amenée à treize points de la finale.

Les treize points qu'elle lui avait sacrifiés.

Il n'arrivait toujours pas à croire qu'elle avait renoncé à la boîte. Il la lui aurait volontiers donnée, mais il l'avait perdue. Pas étonnant, après sa chute dans la rivière puis sa reptation à travers la jungle.

Sur la plage, il eut une idée, qu'il mit à exécution. Il ne pouvait supprimer le trophée qui menait à la compétition, mais il pouvait supprimer la compétition qui menait au trophée. Un quart d'heure plus tard, il était de retour au chevet de Kaderin, les cheveux pleins de neige.

Lorsqu'il la rejoignit au lit, elle se blottit au creux des draps en murmurant:

— Tu sens bon...

Il la serra dans ses bras avec précaution, constatant une fois de plus qu'elle y trouvait parfaitement sa place.

Elle respirait vite, mais c'était toujours le cas dans son sommeil. Quand elle tressaillit en gémissant tout bas, il lui caressa les cheveux pour l'apaiser.

Puis il s'endormit, lui aussi, et les souvenirs de sa compagne emplirent ses rêves, ce dont il ne fut pas surpris. Sauf que, cette fois, il s'agissait de souvenirs récents. Elle tenait un téléphone à deux mains. Ses yeux s'embuaient. Au bout du fil, une de ses semblables lui annonçait qu'elle était condamnée.

# 36

Kaderin ouvrit les yeux, déconcertée de se retrouver blottie sous ses couvertures à elle, imprégnées de sa délicieuse odeur à lui.

Bastian était assis au bord du lit, la tête dans les mains, comme le matin où elle l'avait vu pour la première fois. Un matin où il était passé du désespoir à l'exaltation, elle le savait. Elle savait aussi que, depuis, elle l'avait déçu et blessé.

— Combien de temps suis-je restée inconsciente ? demanda-t-elle d'une voix fêlée.

— Deux jours.

— Quoi ! hurla-t-elle en se levant d'un bond.

Il l'attrapa par l'épaule, car elle vacillait.

— Doucement, *kena*. Tu étais plus gravement blessée que nous ne l'avions cru. Tu as perdu beaucoup de sang. Laisse-moi jeter un œil à tes pansements.

Il lui découvrit la jambe.

— Seigneur, tu guéris vraiment vite.

Les plaies de Kaderin avaient pris l'aspect de cicatrices déjà anciennes, roses et boursouflées, qui s'évanouissaient littéralement à vue d'œil.

— C'est fini, balbutia-t-elle d'une voix brisée. J'ai perdu.

Une larme roula sur sa joue, mais elle l'essuya rageusement.

— Non, Katia.

— Moi disparue, Cindey a eu tout le temps du monde. Il suffisait de se procurer un bâton de dynamite pour assommer les requins, ou encore un scaphandre de plongée…

Il lui coinça une mèche derrière l'oreille.

— Je ne crois pas qu'il soit si facile de se procurer un scaphandre en Sibérie.

— En Sibérie ?

— Je ne pouvais pas aller chercher la perle à ta place, mais je pouvais empêcher ta seule concurrente sérieuse de la récupérer. Je l'ai emmenée dans une mine de charbon abandonnée au nord de la Russie.

L'espoir envahit Kaderin, chaud et délicieux. Elle gardait donc une chance de remporter la Quête, grâce à Sebastian ?

— Elle… elle n'a pas chanté pour toi ?

— Si, à pleins poumons, mais ça ne m'a fait ni chaud ni froid. (Le regard intense, littéralement hypnotique, il lui frôla la joue du bout des doigts.) On dirait que je suis déjà pris.

Elle haletait, tremblante, bouleversée. La vérité lui échappa à cet instant, sans qu'elle puisse la retenir :

— Je n'ai jamais eu l'intention de coucher avec le Colombien.

Un éclair de souffrance traversa les yeux gris de Sebastian, qui laissa retomber sa main et se leva.

— Peu importe. Pas la peine de me dire ce genre de choses.

— Bon.

Il se passa rageusement la main dans les cheveux.

— Nom de Dieu ! Tu es censée insister puis t'expliquer.

— Ah. D'accord. En fait, je n'avais pas l'intention de coucher avec qui que ce soit, ce soir-là.

— Alors, pourquoi ne portais-tu pas de culotte ? interrogea-t-il, les sourcils froncés.

— Tactique. Je sais d'expérience qu'un aperçu de mes charmes au bon moment rend certains hommes complètement idiots. Il faudrait que tu loues *Basic Instinct*, tu sais.

— Mais comment as-tu mis la main sur la bague ?

— Gamboa avait toujours fantasmé sur les Valkyries, alors je lui ai promis un rendez-vous avec Regina – celle qui a essayé de te décapiter, en Antarctique. J'ajouterai que je n'ai choisi cette mission que pour une seule raison – la même que Cindey : il était évident que Bowen ne s'y frotterait pas.

— C'est... c'est bon à savoir, lâcha Sebastian.

Encore un de ses doux euphémismes. Son soulagement était inscrit sur son visage.

— Maintenant que je suis de retour dans la course, il faut que j'y aille, reprit sa compagne. Cindey est sacrément dégourdie.

Elle voulait arriver en finale. Bowen y serait, elle n'y pouvait rien, mais il s'affaiblissait. La sirène hors jeu... Kaderin avait ses chances.

— Lucindeya n'ira nulle part, affirma Sebastian. Elle se trouve au fond d'un trou aux parois abruptes de près de deux cents mètres de haut, couvertes de glace, à trois cents kilomètres de la ville la plus proche, dans une région ensevelie sous un mètre de neige. Quand je l'ai quittée, elle portait une tenue légère, adaptée à l'Équateur, et il m'a semblé qu'elle boitait... En tout cas, elle avait une démarche un peu bizarre.

Kaderin essaya de retenir un éclat de rire. Raté. Ils en furent aussi surpris l'un que l'autre.

— C'est la première fois que je te vois aussi gaie.

Sebastian souriait.

— Qu'est-ce que j'ai dit de drôle ?

— Une démarche bizarre... C'est parce que le prix confié à la garde de Nereus, elle l'a vraiment gagné.

— Tu veux dire que...

Comme la convalescente hochait la tête, il éclata de rire à son tour en lui caressant le bras. Il ne se lassait pas de la toucher, elle l'avait déjà remarqué.

— Tu veux que j'aille vérifier si elle est toujours là-bas ?

Elle acquiesça en se mordant la lèvre. Il disparut et réapparut quelques secondes plus tard, en secouant la tête pour chasser la neige de ses cheveux à la manière d'un ours.

— Alors ?

— Je crains que ma belle amitié avec Lucindeya n'appartienne au passé, déclara-t-il, pince-sans-rire.

Kaderin pouffa de nouveau, tandis qu'un grand sourire montait aux lèvres de Sebastian, visiblement enchanté du spectacle.

— Il faut en terminer avec ça, dit-elle enfin. Je vais aller chercher le prix suivant. Où est le parchemin ?

Il tira le rouleau de sa poche.

— Je tiens quand même à te prévenir, ma chérie : on va s'en occuper ensemble.

Elle ouvrait la bouche pour protester quand il ajouta, de son ton autoritaire d'officier :

— Il est hors de question que je te laisse courir seule des risques pareils.

Elle l'examina un long moment avec attention, puis soupira.

— Bon, d'accord. Le suivant, on y va ensemble.

Il hocha la tête d'un petit coup sec avant de la rejoindre au lit, où ils consultèrent la liste des missions.

— La première, pas question...

Devant le regard interrogateur de son compagnon, Kaderin précisa :

— La gardienne est un succube.

Elle claqua de la langue.

— Encore Nereus ? Trois fois de suite. Il doit vraiment être en manque. Pauvre Cindey.

— Et ça ? demanda Sebastian en arrivant à la troisième entrée.

— Seulement si tu aimes les araignées grosses comme des maisons. Bon, qu'est-ce qui vaut le plus de points ?

Elle parcourut le parchemin du regard. Ses sourcils se froncèrent.

— La boîte aux nagas, encore ? Au bord du fleuve Congo ? Qu'est-ce que ça veut dire ?

— Qu'elle est là-bas. Je l'avais dans ma poche, quand j'y suis allé.

Kaderin lâcha la feuille et saisit les mains de Sebastian.

— Elle vaut treize points. Assez pour que j'arrive en finale ! Est-ce qu'on pourrait...

— J'y vais.

Il disparut.

Cinq minutes plus tard, il était de retour.

Avec le coffret.

Kaderin en resta un instant bouche bée, avant de se reprendre.

— Tu m'as vraiment rejointe le lendemain matin...

Il rejeta la tête en arrière, visiblement surpris qu'elle ait douté de lui.

— Je ne vois pas ce qui aurait pu m'en empêcher... à part ce qui s'est passé.

Non seulement il lui avait évité de perdre la Quête d'office, mais en plus il lui apportait la finale sur un plateau en lui offrant la boîte.

Leurs regards se croisèrent. Le temps s'étira démesurément. La grande décision... Il lui donnait une chance de retrouver ses sœurs. Et se privait sans le savoir de faire sa connaissance à l'avenir.

Elle s'empara du coffret, tremblante, sans bien savoir ce que lui inspiraient ses propres hésitations. La boîte disparut dès qu'elle la porta à son cœur, puis ils consultèrent de nouveau le parchemin. Déjà, la liste disparaissait, cédant la place aux noms des finalistes.

Lorsque le sien apparut, Kaderin sentit ses yeux s'embuer.

— Personne ne m'a jamais fait un aussi beau cadeau, murmura-t-elle.

Pendant que la Valkyrie se faisait couler un bain, Sebastian décida d'appeler Nikolaï pour lui parler de son dernier rêve. Il prit le portable posé sur la table de nuit, l'examina quelques secondes, mais au moment où il allait composer le numéro de son frère, Kaderin lui tomba littéralement dessus.

— Non, non, pas celui-là !

Elle alla chercher un autre téléphone, qui avait sans doute été démonté, car il ne tenait plus que grâce à quelques morceaux de chatterton.

— La maisonnée essaie de me pister... et je n'ai aucune envie de voir des copines ce soir.

Un sourire crispé aux lèvres, elle composa elle-même le numéro puis lança l'appel.

— Ne dis pas non plus où on est à ton frère, s'il te plaît. Je suis sûre qu'il le répéterait à Myst.

Son compagnon haussa les sourcils, mais hocha la tête. Nikolaï répondit au moment où Kaderin quittait de nouveau la chambre.

— J'ai besoin de toutes les informations dont tu disposes sur une devineresse valkyrie, lança Sebastian sans préambule. Elle s'appelle Nïx, me semble-t-il.

— Je la connais. C'est la plus âgée des Valkyries, et elle est effectivement devineresse, mais elle préfère qu'on la qualifie de « surnaturellement douée ». (Sebastian était prêt à parier que son frère secouait la tête.) Enfin bref, je suis allé la voir il y a quelques semaines pour lui demander où vous étiez, Conrad et toi.

— Est-ce qu'il arrive à ses prédictions de se réaliser ?

— Ma foi, c'est facile à déterminer. Il y a quelques semaines, donc, es-tu sorti d'un château en courant pour te retrouver au soleil du matin, à hurler à je ne sais qui de revenir ? Juste avant que ta peau ne prenne feu.

— Seigneur ! Elle a vu la mort de Kaderin.

— Comment le sais-tu ? Il paraît qu'elle est incapable de voir la mort des siennes. Que ça fait partie des choses qu'elle ne peut – ou ne veut – pas voir.

— J'ai rêvé les souvenirs de leur conversation, du point de vue de Kaderin. Elle était bouleversée... et je peux te dire qu'il en faut beaucoup pour la bouleverser.

— Ça n'a peut-être aucun sens, mais quand je lui ai posé des questions sur toi, Nïx a fait de curieux pliages en papier, se rappela Nikolaï. Un dragon, un loup, un requin et un feu.

Sebastian déglutit.

— On a affronté tout ça, oui. Sauf le feu.

— Ah. Bon, au moins, je comprends pourquoi c'est le cirque à Val-Hall. Myst ne me parle pas beaucoup de la maisonnée, mais il m'a bien semblé que ces dames étaient à la recherche de Kaderin.

— Moi, je comprends surtout pourquoi elle ne veut pas que les autres sachent où elle se trouve. (Il se passa sur le visage une main tremblante.) Nïx lui a prédit qu'elle mourrait avant la pleine lune. C'est quand ?

Une pause.

— Cette nuit, répondit enfin Nikolaï d'une voix grave.

En sortant du bain, Kaderin enfila un peignoir. Sebastian s'était installé sur le canapé et semblait si absorbé par ses pensées qu'elle hésita à en interrompre le cours, mais elle se secoua. Le parchemin pouvait se remettre à jour n'importe quand, et elle mourait d'envie de faire l'amour au vampire une dernière fois avant de l'oublier...

Elle prit une longue inspiration. *C'est vrai que ça fait mal...*

— Bastian ?

Il n'était resté seul qu'une quinzaine de minutes, mais la regarda comme s'il voyait un fantôme. Puis, sans mot dire, il se leva et s'approcha d'elle. La prenant par le menton, il lui donna un baiser à la fois tendre et passionné qui la fit littéralement fondre.

Lorsqu'il s'écarta un peu, elle s'aperçut qu'il l'examinait de la tête aux pieds... prêt à lui donner le plus de plaisir possible et se demandant par quel moyen, sans doute. Il ne cherchait qu'à la rendre heureuse, elle l'avait enfin compris. Jamais il ne se transformerait. Contrairement à elle, car elle avait changé.

Elle était tombée amoureuse d'un vampire.

— Fais-moi l'amour, demanda-t-elle en lui passant les bras autour du cou. (Il en resta bouche bée.) Je veux être vraiment liée à toi.

— Pourquoi maintenant ?

Il dut s'éclaircir la gorge, avant d'ajouter :

— Pourquoi me dire ça cette nuit ? Parce que tu m'es reconnaissante de t'avoir donné la boîte ?

Elle le regarda droit dans les yeux.

— Non. Mais tu n'es pas ce que je craignais, et j'ai enfin compris que tu ne le serais jamais. Tu es différent.

Il expira.

— Alors, que suis-je, à ton avis ?

*Ce soir, tu es un héros.*

— Un homme bien. Un homme qui me fait du bien.

Elle se hissa sur la pointe des pieds pour lui chuchoter à l'oreille, appuyée à lui :

— Je veux te faire du bien aussi, Bastian.

Il frissonna en la plaquant contre lui. Sa bouche effleura celle de Kaderin, sensation délicieuse où elle se perdit...

*Mais... il vient de nous téléporter ?*

Le froid du métal lui mordit le poignet. Elle se trouvait dans le lit, et elle eut beau se débattre, il lui menotta aussi l'autre poignet.

— Mais qu'est-ce que tu fiches ? s'écria-t-elle.

— Je fais en sorte que tu ne puisses pas t'en aller.

— Qu'est-ce que ça signifie ? Qu'est-ce que tu veux ? Moi qui avais envie de faire l'amour...

— Une dernière fois avant de mourir ? cracha-t-il.

Elle détourna les yeux en exhalant longuement.

— Tu es au courant de la prédiction ?

— Je l'ai rêvée. Tu m'as caché que tu allais mourir pendant la Quête, avant la pleine lune... cette nuit même.

— Libère-moi, bordel ! Nïx s'est peut-être trompée...

— Elle ne se trompe jamais.

— Elle ne s'est jamais trompée par le passé, c'est tout ce qu'on peut en dire. Mais, de toute manière, je me fiche qu'elle ait raison. Si je ne remporte pas cette Quête, dans un mois, je serai morte.

— Comment ça ?

— Il faut que j'y aille cette nuit. (Kaderin avait mal au bras, à l'endroit où Furie l'avait cassé, des dizaines d'années auparavant.) Tel est mon destin, et j'ai bien l'intention de l'affronter.

— Ton destin est de mourir. Je ne le permettrai pas. Tu resteras ici, pendant que je gagnerai le concours à ta place.

— Ah oui ? C'est moi la finaliste ! Il faut que j'y aille.

— Je vais aller trouver Riora et lui demander la permission de te remplacer.

— En admettant qu'elle accepte, comment accéderas-tu au prix avant Bowen ? Tu sais glisser en fonction des coordonnées cartographiques, maintenant ? Non, hein, juste là où je me trouve ou à des endroits que tu connais déjà. Or, il y a toutes les chances pour que la mission t'entraîne en terrain inconnu...

— Nikolaï m'a proposé un moyen de transport. Un avion...

— Écoute, je te propose un compromis, coupa Kaderin avec empressement, devant son obstination. Tu n'as qu'à m'aider. On y va ensemble.

Il ramassa le parchemin, le déroula. Elle comprit en voyant Sebastian s'assombrir que le message avait changé.

— Aller ensemble dans l'antre du Serpent de feu ? Maintenant ?

Il laissa échapper un ricanement amer en lui mettant la feuille sous le nez.

— Pas question que tu te rendes à un endroit connu dans le Mythos comme « le cimetière des immortels » la nuit où tu es censée mourir !

Elle s'empressa de mémoriser les coordonnées du cimetière en question, avant qu'il n'écarte le parchemin.

— Ce n'est pas à toi de décider !

Jamais elle n'avait douté de ramener ses sœurs à la vie par son sacrifice, et voilà qu'il voulait l'en empêcher. Alors que pour sauver les deux mortes et mettre fin aux remords qui la torturaient, elle ne demandait qu'à mourir !

— À t'entendre, mes croyances et mes désirs sont complètement idiots, poursuivit-elle. C'est humiliant.

— Oui, ils sont idiots ! Dis-moi pourquoi tu veux tellement y aller, nom de Dieu !

— Très bien. Détache-moi, et je te le dirai. Tu voulais savoir comment gagner ma confiance… c'est l'occasion ou jamais. L'instant de vérité. Si tu me libères, je te raconterai tout. Je n'aurai plus de secret pour toi. On fonctionnera en équipe.

Il se passa dans les cheveux une main crispée.

— Je ne peux pas. Nïx a prédit qu'on affronterait le feu et que tu mourrais. Tu as vu de quelle mission il s'agit. Tu as envie d'y passer ou quoi ? Aller là-bas cette nuit, en ce qui te concerne, c'est purement et simplement suicidaire…

— Attends, tu milites contre le suicide, toi ? Elle est bien bonne !

— Je n'avais aucune raison de vivre. Maintenant, on en a tous les deux ! (Il s'agenouilla sur le lit pour attraper Kaderin par la nuque.) Je ne te laisserai pas mourir !

— Mais merde ! explosa-t-elle. Il n'y a pas que la vie qui compte !

À ces mots, les lèvres de Sebastian se tordirent.

— C'était ce que je croyais, autrefois. (Il se redressa maladroitement.) Maintenant, je sais que je me trompais.

Avant de glisser, il acheva d'une voix rauque :

— Ce qu'on aime, on le protège de toutes ses forces. Quoi qu'il arrive.

Après son départ, elle resta un moment immobile, à réfléchir. Il l'avait enchaînée afin de l'empêcher d'aller à la rencontre de son destin, comme le courage le lui ordonnait.

Elle était sincère en lui proposant une alliance. S'il l'avait détachée, elle lui aurait tout raconté. Ils auraient effectué la mission ensemble. Mais elle ne pouvait se fier au jugement de Sebastian, alors qu'il refusait de lui accorder la réciproque.

Malheureusement pour lui, l'Augusta 109 dont elle disposait était plus rapide que n'importe quel avion.

Et, tout aussi malheureusement, les chaînes ne résistaient qu'aux vampires. Elle n'eut aucun mal à s'en débarrasser.

# 37

*Yélsérk, Hongrie, antre du Serpent de feu,
trentième jour*

   *Prix : l'Épée jurée d'Honorius, valant la victoire*

— J'ai besoin de ton aide, avait dit Sebastian à son frère, en apprenant que la pleine lune surviendrait cette nuit même.

Ils avaient aussitôt entrepris d'organiser son voyage.

— Si tu veux, je t'accompagne, avait proposé Nikolaï. Myst est à Val-Hall, aujourd'hui. (Il avait baissé la voix.) Elles ne trouvent pas Kaderin, alors elles... se rassemblent.

— Non, il faut que tu sois là à son retour. De toute manière, je n'aurai qu'un adversaire, l'Écossais, et il est affaibli. Je me débrouillerai.

Aussitôt après avoir enchaîné Kaderin, Sebastian avait glissé jusqu'au temple de Riora. À la grande surprise du visiteur, la déesse avait accepté sans sourciller qu'il remplace la Valkyrie en finale, même si elle regrettait manifestement qu'il ne soit plus son champion personnel. Enfin... elle lui avait donné son accord, c'était l'essentiel.

Lorsqu'il avait regagné Londres, une voiture l'attendait dans la rue, devant la résidence, prête à l'emmener à l'aéroport. Là, il avait pris un jet qui avait atterri en Hongrie deux heures et demie plus tard, alors qu'il faisait encore nuit.

Le camion chargé de le transporter jusqu'à l'antre du Serpent de feu venait d'arriver plus tôt que prévu, aussi avait-il décidé de consacrer cinq minutes à vérifier que Kaderin allait bien. Il voulait la réconforter en lui apprenant qu'il concourait à sa place... et en la persuadant qu'il allait gagner.

Il avait glissé jusqu'à Londres. Le lit était vide, les menottes brisées, l'appartement désert...

Lorsqu'il glissa de nouveau, droit vers Kaderin, cette fois, il se matérialisa au bord d'un puits de feu, dans une caverne aussi vaste qu'un auditorium, occupée par une fosse pleine de lave. Les flammèches qui ondulaient au-dessus de la surface se dissipaient au sein d'une fumée noire. Les pierres qui se détachaient des parois plongeaient dans le magma, où elles dansaient en s'amenuisant jusqu'à disparaître.

*Où est-elle, nom de Dieu ?*

Un câble en métal ultrafin s'étirait au-dessus de la fosse, à partir de la muraille abrupte de la grotte, mais l'autre extrémité en était invisible...

Kaderin apparut non loin de Sebastian, près d'une issue. Sans perdre de temps, elle bondit jusqu'au puits, où elle testa le filin de la pointe de sa botte. Lorsqu'il s'approcha, elle plissa les yeux, furieuse.

— Va-t'en, maintenant ! Ça suffit ! Il faut que je gagne. Je veux la clé.

Il leva les mains, les paumes tournées vers elle.

— Laisse-moi la gagner, je te la donnerai.

— J'ai déjà remporté la Quête cinq fois. Je viendrai à bout de ça !

Elle s'engagea d'un pas vif sur le câble, qui lui brûla les semelles.

— Je peux te téléporter, nom de Dieu.

— Où ça ? riposta-t-elle par-dessus son épaule. On est entourés de roc. Peut-être faut-il se trouver sur le filin pour repérer une issue dans la fosse ou au plafond.

Une pause puis, nonchalante, elle reprit :

— Je n'aurai aucun mal à traverser là-dessus.

Il glissa jusqu'à elle, bien décidé à la tirer de là, mais elle lui échappa. Ce fut les mains vides qu'il retourna à son point de départ.

— Arrête ! hurla-t-elle en continuant à s'éloigner. Je suis capable d'y aller les yeux fermés ! Et sur les mains, si je veux !

Une seconde plus tard, il glissait de nouveau... et elle lui échappait de nouveau.

Un fouet de feu s'abattit sur le câble, juste derrière elle, manquant la toucher, malgré son agilité. Sebastian lui-même dut se téléporter, une fois de plus, pour y échapper. Aucun objet magique ne pouvait être aussi précieux... Aucun ne valait la vie d'un immortel.

Quelque chose émergea du magma bouillonnant. Un monstre, une créature de feu en forme de serpent géant. La majeure partie de son corps restait plongée dans la lave, mais sa tête et sa queue s'élevaient au-dessus de la surface. Le fouet de feu n'était d'ailleurs que l'extrémité de cette longue queue... qui frappa de nouveau, à l'instant précis où Sebastian glissait.

Kaderin se contorsionna en se jetant en avant. Saine et sauve.

— Ne bouge pas, bordel ! rugit-il.

Mais le Serpent de feu voulait son dû.

Lorsqu'il se mit à cracher des boules de flammes, la caverne tout entière trembla. Une pluie de rochers commença à tomber. Sebastian esquiva, glissa, cherchant à atteindre sa compagne, mais l'averse de pierres l'en empêcha. Un des pesants débris finit par s'abattre sur son bras droit, l'écrasant presque jusqu'à l'épaule. Le blessé poussa un cri de rage et de douleur. Quant à Kaderin, elle avait bien du mal à garder l'équilibre...

Un rocher frappa le câble, qui se brisa avec un *twang* assourdissant. Elle se rejeta en arrière, se contorsionnant pour attraper le filin, animé d'un ample balancement, et disparut à la vue de Sebastian... qui se demanda aussitôt si elle avait réussi.

Il glissa, les muscles contractés par l'effort. Prisonnier, mais presque au bord de la fosse, il se jeta frénétiquement en avant, s'arrachant peau et tendons. Encore. Un bruit gratifiant de déchirure.

Enfin, il y était. Il baissa les yeux. Kaderin grimpait agilement à la corde de métal. Avec un grognement de soulagement, il se l'enroula autour du poignet gauche pour la tirer vers le haut.

— Tiens bon, Katia ! Je vais...

La queue du serpent dessina une spirale de feu autour de la cuisse de sa proie puis la tira vers le bas... et la lave. Kaderin étouffa un cri lorsque les anneaux ardents lui marquèrent la peau en sifflant.

Coincé comme il l'était, Sebastian ne pouvait compter sur les muscles de ses jambes ou de son dos pour gagner en efficacité.

Le corps suant de sa fiancée se tordait de douleur. Elle se cramponnait toujours au câble... rouge de sang, à présent, car ses mains ravagées glissaient vers le bas.

Si seulement il se dégageait le bras, il aurait peut-être une chance...

Pendant qu'il tirait sur le filin tout en cherchant à se libérer du rocher, elle jaugeait manifestement la situation : son bras à lui, coincé, le magma... Lorsqu'elle releva les yeux, ils brillaient de larmes. Elle déglutit.

Puis, apparemment, s'apaisa.

L'appréhension noua les entrailles de Sebastian. Elle n'allait quand même pas... Il fit un effort désespéré pour l'arracher à l'étau du serpent, incapable de retenir un hurlement quand le moindre muscle de son corps se déchira littéralement.

— Bastian...

Malgré les piaillements aigus du monstre, le bouillonnement et les crépitements de la lave, le martèlement de son propre cœur, la voix de Kaderin lui parvint, parfaitement nette.

— Non ! hurla-t-il. Non, non, non ! Jamais…

— Je vais lâcher, murmura-t-elle.

Son regard était serein, lucide.

— Laisse-moi juste un peu de temps, bordel ! La prédiction n'a pas à se réaliser !

Il réussit à tirer encore plus fort, à hisser le câble du bras gauche puis à l'attraper plus bas, mais le serpent siffla en saisissant sa victime au torse. Elle serra les dents pour lutter contre la douleur.

*Je n'y arriverai pas comme ça.* Sebastian se jeta de côté, frénétique, dans l'espoir de détacher de son corps son bras immobilisé.

— Je sais où est l'épée, reprit Kaderin. Sous l'attache du câble, dans la paroi d'en face. À cinq mètres de profondeur, quarante degrés à gauche. (Les larmes ruisselaient sur ses joues.) Il y a une caverne, sous une corniche… je ne l'ai vue que d'ici.

— Non, ne fais pas ça ! Seigneur, je t'en prie ! Non…!

— Reviens me chercher. Pour que je puisse retourner les chercher.

Elle lâcha prise, les yeux rivés sur les siens. Le serpent l'entraîna dans le puits.

Le feu l'engloutit.

# 38

Les lumières de Val-Hall étincelèrent, aveu-glantes, puis s'éteignirent. La foudre déchira le ciel, tandis que le tonnerre secouait le vieux manoir obscur si violemment qu'il en gémit tout entier. Myst tomba à genoux. Les yeux de Nïx s'écarquillèrent ; ses mains se crispèrent dans ses cheveux. Emma se mit à pleurer.

Le hurlement de Regina fit exploser les fenêtres, qui arrosèrent les alentours d'éclats de verre au point que les spectres eux-mêmes prirent la fuite. On aurait dit qu'une bombe s'était abattue sur la demeure, car les vitres alentour se brisèrent ensuite par vagues successives, de plus en plus loin, à des kilomètres à la ronde.

Les créatures du Mythos qui hantaient la ville et le marais tremblaient de peur. Ce qui se passait ne pouvait signifier qu'une chose.

Une Valkyrie venait de mourir, ses sœurs l'avaient senti.

Morte. Sebastian savait qu'elle était morte. Tout son corps le lui hurlait.

Il l'aimait. Un amour qui n'avait rien à voir avec une compulsion. Un amour si fort qu'il y puisait l'humilité.

Il resta un long moment le regard plongé dans le puits de feu. Combien de temps une immortelle pouvait-elle survivre dans un enfer pareil ? À quel point souffrait-elle ?

Que signifiait son «pour que je puisse retourner les chercher» ?

Un rêve l'emporta soudain. Kaderin dévalait une colline couverte de cadavres. Ses halètements et les cris des autres Valkyries résonnaient aux oreilles de Sebastian, en proie à la panique qui bouillonnait en elle.

Elle se débarrassait de manière expéditive des vampires aux yeux rouge sale et aux rictus grotesques qui se dressaient sur son chemin, car elle voulait absolument rejoindre… Dasha et Rika.

Malgré son bras coincé, parce qu'il n'avait pas réussi à le couper à temps, il tomba à genoux, exactement comme elle sur le champ de bataille, si longtemps auparavant, quand elle avait assisté au massacre de ses sœurs de sang. Le choc fut aussi violent qu'un coup. Elle entendit les deux têtes toucher terre. Elle vit l'adversaire – celui qu'elle venait d'épargner – porter les coups mortels…

Lorsqu'elle hurla, son cri fut si assourdissant que ses propres oreilles se mirent à saigner. Le jeune vampire qu'elle avait torturé plus tard – celui que Sebastian avait vu en rêve – avait décapité ses sœurs. Maintenant qu'il avait vécu sa fureur, son chagrin et ses remords, il regrettait qu'elle n'ait pas été plus impitoyable encore. Il aurait voulu l'aider à se venger.

«Pour que je puisse retourner les chercher», avait-elle dit. Ses sœurs de sang. Des triplées. Elle avait perdu ses deux doubles en quelques minutes. La Quête tout entière tournait autour de cette seule scène. Il n'était pas question d'ego démesuré ni de mentalité de mercenaire ; Kaderin voulait juste retrouver sa famille. Seigneur ! *Elle a remis leur vie à toutes entre mes mains.* Elle lui faisait confiance pour gagner à sa place.

Persuadée que la clé fonctionnerait.

Jamais il n'avait osé croire qu'on pouvait remonter le temps. À présent, il ne lui restait que cette croyance. Il fallait qu'il la sauve. Qu'il remporte ce maudit prix et qu'il aille la chercher dans le passé. Comme elle le lui avait demandé.

Elle était morte.

Morte, nom de Dieu !

La caverne dont elle avait parlé était invisible d'en haut, mais Sebastian glisserait jusque dans la roche s'il le fallait. *Seulement, je dois d'abord me débarrasser de ce bras.*

Il venait de se décider à se servir de ses crocs quand un bruit de pas lui parvint.

MacRieve apparut et jeta un coup d'œil alentour. Son visage dévasté s'assombrit.

— Qu'est-ce qui s'est passé ?

Sebastian s'aperçut enfin que sa blessure lui avait fait perdre énormément de sang, peut-être parce que l'artère brachiale avait été percée. Il en perdrait davantage – bien davantage – une fois éliminée la pression du rocher. Or, déjà, des points noirs dansaient devant ses yeux. Lui restait-il assez de sang pour qu'il se permette de se trancher le bras ?

Le Lycae arriverait probablement à le libérer...

— Tremblement de terre. D'où chute de pierres, expliqua le captif, sans parler de la disparition de Kaderin, même s'il n'était pas encore décidé à se servir du garou.

— Où est passée la Valkyrie ? C'est elle qui devrait être là... pas toi.

— Je la remplace.

L'Écossais parcourut la caverne d'un regard scrutateur.

— Tu n'auras pas l'épée, reprit Sebastian. Elle est de l'autre côté du puits de lave, et le câble a cassé.

Comme il s'y attendait, l'adversaire examina la fosse, avant de proposer :

— Si je te libère, tu pourras me téléporter jusque de l'autre côté. Là... ce sera au plus rapide.

*N'accepte pas trop vite.*

— Tu n'as pas peur que je te double ?

Le Lycae plissa son œil restant.

— Je te tiendrai par ton bras valide pour t'en empêcher.

Sebastian se contraignit à attendre quelques secondes avant de faire mine de se décider.

— D'accord, vas-y.

MacRieve s'approcha du rocher, le poussa... et fut visiblement stupéfait de ne pas l'ébranler. Il marmonna quelques mots qui ressemblaient fort à « saleté de sorcière » puis s'arc-bouta de dos contre la pierre en demandant :

— Et où vas-tu nous emmener au juste ?

— Sous le câble. Il y a une grotte dans le puits.

— Je ne la vois pas, grogna-t-il.

— N'empêche qu'elle y est. Si tu veux l'épée, tu vas devoir faire confiance à un vampire...

Le rocher bascula. Le Lycae attrapa Sebastian par le bras gauche pendant qu'il contemplait, bouche bée, ce qui restait du droit.

— Ça doit faire mal, se moqua MacRieve.

— Tu t'es regardé dans la glace, ces derniers temps ?

— Ouais. (Il remit son interlocuteur sur ses pieds.) D'ailleurs, j'ai bien l'intention de te tuer pour me venger. Après la Quête. Pour l'instant, je suis un peu pressé.

Sebastian parvint de justesse à ne pas vaciller. Sa vision se brouillait. Il lutta pour se concentrer sur l'endroit que lui avait décrit Kaderin. *Du calme. Ah, merde, est-ce qu'elle voulait dire quarante degrés sur sa gauche ou sur la mienne ?*

L'autre le secoua.

— Est-ce que tu es en état de...

Il glissa.

Chaleur étouffante, vapeur, fumée. La roche sous ses pieds. Gagné. Des flammes, de-ci, de-là, jaillies de nulle part. Pas d'épée.

L'Écossais se mit brusquement à courir, mais Sebastian se téléporta un peu plus loin. L'arme lui apparut alors, posée sur une colonne d'un mètre de haut, scintillant à la lumière des flammèches, tout humide.

Il l'atteignit le premier, la saisit de sa main valide et se raidit, prêt à repartir comme il était venu...

Une fine lanière s'enroula solidement autour de son poignet. Plus question de glisser.

— Je prends, lança le Lycae.

Ce salopard n'avait qu'un seul fouet. Sebastian transféra l'épée dans sa main droite, prêt à la porter à son cœur, mais son bras resta inerte.

— Ça ne te va pas droit au cœur ?

En plus, le garou se moquait de lui.

Il montra les crocs.

— Si tu essaies de me l'arracher, je t'étripe.

— Figure-toi que tu tiens dans ta main la vie de mon âme sœur.

— Pareil.

— La Valkyrie est morte ?

Sebastian secoua la tête.

— Pas pour longtemps.

Sans doute son expression toucha-t-elle le Lycae, car il fit une proposition, alors qu'il avait l'avantage :

— On peut partager. La clé fonctionne deux fois.

Du sang partout. La nuit rampante. Kaderin avait demandé à Sebastian... Elle lui avait donné une chance de l'aider, enfin...

— Elle a besoin des deux.

*Je n'arrive pas à lever le bras. L'autre est immobilisé.* Toutefois, l'épée avait des pouvoirs dont l'Écossais n'avait sans doute pas entendu parler.

D'après Riora, elle ne manquait jamais sa cible.

L'arme était bien loin de la main qui tenait le fouet, mais Sebastian se concentra sur son intention de couper l'adversaire au poignet puis esquissa un geste à cette fin – car sa blessure ne lui permettait qu'un infime mouvement.

Son bras se leva brusquement. L'épée frappa de son propre chef, lame aux reflets étincelants.

Le sang jaillit. La main tranchée tomba à terre. Sebastian glissa instantanément jusque de l'autre côté du puits de lave.

— Je te tuerai, vampire ! rugit le garou, fou de rage. Je boufferai ton cœur de monstre !

Il ne restait au vainqueur qu'à regagner le temple de Riora, mais quitter la caverne lui était tout simplement impossible. Partir, c'était admettre la mort de Kaderin. *Du calme. La clé fonctionnera.*

— N'oublie pas ce que je te dis, cria le Lycae. Je vous traquerai jusqu'au bout du monde, la Valkyrie et toi...

Lorsque Sebastian arriva au temple, Riora l'y accueillit, escortée de Scribe, comme à son habitude.

— Tu as gagné. Le premier vampire à participer. Toutes mes félicitations.

— C'est pour elle. Rien que pour elle.

Des frissons incontrôlables secouaient le blessé.

— Bien. Signe le livre des vainqueurs et prends ta récompense.

Lorsque Scribe exhiba le livre en question, il avait vraiment l'air de considérer le visiteur avec respect. *Kaderin est morte. Signe. Et calme-toi.*

Le fier paraphe de la Valkyrie s'étalait sur toutes les dernières lignes. L'écriture en était devenue au fil du temps plus dure, plus anguleuse. *Du calme.* Sebastian traça de la main gauche des lettres informes, tant il tremblait, sur une page que son sang maculait de rouge.

Riora lui tendit une clé de métal. Il s'en saisit avec un tel empressement qu'elle s'incrusta littéralement dans sa paume.

— Pourvu qu'elle fonctionne.

— Elle fonctionne, vampire. Tu finiras peut-être par le regretter amèrement.

— Comment peux-tu dire une chose pareille ?

— Sais-tu pourquoi Kaderin tenait tellement à la gagner ?

— Oui, acquiesça-t-il d'une voix lente. Pour aller chercher ses sœurs dans le passé.

— Si tu lui en cèdes la seconde utilisation, elle retournera là-bas et n'aura pas à les voir mourir. Ce qui lui épargnera mille ans de remords et de néant, remplacés par une existence heureuse avec sa famille.

— C'est exactement ce que je veux !

— En ce cas, jamais elle ne se détournera de son chemin pour aller te tuer. Elle aura ses sœurs… (Les yeux de Riora plongeaient dans ceux de Sebastian, comme la première fois qu'il était venu au temple.)… mais toi, tu ne l'auras pas, elle.

Il avait vécu les souvenirs de Kaderin. La mort de ses sœurs, la manière dont elle avait récupéré leurs cadavres sur le champ de bataille, enterré leurs têtes et leurs corps… avant de s'arracher les cheveux et la peau.

S'il pouvait lui éviter ça… lui épargner mille ans de remords…

Mortel, il avait été un chevalier sans dame à qui vouer son épée. Immortel, il avait décidé que Kaderin était sienne. Il devait donc protéger tout ce et ceux qu'elle aimait.

— Elle retrouvera ses sœurs, affirma-t-il, la tête basse.

Les flammes des braseros crépitèrent, comme pour souligner ces mots.

— Très bien. La clé ouvre pendant une dizaine de minutes un portail temporel qui permet de remonter le temps jusqu'au moment et à l'endroit désirés…

— Comment sait-on où l'ouvrir ?

— Il faut comprendre que c'est un objet pratique. Un outil d'une puissance inouïe. Il suffit de la tenir et de tendre la main pour qu'elle sache ce qu'on veut. À partir de là, elle opère de manière qu'on l'obtienne. Mais je te préviens. Si tu restes bloqué dans le passé au moment où le portail se referme, une des versions de ton être disparaîtra. Elle cessera purement et simplement d'exister.

Scribe, un peu en retrait, adressa à Sebastian un signe de tête encourageant. Le pâle visage cireux du serviteur trahissait le chagrin.

— Ramène-la, vampire, murmura Riora.

Le visiteur lui répondit par une révérence douloureuse.

— Oui, déesse.

# 39

Kaderin avançait prudemment dans un tunnel obscur. L'antre du Serpent de feu était tout proche, elle le savait aux échos qui lui parvenaient : une vaste caverne se trouvait non loin de là. Elle savait aussi que Bowen n'était peut-être pas encore arrivé, mais qu'il la suivait de près.

De même que Sebastian.

Son oreille s'agita, alarmée par un bruit qui rappelait fort une inspiration sifflante. Bowen ? Elle fit volte-face. Ses yeux se plissèrent de colère. Lui.

— Fiche le camp tout de suite, vampire ! J'en ai assez ! Il me faut cette clé, tu entends ? Il me la faut !

Elle s'interrompit en prenant conscience de l'aspect de l'arrivant : le bras droit en miettes, une joue couverte de cloques, sa chemise autrefois blanche déchirée, trempée de cramoisi. De quoi rester bouche bée. Qu'était-il donc arrivé à Sebastian, depuis qu'il l'avait enchaînée ?

Le souvenir de cette traîtrise raffermit la résolution de Kaderin. La victoire était à portée de main. Elle n'avait pas le temps de poser des questions. Si les choses s'étaient passées comme il en avait décidé, elle aurait été menottée, à l'heure qu'il était.

Pourtant… jamais elle n'avait vu quelqu'un d'aussi bouleversé. Les yeux du vampire avaient viré au noir et brillaient de larmes contenues. Ses mains trem-

blaient. Son sang coulait, mais il n'en avait visiblement pas conscience.

— Je croyais t'avoir perdue, balbutia-t-il. Il faut y
aller tout de suite.

— Mais qu'est-ce que tu racontes ?

— Viens…

Il tendait la main gauche.

— Va te faire voir chez les Grecs, rétorqua-t-elle.
Ça me plairait bien, c'est à des milliers de kilomètres
d'ici.

Il vacilla, tandis que sa tête tombait en avant… à
croire qu'il allait s'évanouir.

Puis il attrapa son interlocutrice par le poignet,
comme s'il craignait de ne bientôt plus en être
capable… et glissa avant qu'elle ne songe à résister.
Très loin de là. Jusqu'au temple de Riora.

Kaderin poussa un hurlement de rage qui résonna
à travers tout le bâtiment. Le verre de la coupole se
fissura avec un craquement mat, menaçant, telle la
glace couvrant un étang.

Sebastian lui prit le visage dans sa main valide.

— Arrête, Katia. Ah, Seigneur… laisse-moi te
regarder.

— Ça ne va pas la tête ? riposta-t-elle en le repoussant. Comment as-tu pu faire une chose pareille ? Il
faut que j'y retourne ! Bowen me suivait de près…

— Écoute…

Il secoua la tête, livide.

— Je n'ai pas le temps !

— La Quête est finie…

— Bowen !

La foudre se déchaîna alentour. Les yeux de Kaderin s'emplirent de larmes.

— Ça y est, il a la clé ! Non… (Sa voix enfla jusqu'au
hurlement.) Non…!

La coupole explosa.

Sebastian attira sa compagne contre lui du bras
gauche, se penchant sur elle pour lui faire un rem-
part de son corps.

— C'est nous qui avons gagné, lui chuchota-t-il à l'oreille, tandis qu'une pluie de verre s'abattait sur eux.

— Je... je ne comprends pas, balbutia-t-elle, haletante, quand l'averse s'interrompit enfin.

— Tu... Katia, tu es morte.

Elle se rejeta en arrière, les joues ruisselantes de larmes.

— Quoi ? Qu'est-ce que tu racontes ?

— Tu es morte. Un quart d'heure après le moment où je suis revenu te chercher.

Sebastian expliqua en détail à Kaderin, stupéfaite, ce qui s'était passé dans l'antre du serpent : l'apparition du monstre, la puissance inouïe du feu... la décision qu'elle avait prise.

Elle vacilla, mais il l'aida à garder l'équilibre.

— Je t'ai demandé de revenir me chercher ? Je t'ai parlé de mes sœurs ?

— Oui. Je ne savais pas ce que tu voulais faire de la clé. Pourquoi ne pas me l'avoir dit ?

— J'étais prête à tout te raconter, cette nuit ! Avant, je... je ne pouvais tout simplement pas. (Elle se mordit la lèvre.) J'ai lâché le filin ? (Il hocha la tête.) J'ai dû comprendre quelque chose... voir quelque chose qui m'a vraiment donné confiance en toi. (Elle fronça les sourcils.) Ce n'est pas seulement ma vie que j'ai remise entre tes mains, tu sais... (Leurs yeux se croisèrent.) ... mais aussi celle de mes sœurs.

— Ça m'a appris l'humilité, dit-il tout bas.

Riora apparut soudain. Elle vint s'asseoir au bord de l'autel, suivie d'un Scribe visiblement ému, qui pataugeait dans les éclats de verre.

— J'ai eu avec mon champion une conversation fort instructive, commença la déesse, et il vient encore de me prouver qu'une impossibilité était possible. Je l'ai prévenu que quand tu mettrais sur la clé ta petite main brûlante, il te perdrait pour l'éternité, car l'histoire s'en trouverait changée. Que l'avenir se tordrait et se transformerait de manière à s'adapter au passé. Que tu ne le rencontrerais jamais, parce que tu ne subirais pas la mort de tes sœurs. Eh bien, ce vampire a choisi de renoncer à sa fiancée plutôt que de te laisser endurer le remords et l'horreur. Il a décidé de te donner la clé pour t'éviter de souffrir, alors qu'il pensait se priver ainsi de toi.

— C'est vrai ? demanda Kaderin à Sebastian d'une voix tremblante. Tu... tu veux vraiment me l'offrir ?

— Je veux que tu sois heureuse, répondit-il d'une voix brisée. (Elle sanglotait, à présent.) Pourquoi pleures-tu, Katia ? Tu retrouveras ta famille, je te le jure. Ne sois pas triste.

— À quoi penses-tu, Valkyrie ? intervint Riora. Ne m'oblige pas à explorer ton esprit pour le savoir.

À quoi pensait Kaderin ? Bonne question. Le chaos le plus total régnait dans sa tête. Trop de réflexions, trop d'émotions se bousculaient en elle. Elle se sentait déchirée, obligée de choisir entre ses sœurs et Sebastian.

L'aimait-elle ? Peut-être, mais comment s'en assurer ? C'était toujours difficile de se fier à ses sentiments, alors quand on n'en avait pas connu depuis aussi longtemps...

En revanche, elle se fiait à son instinct.

Et elle devait admettre à présent que l'instinct l'avait empêchée dès le début d'abattre ce vampire bien particulier.

— Je ne peux pas ne pas faire sa connaissance, Riora.

— Hein, quoi, qu'est-ce que tu dis ? interrogea-t-il.

Apparemment, il retenait son souffle.

— Je ne veux pas être obligée de choisir.

Il l'attira à lui du bras gauche et posa le menton sur sa tête.

— En ce qui me concerne, si je pouvais être sûr de t'avoir conquise ne serait-ce qu'un jour de ma vie, je m'estimerais heureux.

— Sauf que tu ne te souviendrais pas de m'avoir conquise, fit-elle remarquer, tout contre lui.

— Attends un peu… (Il l'écarta, à peine, pour lui adresser son adorable demi-sourire.) J'ai le bras cassé, d'accord?

— Je sais bien! s'exclama-t-elle.

Sa voix se fêla.

— Mais je ne vois vraiment pas pourquoi tu en as l'air aussi content!

— Mon bras ne devrait pas être cassé. Le rocher l'a écrasé quand le Serpent de feu s'est réveillé. Le Serpent s'est réveillé parce que tu marchais sur le filin. Si tu n'as pas marché sur le filin…

Elle prit une brusque inspiration, les yeux écarquillés.

— Bravo, vampire, lança Riora. Kaderin soutenait qu'il était possible de voyager dans le temps. Toi, qu'il était impossible d'aller dans le passé pour changer l'avenir. Vous aviez tous les deux raison.

— Je ne comprends pas comment ça marche, avoua Kaderin. Il a modifié le passé. Le présent devrait être différent. D'ailleurs, tu as bien dit qu'il avait dû choisir…

— Oh… je me suis permis un petit mensonge. Je voulais voir s'il était possible qu'un vampire renonce à sa fiancée prédestinée. (La déesse pencha la tête dans la direction des amants.) Je vous remercie d'ailleurs d'avoir collaboré à l'expérience. Bon. Maintenant, soyons sérieux. On ne peut pas retourner en arrière et changer l'avenir.

Sebastian se rembrunit.

— Telle est pourtant notre intention.

— Scribe! Un ruban… des ciseaux!

En un clin d'œil, un ruban écarlate déroula sur le marbre de l'autel une bande éclatante, tandis que des ciseaux se posaient dans la main tendue de Riora.

— Ce ruban représente le temps, du passé au présent…

Elle se pencha vers l'extrémité représentant le passé le plus lointain et en coupa quelques centimètres.

— Je suis retournée chercher quelque chose dans le passé, mais le reste du ruban n'a pas changé d'un fil. Tu avais entièrement raison, vampire… jusqu'à un certain point. On ne peut pas aller dans le passé pour modifier l'avenir, c'est un fait. Ce serait de la folie.

Les sourcils froncés, elle se tourna vers Kaderin.

— Franchement, Valkyrie, tu devrais l'écouter un peu plus. C'est un vrai savant, tu sais. (Petit haussement d'épaules.) Bref… La magie nous permet malgré tout de retourner en arrière piocher deux ou trois choses ici ou là. C'est l'équivalent d'un tour de cartes, ni plus ni moins.

— Je ne l'oublierai pas, alors ? demanda Kaderin, incapable de maîtriser son tremblement.

— Ça ne risque pas. Mais n'essaie pas de faire la maligne avec la clé. Le temps est fluide, vivant… il refuse de laisser subsister le passé. Le génie de Thrane a été de découvrir qu'on pouvait ouvrir des portes sur le passé, justement… mais que le temps les refermait aussitôt afin d'éviter l'instabilité et le chaos. Alors, notre magicien a créé une clé ouvrant simultanément des millions de portes, pour que les refermer toutes ne soit pas une mince affaire. L'utilisateur est un joueur, qui parie que la sienne sera parmi les dernières à claquer… parce que s'il se retrouve coincé dans le passé, il disparaît.

Riora pencha la tête en considérant Kaderin, puis son regard aigu se posa sur Sebastian.

— Tu vois comme elle est soulagée, vampire ? C'est tout de même étonnant. L'attirance que tu exerces sur elle s'est révélée plus puissante que la bénédiction d'une déesse…

Elle tendit les mains devant elle afin d'examiner ses ongles.

— Une puissante déesse.

— Tu veux dire… la bénédiction ? questionna-t-il, stupéfait.

— C'était donc toi ? murmura Kaderin.

— En effet. (Riora l'examina, pensive.) D'où ma perplexité quand j'ai découvert l'influence de ce vampire sur toi.

— Mais pourquoi m'as-tu enchantée de cette manière ?

— Tu t'accusais de la mort de tes sœurs, seulement tu étais trop puissante pour mourir. Et ton chagrin affaiblissait toutes les Valkyries.

— Pourquoi as-tu engourdi la moindre de mes émotions ? Je n'éprouvais plus ni joie ni amour, rien.

Riora toussota délicatement afin de s'éclaircir la gorge.

— À vrai dire, telle n'était pas mon intention. (Elle se tourna vers Sebastian.) C'est toi, et toi seul, qui lui as rendu la capacité à ressentir. Il était temps pour elle.

— Ça explique pas mal de choses.

Il vacilla.

— Il faut te panser le bras, déclara Kaderin, penchée vers lui, craignant qu'il ne tombe, car il devenait de plus en plus pâle.

Il avait vraiment dû perdre beaucoup de sang.

— Il est en train de salir tout mon temple, constata Riora. Quant à toi, Valkyrie, tu me dois une coupole. (Elle se retourna.) Scribe ? Où es-tu passé, Scribe ?

Déesse et serviteur disparurent.

— Tu vas arriver à nous téléporter ? s'inquiéta Kaderin.

— Bien sûr, répondit Sebastian.

Il eut cependant le plus grand mal à les ramener à l'appartement londonien.

*Quelle tête de mule ! Il m'a caché qu'il était aussi affaibli.*

Ses jambes le trahirent dès l'arrivée dans la chambre. Kaderin l'aida à gagner le lit, où il s'effondra, mais il la saisit par le poignet.

— N'y va pas sans moi.

— Tu es blessé au bras droit, et tu es droitier. Tu ne pourras pas te défendre en pleine bataille.

— Tu as attendu mille ans, tu peux bien attendre deux jours de plus.

Elle secoua la tête.

— Je ne veux pas t'entraîner dans une guerre où tu es l'ennemi.

— Je suis prêt à courir le risque. N'y va pas avant que je sois guéri, s'il te plaît.

Elle hésita, mais finit par répondre :

— Je n'irai pas avant que tu sois guéri.

Il hocha la tête, soulagé, et perdit aussitôt conscience.

Elle n'avait pas parlé à la légère. Il ne pouvait l'accompagner, ce n'était pas possible : un vampire, sur le même champ de bataille que les Valkyries ? Non. Les propres sœurs de Kaderin essaieraient sans doute de le tuer.

Mais il n'était pas question non plus de l'abandonner alors qu'il avait besoin d'elle. Pendant deux jours, il avait été son héros – à part quand il l'avait enchaînée. Il lui avait évité de perdre la Quête, il lui avait offert sur un plateau une place en finale et, enfin, il avait remporté la clé en son nom. Sans compter qu'il lui avait sauvé la vie.

Pour couronner le tout, il avait préféré son bonheur à elle au sien propre.

Chaque fois que l'occasion s'en présentait, il lui donnait l'impression d'être chérie, protégée. Elle lui rendrait la pareille.

Lorsqu'elle avait compris qu'elle ne l'oublierait pas, elle avait éprouvé un soulagement étourdissant. Quelle leçon en tirer ? Elle était aussi heureuse à l'idée de se souvenir de lui qu'à celle de retrouver ses sœurs… Qu'en déduire ?

Avant d'utiliser la clé, elle appellerait Val-Hall pour informer la maisonnée qu'elle allait bien... même si elle ne doutait pas que les autres Valkyries aient déjà conscience de son retour d'entre les morts. Et elle s'assurerait que Sebastian guérisse en lui donnant autant de sang qu'il pouvait en boire.

Elle avait attendu mille ans. Qu'importaient deux ou trois jours de plus, dans l'ordre cosmique des choses ?

Sebastian se réveilla dans une forme inouïe.

Une Valkyrie au corps brûlant reposait à moitié sur son torse. Il la serra contre lui, encore surpris à la pensée de tout ce qui s'était produit. Les souvenirs de la brume infernale où il avait plongé après la mort de Kaderin s'insinuaient dans son esprit, mais il les écarta fermement.

Il l'avait ramenée.

Elle était là avec lui, en sécurité. Rien d'autre n'avait d'importance.

Oui, il l'avait ramenée.

Comme elle ne faisait pas mine de se réveiller, il sortit prudemment du lit pour aller se doucher et examiner son bras. Aussitôt debout, il se raidit, persuadé que sa vision allait se brouiller, mais non. Apparemment, ses os avaient déjà commencé à se reformer. Quant à sa peau et ses muscles, déchiquetés par ses efforts pour se dégager, ils étaient de nouveau intacts. Peut-être même pourrait-il se passer de l'écharpe confectionnée par Kaderin.

Lorsqu'il regagna la chambre, propre et habillé, elle avait ouvert les yeux.

— Je serai guéri ce soir, lui annonça-t-il. On pourra aller les chercher à ce moment-là.

— J'ai peur qu'elles n'essaient de te tuer. (Elle détourna les yeux.) Je ne pense pas qu'elles hésiteront, elles.

— Je t'accompagne, la question ne se pose pas. Imagine que tu ne repasses pas la porte… je te perdrais à jamais.

— En admettant qu'on attende ta guérison complète, tu ne pourras te défendre qu'en t'en prenant aux Valkyries.

Il rejeta la tête en arrière.

— Jamais je ne leur ferais le moindre mal.

— Je sais, assura-t-elle aussitôt, mais elles chercheront à t'éliminer.

— Je viens, Katia. Il ne peut en aller autrement.

Elle le dévisagea un long moment, expira à fond, avec un petit hochement de tête, puis lui tourna le dos en rassemblant ses cheveux sur sa poitrine pour dégager son cou gracieux.

— Alors, il va te falloir des forces.

Il déglutit.

— Tu me proposes de boire à tes veines ?

— C'est ce que tu fais depuis hier, répondit-elle par-dessus son épaule.

*Et j'ai manqué une chose pareille ?* Il la rejoignit dans le lit, où il la fit pivoter vers lui.

— Pas étonnant que je me sente si bien.

Elle lui jeta un coup d'œil de sous ses boucles blondes.

— Vraiment bien ?

Sa voix était devenue rauque.

Il se figea.

— Remarquablement bien. (Malgré les douleurs et les meurtrissures qui le faisaient toujours souffrir, sa verge gonflait déjà.) Incroyablement bien.

— Il va falloir qu'on se montre créatif pour ne pas te faire mal au bras.

Les yeux de Kaderin avaient viré à l'argenté.

Il s'avéra que, en ce qui la concernait, la créativité consistait à se débarrasser de sa chemise de nuit – une des chemises de Sebastian, en réalité – puis à s'allonger au pied du lit, prête à l'accueillir, ses longs cheveux brillants déployés autour d'elle, les mamelons érigés.

— Vive la créativité! gronda-t-il en arrachant ses propres vêtements.

Ses mains le démangeaient tant il avait envie de la caresser, de mille manières différentes, en mille endroits différents. Il aurait pu passer des heures à l'embrasser.

— Tu crois que ça va marcher? s'inquiéta-t-elle. Tu n'es peut-être pas prêt...

Au regard qu'il lui jeta, elle s'empressa d'ajouter:

— Bon, bon! Je voulais juste être sûre...

Les mots moururent sur ses lèvres quand il s'agenouilla pour lui écarter les jambes: il adorait explorer son intimité, et la moindre occasion était bonne à prendre. Lorsqu'il effleura de la langue sa chair moite, elle poussa un cri, qui se transforma en gémissement tandis qu'il la léchait lentement.

— Viens, s'il te plaît, finit-elle par implorer. J'ai besoin de te sentir en moi.

Il lui embrassa la cuisse puis se redressa. Les jambes de Kaderin s'écartèrent au maximum en une invitation criante, qui ne s'adressait qu'à lui. C'était encore tellement neuf... Il n'arrivait pas à croire que cette beauté le veuille en elle.

Empoignant sa verge, il se posta au pied du lit puis se pencha pour poser les mains sur les seins provocants. Elle se cambra, se pressa contre ses paumes jusqu'à ce qu'il lui malaxe la poitrine en gémissant à ce contact voluptueux.

Enfin, il la pénétra lentement, de plus en plus profondément, tandis qu'elle poussait des râles ininterrompus. Une fois totalement logé en elle, il sentit ses genoux flageoler, de plaisir, cette fois.

Les jambes nouées autour de sa taille, elle se mit à onduler des hanches, lascivement d'abord, puis avec une frénésie croissante, au point qu'il craignit bientôt de jouir de ces seules allées et venues sur sa hampe.

— Plus fort! haleta-t-elle.

*Je te donnerai tout ce que tu veux. Toute ma vie.* Il se rappelait le lui avoir promis, le jour de leur rencontre. Il fallait qu'il se retienne...

Lorsqu'il se pencha pour lui sucer les mamelons, l'un après l'autre, elle plongea les doigts dans ses cheveux en se cambrant au point de lui donner irrésistiblement envie de jouir.

Il se redressait, prêt à se retirer pour se remettre à la titiller de la langue, quand elle lui saisit la main, lui lécha doucement deux doigts puis les posa sur son clitoris, tout humides, afin de lui montrer exactement ce qu'elle voulait.

Frissonnant, il se raidit de tout son corps pour se retenir de se répandre à l'instant même. Dès qu'il se mit à la caresser où elle le désirait, pinçant à peine le bourgeon gonflé, elle se tordit et se contorsionna sur le lit, déchaînée.

— Bois, souffla-t-elle entre deux halètements. S'il te plaît.

Elle avait envie qu'il la boive? Jamais il n'aurait cru entendre une requête pareille. Ses crocs le démangeaient littéralement en réaction.

Sans cesser d'aller et venir en elle, il l'empoigna par les épaules pour lui frôler le cou d'un baiser. Quand il lui perça la peau et aspira, elle cria de nouveau, tandis que ses yeux se révulsaient. Son corps se tendit, secoué de spasmes, arrachant un grognement à Sebastian.

Il rejeta la tête en arrière. Le sang de Kaderin courait en lui, brûlant, vivant, affolant; son sexe palpitait autour de sa verge, exigeant, avide. Une brume envahit son champ de vision. Quelque chose en lui venait de se libérer... Il fallait qu'il la prenne de toutes ses forces.

Lorsqu'il se retira pour la retourner, elle frissonna en laissant échapper une petite exclamation de surprise. Il la rapprocha de lui puis la fit reculer au maximum, une main sous son ventre, l'autre pressée contre son sexe, avant de la pencher très bas, les seins enfoncés dans le matelas. Prête.

Alors, il l'attrapa par les hanches afin de l'immobiliser, tandis qu'il se glissait de nouveau en elle… se retirait lentement… replongeait… se retirait, en longues caresses torturantes dont le rythme entêtant la fit bientôt gémir.

— Plus fort ! Je t'en prie !

Le tonnerre gronda dehors. Sebastian se déchaîna. Plus fort, plus vite, jusqu'à la secouer tout entière, peau contre peau, à grands claquements. Il n'arrivait pas à croire qu'elle restait comme ça, à quatre pattes devant lui. Que ce soit encore mieux à chaque fois.

Le bois de lit martelait le mur, mais les exigences de Kaderin ne faisaient que croître.

Il lui obéit en poussant un cri abrupt. Plus question de retenue ! Pendant qu'il la possédait de toutes ses forces, les hurlements de sa compagne allaient crescendo.

Lorsqu'il se cabra, elle avait la tête tournée de côté, les lèvres entrouvertes, les yeux argentés, les bras allongés en avant.

— Bastian, souffla-t-elle, enivrée.

Il n'avait besoin pour permission que de ses réactions et des éclairs qui se déchaînaient dehors.

— Je vais rester en toi toute la nuit. Je vais te boire toute la nuit.

— Oui ! s'écria-t-elle. Tout ce que tu veux !

Tout ce qu'il voulait. Aucune contrainte. La liberté la plus totale. Il s'y abandonna sans frein. Des siècles de doutes s'évaporaient. Le passé pâlissait, comparé à l'avenir avec elle.

— Tu aimes ? râla-t-il.

— Oui !

— Tu as besoin de moi ?

— Oui, oh oui !

Elle tendit le bras en arrière pour qu'il boive à son poignet sans se retirer. À peine lui eut-il planté les crocs dans la chair que l'orgasme la saisit, accom-

377

pagné d'une longue plainte. Incapable de résister plus longtemps, Sebastian prit et donna simultanément, répandant sa semence brûlante dans le corps dont il buvait le sang.

Ses spasmes apaisés, il s'allongea sur elle en continuant à aller et venir – lentement, à présent.

— Tu es mienne, Katia, lui chuchota-t-il à l'oreille, haletant. Jamais plus je ne te laisserai partir.

# 40

La première bataille du Mythos qui attendait Sebastian avait eu lieu un millénaire plus tôt, mais était restée célèbre pour sa brutalité.

Cette nuit, il allait aider Kaderin à sauver ses sœurs, en sachant parfaitement qu'il s'apprêtait à s'immerger dans un conflit meurtrier.

Leur stratégie avait été mûrement réfléchie. Ils avaient décidé de prendre l'appartement pour base, parce que, s'ils se rendaient à Val-Hall, les Valkyries de la maisonnée chercheraient à éliminer Sebastian. Kaderin n'avait pourtant pas envie de rester à Londres, en pleine ville, car elle craignait que ses sœurs « ne supportent pas le transfert si bien que ça ».

La perspective de les revoir au bout de mille ans la rendait nerveuse. Il lui avait même fallu une heure pour choisir une tenue qui n'ait pas l'air trop moderne. En la regardant s'habiller, assis sur le lit, Sebastian avait pensé à ses deux jours de convalescence.

— Il va falloir plus longtemps, lui avait-elle dit, le premier matin.

— Je fais confiance à mon infirmière, avait-il répondu, souriant.

Ce temps-là, ils l'avaient mis à profit pour parler de tout – quand ils n'étaient pas l'un dans l'autre. Elle lui avait raconté à quoi ressemblaient ses sœurs ; il lui avait révélé ce qui était arrivé à sa famille. Il en était sûr, à présent : il pouvait tout lui dire, et elle lui rendait la pareille.

Il la découvrait par ce qu'elle avait vécu... mais aussi par le bonheur qu'il éprouvait à vivre avec elle. À lui embrasser les oreilles quand il voulait, pour le simple plaisir de les voir s'agiter. À examiner ses mains délicates pendant des heures, à les faire disparaître complètement dans les siennes puis à les frotter du bout des doigts. À la regarder dormir – enfin, quand il ne reposait pas à côté d'elle, épuisé. Sa fiancée était aussi insatiable que lui.

Elle s'abandonnait sans entraves, libre de son corps, lui donnant tout ce qu'il voulait, tout ce dont il avait rêvé, et même davantage. Il lui avait avoué qu'il manquait d'expérience, et elle avait visiblement décidé de lui faire découvrir ce qu'il avait raté par le passé.

Bref, leur complicité confirmait ce qu'il avait su dès le début : il ne voulait plus jamais se séparer d'elle.

La seule ombre au bonheur de Sebastian, c'était la certitude que la clé fonctionnait bel et bien.

Il se réjouissait que Kaderin ait la possibilité de sauver ses sœurs, évidemment, mais il se disait aussi qu'il aurait pu retourner en arrière chercher sa propre famille. S'il s'y était pris autrement, peut-être auraient-ils tous les deux eu la chance de...

— Prêt ? demanda-t-elle, enfin habillée, en jean et veste mi-longue, l'épée accrochée dans son dos.

Il acquiesça en se levant pour prendre la sienne. Quand il rejoignit sa compagne, elle leva la clé, l'air interrogateur.

— Tu es sûr que tu veux venir ? Ça va être... intense.

Il se redressa de toute sa taille.

— J'ai passé dix ans à me battre au premier rang, tu te rappelles ?

Sur ces mots, il lui rejeta sa lourde tresse derrière l'épaule. Elle n'avait toujours pas l'air convaincue.

— Ne glisse pas sous le nez de mes sœurs, OK ? Et essaie de fermer ta belle bouche. (Il ouvrit de grands yeux.) Tes crocs… Je ne veux pas qu'elles les voient. Elles tenteront vraiment de te tuer, tu sais.

— Tu es magnifique, quand tu es nerveuse.

Il lui donna un baiser profond, quoique bref.

— Ton épée est prête ? s'inquiéta-t-elle, presque haletante. (Il sourit.) Je… Ne te fais pas tuer, Bastian, s'il te plaît. (Elle déglutit.) D'accord ?

Il prit sa main libre pour y déposer un baiser.

— Je vais faire de mon mieux.

Elle leva la clé, comme lui quelques jours plus tôt. Le portail temporel s'ouvrit. Ils échangèrent un regard puis le franchirent, main dans la main.

L'enfer les accueillit.

On se serait cru sous un dôme noir, en plein tremblement de terre, car le tonnerre secouait le sol à la manière d'un canon gigantesque. Sebastian connaissait la scène par les souvenirs de Kaderin, mais rien n'aurait pu le préparer à la réalité. La foudre déchirait le ciel. Partout, des Valkyries hurlantes décapitaient des vampires, pendant que d'autres vampires déchiquetaient la gorge de Valkyries vaincues.

Jamais il n'avait vu de membres de la Horde. Ils étaient pires que dans ses rêves, avec leurs yeux rouges de fous furieux.

— Là-bas ! Je les vois ! s'écria sa compagne, qui fouillait du regard la vallée en contrebas.

Mais, déjà, il brûlait de se porter à l'aide d'une guerrière qu'une sangsue deux fois plus grande qu'elle venait de jeter à terre. Sans doute Kaderin comprit-elle à son expression ce qui lui passait par la tête.

— Je sais, Bastian, mais ça ne changera rien à rien… sauf que tu risques de te faire tuer. Ou qu'on n'arrivera pas à repasser la porte avec mes sœurs.

Il acquiesça.

— On y va.

Ce qui ne l'empêcha pas de glisser jusque derrière le vampire pour le décapiter. Kaderin fronça les sourcils, mais il savait qu'elle ne lui en voulait pas réellement. Ils descendirent en courant vers la vallée, où ses deux sœurs combattaient à l'épée, arrosées de sang.

Lorsque la jeune femme s'arrêta, le regard rivé sur elles, déglutissant avec peine, Sebastian s'aperçut que ses sœurs lui ressemblaient trait pour trait, mais que l'une était plus grande, l'autre plus petite ; l'une rousse, l'autre brune.

Kaderin haletait, les yeux embués. Il la prit doucement par le menton pour lui tourner la tête vers lui.

— Allez, on les emmène.

Elle acquiesça en se frottant la joue contre ses doigts puis se dégagea avant de lancer, dans sa langue maternelle :

— Rika, Dasha ! Venez vite !

Ses sœurs ne lui jetèrent qu'un coup d'œil, absorbées par la bataille.

— On ne peut pas !

— Venez tout de suite !

Les yeux de Rika s'écarquillèrent, tandis que ceux de Dasha se plissaient, mais elles s'empressèrent d'obtempérer. Elle ne devait pas oublier qu'elle les avait toujours traitées avec douceur, avec gentillesse...

Juste avant que les triplées ne se rejoignent, un vampire se rua sur Kaderin. Sebastian intercepta l'adversaire en lui assenant un coup féroce : la voie était libre pour les deux arrivantes.

Quand Kaderin se retrouva enfin en présence de ses sœurs, elle resta sans voix. D'une main tremblante, elle effleura le menton volontaire de Dasha puis chassa une mèche brune du front de Rika.

— Vous... vous m'avez tellement manqué, balbutia-t-elle, avant de se mettre à pleurer.

— On t'a manqué ? répéta Dasha. Mais... quand est-ce que tu t'es changée ? Quelle drôle de tenue. Et qui c'est, ce type ?

— Je n'ai pas le temps de vous expliquer maintenant. (Kaderin se forçait à être abrupte.) Vous allez toutes les deux mourir pendant cette bataille. D'ici dix minutes, un vampire va vous décapiter. Par ma faute.

Comme Dasha ouvrait la bouche, elle leva la main pour l'empêcher d'intervenir et continua :

— Il faut faire vite. Je vis maintenant à mille ans dans l'avenir. Cette nuit, je vous y emmène, vous aussi. Je suis désolée, mais vous allez perdre un millénaire. À jamais.

— Ma foi, on le perdrait de toute manière si on mourait, déclara Dasha, pragmatique, sans battre d'un cil.

Rika posa les mains sur ses genoux, se pencha en avant et cracha du sang.

— Je ne comprends pas, Kaderie. (Elle était déjà blessée plus gravement qu'elle ne l'avait jamais été.) Comment est-ce possible ?

— Vous savez bien qu'il arrive des choses extraordinaires dans le Mythos... on en a déjà été témoins. On a même vécu nettement plus bizarre. Maintenant, il va juste falloir me faire confiance, parce que si on ne repasse pas le portail temporel très vite, je risque de disparaître.

— On ne pourra plus jamais se regarder dans une glace si on quitte le champ de bataille, protesta Dasha. Tout le monde nous traitera de lâches. Y compris toi, si ça se trouve.

— Non, riposta Kaderin. Tout le monde se souviendra que vous êtes mortes en vaillantes guerrières.

— Personne ne maudira notre nom ? insista sa sœur.

— Jamais, je te le jure.

Elle se tourna vers Sebastian.

— Et lui, qui est-ce?

— C'est mon ami, Sebastian. Je... je l'aime.

Dasha et Rika le fixèrent un instant avec attention. Les corps s'entassaient autour de lui. C'était un guerrier magnifique, puissant, tout ce qu'une Valkyrie rêvait de trouver chez un homme.

— Il a l'air très aimable, je trouve, déclara Dasha après avoir lâché un petit sifflement.

Rika cracha encore un peu de sang.

— Il est beau, Kaderie. (Elle s'appuya sur son épée, suprême signe de faiblesse, car jamais une Valkyrie ne faisait une chose pareille si elle pouvait l'éviter.) Bon, d'accord, emmène-nous. Ce sera une autre aventure.

Dasha, elle, n'était pas convaincue.

— L'avenir n'est pas trop paisible, au moins? La guerre continue?

— Oui, il reste des vampires sanguinaires.

— Des vampires sanguinaires? Parce que certains ne le sont pas, peut-être? Tu t'exprimes bizarrement, Kaderie.

Rika trébucha.

— J'ai la tête qui tourne. Appelle ton ami.

Kaderin laissa tomber son épée pour la soutenir.

— Une seconde, ma puce.


Sebastian était entouré de cadavres de vampires lorsqu'il repéra la Kaderin du passé en train de se battre.

Il la regarda, fasciné.

Vêtue de sa cuirasse dorée, armée de son épée et d'un fouet, c'était une guerrière redoutable, malgré ses blessures. Les ordres qu'elle hurlait et les cris de rage qu'elle poussait parfois couvraient le tonnerre assourdissant.

Il lui suffisait de pointer son épée dans telle ou telle direction pour commander aux sorcières et aux tireuses valkyries, dont les flèches enflammées s'abattaient sur l'ennemi en une pluie de comètes éclatantes.

Du sang lui coulait de la tempe et du coin des lèvres, elle s'était fait des tresses en prévision de la bataille, et ses yeux avaient viré à l'argenté. Chaque fois qu'elle abattait un adversaire, elle apposait machinalement sa marque sur sa tête.

Son amant du futur était frappé d'admiration...

Un vampire massif, armé d'une hache énorme, glissa juste derrière elle sans qu'elle en ait conscience, dans la mêlée. Sebastian se raidit, prêt à glisser, lui aussi...

— Bastian, non! cria Kaderin, derrière lui, couvrant le fracas des combats. (Il pivota. Elle portait dans ses bras sa sœur blessée, mais le rejoignait en courant.) Je te tuerais!

Il se laissa entraîner, alors que son être tout entier refusait de la laisser derrière lui.

De retour au portail temporel, elle ajouta:

— D'ailleurs, je me suis débarrassée de cette sangsue, même si tu as du mal à le croire. Ce salopard a passé la nuit à porter sa hache comme chapeau.

Sebastian la serra brusquement contre lui et l'embrassa, plein de fierté.

— Tu étais magnifique.

— J'étais?

— Tu *es* magnifique. Tu le seras toujours.

— Allez, on rentre à la maison.

Elle souriait, émue.

Ils avaient réussi à sauver ses sœurs. Les triplées étaient là, réunies autour de lui. Il avait l'impression d'être un géant.

Mais l'épée de Kaderin brillait, abandonnée, quelques mètres plus loin.

— Tu ne vas pas la laisser? Attends, je vais la chercher...

— Pas la peine. Ça n'a pas d'importance. Il faut y aller!

Il savait parfaitement qu'elle y tenait, alors il glissa, d'abord pour la récupérer puis pour rejoindre les triplées.

— Vampire ! cria la blessée d'une voix faible.

Une lame s'insinua entre les côtes de Sebastian.

## 41

— Je t'avais bien dit qu'elles essaieraient de te tuer, murmura Kaderin, le front plissé.

Après s'être occupée de Rika, elle avait entrepris de bander le torse de son amant.

Il se frotta la nuque, où le regard brûlant de Dasha creusait des trous fumants.

— J'ai l'impression que la rouquine regrette de ne pas avoir opéré elle-même, en retournant bien le fer dans la plaie, marmonna-t-il.

Kaderin savait qu'il fallait séparer ses sœurs de Sebastian, mais elle ne voulait quitter des yeux aucun d'entre eux. Même occupée à panser son compagnon, elle ne pouvait empêcher son regard de dériver régulièrement jusqu'aux rescapées – Rika, livide, allongée sur le canapé ; Dasha, en train de faire les cent pas –, comme si elles risquaient à tout moment de disparaître.

Sebastian lui caressa l'épaule.

— Elles sont de retour, chuchota-t-il. Elles ne vont pas s'en aller.

— Je sais… mais c'est tellement bizarre.

Les arrivantes se mirent à discuter dans une langue oubliée.

— Qu'est-ce qu'elles racontent ? demanda-t-il.

— Elles pensent que tu exerces sur moi une magie quelconque qui m'a séduite. Que je suis indéniablement devenue ton esclave. (Le bandage en place, Kaderin se leva.) Je vais mettre Rika au lit et leur parler un peu.

*Pour leur expliquer encore une fois que, sans toi, nous serions toutes mortes.*

Elle vit parfaitement s'assombrir le regard de son compagnon. Il se disait que, déjà, elle s'éloignait de lui.

Mais elle n'était pas sûre de pouvoir faire autrement, pour l'instant.

Soulevant Rika dans ses bras, elle fit signe à Dasha de la suivre. Celle-ci obéit... non sans jeter à Sebastian un regard noir.

Aussitôt dans la chambre, Kaderin coucha Rika, pendant que Dasha reprenait ses allées et venues.

— Tu savais que c'était un vampire, et tu es quand même tombée amoureuse de lui ? Il est beau, c'est vrai... (Elle passait d'un objet électronique à l'autre, la tête penchée de côté, tripotant d'abord le réveil, puis un des haut-parleurs de la chaîne stéréo.) ... mais il risque de se transformer.

Kaderin s'assit sur le lit, près de Rika.

— Ce n'est pas arrivé au mari de Myst. En fait, ça n'arrive qu'à ceux qui tuent les proies dont ils se nourrissent. S'ils boivent aux veines d'une immortelle, ils sont immunisés, puisqu'elle ne risque pas d'en mourir...

— Ne me dis pas que Myst et toi, vous leur servez de nourriture ! protesta Dasha, visiblement horrifiée.

Kaderin se mordit la lèvre.

— Vu sous cet angle, c'est sûr que...

— Sous quel angle veux-tu qu'on le voie ?

Rika toussa, un son horrible, grelottant, avant de demander d'une voix faible :

— Il vit vraiment avec toi ici ?

Kaderin acquiesça. Son autre sœur poursuivit.

— Tu nous tires d'une guerre contre les vampires et tu t'attends qu'on vive avec l'un d'eux ?

La coupable soupira, mais ne se donna pas la peine d'expliquer une fois de plus à ses compagnes la différence entre Sebastian et les membres de la Horde. Comment l'auraient-elles admise si vite, alors qu'il lui avait fallu, à elle, des semaines pour croire le témoignage de ses sens?

Dasha s'empara d'un sèche-cheveux, qu'elle regarda droit dans le canon.

— Qu'est-ce que c'est que ça, noms des dieux?

— Ça sert à se sécher les cheveux.

Kaderin fit jouer l'interrupteur de l'appareil. Dasha poussa une petite exclamation en le dirigeant vers elle-même d'abord, puis vers la blessée, à qui elle jeta un regard qui signifiait clairement: « Bordel de merde! »

Lorsque Kaderin s'empara de l'engin pour l'éteindre, l'impétueuse rouquine fonça droit sur le placard. Elle entreprit de le vider avec énergie, accablant les vêtements de commentaires avant de les jeter en tas par-dessus son épaule. L'examen détaillé et le tri viendraient plus tard.

— Oh, au fait, et le vampire qui nous a tuées, qu'est-ce qu'il est devenu? demanda-t-elle à un moment.

— Je l'ai torturé jusqu'à ce qu'il me supplie de le livrer au soleil, répondit Kaderin d'une voix atone. Au bout de six mois, je lui ai donné ce qu'il voulait.

— Tu as vraiment fait ça, Kaderie? murmura Rika, tandis que Dasha se retournait, les sourcils froncés.

— J'ai très mal pris votre mort.

*Et je ne tiens pas votre retour pour acquis.*

Sebastian savait que ça allait arriver, bien sûr. Il savait qu'elle allait partir avec ses sœurs.

— J'ai besoin de temps. Elles ont besoin de temps, lui avait expliqué Kaderin, le lendemain du sauvetage. (Il redoutait ce genre de réaction, mais n'en avait pas été surpris.) Je les ai transportées dans un monde qui les déconcerte en permanence. Il faut que je fasse le maximum pour qu'elles s'acclimatent. Je suis responsable d'elles, maintenant plus que jamais.

Il avait été tenté de dire non, purement et simplement. Il s'était même presque convaincu qu'elle en aurait été ravie, dans un coin de son esprit, mais elle avait déjà refusé de choisir entre sa famille et lui, et il ne voulait pas l'y obliger. D'autant qu'elle ne brandissait pas un simple prétexte : ses sœurs avaient bel et bien besoin d'aide.

Lui qui s'était cru dépassé...

Le monde moderne ne cessait de surprendre Dasha et Rika. Or, quand elles ne comprenaient pas ce qui se passait, elles avaient d'instinct recours à la violence. Kaderin avait entièrement raison de vouloir les mettre à l'abri dans le manoir isolé occupé par sa maisonnée, à La Nouvelle-Orléans.

À cela s'ajoutait la haine qu'il leur inspirait. Il suffisait à Dasha de le voir glisser pour entrer en rage, tandis que Rika restait muette, l'air grave – ce qui était presque pire. Elles ne baissaient jamais la garde en sa présence, alors que la blessée avait besoin de sommeil pour guérir.

Kaderin les avait donc emmenées à La Nouvelle-Orléans. Après son départ, il ne restait à Sebastian qu'à attendre, son énergie physique lui revenant chaque jour un peu plus, pendant que son énergie mentale s'amenuisait.

— Est-ce qu'elle prend de mes nouvelles ? avait-il demandé à Myst, au bout d'une semaine.

— Elle est très occupée, avait répondu la Convoitée. Ses sœurs sont complètement déphasées, et elles essaient de tuer tout ce qui bouge. Tu la retrouveras quand elles se seront acclimatées.

Kaderin ne prenait donc pas de nouvelles de son amant. Elle ne l'appelait pas davantage. Comme si elle cherchait à l'oublier. Sans doute les rescapées lui parlaient-elles à la moindre occasion de la guerre contre les vampires et la persuadaient-elles peu à peu qu'il fallait être folle pour vivre avec l'un d'eux.

— Achète une propriété près du manoir, conseilla Nikolaï à Sebastian. Ça lui fera plaisir, et ça t'occupera l'esprit.

— J'ai assez d'argent? Pour acheter et pour mener une existence agréable, en faisant un peu attention?

— Il y avait de la monnaie byzantine dans tes affaires. Un plein coffre.

— Ce qui signifie?

— Que tu es monstrueusement riche. D'autant que Murdoch s'est occupé en personne des investissements. Il a un don pour ça.

Sebastian se détourna pour dissimuler à Nikolaï le rouge qui lui montait aux joues. Ses aînés l'avaient aidé sans rien attendre de lui en retour.

— Il vit toujours à la citadelle des Abstinents?

Il irait voir Murdoch pour le remercier de vive voix.

— Oui, acquiesça Nikolaï. Hier, il a découvert des indices prometteurs en ce qui concerne Conrad. Il a hâte de se lancer sur la piste, mais il rentrera tous les soirs au château. Une fois installés, Kaderin et toi, vous pourrez lui rendre visite sans problème.

Sebastian avait hâte de retrouver Murdoch, mais aussi de partir à la recherche de Conrad. Il se demandait si sa bien-aimée accepterait de se joindre à sa quête.

La tentation de glisser jusqu'à Val-Hall, hors d'atteinte des spectres, était parfois trop forte pour qu'il y résiste. Il arrivait à Kaderin de passer devant les fenêtres en dansant avec ses sœurs, la tête rejetée en arrière par un éclat de rire, ou plongée dans un jeu vidéo, les traits figés en un masque de concentration. Une nuit, il les avait vues assises ensemble sur le toit, côte à côte, détendues. Kaderin avait montré une étoile du doigt; la petite Rika avait posé la tête sur son épaule.

Les deux rescapées devaient trouver le ciel tellement différent, maintenant…

Comment aurait-il pu les surpasser dans le cœur de sa fiancée ?

Les sœurs de Kaderin découvraient une nouvelle époque, mais elle redécouvrait la vie, elle aussi.

Elle s'était aperçue que les téléfilms tristes la faisaient parfois fondre en larmes, qu'elle aimait tresser les cheveux de Nïx – ils avaient repoussé en quelques semaines –, qu'elle pouvait rire à en avoir mal au ventre des délires de Regina…

La Radieuse adorait en effet se moquer du « vieil anglois » que parlaient Dasha et Rika, alors qu'elles apprenaient la version moderne à une vitesse surprenante.

— Leur manière de parler à l'ancienne, ça me donne la chair de poule, avait affirmé Regina. Tous ces « oncques » et ces « oi »… On dirait les comédiennes d'un festival shakespearien qui refusent de sortir de leur rôle. (Elle avait entraîné Kaderin à l'écart.) À un moment, Rika a dit « par ma foi ». Tu te rends compte ? Non, sérieusement ?

Quand Kaderin lui avait demandé si elle s'habituait à l'imaginer avec Sebastian, la Radieuse avait répondu :

— Dans la mesure où l'envie de meurtre peut devenir une habitude, oui.

Elle avait ajouté tout bas :

— Ta sangsue nous a donné deux Valkyries et t'a ramenée d'entre les morts. Son frère a sauvé Emmaline. S'il existait un interrupteur capable d'éteindre une haine séculaire, peut-être, peut-être… envisagerais-je de m'en servir.

Elles en étaient restées là.

La seule ombre au bonheur de Kaderin, c'était l'absence de Sebastian.

Elle savait qu'il regardait le manoir en cet instant même, dans l'espoir de la voir. Il l'aimait. Mais ses sœurs traversaient une période difficile, et chacun de leurs faux pas, chacune de leurs hésitations ravivaient ses remords.

Elle n'en attendait pas moins le moment propice pour annoncer sa décision à la maisonnée. Jusque-là, patience et compréhension s'imposaient, après ce que les rescapées avaient traversé.

Elles avaient besoin d'être guidées dans cette époque d'une main de velours.

— Sale égoïste, cracha Myst en projetant contre le mur Dasha, qu'elle tenait à la gorge. Tu n'as aucune idée de ce que Kaderin a enduré pendant un millénaire. Elle a droit au bonheur, tu ne sais même pas à quel point, mais ta sœur et toi, vous ne supportez toujours pas l'idée qu'elle vive avec un vampire.

Rika donna un coup de pied dans le genou de la visiteuse, qui trébucha et lâcha prise.

— Ça ne te pose pas de problème qu'elle fréquente une sangsue parce que tu fais la même chose, c'est tout, riposta Dasha en se frottant le cou.

— La question n'est pas là. Il faut juste que vous en preniez votre parti... pour son bien à elle. Elle a une chance de connaître le bonheur avec un guerrier puissant, un homme d'honneur qui l'adore, et vous vous mettez en travers de leur chemin.

— Il nous semble que nous-mêmes, nous finirons peut-être par l'accepter, mais tu oublies que nous nous trouvions sur le champ de bataille il n'y a pas deux semaines, en compagnie de Furie. Son image n'a pas pâli dans notre esprit comme dans le vôtre. Le jour où nous la retrouverons, crois-tu vraiment qu'elle laissera vivre vos époux ?

— Kaderin prendra-t-elle la fuite avec ce vampire ? ajouta Rika. Deviendra-t-elle une fugitive ? Dans ce cas, jamais nous ne la reverrons.

Myst secoua la tête. Les mêmes angoisses la taraudaient.

— C'est à elle d'en décider. À elle et Sebastian. Ils prendront le risque ou non.

Elle considéra alternativement les deux sœurs.

— Ils ne peuvent vivre l'un sans l'autre. N'oubliez pas ce que je vous dis. Ils attendent leur heure, c'est tout.

# 42

— Si ce n'est pas Kaderin qui m'a envoyé chercher, je refuse d'y aller, déclara Sebastian, à l'entrée de la propriété.

La foudre se déchaînait en permanence autour de Val-Hall. Brouillard et fumée se mêlaient dans le parc. Le vieux manoir imposant avait quelque chose de sépulcral.

— Tu n'as pas envie de savoir pourquoi ta présence est requise ? s'étonna Nikolaï. Myst elle-même se demande de quoi il retourne.

— Il me suffit de savoir que ce n'est pas Kaderin qui veut me voir.

Sebastian lança un regard menaçant aux spectres qui montaient la garde autour de la demeure. Nikolaï, compatissant, lui donna une claque dans le dos.

— Ils ne te feront aucun mal, à moins que tu ne cherches à t'introduire ici sans en avoir la permission ou sans les payer.

— Je ne m'inquiète pas pour ça. (Devant le regard interrogateur de son frère, Sebastian haussa les épaules.) Après ce que j'ai vu pendant la Quête...

— C'est vrai, oui. Les pliages de Nïx. Il faut que je lui en parle.

— Je viens de me rendre compte de quelque chose. Si Kaderin se sent chez elle ici, la propriété que j'ai achetée ne lui plaira pas.

— Tu as donné carte blanche à Myst pour la choisir… C'était risqué mais, à mon avis, ta fiancée appréciera.

— Kaderin m'a demandé du temps. (Elle avait beau lui manquer terriblement, il était toujours disposé à attendre. Il comptait passer l'éternité avec elle, alors qu'était-ce que deux semaines ?) Je n'ai pas à m'imposer.

Au moment où il allait glisser, Nikolaï le prit par le bras.

— Tu vas supporter ça longtemps ?

— Jusqu'à ce qu'elle m'appelle.

— Je ne crois pas que tu fasses avancer ta cause en rejetant une invitation de la maisonnée. Ces dames en lancent… euh, disons… rarement.

Nikolaï leva la boucle rousse que lui avait confiée Myst. Un spectre plongea pour s'en emparer. La voie était libre.

Sebastian suivit son frère à contrecœur. Sitôt la porte de la demeure franchie, la voix de Kaderin leur parvint d'une pièce voisine :

— Bon, cette lance est une arme d'une puissance apocalyptique. Il faut s'en servir avec prudence. Si tu en abuses, notre peuple court à la catastrophe…

— Fais voir, demanda Dasha.

— Non ! Le bouton rouge de droite, s'exclama Kaderin. L'autre, Dasha.

Des jeux vidéo. Sebastian ne put retenir un sourire, malgré la tristesse qui l'envahissait. Elle lui manquait tellement… Il comprenait enfin pourquoi il avait en permanence la poitrine comprimée par un étau.

Lorsqu'il s'avança jusqu'au seuil de la pièce, Nikolaï lui donna sur l'épaule une claque d'encouragement qui aurait précipité à terre un homme moins robuste, puis disparut.

Kaderin lui tournait le dos, tranquillement assise, mais elle se raidit soudain.

— Bastian ? murmura-t-elle.

Un éclair s'abattit juste à côté du manoir.

Un pas décidé, qu'elle reconnut immédiatement, résonna dans le vestibule. *Il vient me chercher.*

L'esprit de Kaderin se vida. L'aspiration douloureuse qui la taraudait depuis des semaines se transforma en exaltation, l'exaltation en fièvre anticipatrice.

Elle attendait le moment propice pour annoncer à ses sœurs qu'elle voulait passer avec Sebastian le reste de sa vie. Ce moment était venu.

Si elle ne le touchait pas à l'instant, elle allait devenir folle.

Elle se remit maladroitement sur ses pieds. Dasha et Rika arboraient une expression bizarre, sans doute parce que ses sentiments se lisaient clairement sur son visage, mais là, maintenant, elle s'en fichait. Elle fit volte-face pour se précipiter vers lui. Bastian ! Posté sur le seuil, si grand, si fier.

Quand il la vit, ses lèvres s'entrouvrirent, tandis qu'il se posait distraitement la main sur la poitrine.

Puis, comme elle ne faisait pas mine de ralentir, il ouvrit les bras. Elle savait ce que ça signifiait, mais n'hésita pas une seconde à se jeter à son cou, lui sautant littéralement dessus. S'il n'avait pas été aussi fort, ils auraient perdu l'équilibre.

Les Valkyries qui avaient dévalé l'escalier, alarmées par la violence de l'éclair précédent, assistèrent à la scène. Il y eut des exclamations de stupeur.

— Elle s'est jetée dans ses bras, chuchota quelqu'un. Je l'ai vu.

— Tu m'as manqué, tu sais ! murmura Kaderin.

— Seigneur, tu m'as manqué aussi, répondit-il en la serrant contre lui.

Lorsqu'il se raidit, elle s'aperçut que ses sœurs s'étaient approchées dans son dos. Il la lâcha à contre-cœur – ça se voyait –, mais, une fois sur ses pieds, elle se contenta de se retourner, collée à lui.

La confrontation semblait inévitable, quand Rika prit la parole.

— Nous avons quelque chose à te dire, Kaderie... Elle fit la grimace.

— Je veux dire, Kaderin.

— Quoi donc ? s'enquit Kaderin en attirant autour de sa taille le bras de Sebastian... qui se resserra aussitôt autour d'elle.

— C'est nous qui l'avons invité, intervint Dasha.

— Et nous constatons de nos yeux que c'était une sage décision, acheva Rika.

— Comment ça ? balbutia leur sœur d'une voix tremblante.

— Tu as passé des siècles à te reprocher notre mort et à être malheureuse, expliqua Dasha. Ça suffit. Il est temps que tu connaisses enfin le bonheur.

— Nul ne le mérite plus que toi, ajouta la timide Rika, qui s'approcha encore avant de continuer, pour Sebastian : Nous détestons le vampire d'antan, qui nous a fait tant de mal à toutes les trois. (Elle fronça les sourcils.) Mais tu n'es pas ce vampire. Si tu aimes Kad...

— Je l'aime, coupa-t-il aussitôt.

Sa compagne lui serra le bras.

— Alors, mariez-vous, avec notre bénédiction, marmonna Dasha.

— Vous... vous êtes sérieuses ? balbutia Kaderin, le souffle coupé.

— Tu as besoin de lui. Tu aurais fini par le rejoindre, avec ou sans notre accord. Nous comprenons.

Kaderin pivota pour le regarder en se mordant la lèvre.

— C'est vrai.

— C'est vrai ? répéta-t-il d'une voix rauque. Tu m'aurais rejoint ?

— Bien sûr. (Elle jeta un coup d'œil par-dessus son épaule.) Merci. Je... je ne sais pas quoi dire.

— Allez-vous-en, lança Dasha d'un ton maussade. Nous avons pris notre décision, oui, mais nous n'avons aucune envie de vous voir dans les affres de l'amour, de la morsure ou les dieux savent quoi encore. Rika et moi, nous avons des batailles vidéo à gagner et une leçon de conduite à prendre avec Nïx et Regina, dès qu'elles auront rapporté du chewing-gum de l'épicerie.

Comme Rika acquiesçait, souriante, Kaderin se hissa sur la pointe des pieds et murmura à l'oreille de Sebastian :

— Emmène-moi quelque part où je puisse t'embrasser.

Il glissa, frissonnant.

— Où sommes-nous ? demanda-t-elle, car elle se refusait à le quitter des yeux, même pour examiner ce qui l'entourait.

— Chez nous. Dans notre nouvelle maison. (Il guettait ses réactions avec anxiété. Pourvu que la propriété lui plaise…) Pas très loin de Val-Hall.

Puis il lui effleura l'oreille d'un baiser, le souffle court, brûlant de désir.

Elle savait déjà qu'elle aimerait leur foyer : du moment qu'il y était, lui, rien d'autre n'avait d'importance.

— Oh, Bastian, soupira-t-elle.

Ses paupières battirent puis se fermèrent, tandis qu'elle passait les doigts dans l'épaisse chevelure noire.

— C'est la plus belle maison que j'aie jamais vue. Évidemment.

Après avoir fait l'amour dans le salon, la salle à manger, l'escalier, sur un banc du palier, ils atteignirent enfin la chambre. Ils venaient de se blottir entre les luxueux draps damassés quand le téléphone sonna, à l'autre bout de la pièce. Sebastian se raidit, tandis que Kaderin fronçait les sourcils. Qui pouvait bien s'être procuré leur numéro en si peu de temps ?

Elle fit l'effort d'aller décrocher, en tenue d'Ève, et en fut récompensée par le grondement bas de son compagnon.

— C'est toi, Kaderin ? lança aussitôt la voix paniquée d'Emma. Myst m'avait bien dit que tu serais là. Je voudrais savoir si vous avez vu Bowen, Sebastian et toi...

— Depuis quand, ma puce ?

— Depuis qu'il est parti pour un certain antre du Serpent de feu, pendant la Quête.

*Oh, merde !* Kaderin se rapprocha discrètement du lit.

— Au fait, Bastian, après votre... discussion, à Bowen et toi, qu'est-ce qui s'est passé au juste ?

Elle se rappelait mal ce que lui avait raconté son compagnon, car le sacrifice qu'il avait consenti pour l'aider à retrouver sa famille éclipsait tout le reste. Et puis, elle n'aimait pas penser à sa propre mort dans la lave bouillonnante. En ce qui la concernait, elle aurait préféré un scénario plus riant.

— Le Lycae m'a promis de manière très convaincante de nous tuer tous les deux, après nous avoir pourchassés jusqu'au bout du monde. Et de « bouffer mon cœur de monstre ».

Sebastian haussa les épaules.

— Je l'ai laissé dans la caverne de l'épée... en me disant qu'il devait bien y avoir une sortie par là au fond.

Kaderin hésita, avant d'annoncer à sa correspondante :

— Il se peut qu'il soit toujours prisonnier... dans une grotte donnant sur un puits de lave occupé par un Serpent de feu.

— Quoi ? s'écria Emma. Depuis deux semaines ? Vous voulez bien aller le chercher, s'il te plaît ? C'est le cousin et le meilleur ami de mon mari, je vous signale !

— Tu nous prêtes ton pistolet anesthésiant, ou on prend le nôtre ? Il va être fou furieux d'avoir perdu sa promise... pour la seconde fois.

— Je sais, mais je crains qu'il... qu'il ne saisisse l'occasion pour... tu comprends.

— Bon, bon. (Kaderin se tourna vers son amant.) On peut aller le chercher cette nuit ? La petite a peur qu'il pique une tête, après un coup pareil.

— Ce serait dommage, ironisa Sebastian.

Emma poussa à ces mots un hurlement qui lui fit ajouter, à regret :

— Mais non, ça ne risque pas. Il a trop besoin de me tuer avant. Faites-moi confiance, je sais de quoi je parle. (Il poussa un grand soupir.) On va y aller, d'accord.

Attrapant Kaderin par la taille, il l'attira de nouveau sous les draps, contre lui, et précisa :

— Tout à l'heure.

— Tout à l'heure, s'empressa-t-elle d'acquiescer, avant d'ajouter, pour sa nièce : On s'en occupe au crépuscule. À condition qu'il soit toujours là-bas. Je te donnerai des nouvelles.

Elle raccrocha, posa distraitement le téléphone sur la table de nuit, mais se raidit quand sa main frôla un papier.

— Qu'est-ce que c'est ? s'enquit Sebastian.

— Une lettre...

La feuille, pliée en trois, portait un sceau de cire rouge orné d'un R tarabiscoté.

— Riora, tu crois ?

Il la regarda déplier le message.

— Tu tiens vraiment à le lire ?

Pour toute réponse, elle haussa légèrement les épaules.

*Il est parfaitement impossible que vous viviez ensemble dans l'extase.*

*Il n'est pas possible non plus que vos deux familles
soient sauvées.*
*À bientôt, à la prochaine Quête.*

### Riora, déesse des hymnes footballistiques

Une clé tomba en tintant du pli inférieur de la
feuille. Le pouls de Sebastian s'accéléra, Kaderin
l'entendit parfaitement.

Une autre possibilité de changer le passé. Pour lui.

— Tu crois… (Il baissa la voix.)… tu crois qu'elle
fonctionne ?

— Oui, je pense, acquiesça sa compagne en se
tournant vers lui. Tu as littéralement fasciné Riora.
C'est normal qu'elle veuille te faire un cadeau.

Il déglutit.

— Pas question d'agir à la légère. Je vais en parler
à Nikolaï, à Murdoch… et à Conrad, j'espère. On
décidera ensemble quand et comment procéder,
et on préparera tout à la perfection.

Comme elle posait maladroitement lettre et clé
sur la table de nuit, il ajouta :

— Ça ne te gênerait pas ? Que ma famille soit là,
je veux dire.

— Ça t'a gêné que la mienne soit là ? Je te soutien-
drai quoi que tu fasses, évidemment ! Et je suis prête
à parier que tes sœurs seront plus faciles à vivre que
Dasha et Rika. Ça m'étonnerait qu'elles massacrent
tous les grille-pain des environs.

Les lèvres de Sebastian frémirent.

— C'est tellement inouï que j'ai du mal à y croire.

— Attends de les voir en action. C'est un sacré
choc, la première fois.

Il caressa délicatement la joue de Kaderin.

— Mes sœurs t'adoreraient.

Elle lui rendit son sourire.

— Elles m'*adoreront*. Et vice versa. Mais tu devrais
m'épouser d'abord. Histoire qu'on forme un couple
respectable.

Lorsqu'il l'attira sous lui et se logea entre ses cuisses ouvertes, elle plongea le regard dans les yeux gris qui lui rappelaient tellement les violents orages d'été.

— Je t'aime, Bastian.

— Jamais je ne me lasserai de l'entendre. (Il lui titilla l'oreille avec le bout du nez.) Un jour, peut-être, tu m'aimeras autant que je t'aime.

Les sourcils froncés, Kaderin le poussa par les épaules pour l'écarter d'elle et le regarder en face.

— Il se trouve que je t'adore, vampire.

Elle lui noua les mains autour du cou, les doigts plongés dans ses cheveux.

— En fait, il me semble évident que je t'aime plus que tu ne m'aimes.

Il lui adressa ce demi-sourire merveilleux qui lui serrait le cœur puis plongea lentement en elle.

— Tu sais quoi, Valkyrie ? demanda-t-il en se penchant pour aspirer son petit halètement. C'est comme tu veux !

# Extraits du Livre du Mythos

### Les Abstinents

«... dépossédé de sa couronne, Kristoff, le souverain légitime de la Horde, parcourut les champs de bataille de l'Antiquité à la recherche des guerriers les plus forts, les plus valeureux, prêts à rendre leur âme aux dieux. Cette habitude lui valut le surnom de Visiteur des Charniers. Il offrait à son armée toujours plus nombreuse la vie éternelle, en échange d'une loyauté éternelle à sa personne. »

* Il s'agit en fait d'une armée de vampires constituée d'humains métamorphosés, qui ne boivent pas directement aux veines des êtres vivants.

* Kristoff a été élevé comme un mortel avant de vivre parmi l'humanité. Ni lui ni ses soldats ne savent grand-chose du Mythos.

* Ce sont eux aussi des ennemis de la Horde.

### L'Accession

« L'heure viendra où tous les immortels du Mythos, des factions les plus puissantes – Valkyries, vampires et Lycae – jusqu'aux fantômes, changeformes, elfes, sirènes et autres, seront condamnés à s'entre-tuer. »

* Sorte de système de stabilisation magique pour la population toujours plus nombreuse des immortels.

* Tous les cinq cents ans. Maintenant, peut-être...

### Les Berserks

*« Le Berserk solitaire ne connaît que la fureur du combat et la soif de sang... »*

\* Petit groupe de guerriers mortels, célèbres pour leur impitoyable brutalité, ayant juré fidélité à Wotan.

\* Ils composent l'un des rares ordres humains reconnus et acceptés par le Mythos.

\* Capables de conjurer l'esprit de l'ours et d'en canaliser la férocité.

### La Démonarchie

*« Les tribus démoniaques sont aussi diverses que les tribus humaines... »*

\* Ensemble des dynasties démoniaques.

\* Certains de leurs royaumes se sont alliés à la Horde.

### Les Furies

*« Si vous avez fait le mal, implorez le châtiment... avant leur arrivée... »*

\* Ce sont des guerrières impitoyables, dont le but est de châtier les malfaisants lorsqu'ils ont échappé à une juste punition.

\* Leur chef n'est autre qu'Alecto l'Implacable.

\* On les appelle aussi *Érinyes* ou *Euménides*.

### Les Goules

*« Les immortels eux-mêmes redoutent leur morsure... »*

\* Ce sont des humains transformés en monstres féroces, à la peau verdâtre luisante et aux yeux jaunes, qui répandent la contagion par morsures et griffures.

\* Leur seul but est de devenir toujours plus nombreuses en contaminant leurs victimes.

\* Elles sont réputées pour se déplacer en troupes.

## La Horde

« *Dans le chaos originel du Mythos s'imposa une société de vampires, confiants en leur froideur naturelle, leur logique implacable et leur dureté impitoyable. Originaires des rudes steppes daces, ils émigrèrent en Russie, quoique, d'après la rumeur, il en subsiste en Dacie une enclave secrète.* »

\* On reconnaît les membres de la Horde à leurs yeux, qui ont viré au rouge quand ils se sont mis à tuer leurs victimes en les vidant de leur sang.

\* Ce sont les ennemis de la plupart des autres factions du Mythos.

## Les Kobolds

« *Lorsqu'on pose le regard sur un Kobold, on le trouve adorable. Lorsqu'on l'en détourne, on n'imagine même pas la transformation qui s'opère.* »

\* Petites créatures assez semblables à des gnomes, vivant dans les mines. Le cobalt, élément capricieux et dangereux, leur doit son nom.

## Les Lycae

« *Un fier et robuste guerrier du peuple* keltoï – *qui devait plus tard porter le nom de* celte – *fut tué dans la fleur de la jeunesse par un loup enragé, mais le brave se releva d'entre les morts. C'était devenu un immortel, en qui subsistaient l'esprit latent de la bête et certaines de ses caractéristiques : le besoin de contact, une indéfectible fidélité au clan, un appétit immodéré des plaisirs de la chair. Il arrivait aussi que le loup s'éveille en lui...* »

\* On les appelle souvent *loups-garous* ou *bêtes de guerre*.

\* Ce sont les ennemis de la Horde.

## La Maison des Sorciers

« *... les immortels dotés de pouvoirs magiques, pratiquant les arts blancs ou noirs.* »

* Mercenaires de la magie qui vendent leurs sortilèges.

### La Métamorphose
« *La mort seule permet de devenir autre...* »
* Lycae, vampires et goules, pour ne citer qu'eux, peuvent transformer les humains – ou les autres créatures du Mythos – en êtres de leur propre espèce. Ils emploient tous des moyens différents, mais la métamorphose nécessite forcément un même catalyseur, la mort, et le succès n'en est jamais garanti.

### Le Mythos
« *... les créatures conscientes, quoique non humaines, constitueront une strate qui coexistera avec celle des hommes, mais restera à jamais dissimulée à leurs yeux.* »

### La Quête du Talisman
« *Une course aux talismans, amulettes et autres objets magiques, âprement disputée tout autour du monde par des charognards qui rivalisent de traîtrise.* »
* Se déroule tous les deux cent cinquante ans.
* Organisée par Riora, déesse de l'impossible.
* Gagnée lors de ses cinq dernières éditions par une Valkyrie, Kaderin la Sans-Cœur.

### Les Sirènes
« *Sur le rivage, prenez garde au chant de la Sirène...* »
* Immortelles dont le chant fascine les mâles qui ont le malheur de l'entendre et les réduit en esclavage à jamais.
* Elles tirent leur puissance de la mer, qu'elles ne peuvent quitter plus d'un cycle lunaire.

### Les Spectres
« *Nul ne connaît leur origine, mais leur présence glace tout un chacun.* »

\* Créatures fantomatiques hurlantes. Invincibles et, pour l'essentiel, incontrôlables.

\* On les appelle aussi l'*Antique Fléau*.

**Les Valkyries**

« *Lorsqu'une jeune guerrière pousse un cri sauvage au moment d'expirer sur le champ de bataille, son appel monte jusqu'à Wotan et Freyja. Les dieux envoient la foudre la frapper, la recueillent en leur demeure et préservent à jamais son courage en sa fille immortelle, une Valkyrie.* »

\* Les Valkyries tirent leur subsistance de l'énergie électrique terrestre, puissance collective qu'elles se partagent selon leurs besoins et qu'elles restituent en cas d'émotion intense sous forme de foudre.

\* Elles sont douées d'une force et d'une vivacité surnaturelles.

\* On les appelle aussi *femmes oiseaux* ou *vierges guerrières*.

Ce sont les ennemies jurées de la Horde.

**Les Vampires**

\* Leurs deux factions, la Horde et les Abstinents, se livrent une guerre sans merci.

\* Ils se déplacent souvent en se téléportant – en glissant, suivant l'expression consacrée dans le Mythos. Toutefois, ils ne peuvent prendre pour destination que des endroits où ils se sont déjà rendus par le passé.

\* Chacun d'eux est à la recherche de sa fiancée – son épouse pour l'éternité – et n'est rien d'autre qu'un mort-vivant avant de la trouver.

\* Leur fiancée les rend pleinement vivants en leur donnant le souffle et en faisant battre leur cœur, un processus appelé l'animation.

# Découvrez les prochaines nouveautés
## de nos différentes collections J'ai lu pour elle

AVENTURES
& PASSIONS

## Le 1er septembre :
### Ultime espoir ⊗ **Meredith Duran**

INÉDIT

Lydia Boyce est une jeune femme intelligente et cultivée, qui vend les antiquités de son père égyptologue en Angleterre. Lorsqu'elle apprend qu'une pièce vendue au scandaleux vicomte Sanburne est un faux, elle voit rouge et décide d'enquêter.
Contre son gré, le jeune homme lui vient en aide et elle ne peut résister longtemps à ce dilettante trop séduisant.
Mais le charisme de Sanburne cache un esprit plus acéré et un passé plus sombre qu'il n'y paraît...

### La légende des quatre soldats —4. Le revenant ⊗ **Elisabeth Hoyt**

INÉDIT

Les sept ans que Reynaud St. Aubyn vient de passer en captivité l'ont rendu presque fou. Lorsqu'il revient chez lui, on s'interroge : cet homme peut-il vraiment être l'héritier du comte ?
La nièce de ce dernier, quant à elle, n'en croit pas ses yeux : celui dont le portrait la fait rêver depuis des années est de retour... et tente de l'attirer dans son lit. Elle seule parvient à voir la noblesse derrière la sauvagerie de Reynaud... mais son amour suffira-t-il face à un homme prêt à tout pour regagner son titre ?

### Un jour tu me reviendras ⊗ **Lisa Kleypas**

Quelle corvée ! Jessica est censée séduire des mécènes pour le théâtre de son patron, qui lui chuchote à l'oreille :
- N'oubliez pas ce grand homme brun, là. C'est une des plus grosses fortunes du royaume, le marquis de Savage.
En entendant ce nom, Jessica blêmit. Lord Savage est l'homme auquel sa famille l'a mariée lorsqu'elle était enfant, et qu'elle fuit depuis des années... Jamais elle n'avait pensé que son époux puisse être aussi séduisant !

## Le 15 septembre :
### Les Highlanders du Nouveau Monde —2. Fidèle à son clan ⊗ **Pamela Clare**

INÉDIT

Forcé de combattre aux côtés des Anglais qu'il déteste, Morgan MacKinnon n'en est pas moins loyal aux hommes qu'il dirige – même lorsqu'il tombe aux mains des Français. Et seul le regard innocent d'une jeune française pourrait le faire renoncer à son projet de s'échapper et de retourner en Angleterre. Bientôt, sa passion pour Amalie lui fait maudire cette guerre qui le force à choisir entre son honneur et la femme qu'il aime...

### *La chronique des Bridgerton —6. Francesca* ❧ **Julia Quinn**

Après des années d'aventures légères, Michael Stirling est tombé désespérément amoureux de Francesca Bridgerton, la femme de son cousin. Lorsque ce dernier meurt deux ans plus tard, Francesca cherche à se remarier pour fonder une famille, et Michael assiste, impuissant, au défilé des prétendants. Le jeune homme ne peut lui avouer son amour… jusqu'au jour où elle se réfugie dans ses bras et où la passion se révèle plus forte que tout…

### *La brute apprivoisée* ❧ **Jude Deveraux**

– Le duc de Peregrine ? Si tu épouses cet homme, ta vie sera un enfer !
Malgré les avertissements, Liana s'entête. Personne ne fait battre son cœur comme ce colosse aux manières détestables.
Hélas, dès le mariage célébré, Liana découvre que son mari retrouve chaque nuit son harem de servantes-maîtresses !
C'en est trop : il faut mater ce rustre ! Et sous son apparente douceur, Liana dissimule une volonté inflexible…

---

**2 rendez-vous mensuels**
**aux alentours du 1er et du 15 de chaque mois.**

---

*Et toujours la reine du roman sentimental :*

# *Barbara Cartland*

**Le 15 septembre :**
*Un amour imprévu*
*La déesse et la danseuse*
*Le prince venu du froid* ❧ *Inédit*

9314

*Composition*
CHESTEROC LTD

*Achevé d'imprimer en Italie*
*par* GRAFICA VENETA
*le 18 juillet 2010.*

Dépôt légal juillet 2010.
EAN 9782290024485

ÉDITIONS J'AI LU
87, quai Panhard-et-Levassor, 75013 Paris
*Diffusion France et étranger : Flammarion*